一海知義 著作集

2 陶淵明を語る

藤原書店

1999 年頃

『陶淵明』出版を祝して
（妻・登茂子と。1958 年 5 月 20 日）

陶淵明「酔石」の上で
（2001 年 5 月）

一海知義著作集 2 ―― 目次

I　陶淵明――虚構の詩人

II　陶詩小考

III 陶淵明を語る

カバー・表紙題字　榊莫山

一海知義著作集

2　陶淵明を語る

凡例

一　旧漢字・歴史的仮名遣いは、新漢字・現代仮名遣いに改めた。但し、引用文については原典に従った場合がある。

一　読者の便宜のため、初出時になかった振り仮名を加えた。引用文の場合も、原典にかかわらず振り仮名を付した。

一　固有名詞の表記は可能な限り統一した。

一　初出時における明らかな誤字・脱字は修正した。

I

陶淵明——虚構の詩人

目次

はじめに——陶淵明と「虚構」

今から千六百年ほど前、中国に陶淵明《とうえんめい》（三六五—四二七）という詩人がいたことは、よく知られている。淵明は酒の詩人といわれ、また超俗の詩人とも呼ばれてきた。

酒の詩人

酒の詩人とは、酒好きの詩人というだけでなく、よく酒を詠じた詩人だったことによる呼称である。淵明の没後百年、『文選《もんぜん》』の編者としても知られる梁《りょう》の昭明《しょうめい》太子・蕭統《しょうとう》（五〇一—五三一）は、それまで世に行われていなかった淵明の詩集を、はじめて編纂した。そしてその序文の中で、淵明の詩には、

篇篇酒有り。

篇篇有酒。

といっている。どの一篇をとってみても、酒のことを詠じているというのだが、これはいささか誇張であって、百二十篇あまりのこっている淵明の詩の中で、酒にふれた作品は約半数である。しかし全体の比率からいえば、やはり「酒の詩人」と呼ぶにふさわしいだろう。

世界の「酒の詩人」の双璧は、ペルシャのオマール＝ハイヤーム（一〇四八―一一三一）と中国の陶淵明だという説があるが、中国の「酒の詩人」の双璧は、陶淵明と唐の李白《りはく》（七〇一―七六二）である。

李白に、「山中にて幽人《ゆうじん》と対酌《たいしゃく》す」という詩がある。幽人とは、隠者のこと。

両人対酌山花開　　両人対酌すれば　山花開く
一杯一杯復一杯　　一杯　一杯　復《ま》た一杯
我酔欲眠卿且去　　我酔うて眠らんと欲す　卿且《きみしばら》く去れ
明朝有意抱琴来　　明朝意有らば　琴を抱《いだ》いて来たれ

さきの昭明太子・蕭統が書いた「陶淵明伝」に、次のような一節がある。

貴賤《きせん》の之《これ》に造《いた》る者、酒有らば輒《すなわ》ち設《もう》く。淵明、若《も》し先に酔えば、便《すなわ》ち客に語《つ》ぐ。「我酔うて眠らんと欲す。卿《きみ》、去《さ》る可《べ》し」と。其の真率《しんそつ》なること此《か》くの如し。

貴賤造之者、有酒輒設。淵明若先酔、便語客。我酔欲眠。卿可去。其真率如此。

李白の詩は、蕭統が伝えるこの故事を、そのまま使っている。李白が山中で向かいあって酒を酌んだ相手は、隠者陶淵明だったのだ。李白は三百年の時空を超え、タイムスリップして、淵明と楽しげに対酌している。「一杯一杯復《ま》た一杯」と。後世の人々がこの二人を「酒の詩人の双璧」と呼ぶのを、地下の李白は喜んでいるにちがいない

超俗の詩人

さて、淵明が亡くなってほぼ千六百年後、日本の作家夏目漱石（一八六七―一九一六）は、小説『草枕』の中で淵明の有名な句「菊を采《と》る東籬《とうり》の下《もと》、悠然として南山を見る――采菊東籬下、悠然見南山」（「飲酒」第五首）を引き、次のように言っている。

只《ただ》それぎりの裏《うち》に暑苦しい世の中を丸で忘れた光景が出てくる。垣の向ふに隣りの娘が覗《のぞ》いてる訳《わけ》でもなければ、南山に親友が奉職して居る次第でもない。超然と出世間的に利害損得の汗を流し去つた心持ちになれる。

これは淵明を「超俗の詩人」とする伝統的解釈をふまえた議論である。この点について、私にはい

ささかの異論があり、『草枕』のこの一節に関して、かつて次のように論じたことがある。

漱石一流の諧謔的な裁断が、ここにはある。ということは割引くとしても、解脱《げだつ》の見本のようにいわれて、地下の陶淵明は、すこし迷惑顔をしているかも知れない。淵明のほかの詩には、たとえば、「古《いにし》えより皆没するあり、これを念《おも》えば中心《むなそこ》は焦《こ》がる」とか、「日月は人を擲《す》てて去り、志あるも騁《の》ばすを獲《え》ず、此《こ》れを念《おも》えば非悽《ひせい》を懐《いだ》き、暁《あかつき》に終《いた》るまで静かなる能《あた》わず」といった句が、いくらも見えるからである。しかも淵明はこうした苦しみをへて、のちに解脱の心境に達した、というのではなく、晩年に至るまで、悟りと動揺をくりかえしていたと考えられるからである。

(『漢詩一日一首』平凡社、一九七六年)

私は淵明を「超俗の詩人」というよりも、「反俗の詩人」と呼ぶべきだと思う。しかし淵明の作品を読んでいると、胸の洗われるような「超俗」的詩句に出会うことがしばしばあり、「超俗」の詩人と呼ぶことも、あながち否定し去るわけにはいかない。

淵明にはこのほか、「田園詩人」あるいは「隠遁詩人」といった呼び方もある。淵明の生涯を考えたとき、これまたそれぞれに首肯できる呼称である。

中国における「虚構」

しかし私はここで、これまで人々によってあまり問題にされなかった特色、詩人陶淵明の特色の一つについて、論じてみたい。それは淵明という人物が、虚構（フィクション）の世界に特別の興味と関心を抱いていた、という点である。

中国では、孔子（前五五一？—前四七九）が「怪力乱神《かいりきらんしん》を語らず」といって以来、架空の世界、フィクションの世界について論ずることは、タブーとされてきた。

「怪力乱心」の「怪」とは、怪異、物の怪《け》の世界、「力」は、千鈞《せんきん》の鼎《かなえ》を持ち上げるような特別の腕力、超能力の世界、「乱」は、天地創造説に見られるような無秩序なカオスの世界、「神」は、鬼神すなわち死後の世界、亡霊の世界である。「子は怪力乱神を語らず——子不語怪力乱神」（『論語』述而《じゅつじ》篇）。

孔子は、彼が生きていた時代には諸子百家の一人にすぎなかったけれども、孔子にはじまる儒教というイデオロギーは、孔子の死後四百年ほどして国家権力と結びつく。独裁的な君主であった漢の武帝（在位前一四一—前八七）によって「国教」として取りあげられ、権威づけられるからである。以後二千年、儒教は中国を、とりわけ中国のインテリの世界を支配する。「怪力乱神」を語ることは、かつては孔子学校でのタブーであったが、それが中国のインテリ全体の、すくなくともタテマエとしては中国全体のタブーとなる。

文学の世界にも、当然のこととして影響は及ぶ。詩人たちは、もちろん例外はあるが、タテマエとして架空の世界をうたわない。現実の世界、日常の世界、主としてそれが詠詩の対象となった。

孔子が編纂したといわれる最古の詩集『詩経』から、李白・杜甫を経て十九世紀末に至るまで、オーソドックスな古典的詩歌がうたいつづけるのは、人間の日常、現実の世界であった。「春眠暁《あかつき》を覚えず、処処啼鳥《しょしょていちょう》を聞く——春眠不覚暁、処処聞啼鳥」、「国破れて山河在り、城春にして草木深し——国破山河在、城春草木深」。

フィクションであるはずの小説、『三国志』や『水滸伝《すいこでん》』でさえ、過去の歴史的事実に即した物語である。インテリの頭から生み出された架空の物語ではない。そこにはもちろん、空想による小説的ふくらみはあるが、超現実的な世界は描かない。

そもそも「小説」(取るに足りないつまらぬ説)という漢語自体、フィクションへの軽視を象徴的に示している。そして中国に水滸や三国という本格的長篇小説が出現するのは、日本の『源氏物語』よりも三百年も遅れることになる。

中国文学におけるフィクション軽視説に対して、過去の中国にも、楊貴妃の死後を描いた「長恨歌」(唐・白楽天)や、空想のサル孫悟空が縦横無尽に活躍する小説『西遊記』(明・呉承恩)があるではないか、という反論が当然おこってくるだろう。しかしそれらは民間の歌謡の形式をとった「歌」であったり(オーソドックスな「詩」ではない)、また民間に伝わる(インテリが生み出したのではない)物語である。

インテリは、タテマエとしては「怪力乱神」を語らない。十九世紀末に至るまで、中国における小説の社会的地位は、極めて低かったのである。

淵明と「虚構」

ところで、陶淵明もまた「怪力乱神」の世界を専ら詩文創作の対象としたわけではない。しかし彼は、他の多くの文人たちとはちがって、「異書」を好み（宋・顔延之《がんえんし》「陶徴士の誄《るい》」）、架空の物語やフィクションの世界に強い興味を示した。

陶淵明がユートピア物語「桃花源記」を書いたのは、彼がフィクションの構築に興味を寄せた第一の証拠である。

また、まるで架空の人間であるかのようなトボケた人物「五柳先生」の伝記を書き、これを自画像、自叙伝になぞらえたのは、証拠の第二である。

自らの（あるいは人間一般の）姿を、肉体と影と魂という三つの分身にわけ、三者に問答を試みさせた「形影神《けいえいしん》」の詩がのこっているのは、証拠の第三である。

三本足のカラスなど、この上なく怪奇な動植物が登場する古代の地理書『山海経《せんがいきょう》』を愛読し、その読後感を連作の詩にまとめた「山海経を読む」十三首や、空想的エロティシズムの世界に挑《いど》んだ作品「閑情《かんじょう》の賦《ふ》」をのこしたことなどは、証拠の第四である。

そしておのれの葬式のときのわが姿を想像し、これを納棺・葬送・埋葬の三場面に描きわけて「挽歌詩」三首を作り、さらにおのれの死後の霊に献げる「自ら祭る文」（自分の葬式のときに自分で読みあげる弔辞）を書いたのは、証拠の第五となる。

このほか、淵明がフィクションの世界に強い興味と関心を示した証拠は、いくつもある。なぜ淵明はフィクションを好んだのか。その背景には何があったのか。淵明は何を意図して、これらの作品を書いたのか。具体的な作品の分析を通じて、そのことを明らかにしつつ、千六百年も前に何食わぬ顔をして生きていた、陶淵明という興味深い詩人について考えてみたい。

一　桃花源記――ユートピア物語

「桃花源記」の世界

ユートピア「桃源郷」の物語は、次のような書き出しではじまる。

晋《しん》の太元《たいげん》中、武陵《ぶりょう》の人、魚を捕《とら》うるを業と為《な》す。渓《たにがわ》を縁《たど》りて行き、路の遠近を忘る。

　晋太元中、武陵人捕魚為業。縁渓行、忘路之遠近。

晋の太元《たいげん》年間といえば、西暦三七六―三九六年。陶淵明在世中である。太元元年ならば、淵明十二歳、太元末年ならば、三十二歳。

事件は、淵明が青少年の時代におこったことになる。

登場人物の漁師が住んでいた武陵は、湖南省洞庭《どうてい》湖の西にあり、淵明の故郷江西《こうせい》省潯陽《じんよう》から、直線距離にしてほぼ三六〇キロ、わが国にあてはめれば、東京―名古屋間、新幹線で約二時間。昔の武陵は、淵明の物語にちなんで、現在、桃源県と呼ばれている。

空想物語というものは、日本のおとぎ噺《ばなし》がそうであるように、「むかしむかし、ある所に……」といったきまり文句ではじまるのがふつうである。ところが「桃花源記」は、時間は「むかしむかし」でなく「晋の太元中」、場所は「ある所」ではなく「武陵」。そしてその時間も空間も、淵明自身が生きていた身近な世界でのことである。

このことは、物語が現実批判、現実諷刺のトゲを内に秘めていることを暗示する。

別世界への入口

さて、漁師は舟で谷川をのぼってゆき、どこまで来たのかわからなくなったころ、突然不思議な風景に出逢う。

忽《たちま》ち桃花の林に逢《あ》う。岸を夾《はさ》みて数百歩、中に雑樹無し。芳《かぐわ》しき草は鮮《あざや》かに美しく、落《ち》る英《はなびら》は繽《ひん》紛《ぷん》たり。

忽逢桃花林。夾岸数百歩、中無雑樹。芳草鮮美、落英繽紛。

そこにあるのは、雑木林でなく、桃だけの林。古来中国では、桃は魔除けのめでたい木である。その桃の林が、両岸数百歩にわたってつづいている。かぐわしい草の上に、ハラハラと散る花びら。何かを予感させる、不可思議な光景である。

不審に思った漁師は、さらに奥へ進んでゆく。

漁人、甚《はなは》だ之《これ》を異《あやし》み、復《ま》た前《すす》み行きて、其の林を窮《きわ》めんと欲す。

漁人甚異之、復前行、欲窮其林。

林の奥には山があり、山には小さなほら穴が開いていて、その口から光がほのかにさし出ているように見えた。

林は水《かわ》の源《みなもと》に尽《つ》き、便《すなわ》ち一山を得たり。山に小さき口有り、髣髴《ほうふつ》として光有るが若《ごと》し。

林尽水源、便得一山。山有小口、髣髴若有光。

桃源郷の光景

漁師は舟を乗り捨てて、口から中へ入ってゆく。すると、目の前に突然カラリと別世界が開けた。

便《すなわ》ち船を舍《す》てて口より入る。初めは極めて狭《せま》く、纔《わず》かに人を通ずるのみ。復《ま》た行くこと数十歩、豁然《かつぜん》として開朗《かいろう》す。

便舍船従口入。初極狭、纔通人。復行数十歩、豁然開朗。

「豁然」は、「からりと」。眼前にひろびろとした風景が展開する形容。「開朗」は、明るくひらける。どんな風景が、視界に入ってきたのか。

土地は平らかにして曠《ひろ》く、屋舎儼然《おくしやげんぜん》として、良田・美池《びち》・桑竹《そうちく》の属《たぐい》有り。阡陌交《せんぱくまじ》わり通じ、鶏《けい》犬相聞《けんあいき》こゆ。

土地平曠、屋舎儼然、有良田美池桑竹之属。阡陌交通、鶏犬相聞。

「屋舎儼然」の「儼然」は、「厳然」すなわち「おごそか」「いかめしい」というのと同義に使わぬではないが、ここはちがうだろう。

『論語』子張《しちよう》篇に、

君子に三変有り。之《これ》を望めば儼然。之《これ》に即《つ》くや温《おん》。其の言を聴くや厲《れい》。

君子有三変。望之儼然。即之也温。聴其言也厲。

という一節がある。この「儼然」について、吉川幸次郎『論語』（朝日選書、一九九六年）は次のようにいう。

「儼」は「厳」とは、やや意味を異にし、「厳」がおごそか、厳格であり、美の観念とは必ずしも連ならないのに対し、「儼」は規格が保持されている美しさをいう。ここでは「端正」と訳してよかろう。発音も「厳」が平声の yan であるのに対し、「儼」は上声の yan である。

この解説は、「桃花源記」の「儼然」にもそのままあてはまるだろう。漁夫の眼前に展開する風景の中の家々は、いかめしい金殿玉楼ではない。ふつうの農家である。しかしそれは雑然と並ぶボロ家ではなく、「儼然」と、小ざっぱりとととのっていた、というのである。

次の「良田美池桑竹」は、地味のよく肥えた田畑、美しい溜池《ためいけ》、そして中国のどこの農村にもある桑の木や竹の林。要するに漁師の住んでいるところと、さして変らぬ農村風景である。ただ当時の多くの農村が、戦乱で疲弊していたのとはちがって、長い年月保たれて来た平和な環境のもとで、豊かさを享受している農村の風景である。

その家々を結ぶ阡《せん》、南北のあぜ道、そして陌《はく》、東西のあぜ道が、縦横にかよい、鶏や犬の鳴き声がのんびりと聞こえてくる。

この「鶏犬相聞」という言葉は、古代の哲学書『老子』（第八十章）にほとんどそのまま出てくる。すなわち老子が描く理想郷「小国寡民」（人口がすくない小さな国）は、文明の利器は用いず兵器は使わぬ自給自足の国だが、その末尾にいう、隣国、相望《あいのぞ》み、鶏犬の声、相聞こゆ。民、老死に至るまで、相往来《あいおうらい》せず。

隣国相望、鶏犬之声相聞。民至老死、不相往来。

かくて淵明の桃源郷は、老子の「小国寡民」の理想郷とオーバーラップする。

桃源郷の住人たち

さて、農家、田畑、溜池、桑竹、家畜のあとは、いよいよ人間の登場である。

其の中に往来《おうらい》して種作《しゅさく》せるもの、男女の衣著《いちゃく》は悉《ことごと》く外人の如《ごと》し。黄髪《こうはつ》・垂髫《すいちょう》、並《とも》に怡然《いぜん》として自《みずか》ら楽しめり。

其中往来種作、男女衣著、悉如外人。黄髪垂髫、並怡然自楽。

田畑の間をゆき来し、また畑仕事に精出している男女、その着物はすべて「外人」のようである。そして「黄髪垂髫」、茶褐色の髪の老人とお下げ髪の幼児たち、それぞれに屈託《くったく》なく楽しげに見える。年寄りと子供が大切にされている社会らしい。

ところで、「外人」の「衣著」については、外国人のような見なれぬ服装とするのが、通説である。

しかし私には、そうは思えぬ。「外人」とはここ桃源郷から見て外《そと》の人、すなわち外から来た漁師のような、ふつうの中国人をさすだろう。したがって「外人の如《ごと》」き「衣著」とは、一般の中国人とあまり変らぬ服装をいうのだろう。

そう解釈する理由の第一は、「外人」という漢語（現代中国語をふくめて）が、外国人、異人という意味をもたぬこと。日本語の「外人」のように外国人をさすのではなく、中国の言葉としては、ある地域・社会から見て、外の人をさして使うのが、ふつうである。

理由の第二は、「桃花源記」中に「外人」という言葉が三度出てくるが、そのいずれもが、「其の中」「此《こ》の絶境」「此の中の人」という、内外を特定する語と対応関係にあること。すなわち、

1、其の中に往来して種作せるもの、……悉く外人の如し。

2、此の絶境に来たり、……外人と間隔《かんかく》せり。

3、此の中の人、語《つ》げ云う、「外人の為《ため》に道《い》うに足らざるなり」、と。

2と3が、いずれも「桃源郷」から見て「外の人」（中国人）をさすのに、1だけが「外国人」であるはずはない。

理由の第三については、ややくわしく述べよう。

「桃花源記」には、住民たちの生活の描写として、衣・食・住についての記述がある。

まず、住。すでに見たように、それはいかめしい金殿玉楼でなく、小ざっぱりとしたふつうの農家である。農家をとりまく環境も特異なものではなく、桑や竹といい、鶏や犬の鳴き声といい、中国の

ふつうの農村風景である。

次に、食。これものちに見るように、客をもてなすご馳走は、山海の珍味ではなく、ふつうの農家のせい一杯の接待、日本ふうにいえば「かしわ（鶏肉）のスキ焼き」ていどのものである。

衣・食・住のうち、「食」も「住」もふつうの中国式のものであるのに、「衣」だけが外国人ふうの特異なものであるはずがない。それが、理由の第三である。子供の髪型が、中国古来のそれであるのも、傍証となるだろう。ここの住民たちは、これまた後で見るように、もともと中国からの落人《おちうど》、今ふうにいえば難民なのである。ここに落ち着いてから五百年を経ているとはいえ、子供の髪型に変化がないように、そう特異な服装をしているはずがない。

桃源郷の宴

さて、桃源郷の住民の一人が、迷いこんできた漁師に気づく。

漁人《ぎょじん》を見て、乃《すなわ》ち大いに驚き、従《よ》りて来たりし所を問う。具《つぶ》さに之《これ》に答うれば、便《すなわ》ち要《むか》えて家に還《かえ》り、酒を設《もう》け鶏《とり》を殺して食を作《な》せり。

見漁人、乃大驚、問所従来。具答之、便要還家、設酒殺鶏作食。

「乃」は、次の動作に移るのに、少し時間がかかることを示す接続詞である。漁師に気づいて、はじめはキョトンとしていたが、ややあって大いに驚いた、というのであろう。

そして、「どこから来たのか」ときき、漁師がこれこれしかじかと答えると、どうぞどうぞと家へ連れて帰り、酒をととのえ鶏《とり》をつぶして、食事の用意をしてくれた。「かしわのスキ焼き」である。

ところで、「鶏を殺して」食事の用意をする話は、「桃花源記」より九百年も前のこととして、『論語』微子《びし》篇に見える。

孔子のお伴をして旅に出た弟子の子路《しろ》は、孔子におくれて道に迷い、一人の隠者に出あう。隠者は子路を家に泊め、「鶏を殺し黍《きび》めしを為《つく》りて」もてなすのである。

隠者は、農民に身をやつして暮らしていた。「鶏を殺し」て作る料理は、古来農民が客をもてなすときのせい一杯のご馳走であった。

私が子供の頃、久しぶりに田舎の親戚を訪ねたりすると、着いてまもなく裏庭でけたたましい鶏の悲鳴が聞こえる。その晩は「かしわのスキ焼き」である。農家の接待は、二千五百年前とあまり変っていない。

さて桃源郷では、漁師の噂がたちまち村中に広がる。

村中、此《こ》の人有るを聞き、咸《みな》来たりて問訊《もんじん》す。

村中聞有此人、咸来問訊。

「問訊」は、あいさつをすること。あいさつがすむと、中の一人、たぶん代表格の人物だろう、進み出て次のように切り出す。

自《みずか》ら云う、「先《さき》の世に、秦《しん》の時の乱を避《さ》け、妻子・邑人《むらびと》を率《ひき》いて此《こ》の絶境に来たり、復《ま》た焉《ここ》より出《い》でず。遂に外人と間隔《かんかく》せり」、と。

自云、先世避秦時乱、率妻子邑人、来此絶境、不復出焉。遂与外人間隔。

「秦の時の乱」といえば、このときから五百年以上も前のことである。以来この絶境から一歩も出ず、外界の人（外人）とは疎遠になってしまった。もといた中国では、いまは何という時代なのだろう。

問う、「今は是《こ》れ何の世ぞ」、と。乃《すなわ》ち漢有りしを知らず、魏晋《ぎしん》を論ずる無し。

問今是何世。乃不知有漢、無論魏晋。

ここの「乃」は、「何とまあ」というほどの、意外性をふくませた接続詞である。秦のあとに漢という時代のあったことを知らない。そのあとの三国時代の魏《ぎ》、さらにそれが亡びて晋《しん》（漁師たちが現に生きている王朝）とつづいたことを知らないのは、無論である。言うまでもない。

此《こ》の人、一一為《いちいちため》に具《つぶさ》に聞く所を言えば、皆歎惋《たんわん》す。
此人一一為具言所聞、皆歎惋。

漁師がひとつひとつていねいに、耳学問として知っていることを伝えてやると、みんなは「ホーッ」と感心した。「歎惋」tan-wan は語尾の音を同じくする擬態語、オノマトペである。驚き感心した様子を形容する。

新知識を仕入れたお礼に、他の人々も漁師をそれぞれの家に招待して、ご馳走を出す。

余《よ》の人も各《おの》おの復《ま》た延《まね》きて其の家に至らしめ、皆酒食を出《い》だせり。
余人各復延至其家、皆出酒食。

桃源郷を辞す

かくて数日が過ぎた。

停《とど》まること数日、辞《じ》し去る。此《こ》の中の人、語《つ》げ云う、「外人の為《ため》に道《い》うに足らざるなり」、と。
停数日、辞去。此中人語云、不足為外人道也。

三度目の「外人」である。やはり桃源郷から見て外界の人、すなわち漁師たちの世界の人をさす。「道《い》うに足らず」とは、婉曲《えんきょく》な禁止、すなわち「話さない方がよいと思いますよ」という、この時代独得のいいまわしだといわれる。

人というものは、禁止されると禁を破りたくなる。後述のごとく、この場合も例外ではない。うしろを振り向くな、といわれると、振り向きたくなる。言うな、といわれると、言いたくなる

既《すで》に出《い》でて、其の船を得《え》、便《すなわ》ち向《さき》の路に扶《そ》い、処処《しょしょ》に之《これ》を誌《しる》す。

既出、得其船、便扶向路、処処誌之。

「処処」は、「ところどころ」ではなく、「あちこち」である。「春眠暁《あかつき》を覚えず、処処啼鳥《ていちょう》を聞く」の「処処」が、あちらこちらから鳥の声が聞こえてきたという意味であるのと、同じである。

消えた桃源郷

あちこち（の木？）にしるしをつけたのは、もう一度来てみようという下心があったからであろう。

郡下《ぐんか》に及びて、太守に詣《いた》り、説くこと此《か》くの如し。

及郡下、詣太守、説如此。

当時の行政単位としては、県の上に郡があった。漁師が住んでいる武陵郡の役所がある大きな町に出かけ、郡の長官である太守のもとに出頭する。太守の威令の及ばぬかくれ部落があるとわかれば、そして、それを知っていながら隠していたとなれば、大目玉をくうにちがいないからである。漁師は太守に向かって、かくかくしかじかのことがございました、と報告する。報告を受けた太守は、どうしたか。直ちに部下に命令し、漁師を道案内に立てて、探索を開始した。

太守、即《すなわ》ち人をして其の往《ゆ》くに随いて、向《さき》に誌《しる》せし所を尋ねしむるに、遂に迷いて復《ま》た路を得ず。

太守即遣人随其往、尋向所誌、遂迷不復得路。

「遂に迷いて復《ま》た路を得ず」というところは極めて象徴的であり、この話のミソでもある。桃源郷は、権力の末端をになう郡の太守から隔絶することによって、その存在を保った。「外人の為《ため》に道《い》うに足らざるなり」というやんわりとした禁止は、「話してもムダだよ」というしたたかさ、そして権力の象徴である太守を峻拒するというきびしさを、裏に秘めていたのである。桃源郷は、権力を拒否することによって、命脈を保った。ここに、陶淵明の現実批判の眼がある。桃源郷は杳《よう》としてその姿をかくした。

ところで、物語はこれでおしまいかと思うと、そうではない。末尾に至って、別の登場人物が現われるのである。

南陽《なんよう》の劉子驥《りゅうしき》は、高尚《こうしょう》の士なり。

南陽劉子驥、高尚士也。

「南陽」とは、河南省南部にある町の名前である。ただし過去の中国では、人名の頭につける地名は、本籍を示すのがふつうであり、その土地に住んでいる人とは限らない。

劉子驥、名は驎之《りんし》。実在の人物であり、『晋書《しんじょ》』隠逸《いんいつ》伝に短い伝記が見える。

劉驎之、字《あざな》は子驥、南陽の人なり。……山沢に游《あそ》ぶを好み、志は遯《とん》（遁）逸《いつ》に存す。……

劉驎之字子驥、南陽人也。……好游山沢、志存遯逸。……

俗世間に背を向けた、高踏的な人物、すなわち隠者だったというのである。

俗物の代表である郡の太守と対比させたのであろうが、この高尚な人物も、桃源郷訪問は、できなかったと、淵明は皮肉っぽく語る。

一海知義著作集

月報 1
第2巻
（第1回配本）
2008年5月

目次

藤原書店
東京都新宿区
早稲田鶴巻町523

一海知義さんとユーモア

加藤周一

中国古典語の詩（漢詩）を専攻する学者一海知義さんは、冗談を好む。その冗談の多くは明るく、それを聴けば、あるいは読めば、心なごむ——と少くとも私は感じる。なぜだろうか。

お弟子さんたちを集めて一海先生が南宋・陸游の詩を講ずる会は、「読游会」という。そこでは陸游の詩を読むばかりでなく、読みながら楽しみ遊ぶと共に、心は広大な漢詩の世界に遊んではるかに遠い知的地平線にまで及ぶ。『一海知義の漢詩道場』（二〇〇四）はその会の集りの記録である。お弟子さんたちは親しみをこめ、折りにふれて一海さんを半解先生と称ぶ。一海知義をちぢめて「一知」。そこから日本でもよく知られた成句「一知半解」を通して「半解先生」。その意味が反語であることは言うまでもない。「一知半解」の比較的簡単な典故はここでたくみに一種のユーモアの味をつくり出す。

ドイツ語圏にはおよそ英語のjokeに相当してよく使われる言葉が二つある。一つはHumor（フモール）で英語のユーモアとあまりちがわない。もう一つはWitz（ヴィッツ）でしばしば諷刺的な小噺である。日常生活の中で知人から知人に口伝えされる。またその語りが職業化して小劇場の舞台で演じられることもある。そういう小劇場は「政治的カバレット」と称ばれ、たとえばベルリーンにはStachelschwein（やまあらし）があり、ヴィーンにはZwiebel（玉ねぎ）があった。やまあらしには棘《とげ》があり、玉ねぎをむけば涙が出る。

元ドイツ共和国の首相ヘルムート・シュミット氏が、最近雑誌記者に政治家のヴィッツについて語ったことがある（*Zeit Magazin*, 7.2.2008）。シュミット氏はある高名な政治家について問われ、その人には生れつきフモールの才はなかったが、ヴィッツの才はあったと答え、「フモールは人間に対して友好的だが、人間に対して友好的」はドイツ語では menschenfreundlich である。「人ヴィッツは人を傷《きず》つけることがある」とつけ加えていた。「人間に対して友好的」はドイツ語では menschenfreundlich である。この語はよく一海さんのフモールの明るさや温かさを説明するだろう。

日本のヴィッツはどこへ行ったか。半解先生ならば、「道に迷ったら老馬に聞《き》け」と答えるかもしれない。なぜ突然「老馬」が出てくるのか。知りたい方はその明快な説明を読めばたちまち氷解するだろう。河上肇の詩「対鏡似田夫」に「心如老馬雖知路」の一行あり。そこは陸放翁（「自述」）からの借用、その借用の典故は『韓非子』など。――これは全く受け売りにすぎないから、詳しくはたち入らない。

フモールも、ヴィッツもおよそそれに相当する冗談がドイツ語圏の外にもないわけではない。シュミット氏による区別は程度問題であろう。たとえばブルームズベリーの有名な作家フォースターは、自らのエッセー集の表題を『民主主義万歳二唱』とした。民主主義には欠点が多くて、とても万歳三唱はできない。しかしそれに替るそれ以上の政体はない。また万歳を省くわけにもゆかない。故に万歳二唱。これは見事な――それあるかぎり英文学は亡びないと思われるほど見事なユーモアである。日本にもそういうユーモアがあったろうか。もちろんあった。殊に徳川時代にあったけれども多くはなかった。江戸の市民は地口を操り、同音異義の漢字を活用して、「乙な味」をたのしんでいたが、その諧謔の文学が深く人生哲学にふみ込んだり、鋭く体制批判に及んだりすることは稀であった。例外はたとえば蜀山人が疑われる無署名の落書き、「世の中にかほどうるさきものはなしぶんぶといいて夜もねられず」や、大著の版木を押収され、出版を禁止された林子平の「親もなし妻なし子なし版木なし金もなければ死にたくもなし」などであろう。明治以後狂歌は衰え、その形式を借りての傑作もほとんどなくなった。敗戦後ついに例外的批判精神が復活する気配を感じさせるのは、一海知義さんの出現であり、そこからさかのぼって河上肇であり、またはるかに遠く南宋の陸游である。漢詩の鋭く批判的なるものは、けだし時代と文学との致命的接点である。毒にもくすりにもならぬ詩は詩ではない。一海さんは外科手術で胃を切除した後には、のんびりとして静かな無為の日々が来るだろうと期待していたが、そうはならなかった、といわれた。実は「無為」の二字は、行間に老荘の真人の理想をかくしているのかもしれない。

（かとう・しゅういち／評論家）

一海知義氏の陶淵明研究

興膳　宏

中国文学者吉川幸次郎の「燃焼と持続――六朝詩と唐詩」と題するエッセイ（一九五九年）に、次のような場面が描かれている。

ある日、吉川は、「一人の若い友人の訪問をうけた。彼は陶淵明の専門家である。」「若い友人」とは、吉川が日ごろよく口にした表現で、多くの場合は彼の教えた学生たちを指している。学問する人間としては、年齢や地位にかかわりなく、みな対等であるという吉川の考えがその底にはある。

吉川は客と「縁がわの椅子に対座しながら」、このところ考えていた六朝詩と唐詩の違いが、前者の「持続」と後者の「燃焼」にあることを話して、客の意見を求め、またこの「若い友人」の研究する陶淵明についても二人の間に問答があった。話しているうちに、若いころ陶淵明の詩はさっぱり面白くなかった吉川は、「近ごろ淵明に興味をもつのは、むしろこの若い友人の刺戟によるのかも知れなかった」と思う。

「しかし私はふと気づいた。淵明は、俗説では、気楽な隠遁者となっている。実際はそうでないのに、俗説はそうなっており、この若い友人も、無理解な同輩から、若いくせに陶淵明などをと、ひやかされたことがあることを、私は知っている。彼の年ごろの私が、淵明をよまなかったという表白は、彼をある程度当惑させるかも知れない。」

ここに登場する「若い友人」は、若き日の一海知義氏である。陶淵明を研究することで誤解を受けたことは、一海氏自身のことばとしても語られている。「陶淵明といえば、酒ばかりくらい、悟ったようなことばかりいっていた詩人ではないか、君は若いのに、なぜそんな男の研究をする、と私はいさめられたことがある。しかもその人は、いやしくも東洋史の研究者であった。」（「一生の仕事」、『中国詩人選集』第四巻月報）

考えてみれば、私自身にとっても、陶淵明は年寄りくさい詩人だった。それはどうも漢文の教科書で読んだ「帰去来の辞」の印象によるところが多かったようだ。高校生の審美眼には、名作「帰去来の辞」も、ただじじむさいだけの文章としか見えなかったらしい。

だから、大学二年のときに出た「中国詩人選集」の一海知義注『陶淵明』を読んだあとの陶淵明観は、がらりと変わったものになった。平易なことばで、かくも深く複雑な思想を詠じ、しかも自己を客観視して冷静に見つめるかと思えば、奔放に想像力を馳せて虚構の世界を現出し、全体をえもいえぬユーモアの精神で包んでいる。こんな詩人が千五百年以上も昔にいたなんて、とても信じがたい思いだった。そして、もう一つ驚いたのは、著者の一海知義という学者が、まだ三十歳にも満たない若さで、この一筋縄ではあつかいかねる陶淵明の人と文学を鮮やかに描き出していることだった。

先に引いた月報の文章で、一海氏は自分のこれからの陶淵明研究について言及し、「私にとって、それは一生の仕事になるかも知れぬ、と思っているのである」と述べている。そのことばを彼は裏切らなかった。一海氏の陶淵明研究は着実に続き、一九六八年には、陶淵明のほとんど全ての作品を対象とした訳注(「世界古典文学全集」二五『陶淵明・文心雕龍』筑摩書房。本著作集1所収)が出た。そして、研究者として円熟期を迎えた一九九七年には、岩波新書『陶淵明——虚構の詩人』(本著作集2所収)を著わして、陶淵明の全体像を分かりやすく読書界に紹介した。

この最新の著書の副題が「虚構の詩人」となっていることは、注目されてよい。陶淵明という詩人の本質を、一海氏は「虚構の詩人」に凝縮して提示したのである。なぜ「虚構」かということは、とてもこの短い紙幅では説明しかねるが、ともかく淵明のしたたかな魅力の秘密が、「虚構」というキーワードを通して、ここに解き明かされている。

それにつけても思うのだが、最近の私には、陶淵明と一海知義とが一続きの存在に見えてならない。文学の研究にはおのずから相性があり、自分の性分に合わない作家や作品は、いくらそれらが名作として定評の高いものでも、なかなか素直にその世界に入っていけないものだ。その一方で、一旦研究対象に深くはまりこんでしまうと、その対象が研究者に乗り移って、古代の詩人が彼を研究している人物の姿を借りて現代に再生しているのではないかと、つい錯覚してしまうことがある。

陶淵明とは、もしかすると一海知義のような人だったのではないかと想像することがある。あの茫洋とした表情、決して愛想よくはないのに誰からも親しまれる人がら、犀利で深い思考、そして落語を愛するユーモア精神。それらの一切が陶淵明像に重なって、私を困惑させる。

(こうぜん・ひろし/京都大学名誉教授・京都国立博物館前館長)

イッカイでは終らないこと

彭佳紅

「ハンカイ」先生

一海知義先生のメール専用ネームは

「hankai」です。このお気に入りのネームには一海先生一流の「幽默」（ユーモア）のセンスと大家の謙虚さが秘められています。まず、「ハンカイ」という言葉には日本語のコトバ「遊び」があり、「イッカイ」先生に、「ハンカイ」ですと真顔で言われると、笑いを誘われます。それから、「半解」という漢語は中国の成語「一知半解」に由来したもので、「生半可でよく知らない」とか「素人」という意味です。中国古典文学において日本の第一人者といわれる大家が、「半解」の素人と自称なさいます。言ってみれば、この謙虚さは学者としての自信があってこそ成り立つものであり、実力と自信のない者は口が裂けてもそんなことは言えません。

愉快な酒豪　一海先生は愉快な「海量《ハイリャン》」（底なし）です。お酒のご嗜好はワインなどの洋酒ではなく、土瓶に入った熱燗の薩摩焼酎や八年もの紹興酒（アルコールのトゲトゲ感がなくなり、芳醇でありながらまろやか過ぎず、ちょうどいい飲み具合）のよく似合う酒豪です。美味しいお酒が入ると、一海先生の「四方山話」はもっと面白くなり艶が出てきます。飲めば飲むほど頭脳が明晰になり、一度もお酒に飲まれたことがありません。一海先生と一緒にお酒を飲む機会がイッカイでもあったら、必ずといっていいほどもうイッカイ行きたくなります。

著作集の中国語版　『陶淵明　陸放翁　河上肇』と題した一海学の精髄である著作集の中国語版が、今年二月に北京の中華書局から出版されました。中国の知識層の間で日本の一海知義という学者の名はよく知られていますが、一海学説が単行本の形で中国に紹介されるのは、これが初めてです。『一海知義著作集』を読みたい中国の読者が大勢いるので、これからも一海先生の著作は次々と中国に紹介されるにちがいありません。これもまた、イッカイでは終らないことでしょう。

一海先生の訳詩　一海先生は『陶淵明――虚構の詩人』という著作の中で、陶淵明「挽歌詩」の原詩の後に漢字カタカナ交じりの和訳を添えられています。これらの訳詩は、井伏鱒二の漢詩和訳（『厄除け詩集』）を思わせるところがあり、イッカイ音読したらその余韻が長く耳底に残ります。そして、古典詩のみならず、中国の現代詩を訳されたこともあります。その代表作、中国現代詩人臧克家《そうこっか》（1905-2004）が魯迅を記念するために作った有名な詩「ある人」（「有的人」）の和訳は、一海先生と深夜メールで楽しくイッカイならず何回も推敲したものですが、下記の通り、ほとんど「一海節」になっています。

ある人

ある人は、生きていながら、死んでいる。

ある人は、死んでいるのに、生きている。
ある人は、民衆の上に乗っかって、「あゝ、俺は偉いんだ！」
ある人は、腰をひくくして、民衆の牛馬となる。

ある人は、名前を石に刻んで「不朽」を願う。
ある人は、よろこんで「野草」となり、焼かれるのを待つ。
ある人は、彼が生きていると、ほかの人は活きられない。
ある人は、多くの人が活きるために、生きている。

民衆の上に乗っかる者は、
民衆に倒される。
民衆の牛馬となる者を、
民衆はいつまでも忘れない。

石に刻んだ名前は、
屍体よりも速く腐乱する。
春風が吹けば、いたるところ、青々とした野草。

彼が生きているとほかの人が活きられぬ者の、

行きつく先は、目に見えている。
多くの人が活きるために生きている人を、
人々は捧げ持つ。高く、高く……。

（訳　一海知義　彭佳紅）

知識人の品格　近頃「品格」ということばが流行っているようです。人々が世に「品格」をこれほど求めようとしているのは、世の中で「品格」が希薄化していることの表われとも読み取れます。知識人も例外ではありません。中国に「匹夫有責」ということばがあります。もし知識人に品格を求めるとすれば、次のような三点が核心になると思われます。

第一、世界の平和に責任のある言動を取ること。
第二、如何なる場合でも権力に媚びを売らないこと。
第三、精神の自由を保ち、つねに批判精神を忘れないこと。

一海先生の言動を拝見すれば、知識人の品格を立派に保っている学者であることが分かります。一海知義の学問における意義と魅力は、まさに知識人としての責任感と精神の自由にあるのです。

（ほう・かこう／帝塚山学院大学教授）

語られない陶淵明

林　香奈

幼い頃から自宅の書架にただ並んでいるだけだった書物が、ある時をさかいに何か特別な意味をもつものとして目に映るようになる。そんな瞬間を、誰しも一度は経験しているのではないだろうか。

私にとって岩波の中国詩人選集がそうであった。はじめてそれを手にとった中学生のとき、漢字の集合体が思いもかけぬ世界を形成する、その不思議さと面白さに圧倒されて、わからないながらも幾度となく本を取り出しては、眺めた。ただそのときは、のちに自分がこのシリーズの著者のもとで学ぶことになるとは、思いもしなかった。

一海先生にはたくさんの著書と、史記・陸游・河上肇といったいくつかの主要な研究対象があるが、大学の演習室に集まった学生の誰もが、先生の著書としてまず挙げるのは『陶淵明』であった。中国詩人選集の『陶淵明』にひかれて神戸大学を志した人も少なくなかったのだろう。

誰の翻訳によって詩人や作家に出会うか。陶淵明に限った話ではないが、これはけっこう重要な問題である。読者がその詩人や作家を好きになるか否かは、ほぼ訳者の力量にかかっていると言っても過言ではない。もちろん大前提として、詩人や作家そのものの文章がよくなければ話にもならないが、原詩や原文の味わいを生かすも殺すも、料理人である訳者の腕次第である。とくに陶淵明は、とりわけ手強い、扱いのむずかしい素材と言えるかもしれない。

「一海先生といえば陶淵明」と専攻の学生たちにあえて言わしめた理由のひとつは、確かに陶淵明が詩人として陸游以上の魅力をもっているということにあるのかもしれない。しかしもうひとつの大きな理由としては、読み手の意表を突くことはあっても、期待を裏切ることのない「先生の陶淵明」が、文章の中に展開されているからであろう。先生がどのように陶淵明を語られるのか、一度講義を聴いてみたい。当時、誰も口にしなかったが、学生として当然の希望を皆がひそかに持っていたようにも思う。

先生の後輩であり、同僚である筧久美子先生が、先生の停年退職をお祝いするために、自祭文を書いた陶淵明になぞらえて「生前弔辞集」という奇抜な文集を編まれたことがある。それも恐らく、「やっぱり一海さんは陶淵明」という思いからではなかったかと、私は勝手な推測をしている。

しかし、不思議なことに、というか残念なことに、先生がもっぱら陶淵明だけについて語られる機会に、私はまだ出逢っていない。

大学院から神戸大学に進学した私は、いま考えれば惜しいことをしたが、教養部の講義を聴いていない。あるいはそこで大いに陶淵明について語っておられたのかもしれないが、少なくとも私の出席した大学院の演習も、停年を迎えられて後の研究会も、陶淵明が主たる対象として選ばれることはなかった。大学院では、江戸時代後期の詩人市河寛斎の注(『陸詩意註』)によって陸游を読み、研究会ではずっと河上肇の『陸放翁鑑賞』を読んでいる。

神戸大学を去られるときの最終講義のテーマは、「一般教養としての「別レノ詩」」(講義内容は、『近代』第七四号、神戸大学『近代』発行会、一九九三年六月に収載されている。本著作集7所収)であった。最終講義では陶淵明の話が聴けるかもしれぬと期待したが、この講義の中でも陸游には言及されたものの、陶淵明に触れられることはなかった。

陸游の詩を読んでいる中で、陶淵明に話が及ぶことはもちろんある。担当者がいつも以上に厳しい追及に遭うのも、陶淵明の詩をふまえた句であることに気づかずに、適当な解釈でやり過ごしたときであり、そういう意味では、ずっと先生と陶淵明を読み続けてきたということになるのかもしれない。

実際のところ、作品数もそう多くはなく、全訳もすでに試みられている陶淵明のような詩人の作品は、演習の教材としてはどちらかといえば不向きである。また、浅学の私が言うことでもないが、自分が授業をする側になってみて、ずっと考え続けている問題ほど講義しにくいということがあるような気もしている。

先生が『陶淵明――虚構の詩人』を上梓されたのは、停年を迎えられた四年後の一九九七年であった。久々のまとまった先生の陶淵明論に、これぞ形をかえた最終講義、という思いを抱いた受業生も少なくなかったであろう。「数年前、陶淵明が亡くなった六十三歳という年を、私自身が迎えたとき、淵明に回帰しよう、と思った」と記されているその「あとがき」を読んで、授業や研究会で集中して扱われることがなかった意味が、すこしだけわかったような気がした。

陶淵明は「難しすぎて」というのは、一海先生の弁である(「好奇の詩人・陸游」ラジオ深夜便・こころの時代、二〇〇四年五月八日)。難しすぎるからこそ、先生の淵明についての語りを聴いてみたい。文章を大切にしておられる先生は、書かれたものの中にこそ「真意有り」と言われるかもしれないが。

(はやし・かな/京都府立大学准教授)

之《これ》を聞き、欣然《きんぜん》として往《ゆ》かんことを規《くわだ》つるも、未《いま》だ果《は》たさざるに、尋《つ》いで病《や》み終る。

聞之、欣然規往、未果、尋病終。

桃源郷のことを聞き、喜び勇んで出かけようと計画したが、実行しないうちに、まもなく病気で死んだ、というのである。

そして物語「桃花源記」は、次の一行で終る。

後遂《のちつい》に津《しん》を問う者無し。

後遂無問津者。

「津」とは、渡し場のことをいう。桃源郷へと通ずるあの谷川の渡し場である。隠者劉子驥が亡くなったあと、もはやあの渡し場をたずねようとする者はいなくなった。かくて桃源郷は、世間から忘れ去られる。

「津を問う」という言葉、実は『論語』(微子《びし》篇)に見える。孔子は旅の途中、川べりで弟子の子路《しろ》に、渡し場のありかをたずねさせた。「子路をして津を問わしむ——使子路問津焉」。たずねた相手は、道ばたで畑を耕していた老人(実は隠者)である。老人は少し離れて待っている孔子を指さして、子路に聞いた。「あれは誰かね」「孔丘《こうきゅう》先生です」「魯《ろ》の孔丘か」「そうです」「彼なら渡し場を知らぬはずはないよ」。

この暗喩的な言葉はいろいろに解釈できるが、以後「津を問う」とは、学問の道をたずねる、人生の道をたずねる、真実のありかを求める、といった意味で使われるようになる。

「桃花源記」の結びの言葉「後遂に津を問う者無し」も、そうした意味を裏に含むだろう。「もはや真実の世界を求めようとする人は、いなくなった」。

淵明は詩作品（「飲酒」第二十首）の中でも、この言葉を使っている。この頃の世の中では、人々は、

終日馳車走　終日　車を馳《は》せて走るも
不見所問津　問う所の津《しん》を見ず

「桃花源記」のリアリズム

さて、「桃花源記」を読み了えて、気づくことの一つは、これがきわめて現実的なユートピア物語だ、ということである。「現実的なユートピア」という表現は、一種の形容矛盾である。ユートピア（理想郷）とは、現実的でないからこそ、現実から超越しているからこそ、ユートピア（理想の世界）なのである。ところが「桃源郷」は、きわめて現実に密着した、いわば日常生活くさい、ミミッチイ「ユートピア」である。

そのことを、作品に即してすこし具体的に考えてみよう。

物語やドラマに必須の要件は、四つのWだといわれる。
1、いつ（when）
2、どこで（where）
3、誰が（who）
4、何（what）をした。
この単純な原則は、子供向けおとぎ噺《ばなし》でさえ、きちんと守っている。
1、when――むかしむかし、
2、where――ある所に、
3、who――おじいさんとおばあさんがいました。
4、what――おじいさんは山へ柴刈りに、おばあさんは川へ洗濯に行きました。
「桃花源記」の場合はどうか。
1、when――晋《しん》の太元中。
「むかしむかし」といった不特定のあいまいな時間ではなく、作者の陶淵明十二歳から三十二歳までの、きわめて「現実的な」時間が設定されている。
2、where――武陵。
これまた「現実」の、実在する地名である。しかも人々があまり訪ねたことのないような遠隔の地ではなく、身近な土地である。

物語の主たる舞台「桃源郷」も、ここから一日行程の、さほど離れていない場所にある。ただし「桃源郷」そのものは、ほら穴の向こうにある「別天地」であり、これは「現実」的ではない。のちに李白が七言絶句「山中問答」の中で、

桃花流水窅然去　桃花流水　窅然《ようぜん》として去り
別有天地非人間　別に天地の人間《じんかん》に非ざる有り

とうたうような、「別天地」である。といっても、全く次元のちがう世界ではなく、同次元につながりながら異次元の世界である、というところに「桃源郷」の特徴がある。

次に、

3、who——魚を捕《とら》うるを業と為《な》すもの。

漁師である。特別の能力をそなえたスーパーマンではない。どこにでもいるような、一漁師である。「桃花源記」の登場人物は、この漁師だけではない。他に、

桃源郷の住民たち
郡の太守とその部下たち
高尚の士・劉子驥《りゅうしき》

がいる。桃源郷の住民たちは、秦の時代に戦乱を避けて逃げのびて来た中国の農民である。日本でい

えば平家の落人《おちうど》のようなもので、碧眼紅毛の異様な人たちではない。郡とは、武陵郡である。この時代のそこの太守といえば、調べてゆけば固有名詞までわかるような、実在の人物である。

劉子驥も、前述のように『晋書《しんじょ》』にその伝記が見える実在の人物。人物はすべて「現実」と結びついている。ただ、漁師に固有名詞はなく、桃源郷の住民は、漁師以外の人間にとっては、深いベールにつつまれている。

さいごに、

4、what——桃源郷の発見と喪失。

さいごに至って、物語の舞台はあつい霧につつまれてしまうのだが、そこへ至るまでの経緯は、きわめて現実的である。

その点で、これはやはり中国のユートピアだな、と思ってしまう。「現実的」ということは、「中国的」という言葉に置きかえることができる。小説『三国志』(三国志演義)は、史書『三国志』にもとづいており、あの孫悟空の『西遊記』さえ、主な登場人物の一人三蔵法師は、実在の人物であった。物語は、三蔵法師の取経譚という事実の記録にもとづいている。

階級のない社会

さて陶淵明は、この現実的で庶民的、平凡でミミッチイ「ユートピア」を描くことによって、何を言おうとしているのか。淵明の意図は、どこにあったのか。

それを鋭く見抜いたのは、淵明より六百年ほど後、宋の時代の革新的政治家といわれた詩人王安石《おうあんせき》（一〇二一―八六）である。

「桃源郷」は別天地であるという認識から、淵明以後の詩人の多くは、「桃源郷」を一種の仙界、あるいは夢境のように描き出してきた。

たとえば唐の王維《おうい》（六九九―七六一）は、「桃源行」の中で、

初因避地去人間　　初めは地を避けしに因りて　人の間《よ》を去り
更聞成仙遂不還　　更に聞く　仙と成りて　遂に還《かえ》らず

とうたう。また同じく唐の盧綸《ろりん》（大暦《たいれき》［七六六―七七九］十才子の一人）は、「桃源を夢む」と題して、

夜静春夢長　　夜静かにして　春夢長く
夢逐仙山客　　夢に仙山の客を逐《お》う

とうたう。

ところが、王安石の見方はちがっていた。その「桃源行」は十六句の七言古詩だが、前半八句を示

せば、

望夷宮中鹿為馬
秦人半死長城下
避時不独商山翁
亦有桃源種桃者
此来種桃経幾春
採花食実枝為薪
児孫生長与世隔
雖有父子無君臣

望夷《ぼうい》宮中　鹿を馬と為《な》し
秦人《しんひと》　半《なか》ばは死す　長城の下《もと》
時を避けしは独《ひと》り商山の翁《おきな》のみならず
亦《ま》た桃源に桃を種《う》えし者有り
此《ここ》に来たりて桃を種え　幾春《いくはる》をか経《へ》し
花を採《と》り実を食し　枝を薪《たきぎ》と為《な》す
児孫生長して　世と隔《へだ》たり
父子有りと雖《いえど》も　君臣無し

「望夷宮」というのは、秦の宮殿である。秦の始皇帝はすでに亡く、二世皇帝がここに住んでいた。宮中の実権を握って、恐怖政治を行っていた宰相趙高《ちょうこう》は、あるとき一頭の鹿を皇帝に献上して言った、「これは珍しい馬でございます」。皇帝は首をかしげたが、趙高は今度は並居る群臣たちにきいた。「どうだ、馬だろう」。宰相に迎合して馬だと答えたものは助かったが、「鹿では？」といったものは、のちに罰を加えられた。

「馬鹿」という言葉は日本語であって、このエピソードと無関係だが、こんな馬鹿げたことが宮中ではまかり通り、宮廷の外では万里の長城造営の強制労働で、多くの人民が命を失った。

そういうことがあって、桃源郷の人々は逃げのびて来たのだが、「児孫生長して世と隔たり、父子有りと雖も君臣無し」。

この世界では、父子《おやこ》すなわち長幼の序はあるけれども、君臣の区別、支配するものと支配されるものの差別はない。

これが、王安石が見抜いたユートピア「桃源郷」のポイントである。階級のない社会だ、というのである。

王安石は、どうしてこう断定したのか。実は淵明の「桃花源記」には、一篇の詩が添えられており（「詩」の方が本体で、「記」が添え物だという説もあるが）、その中に次のような一句がある。

秋熟靡王税　　秋の熟《みの》りに王の税靡《な》し

王安石は、これが淵明のユートピアのポイントだ、と考えたのであろう。この世界が権力の探索を拒絶したのは、「王の税」を拒否するためだったのである。

淵明が描いたユートピアは一見平凡だが、この一点で非凡であった。淵明はフィクションの形を借りて、この「非凡」な主張を訴えようとした。それは当時にあって（千六百年後の今でもそうなのだが）、人々が心の奥深く秘めていた希望であったろう。そしてそれは、表立って主張できない、主張しても実現性のない、けれども人々が渇望しつづけている「危険思想」であった。この「危険思想」は、フィクションという仮託の形をとってしか、主張できなかったのである。

虚構世界と陶淵明

ところで「桃花源記」一篇は、六朝時代のいわゆる志怪小説集の一つ『捜神後記《そうしんこうき》』に収められており、『隋書《ずいしょ》』経籍志《けいせきし》（隋王朝の宮廷蔵書目録）は、この小説集全体の著者を陶淵明だとしている。この説はのちに否定され、現代の文学者ですぐれた文学史家でもあった魯迅《ろじん》（一八八一―一九三六）も、その著『中国小説史略』の中で、『捜神後記』は「霊異変化の事を記する」書物であり、陶淵明は「曠達で、鬼神をあがめるはずもなく、蓋《けだ》し偽託だろう」といっている。

魯迅のこの断定は、おそらく正しいだろう。しかし一定の期間、陶淵明がこの怪異小説集の著者あるいは編者に擬せられていたことも、たしかである。『隋書』は唐の太宗時代、七世紀前半の著作であり、淵明の死後すくなくとも二百年ほどの間、『捜神後記』の撰者は陶淵明だと一般に信じられていた、といってよい。

このことは、特異な虚構の書である『捜神後記』と詩人陶淵明の名が直接結びつけられても、人々はあまり違和感を抱かなかったことを示している。

淵明と虚構の関係を考える上で、興味あるエピソードの一つだといってよい。

この章を終るにあたって、もう一度「桃花源記」全体を読み返してみよう。

晋《しん》の太元《たいげん》中、武陵《ぶりょう》の人、魚を捕《とら》うるを業と為《な》す。渓《たにがわ》を縁《たど》りて行き、路の遠近を忘る。忽《たちま》ち桃花の林に逢《あ》う。岸を夾《はさ》みて数百歩、中に雑樹無し。芳《かぐわ》しき草は鮮《あざや》かに美しく、落《ち》る英《はなびら》は繽紛《ひんぷん》たり。漁人、甚《はなは》だ之《これ》を異《あや》しみ、復《ま》た前《すす》み行きて、その林を窮《きわ》めんと欲す。林は水《かわ》の源《みなもと》に尽《つ》き、便《すなわ》ち一山を得たり。山に小さき口有り、髣髴《ほうふつ》として光有るが若《ごと》し。便《すなわ》ち船を舎《す》てて口より入る。初めは極めて狭《せま》く、纔《わず》かに人を通ずるのみ。復《ま》た行くこと数十歩、豁然《かつぜん》として開朗《かいろう》す。土地は平らかにして曠《ひろ》く、屋舎儼然《おくしゃげんぜん》として、良田・美池《びち》・桑竹《そうちく》の属《たぐい》有り。阡陌交《せんぱくまじ》わり通じ、鶏犬相聞《けいけんあいき》こゆ。其の中に往来《おうらい》して種作《しゅさく》せるもの、男女の衣著《いちゃく》は悉《ことごと》く外人の如《ごと》し。黄髪《こうはつ》・垂髫《すいちょう》、並《とも》に怡然《いぜん》として自《みずか》ら楽しめり。漁人《ぎょじん》を見て、乃《すなわ》ち大いに驚き、従《よ》りて来たりし所を問う。具《つぶ》さに之《これ》に答うれば、便《すなわ》ち要《むか》えて家に還《かえ》り、酒を設《もう》け鶏《とり》を殺して食を作《な》せり。村中、此《こ》の人有るを聞き、咸《みな》来たりて問訊《もんじん》す。自《みずか》ら云う、「先《さき》の世に、秦《しん》の時の乱を避《さ》け、妻子・邑人《むらびと》を率《ひき》いて此《こ》の絶境に来たり、復《ま》た焉《ここ》より出《い》でず。遂に外人と間隔《かんかく》せり」、と。問う、「今は是《こ》れ何の世ぞ」、と。乃《すなわ》ち漢有りしを知らず、魏晋《ぎしん》を論ずる無し。此《こ》の人、一一為《いちいちため》に具《つぶさ》に聞く所を言えば、皆歎惋《たんわん》す。余《よ》の人も各《おの》おの復《ま》た延《まね》きて其の家に至らしめ、皆酒食を出《い》だせり。停《とど》まること数日、辞《じ》し去る。此《こ》の中の人、語《つ》げ云う、「外人の為《ため》に道《い》うに足らざるなり」、と。既《すで》に出《い》でて、其の船を得《え》、便《すなわ》ち向《さき》の路に扶《そ》い、処処《しょしょ》に之《これ》を誌《しる》す。郡下《ぐんか》に及びて、太守に詣《いた》り、説くこと此《か》くの如し。太守、即《すなわ》ち人をして其の往《ゆ》くに随いて、向《さき》に誌《しる》せし所を尋ねしむるに、遂に迷いて復《ま》た路を得ず。南陽《なんよう》の劉子驥《りゅうしき》は、高尚《こうしょう》の士なり。之《これ》を聞き、欣然《きんぜん》として往《ゆ》かんことを規《くわだ》つるも、未《いま》だ果《は》たさざるに、尋《つ》いで病《や》み終る。後遂《のちつい》に津《しん》を問う者無し。

二　五柳先生伝——架空の自伝

中国文学と自叙伝

中国における最初の自叙伝は、司馬遷《しばせん》（前一四五—前八六？）の「太史公自序」（『史記』巻一三〇）だといわれている。

それ以前にも、たとえば孔子が、

吾、十有五にして学に志し、三十にして立ち、四十にして惑わず、……
吾十有五而志于学、三十而立、四十而不惑、……

とおのれの生涯を語るのも（『論語』為政《いせい》篇）、自叙伝といえばいえなくはない。しかしそれはあまりにも簡略にすぎ、形のととのった自叙伝の嚆矢《こうし》は、やはり「太史公自序」であろう。

「太史公自序」は、『史記』という書物の「はしがき」（自序）であるとともに、司馬遷の自伝（自叙）でもある。それは『史記』が司馬遷の文字通りのライフワークであったことを示す。すなわち、自己を語るためには『史記』について語らざるを得ず、『史記』執筆の経緯とそこに盛られた思想を語ることは、とりもなおさず自己の生涯を語ることだったのである。

「太史公自序」はそうした特異性とともに、三人称の自叙伝だという特異性をもあわせもつ。自伝は孔子の告白がそうであったように、一人称で語られるのが本来の姿である。しかし「太史公自序」は、

遷《せん》、龍門に生まれ、河山の陽《よう》に耕牧す。年十歳にして、則《すなわ》ち古文を誦《しょう》し、二十にして……

遷生龍門、耕牧河山之陽。年十歳、則誦古文、二十而……

というふうに、三人称で語られる。

ところで陶淵明の「五柳先生伝」は、一人称でも三人称でもなく、架空の人物の姿でおのが身世、経歴を語る。

五柳先生が陶淵明自身であるという確証はどこにもない。しかし五柳なる人物の思想と性癖、趣味等が淵明と酷似していることは、これが特異な「自叙伝」であることの傍証となる。

また、『宋書《そうじょ》』の淵明伝や、「はじめに」の章で引いた梁《りょう》の昭明太子・蕭《しょう》統《とう》の「陶淵明伝」は、いずれも、

嘗《かつ》て五柳先生伝を著《あらわ》して以て自《みずか》ら況《たと》う。時人、之《これ》を実録と謂《い》う。

嘗著五柳先生伝以自況。時人謂之実録。

という。「自《みずか》ら況《たと》う」とは、自らに比定したということであり、『宋書』は「五柳先生伝」を引用したあと、「其の自ら序《の》ぶること此《か》くの如《ごと》し——其自序如此」という。

淵明の死後、人々は「五柳先生伝」を淵明の「自叙伝」だと考えていた、ということであろう。しかも当時の人は、これを「実録」すなわち「事実の記録」だといったという。このトボケた人物は、陶淵明そっくりだというのである。

五柳先生伝

陶淵明はこの短い伝記を、次のような言葉ではじめる。

先生は何許《いずこ》の人なるかを知らざるなり。亦《ま》た其の姓字を詳《つまびら》かにせず。宅辺《たくへん》に五柳樹有り。因《よ》りて以て号と為《な》す。

先生不知何許人也。亦不詳其姓字。宅辺有五柳樹、因以為号焉。

「五柳先生伝」はわずか百七十字ほどの短い文章だが、全体はほぼ八つの部分にわけられ、それぞれの部分は、次のテーマについて語る。

1、出自・姓名
2、性格
3、読書
4、飲酒
5、衣食住
6、文章
7、死
8、以上の要約としての伝賛。

はじめに引用した文章は、1の「出自・姓名」である。

先生はどこの出身かわからない。またその苗字も呼び名もはっきりせぬ。家のそばに五本の柳の樹が植えてあるので、それをそのまま号としているのだ。

出自と姓名

冒頭に姓名や字《あざな》、出自をのべるのは、中国における伝記叙述の伝統的形式である。たとえば淵明より五百年ほど前の著述である司馬遷《しばせん》の『史記』李将軍列伝はいう、李《り》将軍広《こう》なる者は、隴西《ろうせい》の成紀《せいき》の人なり。

李将軍広者、隴西成紀人也。

この形式は淵明以後も長くひきつがれ、たとえば、

王維《おうい》、字《あざな》は摩詰《まきつ》、太原の祁《き》の人なり。

王維、字摩詰、太原祁人也。

（『旧唐書《くとうじょ》』巻一九〇下）

というふうに書き出されるのが、伝記叙述の伝統的形式である。「五柳先生伝」はこうした伝統に従いつつ、実は何事も語らないという一見トボケた方法によって、伝統を拒否する。それは、門閥《もんばつ》、家柄、出身を極度に重んずる当時の社会への、皮肉な逆襲であったにちがいない。

カエルの子はカエル、大臣の子はどんなにボンクラでも大臣、係長の子はどんなに秀れていても係長どまり。人の一生をきめるのは才能でなく、専《もっぱ》ら家柄、出身である、というのが、当時の社会の動かしがたい仕組みになっていた。

これに対して「五柳先生伝」はいう。先生はどこの馬の骨かわからない。名前もはっきりせぬ。——家柄などクソクラエ、といっているようである。

ただしこの特異な書き出しは、淵明の独創によるものではない。すでに漢の劉向《りゅうきょう》（前七七—前六）

の作とされる『列仙伝』や、晋《しん》の嵆康《けいこう》（二二三―二六二）や皇甫謐《こうほひつ》（二一五―二八二）の編とされる『高士伝』の類に、似た表現がすくなからず見られるからである。

たとえば、いわゆる竹林の七賢の一人である嵆康の『聖賢高士伝』（清・厳可均《げんかきん》編『全三国文』巻五二）には、

卞随《べんずい》・務光《むこう》なる者は、何許《いずこ》の人なるかを知らず。

卞随務光者、不知何許人。

とか、

商容《しょうよう》は、何許《いずこ》の人なるかを知らざるなり。

商容、不知何許人也。

といった書き出しの文章が多く見られる。そして、淵明の詩にもしばしば登場する古代の隠者栄啓期《えいけいき》、長沮《ちょうそ》、桀溺《けつでき》、荷蓧丈人《かじょうじょうじん》といった人物についても、嵆康は「不知何許人」として紹介する。

また、「……先生伝」というタイトルをもつ架空の人物の評伝、その先蹤《せんしょう》の一つとされる晋の阮籍《げんせき》（やはり竹林の七賢の一人、二一〇―二六三）の「大人先生伝」（前掲『全三国文』巻四六）は、次の

ような書き出しではじまる。

大人先生は、蓋《けだ》し老人なり。姓字を知らず。……

大人先生、蓋老人也。不知姓字。……

またさきの嵇康『聖賢高士伝』は、古代の隠者巣父《そうほ》について、

樹を以て巣《す》と為《な》し、其の上に寝る。故に人号して巣父と為す。

以樹為巣、而寝其上。故人号為巣父。

そしてこれは執筆の時期が淵明よりも降るが、宋・范曄《はんよう》(三九八―四四五)の『後漢書《ごかんじょ》』逸民伝、さらに唐代に書かれた『晋書《しんじょ》』以下の正史隠逸《いんいつ》伝には、「不知何許人」「不得姓名」「因以為名」といった表現が散見される。

したがって、「五柳先生伝」の書き出しの文章は、列仙・高士・隠者の伝記の伝統的な叙述方式を踏襲した一例にすぎないといえる。しかしそれが、当時の社会に支配的な「常識」に対する、一種の「反抗」を示していることはたしかである。

ところが一方、淵明の他の作品には、おのれの出自に対する、きわめて「常識」的な記述がないわ

けではない。
たとえば、「子に命《なづ》く」と題する四言形式の詩にはいう。

悠悠我祖　　悠《はる》かに悠《はる》かなる我が祖
爰自陶唐　　爰《ここ》に陶唐《とうとう》（尭《ぎょう》）よりす
邈為虞賓　　邈《はる》かに虞《ぐ》（舜《しゅん》）の賓《ひん》（客分）と為《な》り
歴世重光　　歴世　光を重《かさ》ぬ
御龍勤夏　　御龍《ぎょりゅう》どのは夏《か》のくにに勤《つと》め
豕韋翼商　　豕韋《しい》どのは商《しょう》（殷《いん》）のくにを翼《たす》く
穆穆司徒　　穆穆《おだや》かなる司徒（陶叔《とうしゅく》）どのより
厥族以昌　　厥《そ》の族は以て昌《さか》んなり
…………　　…………

はるかなるわが遠祖は、「聖天子」尭《ぎょう》・舜《しゅん》の時代にはじまる、と説きおこし、連綿とつづく各時代の祖先たちの名を挙げて讃美したのち、父についても次のようにうたう。

於皇仁考　　於《ああ》　皇《おお》いなる仁考《ちちぎみ》は

淡焉虚止　淡焉《たんえん》として虚止《いさぎよ》く
寄跡風雲　跡《あと》を風雲に寄せて
寘茲慍喜　茲《こ》の慍《いか》りと喜びとを寘《しりぞ》く

この詩は、淵明にはじめて男の子が生まれたとき、興奮の中で作られたものである。しかしそうした興奮をともなわない他の作品、たとえば「長沙公《ちょうさ》に贈る」などにおいても、その序文の中で、「長沙公は余に於《おい》て族為《た》り。祖は同じく大司馬（陸軍大臣）に出《い》ず——長沙公於余為族。祖同出大司馬」と、おのれの出自を誇示して見せる。

「どこの馬の骨かわからぬ」という「五柳先生伝」とは、大ちがいである。この矛盾はどう考えればよいのか。

性格

それは、淵明がフィクションという手法を通して、おのが主張を表明しようとしたことと関係するだろう。しかし事の詳細はあとにゆずるとして、先へ進もう。

「出自・姓名」の次は、

2、性格。

きわめて短い（たった八文字の）「性格」描写である。

閑靖《かんせい》にして言少《すくな》く、栄利を慕《した》わず。

閑靖少言、不慕栄利。

「閑靖」は、物静かで心安らかなこと。「栄利」は、栄誉と利欲。あるいは、栄華と利名。この「性格」描写についても、さきの「出自・姓名」と同様、他の作品からこれと矛盾する表現を見出すことが――のちにのべるように――可能である。しかしこれとほぼ同一の表現も、他の作品に多く見られる。

淵明には五人の男の子がいたが、その息子たちに与えた文章「子の儼《げん》（長男の名）らに与うる疏《そ》」（「疏」はここでは訓戒の手紙の意）の中で、父である自分の性格をのべて次のようにいう。

少《わか》くして琴と書とを学び、偶《たま》たま閒静を愛す。

少学琴書、偶愛閒静。

この「閒静」は、さきの「閑靖」とほぼ同義であろう。「閒」と「閑」はたがいに通用し、「靖」の第一義は「安らか」だが、「静」と同義にも使う。

また、「時運」と題する四言詩で、『論語』先進篇に見える「春服」の故事を詠じて、

延目中流　目を中流に延《の》べて
悠想清沂　悠《はる》かに清らかなる沂《き》のかわを想う
童冠斉業　童《わらべ》と冠《かんむり》したると　業《ぎょう》（学業）を斉《ひと》しくし
閒詠以帰　閒《のど》かに詠じて以て帰る

といい、つづけて、

我愛其静　我は其の静を愛す

と受ける。この好ましい情景をうたった「閒」と「静」（閒詠以帰、我愛其静）も、おのが性格描写としての「閑靖」に通ずるだろう。

さらにこれは淵明自身のことではないが、淵明が敬慕する母方の祖父孟嘉《もうか》の性格について、「沖黙《ちゅうもく》にして遠量《えんりょう》有り（物静かで口数がすくなく、思慮が深い）」といっていること（「晋《しん》の故《もと》の征西大将軍の長史孟府君の伝」）、また愛する妹の死を悼んで、「靖恭《せいきょう》にして言鮮《すくな》し（物静かにひかえ目で、口数がすくない）」（「程氏の妹を祭る文」）というのは、淵明が理想とし好もしく思う人間の性格の一つに「寡黙」を挙げていることを示す。そしてそれが五柳先生の性格と一致するという点で、興味深い。

なお、「栄利を慕わず」という「栄利」は、それと同一の表現を他の作品に見出すことはできぬが、淵明が栄華や利欲を拒否しようとしたことは、作品の随所に見える。

読　書

「性格」の次は、

3、読書。

書を読むことを好めども、甚《はなは》だしくは解することを求めず。意に会《かい》すること有る毎《ごと》に、便《すなわ》ち欣然《きんぜん》として食を忘る。

好読書、不求甚解。毎有会意、便欣然忘食。

この部分についても、他の作品にほぼ同一の表現が見える。すなわちさきにあげた散文「子の儼《げん》らに与うる疏《そ》」の、「少《わか》くして琴と書とを学び、偶《たま》たま閒静を愛す」というのにつづけて、

巻《かん》（書物）を開きて得る有らば、便《すなわ》ち欣然として食を忘る。

開巻有得、便欣然忘食。

この「有得」と「五柳先生伝」の「有会」とは、ほぼ同義であり、「便欣然忘食」に至っては、二作品に全く同一の表現が用いられている。

「忘食」という言葉で、私たちが思い出すのは、『論語』述而《じゅつじ》篇において、孔子自身がおのれの人柄について、いささか冗談めかしてのべた次の一節である。

其の人と為《な》りや、憤《いきどお》りを発して食を忘れ、楽しんで以て憂《うれ》いを忘れ、老《お》いの将《まさ》に至らんとするを知らざるのみ。

其為人也、発憤忘食、楽以忘憂、不知老之将至云爾。

孔子は世の中の事に憤慨すると「食を忘れ」、五柳先生は、そして淵明は、書物を読んで「これだ！」と思うことに出会うと、「食を忘れ」たというのである。

淵明が読書を好んだことは、その全作品を読めばおのずから明らかになるが、とりわけ若い時代を回想した作品に、しばしば読書のことがのべられている。また一生を総括した形をとる作品「自ら祭る文」にも、

欣《よろこ》ぶに素牘《そとく》（書物）を以てし、和するに七弦《しちげん》を以てす。

欣以素牘、和以七弦。

という（一六六頁）。

読書についての「五柳先生伝」の描写は、おおむね淵明の実像に近いといえよう。

ところで、さきの「好読書、不求甚解」という七文字について、清の方宗誠《ほうそうせい》（一八一八—八八）の「陶詩真詮《しんせん》」（『陶淵明詩文彙評』中華書局刊、一九六一年所引）はいう。

蓋《けだ》し又《ま》た漢儒（漢代の学者）の章句訓詁《くんこ》の穿鑿附会《せんさくふかい》多く、孔子の旨《むね》を失せるを、嫌《いと》いしなり。

蓋又嫌漢儒章句訓詁之多穿鑿附会、失孔子之旨也。

重箱のスミをほじくるような書物の読み方、六朝時代にも盛行した訓詁義疏《くんこぎそ》の学、その「煩瑣主義」に向けて放った、淵明の皮肉な矢だった、というのであろう。

淵明と飲酒

「読書」の次は、

4、飲酒。

これは、これまでの短い描写にくらべて、ややくわしい。ほとんどの項目が数文字、あるいは十数文字であるのに対し、約四十文字を費している。

性、酒を嗜《この》めども、家貧しくして常には得る能《あた》わず。親旧《しんきゅう》、其の此《か》くの如くなるを知り、或いは酒を置《とと》えて之《これ》を招く。造《いた》り飲めば輒《すなわ》ち尽《つ》くし、期するは必ず酔うに在り。既に酔うて退くに、曾《かつ》て情《じょう》を去留《きょりゅう》に吝《やぶさ》かにせず。

性嗜酒、家貧不能常得。親旧知其如此、或置酒而招之。造飲輒尽、期在必酔。既酔而退、曾不吝情去留。

生まれつきの酒好きだったが、家が貧乏で、いつも手に入れるというわけにゆかぬ。親戚旧友たちはその様子を見て、酒席をしつらえ、招待してやることがあった。出かけてゆけば、いつも飲みつくし、必ず酔っぱらうのが目的だった。酔ってしまうとひきあげ、思いきり悪くグズグズするということがなかった。

「五柳先生伝」はさいごの伝賛の部分をのぞけば、総字数百二十字足らずの文章である。しかるに飲酒の描写は、前述のごとくほぼ四十字、全体の三分の一を占める。

このことは、淵明の詩作品百二十余首のうち、約半数が何らかの形で酒をうたうのと、符合する。

そして、「家貧しくして常には得る能わず」というのは、自らの葬式の様子を想定してうたった「挽歌詩」（第五章参照）に、

但恨在世時　但《た》だ恨《うら》むらくは　世に在りし時
飲酒不得足　酒を飲むこと　足《た》るを得ざりしを（第一首）

とうたい、

在昔無酒飲　在昔《むかし》は酒の飲むべき無く
今但湛空觴　今は但《た》だ空《むな》しき觴《さかずき》（主《ぬし》なき盃）に湛《あふ》る（第二首）

とうたうのと、対応する。

ただし、淵明の家は水呑百姓ではなく、中小程度の地主だったと思われるので、飢饉《ききん》のときなどをのぞけば、ほんとうにいつも酒に不自由していたのかどうか。これまた淵明一流のフィクションだったのかも知れない。

淵明には「飲酒」と題する二十首連作の詩があるが、その第十八首で漢の文人揚雄《ようゆう》（字《あざな》は子雲《しうん》、前五三—後一八）のことを詠じて、

子雲は性酒を嗜めども
家貧にして得るに由無し

というのは、「五柳先生伝」の「性、酒を嗜《この》めども、家貧しくして常には得る能《あた》わず」という描写と、

ほとんど同じである。
このことに気づいて「飲酒」第十八首全体を読んでみると、淵明が揚子雲をおのれになぞらえた寓意の那辺《なへん》にあるかが、わかるような気がする。いまその原詩と読み下し文、そして試訳をかかげてみよう。

子雲性嗜酒　　子雲は性酒を嗜《この》めども
家貧無由得　　家貧しくして得るに由《よし》無し
時頼好事人　　時に頼《さいわ》いにも好事《こうず》の人の
載醪祛所惑　　醪《どぶろく》を載せて　惑《まど》う所を祛《はら》わんとす
觴来為之尽　　觴《さかずき》来たれば　之《これ》が為《ため》に尽《つ》くし
是諮無不塞　　是《こ》れ諮《はか》れば　塞《み》たされざる無し
有時不肯言　　時有りて　肯《あえ》て言わざるは
豈不在伐国　　豈《あ》に国を伐《う》つに在らざるや
仁者用其心　　仁者《じんしゃ》は其の心を用うるに
何嘗失顕黙　　何ぞ嘗《かつ》て顕黙《けんもく》を失《あやま》たん

揚子雲ハ生マレツキノ酒好キダガ

家ガ貧シク手ニ入レヨウガナイ
タマタマ物好キナ人ガイテ
ドブロク運ンデ疑念ヲタダス
ササレタ盃　ツギツギ飲ミホシ
タズネル事ニハ何デモ答エタ
アエテ答エヌ時ガアッタガ
他国ヲ侵ス手ダテノ問イカ
仁者タルモノノ心バエ
言ウト言ワヌニ取リチガエナシ

酒不足の訴えは、淵明一流のフィクションか、と先に言ったが、友人に贈った詩などでも、貧乏で酒の飲めぬことをときどきもらしているのは、事実である。

たとえば、「歳暮《さいぼ》、張常侍《ちようじようし》に和す」では、

屢闕清酤至　　屢《しば》しば清き酤《さけ》の至るを闕《か》き
無以楽当年　　以て当年を楽しましむる無し

といい、また「胡西曹《こせいそう》に和し顧賊曹《こぞくそう》に示す」では、

感物願及時　物に感じては　時に及ばんと願い
毎憾靡所揮　毎《つね》に憾《うら》む　揮《ふる》う所靡《な》きを

という。「揮う所」とは、酒のこと。

淵明が「既に酔う」た後、「情を去留に吝《やぶさ》かに」しなかったかどうか、他に例証はない。しかし淵明が酒に淫する人でなかったことは、酒を詠じた諸作品から容易に想像することができる。

またさきに引いた母方の祖父孟嘉《もうか》の伝の中で、

孟生は善く酣《よ》うも、其の意を愆《あやま》たず。

孟生善酣、不愆其意。

といい、さらに

好んで酣飲《かんいん》するも、逾《いよ》いよ多くして乱れず。

好酣飲、逾多不乱。

というのは、飲酒についての淵明の理想であっただろう。

「はじめに」の章で引いた蕭統《しょうとう》の「陶淵明伝」に、

淵明、若《も》し先に酔えば、便《すなわ》ち客に語《つ》ぐ。「我酔うて眠らんと欲す。卿《きみ》、去る可《べ》し」と。其の真率《しんそつ》なること此《か》くの如し。

淵明若先酔、便語客。我酔欲眠。卿可去。其真率如此。

というのは、伝聞にもとづくエピソードだが、淵明の飲みっぷり、酔いっぷりをよく示している。豪快な飲みっぷりで人をケムに巻いた李白とは、かなり異なるといわなければならない。

それにしても、「五柳先生伝」中における「飲酒」についての叙述の分量は、いささか他とのバランスを欠く。そこに何か気負いのようなものが感じられ、熟年の淵明よりも若年の淵明が、顔をのぞかせているように思える。

衣食住

「飲酒」の次は、

5、衣食住。

「五柳先生伝」は、「住」「衣」「食」の順に、その貧窮ぶりを語る。

〔住〕環堵《かんと》蕭然《しょうぜん》として、風日《ふうじつ》を蔽《おお》わず。
〔衣〕短褐穿結《たんかつせんけつ》し、
〔食〕簞瓢《たんぴょう》屢《しば》しば空《むな》しきも、晏如《あんじょ》たり。

環堵蕭然、不蔽風日。短褐穿結、簞瓢屢空、晏如也。


まず、「住」。

「環堵」とは、せまい部屋のことをいう。環は周囲、堵は長さの単位をあらわす。すなわち一堵四方の家。一堵が現在のどの位にあたるか、諸説があって定めがたい。しかし、「環堵の室」(『礼記《らいき》』儒行篇《じゅこう》)といえば、ごくせまい部屋をさす。そうしたせまい部屋が、せまいだけでなく、「蕭然《しょうぜん》」とさびれている。こんな住居では、風よけ、日よけにもならない。

次に、「衣」。

「短褐《たんかつ》」、チンチクリンのジャンパー、毛皮の上衣は、「穿結《せんけつ》」、穴があき、ボロがぶらさがっている。

そして、「食」。

「簞瓢《たんぴょう》」は、飯をいれるわりご、飲物を入れるひさご。弁当箱と水筒である。この語、孔子が弟子の顔回《がんかい》をほめたたえた言葉の中に見える(『論語』雍也《ようや》篇)。

子曰く、賢なるかな、回や。一簞《いったん》の食《し》、一瓢《いっぴょう》の飲《いん》、陋巷《ろうこう》（貧乏長屋）に在りて、人は其の憂《うれ》いに堪《た》えざるに、回や其の楽しみを改めず。賢なるかな、回や。

子曰、賢哉回也。一簞食、一瓢飲、在陋巷、人不堪其憂、回也不改其楽。賢哉回也。

わが五柳先生は、弁当箱も水筒もからっぽのことが多いのに、「晏如《あんじょ》」、平然としている。

「衣」や「食」についての類似した描写は、淵明の他の作品にもすくなくない。

たとえば、三十五歳の作と推定される「始めて鎮軍参軍と作《な》りて曲阿《きょくあ》を経《へ》しときの作」に、

弱齢寄事外　弱齢《じゃくれい》より事外に寄せ
委懐在琴書　懐《おも》いを委《ゆだ》ぬるは　琴と書に在り
被褐欣自得　褐《かつ》を被《き》て　欣《よろこ》んで自得し
屢空常晏如　屢《しば》しば空しきも　常に晏如《あんじょ》たり

とうたうのは、その一例である。

また、「簞瓢屢空」という表現が、『論語』の故事にもとづくためであろう、淵明の作品のあちこちに散見される。

たとえば、三十九歳の作とされる「癸卯《きぼう》の歳十二月中の作、従弟敬遠《けいえん》に与う」では、

勁気侵襟袖　勁《つよ》き気の襟《えり》と袖《そで》を侵《おか》し

簞瓢謝屢設　簞瓢は屢《しば》しば設《ととの》うるを謝《さ》く

と見え、さきに挙げた「自ら祭る文」でも、

余の人と為《な》りてより、運の貧しきに逢い、簞瓢屢《たんぴょうしば》しば罄《つ》き、……

自余為人、逢運之貧、簞瓢屢罄、……

という(二六四頁)。

「貧」は、「酒」と「死」とともに、淵明の文学の重要なテーマであった。貧窮についての叙述は、淵明のすくなからぬ作品に見え、全生涯を通じてこの詩人を苦しめた「事実」として、描かれている。

まず、若い時代の窮乏。

前頁に引いた「始めて鎮軍参軍と作《な》りて云々」の詩に、「弱齢」という「弱」は、二十歳をいう。したがって「弱齢」とは、二十歳前後の若い頃。その頃すでに「褐《かっ》を被《き》て欣《よろこ》んで自得し、屢《しば》しば空《むな》し

きも常に晏如《あんじょ》たり」、というのである。

また「自ら祭る文」に、「余の人と為《な》りてより……箪瓢《たんぴょう》屢《しば》しば罄《つ》き」というのも、同じく若い時代をさす。

さらにまた、「飲酒」二十首の第十九首は、次のようにうたう。

疇昔苦長飢　疇昔《むかし》は長《つね》に飢《う》うるに苦しみ
投耒去学仕　耒《すき》を投じて　去《ゆ》きて仕うることを学べり
将養不得節　将養《くらし》は節《せつ》を得ず
凍餒固纏己　凍《こご》えと餒《う》えの固《もと》より己《おのれ》に纏《まと》う
是時向立年　是《こ》の時　立年《りつねん》に向かい
志意多所恥　志意　恥ずる所多し

「立年」とは、三十歳をいう。『論語』為政《いせい》篇に、「三十而立（三十にして立つ）」。その三十歳に近づく頃、のがれえぬ飢《う》えに苦しみ、鋤を捨てて役人のまねごとをした、というのである。しかし暮らし向きはまともにならず、凍えと飢えがいつもまとわりついた。

淵明が出仕したのは、二十九歳の頃、江州の祭酒（教育長のような職務）に就いたのが、最初であったとされる。

若い頃の窮乏について、「子の儼《げん》らに与うる疏《そ》」でも、

少《わか》くして窮《とぼ》しく苦しかりしかば、毎《つね》に家の弊《まず》しさ以《ゆえ》に、東西に游走せり。

少而窮苦、毎以家弊、東西游走。

という。

この窮乏は、中年に至っても解消されなかった。有名な「帰去来の辞」の序にいう、

余が家は貧しくして、耕し植うるも以て自給するに足らず。幼稚《おさな》きもの室に盈《み》ち、缾《かめ》には儲《たくわ》えの粟《ぞく》（穀物）無し。生生《くらし》に資《たよ》るべき所《もの》、未《いま》だ其の術《すべ》を見ず。

余家貧、耕植不足以自給。幼稚盈室、缾無儲粟。生生所資、未見其術。

淵明に五人の男の子がいたことは、さきにふれたが、その子供たちがつぎつぎと生まれた中年の頃も、貧しさとの縁は切れなかった。

そして、「飲酒」第十六首にはいう、

行行向不惑　　行く行く不惑《ふわく》に向かわんとするに

淹留遂無成　淹留《えんりゅう》して　遂に成る無し
竟抱固窮節　竟《つい》に固窮《こきゅう》の節を抱《いだ》き
飢寒飽所更　飢寒《きかん》　更《へ》し所に飽《あ》く

「不惑」は、よく知られているように『論語』に見える語で、四十歳をいう。はや四十歳になろうというのに、ぐずぐずとうだつがあがらぬ。

「固窮」というのも、『論語』に「君子は固《もと》より窮す——君子固窮」（衛霊公篇）と見える語だが、淵明はこれを「窮を固《まも》る」と開き直った意味で使う。あとの二句は、貧をつらぬく覚悟をきめて、飢《う》えと寒《こご》えをいやほど味わってきた、というのである。

そして、「会《さと》ること有りて作る」と題する詩に、

弱年逢家乏　弱年にして家の乏《とぼ》しきに逢い
老至更長飢　老い至って更に長《つね》に飢《う》う

とうたうのは、窮乏が弱（若）年から老年に及んだことの、告白である。

淵明にとって、貧乏は生涯の伴侶であった。そして自然の災害や戦争が、さらに不時の窮乏をもたらしたにちがいない。

しかし淵明の家は、いささかの田畑をもつ地主であった。その余裕をうたう詩もないわけではない。たとえば、「帰去来の辞」を賦して官界に別れを告げ、帰田したときの作とされる「園田の居《すまい》に帰る」五首の第一首。

方宅十余畝　　方宅《ほうたく》　十余畝《ほ》
草屋八九間　　草屋《そうおく》　八九間《けん》
楡柳蔭後簷　　楡《にれ》と柳の　後《うら》の簷《のきば》を蔭《おお》い
桃李羅堂前　　桃と李《すもも》の　堂《ざしき》の前に羅《つら》なる

方宅は、四角い宅地。そのころの一畝《ぽ》は、約五百平方メートルすなわち百五十坪ほどだという。とすれば、十余畝は千数百坪。かなりの広さであり、その中に田畑があり、家が建っていたのであろう。その草ぶきの家の間取《まど》りが、八つか九つ。これも決してせまくはない。そうしたささやかな豊かさをうたうのも、彼の生涯のひとこまであった。

淵明の全作品を読めば、「五柳先生伝」は、もちろん彼の虚像のみを描いているのではないが、しかし実像のみを描いているわけでもない、ということがわかる。「伝」は全体として、一つのフィクションなのである。

当時の人々は、前述のごとく「五柳先生伝」を淵明の「実録」だといったというが、それは象徴的な意味での「実録」だった。

文章

さて、「衣食住」の次は、

6、文章。

常に文章を著《あらわ》して自《みずか》ら娯《たの》しみ、頗《すこぶ》る己《おの》が志を示す。

常著文章自娯、頗示己志

ここでいう文章とは、散文をさすのではない。むかしは、詩文、とりわけ詩に重点をおいての詩文をさした。三国・魏《ぎ》の文帝曹丕《そうひ》が、『典論』論文の中で、

文章は経国の大業、不朽の盛事なり。

文章経国之大業、不朽之盛事。

というのは、「文」に重点があるだろう。しかし、杜甫が「旅の夜に懐《おも》いを書《しる》す」と題する詩の中で、

名豈文章著　名は豈《あ》に文章もて著《あらわ》れんや
官応老病休　官は応《まさ》に老病《ろうへい》にて休《や》むべし

とうたう「文章」は、むしろ「詩」に重点があるだろう。そして「五柳先生伝」の「文章」も、もちろん「文」もふくむだろうが「詩」に重点がある。

なお、「常に文章を著して自ら娯しむ」という表現は、ほとんどそのまま「飲酒」二十首の序文に次のように見える。

余、閒居《かんきょ》して歓《よろこ》び寡《すくな》く、兼《か》ねて比《このごろ》夜已《すで》に長し。偶《たま》たま名酒有り、夕《ゆうべ》として飲まざる無し。影を顧みて独《ひと》り尽《つ》くし、忽焉《たちまち》にして復《ま》た酔う。既に酔うの後は、輒《すなわ》ち数句を題して自ら娯しむ。……

余閒居寡歓、兼比夜已長。偶有名酒、無夕不飲。顧影独尽、忽焉復酔。既酔之後、輒題数句自娯。……

作詩の目的は、ひとりたのしむことにあった。しかしそれだけではない、と五柳先生はいう。

頗《すこぶ》る己《おの》が志を示す。

頗示己志。

「頗《すこぶ》る」は、日本語のそれとはいささか意味を異にし、かなりの程度に、なかなか、といったニュアンスの副詞である。そして、「己《おの》が志を示す」というのは、「詩は志を言う――詩言志」(『礼記《らいき》』楽《がく》記《き》篇などに見える言葉)という伝統的な考えをふまえつつ、おのが志を言わぬ当時の詩の氾濫《はんらん》に対して、反撥を示したものとも読みとれる。

死

さて、「五柳先生伝」はいよいよ末尾に至り、先生の死にざまについて語る。すなわち、

7、死。

懐《おも》いを得失《とくしつ》に忘れ、此《こ》れを以て自《みずか》ら終る。

忘懐得失、以此自終。

「忘懐得失」の四文字は、上につづけて、「頗る己が志を示し、懐いを得失に忘る。此れを以て……」とも読める。しかし、「懐いを得失に忘る(利害損得は念頭におかぬ)」というのは、作詩にかかわってだけ言うのではなく、やはり一生の総括的な表現としてのべたのであろう。

同じく生涯の総括の意味をもつ詩作品「挽歌詩」の第一首でも、

得失不復知　得失　復《ま》た知らず
是非安能覚　是非《ぜひ》　安《いず》くんぞ能《よ》く覚《さと》らんや

とうたう（一三七頁）。そして類似の表現は、「従弟敬遠《けいえん》を祭る文」に、これは敬愛する従弟のこととしてだけれども、次のように見える。

心遺得失、情不依世。
心に得失を遺《わす》れ、情は世に依《よりそ》わず。

淵明にとって、実社会での「得失」を忘れ去ることは、生涯の一つの理想、到達点であったように思える。

「此《こ》れを以て自ら終る――以比自終」――このようにして、ひとり勝手に死んでいった。「自終」は、自殺ではない。自らの死にざまを自ら選んで命を終えた、ということであろう。

『高士伝』や『隠逸伝』中の人物は、たとえば「遂に深山に入りて、其の終る所を知る莫《な》し――遂入深山、莫知其所終」（善巻《ぜんかん》伝、嵆康《けいこう》『聖賢高士伝』所収）などといわれるように、最後は行方をくらましてしまい、その死を確認できないものが多い。しかるに五柳先生は、そうした隠者たちとはちがって、「自ら終る」。この表現について、小川環樹「五柳先生伝と方山子伝」(『風と雲』朝日新聞社、一九七二年所収)は、次のようにいう。

「自終」の自には、他人と無関係にの義を含む。そして多分、災害などによる死でなく(もっと極端にいえば、誅せられたり殺されたりでなしに)天寿を終える意味でもある。

これが「自終」についての、正しい解釈であろう。五柳先生は、他人にわずらわされることなしに、天寿を全うした。そして淵明はこの伝記を書いたとき、もちろんまだ生きていたのだから、淵明自身に即して言えば、「以比自終」とは、「私もそのようにして死にたいとの願望」(同前)を表わしているだろう。

淵明の晩年は、必ずしも安穏無事なものではなかった。淵明と当時の国家権力(あるいはその末端の地方権力)との間には、一種の緊張関係があったはずであり、淵明は権力の監視の中で、晩年の隠遁生活を送っていたと思われるふしがある。そのことについては、のちにややくわしくふれることにしたいが、そうしたことを背景に考えたとき、「自終」という二文字は、ある重味をもってわれわれに迫る。

同時代のすくなからぬ人士が、政争の中での処刑その他尋常でない死を強いられていた中で、他にわずらわされずに天寿を全うすることは、一つの理想であり、希望であり、空想でさえあったのである。

贊

淵明は五柳先生の理想的な死について語ったのち、短い「贊」をつけ加えて、この伝を終る。すなわち、

8、贊。

「贊《さん》」とは「讃《さん》」、伝記中の人物に対するほめ言葉であるとともに、人物評価の指標となるべきポイントを総括的に示す。

贊に曰く、黔婁《けんろう》言える有り、「貧賤《ひんせん》に戚戚《せきせき》たらず、富貴《ふうき》に汲汲《きゅうきゅう》たらず」と。其れ茲《こ》れ若《かくのごと》き人の儔《たぐい》を言うか。酣觴《かんしょう》して詩を賦《ふ》し、以て其の志を楽しましむ。無懐《むかい》氏の民か、葛天《かってん》氏の民か。

贊曰、黔婁有言、不戚戚於貧賤、不汲汲於富貴。其言茲若人之儔乎。酣觴賦詩、以楽其志。無懐氏之民歟、葛天氏之民歟。

まず文中の語について、注釈をほどこす。

「黔婁《けんろう》」は、春秋時代の隠者。大臣に就任することを拒否し、一生貧乏生活を貫き通した。淵明は「貧士を詠ず」と題する連作七首の第四首で、この人物をとりあげ、次のようにうたっている。今そ

の試訳と原詩・読み下し文をかかげてみよう。

貧ニ安ンジ低イ身分デ通シタモノニ
ソノ昔　黔婁《けんろう》ガイタ
高イ爵位ヲ名誉ト思ワズ
ゴ下賜ノ品ニモソッポヲ向イタ
ヒトタビ寿命ガツキタトキ
体ヲクルムボロ着モナカッタ
貧乏ノ行キツク所ヲ知ラヌデハナイガ
身カラ出タモノデナイユエ悩マナカッタ
ソレ以来　千年近イ月日ガタツガ
コノヨウナ人ハマダ現ワレヌ
人ハ朝　仁ト義トニ生キルナラ
夕方死ンデモ　悔イハナイハズ

安貧守賤者　貧に安んじ賤《せん》を守る者
自古有黔婁　古《いにし》えより黔婁有り

好爵吾不栄　好爵《こうしゃく》　吾　栄《えい》とせず
厚饋吾不酬　厚饋《こうき》　吾　酬《むく》いず
一旦寿命尽　一旦《いったん》　寿命尽き
弊服仍不周　弊服《へいふく》　仍《な》お周《あまね》からず
豈不知其極　豈《あ》に其の極を知らざらんや
非道故無憂　道に非ず　故に憂《うれ》い無し
従来将千載　従来　将《まさ》に千載《せんざい》ならんとするに
未復見斯儔　未《いま》だ復《ま》た斯《こ》の儔《たぐい》を見ず
朝与仁義生　朝《あした》に仁義と生くれば
夕死復何求　夕《ゆうべ》に死すとも復《ま》た何をか求めん

その黔婁《けんろう》の言葉「貧賤《ひんせん》に戚戚《せきせき》たらず、富貴《ふうき》に汲汲《きゅうきゅう》たらず」は、漢の劉向《りゅうきょう》の『列女伝』では、黔婁の妻が夫をたたえた言葉として見える。「戚戚」は、くよくよすること。「汲汲」は、あくせくすること。なおこの対句は、『漢書《かんじょ》』揚雄《ようゆう》伝にも、「不汲汲於富貴、不戚戚於貧賤」と、転倒して見える。

「酣觴《かんしょう》して詩を賦《ふ》す」とは、酒に酔っぱらって詩を作ること。

「無懐氏《むかいし》」と「葛天氏《かってんし》」は、ともに伝説時代の帝王。無懐氏は、帝太昊《たいこう》（伏羲《ふっき》）の祖先といわれ、その支配下の民はきわめて安らかな生活を楽しんでいたという。葛天氏もまた伏羲以前の帝王といわれ、その政治は言わずして信ぜられ、強制なくして行われたという。

さて、「賛」は前述のごとく、伝記中の人物への賛美の言葉であるとともに、人物評価の指標となるべき要点を示す。

その要点は、何か。

第一は、貧富に対する態度、第二は、飲酒と作詩、第三は、古代人への比擬、である。

まず第一に、黔婁という古代の隠者の発言、貧富に対する発言（前述のごとく劉向『列女伝』によれば、黔婁の妻が夫をたたえた言葉）をとりあげ、五柳先生もまた「若《かくのごと》き人の儔《たぐい》」、同様の人物だった、という。

黔婁のことは、さきにあげた『高士伝』にも見え、その末尾に「寿を以て終る」というのは、五柳先生の「自ら終る」という表現と符合する。

そして前掲の淵明の詩「貧士を詠ず」では、黔婁について、「従来将《まさ》に千載《せんざい》ならんとするに、未《いま》だ復《な》た斯《こ》の儔《たぐい》を見ず（ソレ以来千年近イ月日ガタツガ、コノヨウナ人ハマダ現ワレヌ）」という。ところが五柳先生（すなわち淵明）は、「かくのごとき儔の人か」というのだから、千年に一度の稀有《けう》な人物、という自負が、ここにはある。

次に「賛」がとりあげるポイントの第二は、飲酒と作詩である。

酣觴《かんしょう》して詩を賦《ふ》し、以て其の志を楽しましむ。

酣觴賦詩、以楽其志。

これとおなじような表現が「自ら祭る文」にも見える（一六九頁）。

窮廬《きゆうろ》（貧乏屋敷）に捽兀《そつこつ》として（孤高を守りつつ）、酣飲《かんいん》して詩を賦《ふ》せり。

捽兀窮廬、酣飲賦詩。

「酒」と「詩」を結びつけて説くことは、すでにあげた「飲酒」詩の序文にも見える。

既に酔うの後は、輒《すなわ》ち数句を題して……

既酔之後、輒題数句……

また、「龐《ほう》参軍に答う」と題する四言詩にも、

我有旨酒　我に旨《うま》き酒有り
与汝楽之　汝と之《これ》を楽しまん
乃陳好言　乃《すなわ》ち好言を陳《の》べ

乃著新詩　　乃ち新詩を著《あらわ》さん

とうたう。そして「乞食《こつじき》」と題する一風変った詩の中でも、

談諧終日夕　　談諧《かな》いて　日の夕《ゆうべ》を終え
觴至輒傾杯　　觴《さかずき》至れば　輒《すなわ》ち杯を傾く
情欣新知歓　　情《こころ》に新しき知《とも》との歓《たのし》みを欣《よろこ》び
言詠遂賦詩　　言詠《げんえい》して　遂に詩を賦す

という。さらに、「居《すまい》を移す」と題する二首の詩の第二首でも、

春秋多佳日　　春と秋には　佳《よ》き日多く
登高賦新詩　　高きに登りて　新詩を賦す
過門更相呼　　門を過ぐれば　更《こも》ごも相呼《あいよ》び
有酒斟酌之　　酒有らば　之《これ》を斟《く》み酌《かわ》す

とうたう。

中国の詩人たちにとって、酒と詩は分かちがたく結びついており、「詩酒」と熟した語が、過去のすくなからぬ作品に見える。淵明の作品に「詩酒」という語は見えぬが、酒と詩が淵明の最も親しい友であったことは、右の諸作に見えるだけでなく、後年、唐の詩人杜甫（七一二—七七〇）も、「惜しむ可《べ》し」と題する詩の中で、次のようにうたっている。なお詩中に「陶潜《とうせん》」というのは、淵明のこと。潜が名で、淵明はその字《あざな》（呼び名）だという説がある。

寛心応是酒　心を寛《ゆる》うするは　応《まさ》に是《こ》れ酒なるべく
遣興莫過詩　興《きよう》を遣《や》るは　詩に過ぐる莫《な》し
此意陶潜解　此《こ》の意　陶潜のみ解するも
吾生後汝期　吾の生まるること　汝の期《とき》に後《おく》れたり

ところで五柳先生の場合、ただ酒に酔うて詩を作っていたというだけでなく、

以て其の志を楽しましむ。
以楽其志。

というところに、もう一つのポイントがある。「志を楽しましむ」という言葉は、儒家の古典『礼記《らいき》』

（楽記篇《がくきへん》）に、次のように見える。

独《ひと》り其の志を楽しましめ、其の道に厭《あ》かず。

独楽其志、不厭其道。

これは君子と音楽との関係についてのべているのだが、同じ『礼記』楽記篇には、前掲の如く「詩は志を言う」という言葉も見える。五柳先生は、詩を作って「頗《すこぶ》る己《おの》が志を示」しつつ、自ら楽しんでいた、というのであろう。

以上「貧」と「酒」と「詩」が、五柳先生像を象徴的に示す重要なポイントであることをのべた上で、「賛」の文章は、こうした人物は現代には棲息しておらず、あえて比擬するとすれば、社会的束縛から自由であった「無懐《むかい》氏の民」、「葛天《かってん》氏の民」のごとき質朴な古代人が、それにふさわしいであろう、と結ぶ。

かくて、この短いオートバイオグラフィ（自叙伝）、というよりも、セルフ・ポートレート（自画像）を語る文章は、終る。

五柳先生と淵明

ところで淵明自身は、前にもふれたように、「五柳先生伝」を自らの伝記だとはいっていない。一つの独立した作品として読めば、これは一人の架空の人物の肖像画にすぎない。

しかしその肖像は、あまりにも淵明自身の像に似ており、五柳先生という虚像は淵明の実像だとして、人々はこの作品を読んできたのである。そこには淵明一流の韜晦《とうかい》、ひらたくいえば「おトボケ」があり、その味がまた淵明の姿を髣髴《ほうふつ》とさせるのである。

「五柳先生伝」を淵明の自画像だとして最初に紹介したのは、梁《りょう》の沈約《しんやく》（四四一―五一三）の『宋《そう》書《じょ》』隠逸《いんいつ》伝である。なお『宋書』は、「五柳先生伝」を収録した最初の史書でもあった。

『宋書』隠逸伝はいう。


潜《せん》、少《わか》くして高趣有り。嘗《かつ》て五柳先生伝を著《あらわ》して以て自《みずか》ら況《たと》う。（このあと、賛以外の伝全文を引いて）其の自ら序ぶること此《か》くの如し。時人、之《これ》を実録と謂《い》う。

潜少有高趣、嘗著五柳先生伝以自況。……其自序如此。時人謂之実録。


この記事は、本章のはじめに引いた昭明太子・蕭統《しょうとう》の「陶淵明伝」にも、ほぼそのまま見える。そこでものべたように、「自《みずか》ら況《たと》う」とは、自らに比定したこと、すなわちフィクションの形をとった（あるいは三人称の）自叙伝だというのであろう。

しかし自叙伝だとすれば、先行する前漢の司馬遷《しばせん》『史記』太史公自序や、後漢の王充《おうじゅう》（二七―九〇？）『論衡《ろんこう》』自紀のごとく、まず出自・姓名を明記し、一生の軌跡について、具体的に順序立ててのべるのが、ふつうである。ところが「五柳先生伝」は、その規格に合わない。まず出自については、どこの馬の骨かわからぬといい、姓名についてはアダ名しか紹介せず、官歴や行跡については全くふれない。しかし当時の人々は、これを淵明の「実録」だといった、と沈約はいい、蕭統もいう。

「実録」という語は、古くは『漢書《かんじょ》』司馬遷伝に、『史記』という書物は「実録」だと世に称された、と見える。文字通り事実の記録という意味であろう。

しかし、誰もがただちに信じるような事実ありのままの記録であれば、かえって「実録」などと称する必要はない。事実あるいは真実の記録とは思えぬ部分をふくみつつ（『史記』がそうであるように）、しかもそれが全体として事実を示し、真実に迫っている場合に、世人はこれを「実録」と呼んだのであろう。

「五柳先生伝」の場合も、例外ではあるまい。

すでに見てきたように、「五柳先生伝」と淵明の他の作品群とを読みくらべたとき、たがいに矛盾しない記述と、かなり矛盾する記述、そして全くのフィクションだと思われる部分のあることに気づく。

淵明の「五柳先生伝」以外の作品を通じて、淵明像を探ってきた人は、「五柳先生伝」の矛盾しない記述部分を淵明の実像と見、矛盾する記述については首をかしげる。

しかしその矛盾する部分や、わざと事柄をはぐらかしたような部分をもふくめて、当時の人々はこれを「実録」だといったというのが、『宋書』と蕭統の説である。そして以後『晋書《しんじょ》』、『南史』、『蓮《れん》社《しゃ》高賢伝』などの淵明伝が、すべてこれを踏襲する。

さて「矛盾しない記述部分」は、前述の区分でいえば、

2の「閑靖《かんせい》にして言少《すくな》く、栄利を慕わず」という性格描写。

3の「読書」についての記述。

4の「酒」の飲みっぷり。

5の「衣食住」の貧しさについての描写（ただしこれについては、上述のごとくいささかの留保を伴う）。

6の詩作。

――こう挙げてみると、はじめの「出自・姓名」の部分をのぞいて（7の「死」はしばらくおくとして）、ほとんどの記述が他の作品群の内容と矛盾しない、ということになる。

しかし、果たしてそうだろうか。もうすこし仔細に検討すれば、矛盾点はかなり拡大する。

たとえば、2の性格描写について。

すでにその一部を引用した「子の儼《げん》らに与うる疏《そ》」は、自伝的要素の濃い作品だが、その中に自らの性格について、「性は剛なり」とする記述がある。

……吾が年五十を過ぐ。少《わか》くして窮《とぼ》しく苦しかりしかば、毎《つね》に家の弊《まず》しさ以《ゆえ》に、東西に游走せり。

性は剛にして、才は拙《せつ》、物と忤《さから》うこと多し。

……吾年過五十。少而窮苦、毎以家弊、東西游走。性剛才拙、与物多忤。

この「性は剛」という性格規定は、五柳先生の「閑靖」を愛するそれとは、かなり矛盾するように思える。

しかも淵明が若い頃を回顧した作品の中には、「性は剛」的な描写がほかにもいくつか見られる。というより、青少年時代を回顧した作品に登場する淵明の自画像は、「閑靖」「閑適」を好み自然や書物を愛好する物静かな若者と、「性は剛」的なダイナミックで血気盛んな若者とに、はっきりと分裂する。

たとえば前者の作品の一つとして、「始めて鎮軍参軍と作《な》りて曲阿《きょくあ》を経《へ》しときの作」では、

弱齢寄事外　　弱齢《じゃくれい》より事外に寄せ
委懐在琴書　　懐《おも》いを委《ゆだ》ぬるは　琴と書に在り

とうたい、「園田の居《すまい》に帰る」五首の第一首では、

少無適俗韻　　少《わか》きより俗に適《かな》うの韻《しらべ》無く

性本愛邱山　　性本《も》と邱《おか》と山とを愛す

という。「適俗《てきぞく》の韻《いん》」とは、世俗に適応するような結構な風格、というほどの、皮肉な意味をもつ言葉らしい。

また、「飲酒」二十首の第十六首では、

少年罕人事　　少年　人事罕《まれ》に
游好在六経　　游好《ゆうこう》は六経《りくけい》に在り

とうたう。「人事」とは、人間との交渉、そこから生ずる俗事をいう。「園田の居《すまい》に帰る」第二首にも、「野外人事罕《まれ》に、窮巷輪鞅《きゅうこうりんおう》（車馬）寡《すくな》し――野外罕人事、窮巷寡輪鞅」という。「游好」は、交際、好んでつきあう相手。「六経」は、儒家の六つの古典。易《えき》、書、詩、礼、春秋、楽《がく》。

これらの詩に見えるのは、自然を愛好し、書物に読みふける、物静かな若者淵明である。ところが一方、たとえば「擬古《ぎこ》」九首の第八章では、次のようにうたう。

少時壮且厲　　少《わか》き時は壮《さかん》にして且《か》つ厲《はげ》しく
撫剣独行遊　　剣を撫《ぶ》して　独《ひと》り行遊す

誰言行遊近　誰《たれ》か言う　行遊近しと
張掖至幽州　張掖《ちょうえき》より幽州《ゆうしゅう》に至れり

「擬古」とは、古詩になぞらえて、というほどの意味だが、淵明の場合、「もとうた」である漢魏時代のどの古詩になぞらえたのかは、さだかでない。というより、古詩になぞらえるスタイルをとって、自由に空想の羽根をのばして作ったのが、淵明の「擬古」九首であろう。

若いころは剣の柄《つか》に手をかけつつ、ひとり旅に出た。どうせ近い所を回っただけだろうなどとは、誰にも言わさぬぞ。張掖《ちょうえき》から幽州《ゆうしゅう》まで行ってきたのだ。

張掖は甘粛《かんしゅく》省、幽州は河北省にあり、当時は北方異民族の支配下にあった。それでなくとも、当時の感覚では中国の西北の果て、東北の果てで、とても行ける所ではない。

ここにも淵明の「空想癖」がうかがえるが、その空想を借りて、この詩は「壮《さかん》で厲《はげ》しい」若者の頃の心情を、吐露しているのである。

また、「雑詩」と題する連作の詩の第五首では、

憶我少壮時　憶《おも》えば我が少壮の時
無楽自欣予　楽しみ無きも　自《みずか》ら欣《よろこ》び予《たの》しめり
猛志逸四海　猛志　四海に逸《は》せ

騫翮思遠翥　翮《つばさ》を騫《あ》げて　遠く翥《と》ばんと思えり

ここでも、「空想」を楽しむ「猛志」をもった若者が、回想されている。

これらの数句は、若い時代の「空想」を語っているにすぎないにせよ、血気盛んな別の若者淵明の姿を、垣間見せる。「五柳先生伝」にはその片鱗さえうかがえない、もう一人の淵明だといってよいだろう。

もう一つの淵明像

淵明の全作品を読んでいると、右に見たものとはまた別の姿の淵明も登場する。

たとえば、「怨詩楚調、龐《ほう》主簿・鄧《とう》治中に示す」と題する詩（この作品全体の評釈については、拙論「淵明の楽府」参照、『入矢教授小川教授退休記念中国文学語学論集』筑摩書房、一九七四年所収。本著作集本巻所収）は、次のようにうたい出される。

天道幽且遠　天道は幽にして且《か》つ遠く
鬼神茫昧然　鬼神は茫昧然《ぼうまいぜん》たり
結髪念善事　結髪より善事を念《おも》い
僶俛六九年　僶俛《びんべん》たり　六九年

天道や鬼神の世界は測りがたいもの、さて確かな手ごたえのあるこのわしの一生は、どのようなものであったか。わしは少年の頃から儒家の徳目の一つである「善」の実現に心をくだいてきたが、あっという間に（一説では、つとめはげんでいるうちに）、六九五十四年という歳月がすぎ去ってしまった。——これまた、五柳先生像とはかなり異質なものを感じさせる。

さらに、さきに引いた「雑詩」第五首で、かつては「猛志を四海に逸《は》せ」たはずの淵明が、同題の詩の第四首では、一家の団欒や平穏をねがい、怠惰な日常の中での快楽を追求する人物として、姿を現わす。

丈夫志四海　　丈夫は四海に志すも
我願不知老　　我は願う　老いを知らずして
親戚共一処　　親戚は共に一つ処《ところ》におり
子孫還相保　　子孫も還《ま》た相保《あいたも》ち
觴弦肆朝日　　觴《さかずき》と弦《こと》とを朝日《あした》より肆《ほしいまま》にし
樽中酒不燥　　樽の中には酒燥《かわ》かず
緩帯尽歓娯　　帯を緩《ゆる》めて歓娯《たのしみ》を尽《つ》くし
起晩眠常早　　起《お》くるは晩《おそ》く眠るは常に早からんことを

以上が、「五柳先生伝」と他の作品との間に見える相違点、性格描写や人物像についての矛盾点である。

ところで、「五柳先生伝」はまた淵明の全体像を考える上で、重要なポイントのいくつかを欠落させている。他の作品との間に矛盾があるだけでなく、他の作品に見える重要な点を欠落させているのである。

「五柳先生伝」が欠落させているのは、単に個々の具体的な官歴や行跡だけではない。人生における重要なポイントをいくつか欠落させることによって、五柳先生は淵明の実像たりえていない。あるいは、すくなくとも全体像たりえていない、といえよう。

欠落しているポイントはいくつかあるが、ここではとりわけ重要かと思われる二点についてだけ、ふれることにする。

「死」の問題

その一つは、「死」に関する問題である。「五柳先生伝」は、さきに見たように、末尾に至って「此《こ》れを以て自《みずか》ら終る」と、その「死にざま」だけを語る。「死」の問題についての、先生の「思考」は語らない。

ところが、淵明集をひもとけば、死の問題は随所に出てくる。とりわけその晩年に、多く語られるようになる。「死」は、淵明文学の重要なテーマの一つである。

淵明は四十歳を過ぎて隠遁を決意し、有名な「帰去来の辞」を書いた。その中で死の問題にもふれているが、当時の彼は、死について一つの結論を出していたといえよう。

「帰去来の辞」の末尾に次のようにいうのが、それである。

聊乗北以帰尽　聊《いささ》か化《か》に乗《じょう》じて　以て尽《つ》くるに帰《き》し
楽夫天命復奚疑　夫《か》の天命を楽しみて　復《ま》た奚《なん》ぞ疑《うたが》わん

まずは万物の変化のままに、われもまた死へと向かわん、というのが、前の句の意味であろう。そしてあとの句の「天命を楽しむ」という語は、『易経《えききょう》』（繋辞伝上《けいじでん》）の「天を楽しみ命《めい》を知る、故に憂《うれ》えず――楽天知命、故不憂」というフレーズをふまえる。天の与えるわが運命を積極的に受け入れて、憂《うれ》いの心は消え、もはや何の懐疑もない。「復《ま》た奚《なん》ぞ疑《うたが》わん」。

これは、一つの悟道の境地である。

ところがそれからわずか四年後、四十五歳の作とされる「己酉《きゆう》の年、九月九日」では、次のように矛盾したことをうたう。

万化相尋異　万化　相尋《あいつ》いで異《こと》なり

人生豈不労　人生　豈《あ》に労せざらんや
従古皆有没　古《いにし》えより皆没《ぼっ》する有り
念之中心焦　之《これ》を念《おも》えば　中心《むなそこ》は焦《こ》がる

万物はつぎつぎと姿を変え、人間も労苦をさけるわけにはゆかぬ。昔から人はみな死ぬるもの。それを思うと胸底はいら立つ。「念」は、「念力」「念仏」などと熟するように、一つのことに思いを集中する意。「死」の問題を思いつめると、焦慮に駆られる。

そううたってから、更に数年をへた後の作かと推定される「雑詩」第二首においても、

日月擲人去　日月は人を擲《す》てて去り
有志不獲騁　志有るも　騁《の》ばすを獲《え》ず
念此懐悲悽　此《こ》れを念《おも》えば　悲悽《ひせい》を懐《いだ》き
終暁不能静　暁《あかつき》に終《いた》るまで　静かなる能《あた》わず

日も月も人にかまわず去ってゆき
志を抱いていてもそれをのばす時がない
考えつめると悲しみに胸つまり

夜があけきるまで私の心は安まらぬ

とうたう。

この四句は、五言十四句の詩の末尾にあり、四句の前に次のような孤独な状景描写がある。試訳に原詩・読み下し文をそえてかかげれば、

紅《あか》い陽《ひ》は　西の丘に沈み
素《しろ》い月が　東の峰に出た
はろばろと　万里を照らし
みなぎりわたる　空中の光
戸口から　風しのび込み
夜もふけて　枕と夜具を冷やす
大気の変化に　季節の変り目と気づき
眠れぬままに　夜長になったのをさとる
もの言おうにも　答えてくれる人もなく
盃をさして　わが影にすすめる

白日淪西阿
素月出東嶺
遥遥万里輝
蕩蕩空中景
風来入房戸
夜中枕席冷
気変悟時易
不眠知夕永
欲言無予和
揮杯勧孤影

白日《はくじつ》　西阿《せいあ》に淪《しず》み
素月《そげつ》　東嶺《とうれい》に出《い》ず
遥遥《ようよう》として万里　輝《かがや》き
蕩蕩《とうとう》たり　空中の景《けい》
風来たって房戸《ぼうこ》に入り
夜中　枕席《ちんせき》冷《ひ》ゆ
気変じて時の易《かわ》るを悟《さと》り
眠らずして夕《よる》の永きを知る
言わんと欲して予《よ》に和する無く
杯を揮《ふる》って孤影《こえい》に勧《すす》む

この詩では、孤独な夜の時間の中で感じた、時間の推移への不安が告白されている。

こうした死の問題や、時間の推移に対する深刻な不安、焦慮は、「五柳先生伝」からは見出せない。「懐《おも》いを得失《とくしつ》に忘れ、此《こ》れを以て自《みずか》ら終る」という「五柳先生伝」末尾の部分を読んで、五柳先生はそうした不安や焦慮とは無縁な生き方をして、一生を終った、と読者が思っても、やむをえまい。

「躬耕」の問題

「五柳先生伝」で欠落しているいま一つの点は、「躬耕《きゅうこう》」の問題である。躬耕とは、みずから田畑を耕して、百姓仕事をすること。

淵明が実際にどの程度まで百姓仕事をしていたか、正確にはわからぬ。しかし詩の中で、しばしば「躬耕」のことをうたっているのは、事実である。

たとえば、「園田の居《すまい》に帰る」五首の第三首は、全八句の短い詩だが、次のようにうたわれる。

種豆南山下　　豆を種《う》う　南山の下《もと》
草盛豆苗稀　　草盛んにして　豆の苗は稀《まれ》なり
晨興理荒穢　　晨《あした》に興《お》きて　荒穢《こうあい》を理《おさ》め
帯月荷鋤帰　　月を帯び　鋤《すき》を荷《にな》いて帰る
道狭草木長　　道狭《せま》くして　草と木の長《の》び
夕露霑我衣　　夕《ゆうべ》の露の　我が衣《ころも》を霑《うるお》す
衣霑不足惜　　衣の霑うは　惜しむに足《た》らず
但使願無違　　但《た》だ願いをして　違《たが》うこと無からしめよ

南山のふもとに豆をうえたが、草ばかりしげって、豆の苗はまれ。朝早く起きて荒穢《こうあい》（雑草やがらくた）を片づけ、月を背に鋤をかついで家路につく。せまい道に草木がしげり、夜の露が着物をぬらす。ぬれるのは惜しくはないが、わが願い、かなえてくれよ。

「南山」というのは、淵明が「悠然として南山を見る――悠然見南山」とうたったあの南山、淵明がそのふもとに住んでいた廬山《ろざん》のことであろう。ただしこの語、ある寓意をふくむのかも知れぬ。司馬遷の娘の子として知られる前漢の廉潔の士楊惲《よううん》（？―前五四）は、上司とけんかして免職となり、田舎に帰って百姓をしていた。しかしふんまんやるかたなく、やけ酒をあおって、次のような歌を作った。

　彼《か》の南山に田をつくれども、蕪《あ》れ穢《あ》れて治《おさ》めず。一頃《いっけい》（百畝《ぽ》）の豆を種えしも、落ちて萁《まめがら》と為《な》りぬ。人生は行楽のみ、富貴《ふうき》を須《ま》てど何《いず》れの時ぞ。

　田彼南山、蕪穢不治。種一頃豆、落而為萁。人生行楽耳、須富貴何時。

また、三国・魏《ぎ》の曹植《そうしょく》（一九二―二三二）は、女の身に託しておのれの不遇をなげく「種葛篇《しゅかつへん》」のうたい出しに、

種葛南山下　葛《かつ》（豆の一種）を南山の下《ふもと》に種《う》う

という。

「種豆南山下」、とうたい出す淵明の詩も、あるいはみずからの可能性を伸ばすべくして伸ばしきれなかった、そのふんまんを訴える諷意をふくむかも知れぬ。しかし淵明の右の一首が、「躬耕《きゅうこう》」の詩であることはたしかである。

また、四十六歳の作とされる「庚戌《こうじゅつ》の歳、九月中、西の田に於《おい》て早稲《そうとう》の穫《とりいれ》す」、五十二歳の作とされる「丙辰《へいしん》の歳、八月中、下潠《かそん》の田舎《でんしゃ》に於て穫す」といった詩の題とその内容が示すように、「躬耕」をうたった作品は、すくなくない。

淵明が躬耕生活に入ったのは、三十代に達してからのことかと思われる。すでに引いた「飲酒」第十九首の中で、「疇昔《むかし》は長《つね》に飢《う》うるに苦しみ、耒《すき》を投じて去《ゆ》きて仕うることを学べり——疇昔苦長飢、投耒去学仕」と、二十九歳の最初の出仕以前に、すでに農耕生活を経験したようにうたう。

しかし「耒《すき》を投じて」というのはいわば常套語であって、一方、三十九歳のときの作といわれる「癸卯《きぼう》の歳、始春、田舎《でんしゃ》に懐古《かいこ》す」二首の第一首には、若い頃は百姓仕事と無縁だった、とうたう。すなわち、

在昔聞南畝　在昔《むかし》　南畝《なんぽ》のことを聞きしも

当年竟未践　　当年　竟《つい》に未《いま》だ践《ふ》まず

「南畝」は、南の畑。ただし中国最古の詩集『詩経』（豳風《ひんぷう》七月、小雅甫田、小雅大田など）の詩に、南畝で家族と耕作することが見え、農耕を象徴する語として使ったもの。「当年」は、若い頃。「竟に未だ践まず」という言葉は、たぶん漢代の儒者董仲舒《とうちゅうじょ》（前一七九?—前一〇四?）の故事をふまえており、言外に、若い頃は読書三昧の生活をすごしていた、というのであろう。董仲舒のことは、淵明の「農を勧《すす》む」と題する四言詩にも、次のように見える。

孔耽道徳　　孔（子）は道徳に耽《ふけ》り
樊須是鄙　　樊須《はんしゅ》を是《こ》れ鄙《いや》しとす
董楽琴書　　董（仲舒）は琴書《きんしょ》を楽しみて
田園不履　　田園を履《ふ》まず

孔子の故事は、『論語』子路《しろ》篇に見える。孔子の弟子樊遅《はんち》（名は須《しゅ》）が、孔子に向かって穀物や野菜作りの技術をたずねたところ、孔子は私はベテランの農夫にかなわぬといい、具体的な解答を与えなかった。樊遅が退去したあと、孔子はいった。つまらぬ奴だな、樊遅は。上に立つ者が礼・義・信を好めば、人民はおのずからついてくる。

穀物の栽培法などに、気を使うことはないのだ。

孔子のこの労働軽視の思想について、私はかつて「陶淵明の孔子批判」という一文を草したことがある(『文学』岩波書店、一九七七年四月号。本著作集本巻所収)。一方、儒家の流れをくむ漢代の大学者董仲舒もまた労働を軽視し、読書にふけるばかりで、田園に足をふみ入れたことはなかった、というのが、右のあとの二句の含意である。

董仲舒の故事は、『史記』儒林列伝に、

帷《とばり》を下《おろ》して講誦し、……蓋《けだ》し三年、董仲舒、舎園に観《み》ず。其の精(励)なること此《か》くの如し。

下帷講誦、……蓋三年、董仲舒不観於舎園。其精如此。

と見え、また『漢書《かんじょ》』董仲舒伝は、

蓋し三年、園を窺《うかが》わず。

蓋三年、不窺園。


という。

「園」は畑でなく庭だとし、「園を窺わず」とは、わが家の庭さえのぞかなかった、庭に出ることもなかった、とする説がある。しかしすくなくとも淵明の場合は、孔子との対比で董仲舒をもち出しているのであり、『史記』『漢書』の「園」を畑と解していたものと思われる。

淵明が若い頃、田畑の仕事のことは耳にしていたが、「竟《つい》に未《いま》だ践《ふ》まず」というのは、董仲舒の右の故事をふまえており、「躬耕《きゅうこう》」の実践は、やはり三十代以後のことになるだろう。

さて淵明は三十をすぎて、つぎつぎといくつかの官職に就いたが、その合い間に躬耕生活を経験しはじめていたことは、二、三の作品によってうかがうことができる。

そして「帰去来の辞」を賦して帰田した以後は、さきに引いた四十六歳の作「庚戌《こうじゅつ》の歳、九月中、西の田に於《おい》て早稲《そうとう》の穫《とりいれ》す」に、

晨出肆微勤　　晨《あした》に出でて　微勤《びきん》を肆《つ》くし
日入負耒還　　日入りて、耒《すき》を負《お》いて還《かえ》る

とうたうような生活が、その日常だったらしい。

「躬耕」は、三十代以後晩年に至る淵明の生活および思考と、分かちがたく結びついていた。その「躬耕」についての記述が欠落している、全くふれられていないということは、「五柳先生伝」の制作時期の推定にも、一つの示唆を与える。

「五柳先生伝」の制作時期

「五柳先生伝」の制作時期については、従来中国においても、三つの説がおこなわれてきた。

一、二十代後半、出仕以前とする説。

二、四十代、帰田後まもなくとする説。

三、五十代後半、宋王朝成立以後とする説。

すなわち、一、青年説、二、壮年説、三、晩年説、といいかえてもよい。

これら三説について、中国における比較的最近の研究者たちの意見を紹介しよう。

一、青年説。蕭統《しょうとう》の「陶淵明伝」に「淵明少《わか》くして高趣有り。……嘗《かつ》て五柳先生伝を著《あらわ》して以て自《みずか》ら況《たと》う。時人、之《これ》を実録と謂《い》う」とあるから、「五柳先生伝」は淵明が若いときにおのれの志趣をのべた文章であろう。さらに蕭統の伝はつづけて、「親老い家貧しく、起《た》ちて州の祭酒と為《な》る」とのべているが(『宋書《そうじょ》』もほぼ同じ)、史伝の通例として、事跡の叙述は時間の経過に従っておこなうから、「五柳先生伝」の制作は、最初の就職(州の祭酒となる、二十九歳)以前ということになる。

二、壮年説。「帰去来の辞」とほぼ同時期の作と推定される「飲酒」詩二十首と、「五柳先生伝」との内容の類似から、帰田後まもなく(四十二歳頃)の作とする。また、他の作品に見える柳の描写、および帰田直後の作品群の心境描写との類似を根拠として、帰田後まもなくの作とする説もある。

三、晩年説。淵明が仕えていた晋《しん》王朝が滅びて宋王朝が成立したとき(四二〇年、淵明五十六歳)、貧窮生活の中で、新王朝宋には仕えぬとの決意をもって、この伝は書かれた。姓名や行跡をのべぬのは、そのためである。

右の三説のうち、壮年説と晩年説は、その根拠がやや薄弱で、具体性を欠くように思われる。しかし、三説のいずれが正しいかとなると、にわかには断定しがたい。

ただ、「五柳先生伝」を最初に紹介した梁《りょう》の沈約《しんやく》が、『宋書』陶潜伝の冒頭で、

陶潜《とうせん》、字《あざな》は淵明。或いは云う、淵明、字は元亮《げんりょう》。潯陽《じんよう》・柴桑《さいそう》の人なり。曾祖の侃《かん》は、晋《しん》の大司馬なり。

陶潜、字淵明。或云、淵明、字元亮。潯陽柴桑人也。曾祖侃、晋大司馬。

というのにすぐつづけて、

潜、少《わか》くして高趣《こうしゅ》有り。嘗《かつ》て五柳先生伝を著《あらわ》して以て自《みずか》ら況《たと》う。……時人、之《これ》を実録と謂《い》う。

（八二頁参照）

とのべているのは、淵明没後比較的早い時期の記事として、尊重してよいだろう。

そして、「少有高趣」という四文字の「少」と「高趣」とは、「五柳先生伝」制作の時期とその内容とを、示唆するように読める。

なお、さきにふれたように、淵明が中年以後にしばしばうたう「死」や「躬耕《きゅうこう》」を「五柳先生伝」が欠落させていることは、青年期創作説を側面から補強するかも知れない。

いずれにしろ「五柳先生伝」は、淵明という詩人の複雑な全体像を示してはいない。そこには、淵明が比較的若い時期に、かくありたいと願っていた一種の理想像――それは戯画化や自嘲の手法をすこし用いながら、実は裏に強い自負をひそめ、いささか気負い込んだ描写をもふくむ一種の理想像――が描かれているように思える。

淵明の実像、淵明の全体像をつかむためには、当然のことながら、やはり「五柳先生伝」以外の全作品、とりわけ晩年の生活と複雑な心理を詠み込んだ作品群を、あわせ読まなければならない。

それにしても、この真面目なような不真面目なような、トボケた「伝記」は、淵明のフィクションに対する関心、架空や虚構に対する強い興味を、よく示している。

この章でも、終りにもう一度「五柳先生伝」全体を読み返してみよう。

先生は何許《いずこ》の人なるかを知らざるなり。亦《ま》た其の姓字を詳《つまび》らかにせず。宅辺《たくへん》に五柳樹有り。因《よ》りて以て号と為《な》す。閑靖《かんせい》にして言少《すくな》く、栄利を慕《した》わず。書を読むことを好めども、甚《はなは》だしくは解することを求めず。意に会《かい》すること有る毎《ごと》に、便《すなわ》ち欣然《きんぜん》として食を忘る。性、酒を嗜《この》めども、家貧しくして常には得る能《あた》わず。親旧《しんきゅう》、其の此《か》くの如くなるを知り、或いは酒を置《ととの》えて之《これ》を招く。

造《いた》り飲めば輒《すなわ》ち尽《つ》くし、期するは必ず酔うに在り。既に酔うて退くに、曾《かつ》て情《じょう》を去留《きょりゅう》に吝《やぶさ》かにせず。環堵《かんと》蕭然《しょうぜん》として、風日《ふうじつ》を蔽《おお》わず。短褐穿結《たんかつせんけつ》し、簞瓢屢《たんぴょうしば》しば空《むな》しきも、晏如《あんじょ》たり。常に文章を著《あらわ》して自《みずか》ら娯《たの》しみ、頗《すこぶ》る己《おの》が志を示す。懐《おも》いを得失《とくしつ》に忘れ、此《こ》れを以て自《みずか》ら終る。

賛《さん》に曰く、黔婁《けんろう》の妻言える有り、「貧賤《ひんせん》に戚戚《せきせき》たらず、富貴《ふうき》に汲汲《きゅうきゅう》たらず」と。其れ茲《こ》れ若《かくのごと》き人の儔《たぐい》を言うか。酣觴《かんしょう》して詩を賦《ふ》し、以て其の志を楽しましむ。無懐《むかい》氏の民か、葛天《かってん》氏の民か。

三　形影神——分身の対話

淵明の虚構詩

淵明の虚構的世界の構築は、散文の分野だけでなく、詩の分野でもおこなわれた。おのれを肉体（形）と影ぼうし（影）と魂《たましい》（神）の三つに分け、それぞれに生と死についての意見をのべさせた「形影神《けいえいしん》」詩、この詩については比較的よく知られている。しかし淵明は他の詩でも、架空の人物やおのれの分身かと思われる人間を、登場させる。

たとえば「擬古《ぎこ》」と題する九首連作の詩の第五首、

東方有一士　　東方に一《ひと》りの士《おのこ》有り
被服常不完　　被服《ひふく》は常に完《まった》からず
三旬九遇食　　三旬（三十日）に九たび食に遇《あ》い
十年著一冠　　十年　一《ひと》つの冠《かんむり》を著《つ》く
辛勤無此比　　辛勤《つら》きこと　此《こ》れに比《くら》ぶべき無きも

常有好容顔　常に好《よ》き容顔《かおかたち》有り
我欲観其人　我　其の人を観《み》んと欲し
晨去越河関　晨《あした》に去《ゆ》きて　河関《かかん》を越ゆ
青松夾路生　青き松の路を夾《はさ》みて生じ
白雲宿簷端　白き雲の簷端《のきば》に宿《やど》れり
知我故来意　我の故《ことさら》に来たれる意《こころ》を知り
取琴為我弾　琴を取って　我が為《ため》に弾《ひ》く
上絃驚別鶴　上絃は別鶴《べつかく》に驚き
下絃操孤鸞　下絃は孤鸞《こらん》を操《あやつ》る
願留就君住　願わくは留《とど》まりて君に就《つ》きて住み
従今至歳寒　今より歳の寒きに至らん

貧乏でひもじくても、おだやかなよい顔をして暮らしている人物がいると聞いて、遠くまで会いにゆく。その人は私がわざわざ訪ねてきた気持を汲んで、琴をひいてくれた。

「別鶴」「孤鸞」は、琴の曲名だろうが、「別」「孤」の字が、隠者の孤独を守り通す潔《いさぎよ》さを示している。

「歳寒」という言葉は、「晩年」を示しているかも知れない。あるいは『論語』子罕《しかん》篇の「歳《とし》寒くして然《しか》る後《のち》松柏《しょうはく》の彫《しぼ》むに後《おく》るるを知るなり――歳寒然後知松柏之後彫也」をふまえ、真におのれの節操が示されるその日まで、と解すべきか。

いずれにせよ、今の世にこんな人物はいそうにない、という皮肉が、「架空」形式にこめられているのであろう。

また別の作品、「飲酒」二十首の第十三首。

有客常同止　　客有り　常に止《やど》を同じくするも
取舍邈異境　　取舍《しゅしゃ》（捨）　邈《はる》かに境《きょう》を異《こと》にす
一士長独酔　　一《ひと》りの士《おとこ》は　長《つね》に独り酔い
一夫終年醒　　一りの夫《おとこ》は　終年醒《さ》めたり
醒酔還相笑　　醒めたると酔いたると還《ま》た相笑《あいわら》い
発言各不領　　発言　各《おの》おの領《りょう》せず
規規一何愚　　規規《きき》たるは　一《いつ》に何ぞ愚《おろ》かなる
兀傲差若穎　　兀傲《ごつごう》たるは　差《いささ》か穎《まさ》れるに若《に》たり
寄言酣中客　　言を寄す　酣中《かんちゅう》の客に
日没燭当秉　　日没《ひぼつ》せば　燭《しょく》を当《まさ》に秉《と》るべしと

ところどころにいささかむつかしい言葉をちりばめているが、試みに和訳を示せば、

男二人　宿ハイツモ同ジ
ヤルコトハ　マルデチグハグ
一人ハイツモ勝手ニ酔イ
一人ハアクマデ素面《しらふ》デアル
素面ヨ　酔ッパライメ　ト嘲《あざけ》リ合イ
言ウコトハ　互イニマルデ通ジナイ
杓子定規《しゃくしじょうぎ》ヨ　何トモ愚カナ
傍若無人《ぼうじゃくぶじん》ガ　少シハマシカ
一言　呈ス　ゴ酩酊《めいてい》
日ガ沈ンデモ　蠟燭《ろうそく》トモシテ騒グノダ

これは、矛盾分裂した自己（あるいはひろく人間一般）を、二つの分身にたとえて客観化した発想のように思える。詩における「比喩」の手法とは次元を異にする、「虚構」の世界がここにはある。

この詩では、二つの分身の価値を比較し、「差《いささ》か穎《まさ》れるに若《に》たり」と一方に判定を下すレフェリーは、作者自身である。その作者自身は、なお客観化されていない。ところが有名な「形影神」の詩で

は、レフェリーまでが客観化してうたわれる。

「形影神」の序文

紙幅がないので、こまかな語釈ははぶき、試訳と原詩・読み下し文のみかかげることとする。

「形影神」詩には、短い序文がつけられており、まずそれを紹介しよう。

体ト影ト魂ノ対話

貴人貧者モ賢人愚者モ、命ヲ惜シンデアクセクセヌ者ハナイ。コレハ全ク迷イト言ウモノ。ソコデワシハ、体ト影ニ十分ナヤミヲノベサセ、魂ニ「自然」ノ意味ヲ説カセテ、彼ラノナヤミヲトキホグスコトトシタ。ヒマト興味ノアル方ハ、トモニワガ心ヲ汲ミ取ラレヨ。

形影神幷序
貴賤賢愚、莫不
営々以惜生、斯
甚惑焉。故極陳
形影之苦、言神
弁自然以釈之。

形影神《けいえいしん》幷《なら》びに序
貴賤賢愚《きせんけんぐ》、営営《えいえい》として以て
生を惜しまざる莫《な》し、斯《こ》れ
甚《はなは》だ惑《まど》えり。故に極めて形《かたち》
と影《かげ》の苦しみを陳《の》べ、神《しん》の
自然を弁《べん》じて以て之《これ》を釈《と》け

好事君子、共取

其心焉。

るを言《い》う。好事《こうず》の君子《くんし》、共

に其の心を取れ。

「体ガ影ニ贈ッタ」

そして、第一首「体ガ影ニ贈ッタ」。

天地《あめつち》ハイツマデモ消エ去ラズ
山川《やまかわ》モ姿ヲクズス時ガナイ
草ヤ木モ不変ノ理ヲ心得テイテ
霜ヤ露ガ花咲カセ枯レサスダケダ
ヒトハ万物ノ霊長トイウノニ
ヒトダケガソウデハナイノダ
イマシガタコノ世ニイタノニ
フット消エルト帰ルアテナシ
ヒトリガ消エテモ誰モ気ヅカズ
親シイモノモ長クハ偲《しの》バヌ
生前使ッタモノガ残ルダケ

見ツメルト心ハウズク
登仙《とうせん》ノ術ヲ知ラヌユエ
ワタシモキットソウナルダロウ
ドウカ君　ワガ言葉ノ意味ヲ汲ミ取ッテ
酒ガ出タラ　ユメユメ後《あと》に退《ひ》キタマウナヨ

形贈影

天地長不没
山川無改時
草木得常理
霜露栄悴之
謂人最霊智
独復不如茲
適見在世中
奄去靡帰期
奚覚無一人
親識豈相思

形　影に贈る

天地　長《とこし》えに没《ぼっ》せず
山川《さんせん》　改まる時無し
草木《そうもく》　常理《じょうり》を得て
霜露《そうろ》　之《これ》を栄悴《えいすい》せしむ
人は最も霊智《れいち》なりと謂《い》うも
独《ひと》り復《ま》た茲《か》くの如《ごと》からず
適《たま》たま世の中《うち》に在りと見るに
奄《たちま》ち去って帰る期《とき》靡《な》し
奚《なん》ぞ覚《さと》らん　一人《いちにん》無きを
親識《しんしき》も豈《あ》に相思《あいおも》わんや

但余平生物　但《た》だ平生《へいぜい》の物を余《あま》せるのみ
挙目情悽洏　目を挙《あ》ぐれば情《じょう》は悽洏《せいじ》たり
我無騰化術　我に騰化《とうか》の術無ければ
必爾不復疑　必ず爾《しか》らんこと復《ま》た疑わず
願君取吾言　願わくは君　吾が言《げん》を取り
得酒莫苟辞　酒を得なば　苟《いや》しくも辞《じ》する莫《な》かれ

「影ガ体ニ答エタ」

これに対して、第二首「影ガ体ニ答エタ」。

イツマデモ長生キデキヌハモチロンノコト
養生スルノモ下手《へた》クソデナヤミハツキヌ
崑崙《こんろん》華山《かざん》ノ仙界ニ行キタクトモ
アテドモナクテソノ道ハ閉ザサレタママ
君トメグリアッテカラトイウモノ
悲シミモ喜ビモ別ニシタタメシガナイ
日陰《ひかげ》デ休メバ離レルヨウデモ

日向《ひなた》ニイレバイツモ一緒《いっしょ》ダ
ダガイツマデモ一緒ニイルノハムリ
暗闇《くらやみ》ニ共ニ消エ去ル時ガ来ヨウ
体ガナクナレバ名モマタ消エル
ソレヲ思ウト胸底ガ焦《こげ》ル
善行ツメバ余恵《よけい》ガノコロウ
自分カラ精一杯ノ努力ヲシタマエ
酒デナヤミハ消セルトイウガ
クラベテ見レバ　ツマラヌコトゾ

影答形　　影　形に答う

存生不可言　　生《せい》を存するは言う可《べ》からず
衛生毎苦拙　　生を衛《まも》るすら毎《つね》に拙《せつ》なるに苦しむ
誠願游崑華　　誠に崑華《こんか》に游《あそ》ばんと願えども
邈然茲道絶　　邈然《ばくぜん》として茲《こ》の道《みち》絶《た》えたり
与子相遇来　　子《し》と相遇《あいあ》いしより来《こ》のかた
未嘗異悲悦　　未《いま》だ嘗《かつ》て悲悦《ひえつ》を異《こと》にせず

憩蔭若暫乖
止日終不別
此同既難常
黯爾倶時滅
身没名亦尽
念之五情熱
立善有遺愛
胡為不自竭
酒云能消憂
方此詎不劣

蔭《かげ》に憩《いこ》えば暫くは乖《はな》るるが若《ごと》きも
日に止《とど》まれば終《つい》に別れず
此《こ》の同《どう》は既に常《つね》なり難《がた》し
黯爾《あんじ》として倶《とも》に時に滅《ほろ》ぶ
身没《ぼっ》すれば名も亦《ま》た尽《つ》く
之《これ》を念《おも》えば五情《ごじょう》熱す
善を立つれば遺愛《いあい》有らん
胡為《なんす》れぞ自《みずか》ら竭《つ》くさざる
酒は能《よ》く憂《うれ》いを消すと云《い》うも
此《こ》れに方《くら》ぶれば詎《なん》ぞ劣《おと》らざらん

「魂ノ判定」

そして最後の第三首「魂ノ判定」。

造物主ニハ依怙《えこ》贔屓《ひいき》ナク
物ミナニチャント理ハアル
人間ガ「天・地・人」トナラブノハ

ワシガオルカラコソデハナイカ
オマエタチトハ似ツカヌワシダガ
生マレタ時カラヨリソウテオル
結ビアイ共ニイルノガウレシイカラコソ
黙ッテスマスワケニハユカヌ
三皇《さんこう》ハ大ノ聖人
ダガ今ハドコニオワスゾ
彭祖《ほうそ》ドノハ不死ヲ願ッタ
ダガ永住ハムツカシカッタ
老イモ若キモ一度ハ死ヌモノ
賢人愚者モ区別ハナイ
酔ウテスゴセバ忘レラレテモ
カエッテ命ヲチジメハスマイカ
善行ツムノハ願ワシイコトダガ
誰モ君ヲホメテハクレヌ
思イツメルト命ヲソコナウ
ヒタスラニ運ニマカセテユクニ限ル

大イナル変化ノ波ニマカセタダヨイ
喜ビモセズ恐レモセズ
尽《っ》キルモノナラ尽キサセナサレ
ヒトリクヨクヨスルコトハナイ

神釈

大鈞無私力
万理自森著
人為三才中
豈不以我故
与君雖異物
生而相依附
結託既喜同
安得不相語
三皇大聖人
今復在何処
彭祖愛永年

神《しん》の釈《しゃく》

大鈞《たいきん》　力を私《わたくし》する無く
万理　自《おのずか》ら森《しん》として著《あらわ》る
人の三才《さんさい》の中《ちゅう》と為《な》るは
豈《あ》に我を以ての故《ゆえ》ならずや
君と異物《いぶつ》なりと雖《いえど》も
生まれながらにして相依附《あいいふ》す
結託《けったく》して既に同じきを喜べば
安《いず》くんぞ相語《あいかた》げざるを得んや
三皇《さんこう》は大聖人なるも
今復《ま》た何処《いずく》にか在る
彭祖《ほうそ》は永年《えいねん》を愛《ねが》いしも

欲留不得住
老少同一死
賢愚無復数
日酔或能忘
将非促齢具
立善常所欣
誰当為汝誉
甚念傷吾生
正宜委運去
縦浪大化中
不喜亦不懼
応尽便須尽
無復独多慮

留《とど》まらんと欲《ほっ》して住《とど》まるを得ず
老少同《とも》に一《ひと》たびは死す
賢愚《けんぐ》復《ま》た数《かぞ》うる無し
日《ひ》びに酔《よ》えば或いは能《よ》く忘れんも
将《は》た齢《よわい》を促《うなが》すの具《ぐ》に非《あら》ずや
善《ぜん》を立《た》つるは常に欣《よろこ》ぶ所なるも
誰《たれ》か当《まさ》に汝《なんじ》が誉《ほまれ》と為《な》すべき
甚《はなは》だ念《おも》えば吾《わ》が生を傷つけん
正《まさ》に宜《よろ》しく運に委《ゆだ》ね去《ゆ》くべし
大化《たいか》の中《うち》に縦浪《しょうろう》し
喜ばず亦《ま》た懼《おそ》れず
応《まさ》に尽《つ》くべくんば便《すなわ》ち須《すべか》らく尽きしむべし
復《ま》た独《ひと》り多く慮《おもんぱか》ること無かれ

「対話」の詩人としての淵明

自己の分身（単数または複数の分身）を設定して、これに問答をさせ、あるいは行動させる、それをトレースして作品世界を構築する。そうした作業は、淵明以前には、主として長篇の叙事詩である賦《ふ》や純粋の散文が、受けもってきた。

ところが淵明は、詩作の世界にこれを導入した。そうした前例は皆無ではないとしても、淵明がこれを自覚的意識的におこない、いくつもの作品を生んだことは、彼の「虚構」に対するなみなみならぬ関心を示している。

「形影神」詩は、対話の詩である。ところで陶淵明はふつう孤独の詩人、独白《モノローグ》を好んだ詩人のように思われている。たしかに、「言わんと欲して予《よ》に和する無く、杯を揮《ふる》って孤影《こえい》に勧《すす》む――欲言無予和、揮杯勧孤影」(「雑詩」第二首。九四頁)といった、淋しい独白を思わせる詩句が、彼の作品にはすくなくない。

しかし一方、淵明は対話《ダイアローグ》を好む詩人でもあった。対話は、詩の中にもしばしば導入される。そして、対話が詩の重要な部分、あるいはほとんど全篇を占める作品が、「形影神」詩のほかにもいくつかある。

淵明の場合、詩における対話の導入は、一つには哲学的な自己表白のための弁証法的な論理の展開、二つには日常身辺のこと(家族や近隣の農民など)を題材とする彼の詩の性格とも、深く関係する。とともに、「虚構」の世界への興味とも、関係するだろう。対話はそれ自体がドラマであり、対話の構想は「虚構」の現出につながる。

淵明は、人生の後半を隠遁者として送りながら、隠遁生活には徹しきれぬ覚醒感を抱きつづけた。「帰去来の辞」が示す大らかな達観と、「閒居しつつも蕩《たぎ》る志を執《おさ》え」かねた(「雑詩」第十首)動揺とは、はげしく矛盾する。

達観と動揺、閑静と猛志、小世界への安住と大きな世界への意欲、死への醒覚と生への執着、淵明はこれらの矛盾と誠実に対決した。そして、そのときどきの自己を誠実に表白した。しかし矛盾分裂する自己に判定を下す第三の自己が、時に必要となった。そのためには、自己を客観化すること、あるいは現在の状況とは別の世界を仮設し、そこにおのれをつきはなして眺めてみる、といった作業も必要である。

「虚構」を手法とする作品は、そのようにして生まれた。そしてまた「虚構」は、ときにうす汚れた現実への抗議として、機能することもあった。

虚構とユーモア

ところで「形影神」詩は、淵明以前にはあまり例を見ない特異な作品であった。特異といえば、淵明には特異な題材をあつかった作品として、「乞食《こつじき》」の詩がある。また、特異な手法による作品として、「止酒」の詩がある。そしてこの二篇もまた、「虚構」と無関係ではない。

「腹ガヘッテジットシテオレズ、ドコへ行クノカ家ヲ出タ」とうたい出す物乞いの歌「乞食」を、淵明一流のフィクションとするかどうかについては、従来から説は分れる。しかし後世の批評家の間では、仮託の詩、シンボリックな詩とする説が、すくなくない。

また、「止酒」の詩（禁酒の歌）は、全二十行のすべての句に「止」の字をはめ込んだもので、これまた現存の作品としては、あまり前例がない。この手法は、小説的構想という意味での「虚構」には、直接つながらない。しかし仮設の世界の構築という作業として、「虚構」を好む精神とは、つながるだろう。

またこれらの詩は、できの悪い五人の息子をとりあげて、ひとりひとり叱りつける「子を責む」詩などの手法とも関係して、淵明の「虚構」のいま一つの特徴である「諧謔」「ユーモア」とも、無縁ではない。

ところで、特異なテーマをあつかった作品として忘れてならないのは、怪奇の世界をうたった「山《せん》海《がい》経《きよう》を読む」十三首と、エロティシズムの世界にふみこんだ作品「閑情《かんじよう》の賦《ふ》」である。

次にこの二つの特異な作品を、とりあげてみよう。

四　山海経を読む・閑情の賦——怪奇とエロティシズム

「桃花源記」の章でふれたように、淵明は六朝時代の志怪小説集『捜神後記《そうしんこうき》』の撰者に擬せられたことがある。それは、この志怪小説集の中に「桃花源記」一篇を含むこととともに、淵明が『山海《せんがい》経《きょう》』や『穆《ぼく》天子伝』といった空想の記録や物語に興味をもっていたことが、根拠になっているだろう。

「桃花源記」はきわめて短い物語であるけれども、起承転結もととのい、小説的構想としては、ある完成度をそなえた作品である。その発想の根底にあるのは、現実に対する根深い批判、鋭い社会諷刺の精神だった。しかし同時に、「虚構」に対する関心がなければ、その批判精神もこうした作品として結晶することは、なかったであろう。

そしてこの作品は、淵明の「虚構」による作品がもつ特色の一側面を、濃厚に示す。それは「虚構性と日常性の結合」とでもいえるだろうか。「桃花源記」はいわば日常世界の延長線上に構想された物語だった。

ところが、『山海経』に対する淵明の興味は、日常世界とは断絶した異常な世界への共感を示す。

「山海経を読む」

『山海経』は、中国古代の地理書であり、その著者は古代の帝王に擬せられたりするが、よくはわからぬ。それは、単に各地の自然・山川の姿をしるすだけでなく、そこに棲息する奇怪な鳥獣・草木、さらには仙人の生活にまで空想の筆を走らせた、特異な書物である。神仙が流行した淵明の時代、多くの知識人がこれを好んで読んだようだが、詩の題材にまでとりあげたものは、まれである。十三篇全部を紹介する紙幅はないので、そのごく一部、太陽と駆けくらべをして死んだ男夸父《かほ》を詠じた一首（第九首）と、精衛《せいえい》という鳥に変身した女性を詠じた一篇（第十首）を、とりあげてみよう。

まず、第九首。

夸父誕宏志　夸父《かほ》　誕宏《たんこう》の志《こころざし》
乃与日競走　乃《すなわ》ち日と競走す
倶至虞淵下　倶《とも》に虞淵《ぐえん》の下《もと》に至り
似若無勝負　勝負無きが若《ごと》きに似たり
神力既殊妙　神力《しんりよく》　既《すで》に殊《こと》に妙なりせば
傾河焉足有　河を傾くるも　焉《なん》ぞ有るに足《た》らん
余迹寄鄧林　余《のこ》れる迹《あと》は　鄧林《とうりん》に寄《あず》け

功竟在身後　　功竟《と》げしは　身後《しんご》に在り

「虞淵」は、太陽の沈む所。『淮南子《えなんじ》』天文訓《てんもんくん》に、「(日) 虞淵に至る、是《こ》れを黄昏《たそがれ》と謂《い》う――(日)至于虞淵、是謂黄昏」。

「河を傾く」とは、黄河の水を飲みほすこと。

この話は、『山海経』海外北経と大荒北経に見える。夸父《かほ》という神は太陽と駆けくらべをし、夕暮れのどがかわいたので、黄河とその支流の渭水《いすい》の水を飲みほしたがまだ足らず、北の方の大きな沼に向かって駆け出したところ、のどのかわきのために、ぶったおれて死んだ。ついていた杖を捨てたのが、「鄧林《とうりん》」という林になったという。

試みに和訳を示せば

夸父《かほ》ハトテツモナイ志ヲ抱《いだ》キ
ナント太陽ト競走ヲシタ
イッショニ虞淵《ぐえん》ノホトリニ着キ
勝負ハ結局ツカナカッタソウナ
神通力ノ殊ニスグレタ持チ主ユエ
黄河ノ水ヲ飲ミホシテモ足《た》ラヌ

ナゴリヲ留《とど》メテイルノガ　鄧林《とうりん》ノ林
功《いさおし》ガ認メラレタノハ　死後ノコト

淵明の想像力、空想力を充たす対象は、こういう人物だったのである。
次に、第十首。精衛《せいえい》の歌。

精衛銜微木　精衛は微《ちいさ》き木を銜《くわ》え
将以塡滄海　将《まさ》に以て滄《あお》き海を塡《うず》めんとす
刑天舞干戚　刑天《けいてん》は干《たて》と戚《おの》とを舞《ふりま》わし
猛志故常在　猛志　故《もと》より常に在り
同物既無慮　物に同じきも　既《すで》に慮《おもんぱか》ること無く
化去不復悔　化《か》し去るも　復《ま》た悔《く》いず
徒設在昔心　徒《いたず》らに在昔《むかし》の心を設《もう》く
良晨詎可待　良《よ》き晨《ひ》を詎《なん》ぞ待つ可《まべ》けんや

「精衛」は、『山海経』北山経に見える。天帝の一人炎《えん》帝の娘女娃《じょあ》は、東の海に遊んで溺れ死に、その恨みをはらすため、精衛という鳥に姿をかえ、木と石を銜《くわ》えて東海に投げ込む。それをくりかえして、海を埋めてしまおうとした、というのである。

「刑天」は、同じく海外西経に見える。天帝と争って負け、首をはねられ山に捨てられた。しかし乳《ちち》を目にかえ、臍《へそ》を口にかえてたちなおり、干《たて》と戚《おの》を手にして舞いつづけた、という。

試みに一篇の和訳を示せば、次のようになるだろう。

精衛《せいえい》ノ鳥ハ木切レヲクワエ
青海原ヲ埋メツクソウトシタ
刑天《けいてん》ノ神ハ盾《たて》ト斧《おの》ヲ手ニ死後モ舞イ
ハゲシイ意志ヲイツマデモ捨テヌ
異形ニカワッタコトナド気ニモトメズ
体ガウセテモ悔《くや》ミナドセヌ
ヒタスラ昔ノ復讐心ヲ抱キツヅケタ
晴レノ日ヲ待チ望ムコトハデキマイニ

このはげしい執念、怨念、あるいはそれに似たものが、淵明の胸の奥底にもあったのだろう。あるいは、そうした執念への共感があったのだろう。それらはこうした「虚構」の形をとってしか、表出できなかった。

現代の文学者魯迅《ろじん》は、「題未定草㈥」と題する文章（『且介亭《そかいてい》雑文二集』所収）の中で、この詩をとりあげ、淵明が俗事に超然たる平静な人物でありながら、一面はげしい精神の持ち主だったことを、指摘している。

ところで、きわめて非日常的、あるいは超現実的な世界への興味を示す連作「山海経を読む」詩にさえ、次のような「序詩」がはじめに置かれていることには、注目しなければならない。

孟夏草木長　　孟夏《はつなつ》　草と木の長《の》び
繞屋樹扶疏　　屋《いえ》を繞《めぐ》りて樹は扶疏《ふそ》としてしげる
衆鳥欣有託　　衆《おお》くの鳥は託《たく》するところ有るを欣《よろこ》び
吾亦愛吾廬　　吾《われ》も亦《ま》た吾《わ》が廬《ろ》を愛す
既耕亦已種　　既に耕《たがや》し亦《ま》た已《すで》に種《う》え
時還読我書　　時に還《ま》た我《わ》が書を読む
窮巷隔深轍　　窮《せま》き巷《ろじ》は深き轍《わだち》を隔《へだ》て
頗回故人車　　頗《すこぶ》る故人《なじみ》の車を回《かえ》らしむ
歓言酌春酒　　歓《よろこ》び言《かた》いて春の酒を酌《く》み
摘我園中蔬　　我が園中の蔬《やさい》を摘《つ》む
微雨従東来　　微《かす》かなる雨の東より来たり

好風与之倶　好き風も之《これ》と倶《とも》にす
汎覧周王伝　周王（穆《ぼく》天子）の伝を汎《ひろ》く覧《よ》み
流観山海図　山海の図を流し観《み》る
俯仰終宇宙　俯《ふ》し仰《あお》ぐうちに宇宙を終《めぐ》る
不楽復何如　楽しからずして　復《ま》た何如《いかん》

淵明は外見おだやかな日々の中で、過激な空想力をかき立てる書物を、「楽しんで」いたのである。ここにも、淵明の「日常」と「虚構」の結合がある。おだやかな日常と、何食わぬ顔をした「虚構」とが、淵明の「猛志」をカモフラージュしていたのである。

「閑情の賦」

ところで、淵明のこうした日常や、彼のさまざまなエピソードからは想像しにくい、一つの作品がある。エロティシズムの世界をうたった「閑情《かんじょう》の賦《ふ》」が、それである。

「閑情」とは、閑《のど》かな気持ち、という意味ではない。「情を閑《しず》める」意であり、ここにいう情とは、情欲というのに近い。

ところが、「情を閑《しず》める」といいながら、全篇百二十二句の賦《ふ》（ながうた）の大部分は、次のように、美女の着物の領《えり》となり、帯となり、髪油となり、と、むしろ「情をかき立てる」挑発的な描写でうめつくされている。

願在衣而為領　願わくは衣《ころも》に在りては領《えり》と為《な》り
承華首之余芳　華《はなや》げる首《こうべ》の余《あま》れる芳《かぐわ》しさを承《う》けん
…………　…………
願在裳而為帯　願わくは裳《もすそ》に在りては帯と為り
束窈窕之繊身　窈窕《たおや》かなる繊《かぼそ》き身を束《たば》ねん
…………　…………
願在髪而為沢　願わくは髪に在りては沢《あぶら》と為り
刷玄鬢于積肩　玄《くろ》き鬢《びん》を積《くず》るる肩に刷《す》かしめん
…………　…………
願在眉而為黛　願わくは眉《まゆ》に在りては黛《まゆずみ》と為り
随瞻視以閒揚　瞻視《まなざし》に随いて以て閒《しず》かに揚《は》ねん
…………　…………

……………　……………
願在莞而為席　願わくは莞《ねどこ》に在りては席《むしろ》と為り
安弱体于三秋　弱《かよわ》き体を三秋に安んぜん
……………　……………

こうした描写は、まだまだつづく。省略した部分には、たとえば着物の領《えり》の場合は、夜、その着物が脱ぎ捨てられてしまうのを怨み、帯の場合は、春秋の季節の変り目に新しいのと取り換えられるのをなげく、といった詠嘆的述懐が重ねられる。

そして作品全体としては、たしかに「情を閑《しず》める」方向に収束してゆくが、そのなまめかしさは、あまりにも際立っている。

こうした「閑情の賦」の主題と描写は、淵明の独創によるものではない。淵明自身がこの賦の序文で指摘しているように、先行する作品として後漢の張衡《ちょうこう》（七八―一三九）の「定情の賦」、同じく蔡邕《さいよう》（一三二―一九二）の「静情の賦」があり、それ以外にも、三国・魏《ぎ》の王粲《おうさん》（一七七―二一七）の「閑邪の賦」など、十篇に近い作品があったといわれる。

それらはすべて短い断片しかのこっていないが、その断片とくらべてみて、淵明の作品のパラレリズム（対句）は、発想と技術の完成度がより高く、また「虚構」に対する執念は、より強いように見うけられる。

淵明の伝記を書き、詩文集を編纂した梁《りょう》の昭明太子・蕭統《しょうとう》は、「閑情の賦」が気に入らなかったらしく、この作品を「白璧《はくへき》の微瑕《びか》」、すなわち「純白の美玉についたかすかなキズ」だといっている。これは裏返していえば、淵明のなまめかしさの描写は、識者の眉をしかめさせるほど成功していた、ということでもあろう。

「閑情の賦」一篇は、淵明の枯淡の裏にかくされた、イマジネーションの豊富さを示している、といえるのではなかろうか。

五　挽歌詩・自祭文――「私」の葬式

淵明の「空想癖」は昂《こう》じて、みずからの「死」の場面をも「空想」する。かくて生まれたのが、おのれの葬式のシーンを描く「挽歌詩」三首と、わが死後の霊にささげる「自祭文」一篇である。

かつて私の友人は、淵明の顰《ひそ》みに倣《なら》って、私の停年退休記念に私を亡きものにし、『生前弔辞――一海知義を祭る』と題する一冊の弔辞集を出版した。世の中には物好きでユーモアを好む人がたくさんいるもので、先輩・友人・教え子などから六十数篇の追悼文と多額の香典（?）が集まり、二段組三百頁に近いこの本は、意外にもよく売れて、香典返しまで贈ることができた。私自身も「自祭文」を書くことを強要され、「空想」を楽しんだ。

しかし淵明は、空想を「楽しんだ」だけではないように思われる。以下、淵明の「挽歌詩」と「自祭文」をとりあげ、具体的な作品に即してその意味を考えてみたい。

挽歌詩

「挽歌」の系譜

挽歌とは、死者の柩《ひつぎ》を挽《ひ》くときにうたう、葬送の歌である。

淵明の伝記を書いた梁《りょう》の昭明太子・蕭統《しょうとう》は、さきにもふれたように、大部なアンソロジー『文選《もんぜん》』の編者としても知られるが、その『文選』は、蒐集した詩作品を二十三の主題別に分類した。詠史、遊覧、贈答、行旅などがそれであり、挽歌はその分類項目の一つとして、あげられている。

そして「挽歌」の項目には、次の三人の詩人の作品五首が収められた。

魏・繆襲《びゅうしゅう》　挽歌　一首
晋・陸機　挽歌　三首
晋・陶淵明　挽歌　一首

これらが、梁の蕭統の時代に、過去の「挽歌」の代表作と考えられていたことになる。

ところで、淵明の「挽歌」は、『文選』には一首しか採られていないが、淵明集には三首収められている。しかもその三首は、単に「死」をテーマとした三首の詩というだけでなく、葬式の次の三場面を演出しての連作だということがわかる。

1、納棺

2、葬送
3、埋葬
『文選』が収める晋《しん》の陸機（二六一―三〇三）の三首を読んでみると、これまた右の三場面にうたい分けての作だとわかる。

だとすれば、『文選』が最初に載せる魏《ぎ》の繆襲《びゅうしゅう》（一八六―二四五）の一首も、三部作の一つではないか。そこでいろいろな文献を検索してみると、唐代初期の百科全書の一つである『北堂書鈔《ほくどうしょしょう》』に、「繆襲挽歌辞」と題する二種の佚文《いつぶん》が見つかった。

この二種は、五言詩の断片でしかないが、『文選』所収の一首とは、それぞれに脚韻を異にする別の詩であることがわかる。二種の一つは八句、もう一つは四句の断片しかのこっていない。しかしその内容から、八句の断片が納棺の場面、『文選』所収の一首が葬送の場面、四句の断片が埋葬の場面をうたっていると、推測される（詳しくは拙論「文選挽歌詩考」参照、『中国文学報』第十二冊、京都大学、一九六〇年。本著作集本巻所収）。

挽歌は、わが国の『万葉集』では、相聞・雑歌と並んで部立《ぶだて》の一つであり、中国でも日本でも、最初は貴人の葬送の歌だったようである。それがのちに庶民の葬送にあたっても作られ、うたわれるようになる。そしてそれらは、原則として「他人」の死をいたむ歌である。ところが『文選』の挽歌は、同じく「他人」の死をいたむのだが、その「他人」である「死者」になりかわってうたう、死者の眼から葬儀をうたうという、ふつうの挽歌とは異なった形式をとる。

たとえば、繆襲の作品三首のうち四句の断片は、埋葬の場面を描写しているらしく、次のようにうたう。

寿堂何冥冥　寿堂《じゆどう》　何ぞ冥冥《めいめい》たる
長夜永無期　長夜　永《とこし》えに期《とき》無し
欲呼舌無声　呼《さけ》ばんと欲するも　舌に声無く
欲語口無辞　語らんと欲するも　口に辞《ことば》無し

——墓穴の何と暗いことよ。長い夜はいつまでも明けそうにない。叫ぼうにも声が出ず、話そうにも言葉が出ない。

墓穴に収められた死者を想像し、墓中の死者の身になってうたっているのである。

『文選』が載せる陸機の三首は、ほぼ完全な形を今に伝えているのであろうが、それは次のような構成をもつ。

第一首。遠近からかけつけた親族や友人にかこまれて、死者の納棺が終り、なにがしかの時日をへて、出棺されるまで、その状景をうたう。

第二首。野外への葬送の途次、その状景がうたわれる。

第三首。屍《しかばね》は墓の下に収められ、詩人は死者になりかわって、その感慨をうたう。

『文選』の主なテキストに、李善《りぜん》注本と六臣《りくしん》注本なるものがあり、陸機の三首の順序は、六臣注本にしたがった。李善注本は第二首と第三首を入れかえて並べているが、たぶんそれは誤りであろう。誤りだと推測するのは、納棺、葬送、埋葬という順序に私が固執し、それに合わせようとしているためではない。根拠があってのことである。

根拠の第一は、六臣注本の第二首（李善注本では第三首）のうたい出しの句、

流離親友思　流離《りゅうり》たり　親友の思い

は、六臣注本の第一首（これは李善注本でも第一首）の末句、

揮涕涕流離　涕《なみだ》を揮《ふる》えば　涕は流離たり

を受けたものにちがいないと思われることである。これは当時の連作の詩が、ときにおこなう手法であり、その例として十分に適切ではないが、のちに示す淵明の「挽歌詩」第二首のうたい出し、

在昔無酒飲　在昔《むかし》は酒の飲むべき無く

は、第一首の末尾二句、

但恨在世時　但《た》だ恨《うら》むらくは　世に在りし時
飲酒不得足　酒を飲むこと　足《た》るを得ざりしを

を受けて起こしたものと考えられる。

李善注本のように並べれば、右の手法を無視することになる。

根拠の第二は、単行の『陸士衡集《りくしこう》』（士衡は陸機の字《あざな》）にもとづく明代の『詩紀』以下のアンソロ

ジーが、すべて六臣注本と同じ編次にしていること。また、『文選』の最も古いテキストの一つ陸善《りくぜん》経《けい》本も、同じ並べ方をしていたと、これはわが国に伝わる『文選集注』が注記すること。

以上二つの根拠はたとえおくとしても、何よりも三首の詩の内的関連性からいって、李善注本の編次は誤りであろう。

さて、繆《びゅう》襲《しゅう》と陸機の作品が、ふつうの挽歌とちがって、死者になりかわって作られた葬送の歌であることは、さきにのべた通りである。

淵明の挽歌

淵明の場合は、どうか。淵明の「挽歌詩」もまた、「死者」になりかわってうたう。ところが、繆襲《しゅう》、陸機とちがうところは、その死者が「他人」でなく「自分」だ、という点である。「自分」を「他人」に見立ててうたう。

淵明は、自分自身の死をうたう。これは従来誰も試みなかったことであり、そこに独創性がある。しかし、淵明はきわめて独創的な詩人でありながら、時代から超越、遊離した存在ではなかった。従来の伝統をよく受け継ぎ、これを十分に吸収しながら、その中から独創的な作品を生んだ。淵明の他の作品（たとえば第二章の「五柳先生伝」）にも、そうした継承と創造のケースを見ることができるが、「挽歌詩」もまたその一例である。

第一首——納棺

さて、作品そのものを読んでみよう。まず第一首。納棺のシーンをうたう。

有生必有死　　生有らば　必ず死有り
早終非命促　　早く終うるも　命《めい》の促《ちぢ》まれるに非《あら》ず
昨暮同為人　　昨暮《さくぼ》は同じく人為《た》りしに
今旦在鬼録　　今旦《こんたん》は鬼録《きろく》に在り
魂気散何之　　魂気《こんき》　散じて何《いず》くにか之《ゆ》く
枯形寄空木　　枯形《こけい》　空木《くうぼく》に寄《あず》く
嬌児索父啼　　嬌児《きょうじ》は父を索《もと》めて啼《な》き
良友撫我哭　　良友は我を撫《な》でて哭《な》く
得失不復知　　得失《とくしつ》　復《ま》た知らず
是非安能覚　　是非《ぜひ》　安《いず》くんぞ能《よ》く覚《さと》らん
千秋万歳後　　千秋万歳の後
誰知栄与辱　　誰《たれ》か栄《えい》と辱《じょく》とを知らんや
但恨在世時　　但《た》だ恨《うら》むらくは　世に在りし時
飲酒不得足　　酒を飲むこと　足《た》るを得ざりしを

若干の語釈を示せば、まず、第二句の「命《めい》の促《ちぢ》まれるに非《あら》ず」の「命」は、生命でなく運命。その人に与えられた運命が、短縮されたというわけではない。死が必然であるかぎり、何時《いつ》死のうと、それがその人に与えられた運命なのであって、もっと生きるべく定められた運命が急にちぢまったのではない。

「鬼録」は、死者の名簿、録鬼簿、過去帳。

「魂気」は、死後のたましい。この一句は、『礼記《らいき》』檀弓《だんぐう》篇に、「骨と肉との土に帰り復《ふく》するは、命《めい》なり。魂気の若《ごと》きは、之《ゆ》かざるなきなり」、とあるのにもとづく。

「枯形」は、枯れはてた肉体。「空木」は、棺桶。

「嬌児」は、可愛い幼児、甘えっ子、あるいは、やんちゃ坊主。

「哭」は、人の死をいたむための号泣。前句の「啼」とは異なり、いわばフォーマルな泣き方。

なお、

嬌児《きょうじ》は父を索《もと》めて啼《な》き
良友は我を撫《な》でて哭《な》く

という二句は、陸機の、『文選《もんぜん》』には収めない別の「挽歌詩」の二句、

父母は棺を拊《う》ちて号《なきさけ》び
兄弟は筵《むしろ》に扶《はらば》いて泣く

を思い出させる。

「得失」は、すでに「五柳先生伝」にも見え（七一頁）、人生における利害得失、また、成功失敗をいう。

「是非」は、正しいことと正しくないこと。過去の人生において、何が正しく何が正しくなかったのか。

「栄」と「辱」は、栄光と恥辱。この言葉をふくむ二句は、第二章に見えた嵆康《けいこう》と同じく竹林の七賢の一人阮籍《げんせき》（二一〇―二六三）の「詠懐詩《えいかいし》」に、「千秋万歳の後、栄名は安《いず》くに之《ゆ》く所ぞ――千秋万歳後、栄名安所之」というのを、思い出させる。

試みに、第一首全篇の和訳をかかげてみると、

生ガアレバ　必ズ死ガアル
若死《わかじに》モ命数ガ縮ンダワケデハナイ
昨夜ハ同ジ生キ身ノ人モ
今朝ハ亡者ノ過去帳ニ名ガ
魂ハコノ身ヲ離レテドコヘユク
枯レハテタ体ヲ棺ニアズケタママ
甘エッ子ハ父ヲ求メテ泣キワメキ

親友ハ私ヲ撫《な》デテハ泣キナゲク
ワガ人生ノ得失ハ知ラヌ
死後ノ批判モ知ラヌコト
千年万年タッタノチニハ
恥モ栄誉モ知ッタコトカ
心残リハ　コノ世ニイタトキ
酒ガ存分飲メナカッタコト

「早く終うるも命《めい》の促《ちぢ》まれるに非《あら》ず」という句は、この詩が熟年に達してからの作でなく、若い時に作られたのではないか、との推測を生む。そして、「嬌児《きょうじ》は父を索《もと》めて啼《な》き」という句は、その推測を補強する。

淵明の「挽歌詩」は、死期が迫ってからの晩年の作ではないだろうという仮説を、私がはじめて明らかにしたのは、四十年ほど前、淵明の詩の注釈書を出したときだった（中国詩人選集第四巻『陶淵明』岩波書店、一九五八年。本著作集1所収）。その中で、私は次のようにのべている。

これは淵明がみずからの死を想定しての挽歌である。彼にはほかに「自《み》ずから祭る文」と題する一篇の文章があり、それは彼の絶筆とされている。これら三首の詩もまた晩年の作と考えられて来たが、必ずしも実際に死を前にして作ったとは断定しがたく、これも淵明一流のフィクションと考えてよいであろう。

私のフィクション説に対して、この書物の末尾に跋文を寄せてくださった小川環樹教授は、次のようにのべておられる。

私は一海君の虚構説にだいたい賛成なのであるが、それを立証することは、阮瑀《げんう》のような先例があるとはいえ、まだ困難である。

「阮瑀《げんう》のような先例」とは、建安の七子の一人である三国・魏《ぎ》の阮瑀（阮籍の父）の詩、「七哀《しちあい》」のことをさしている。七哀詩は挽歌詩と似た内容をもち、阮瑀のそれは、墓穴の中の死者の眼を借りて、次のようにうたわれる。

……………　　……………
良時忽一過　　良き時の忽《たちま》ち一《ひと》たび過ぐれば
身体為土灰　　身体は土灰と為《な》る
冥冥九泉室　　冥冥《めいめい》たり　九泉の室

漫漫長夜台　漫漫《まんまん》たり　長夜の台
…………
嘉殽設不御　嘉《よ》き殽《さかな》は設《もう》くれども御《つま》めず
…………
旨酒盈觴杯　旨《うま》き酒は觴杯《さかずき》に盈《み》つるのみ
…………

この阮瑀の先例にふれた上で、小川教授の跋文は、次のようにつづく。引用が少し長くなるが、淵明の挽歌詩がフィクションであることを、別の面から論じられた文章で、まことに興味深い。

ところが昨年の秋、広島大学で、明《みん》の陸時雍《りくじよう》の「古詩鏡」を一見することができた。これは漢代以後、南北朝・隋《ずい》までの詩の選集であるが、その陶淵明の部分をひらいてみると、陸時雍はこの詩に「擬挽歌辞」という題を与えている。擬は模擬・模倣の義であって、先例にならって作ったとの意図を題が明らかに示していることになる。この題がつけてあるのは、陸時雍だけではない。清朝の陶澍《とうしゅ》が校訂した淵明の全集「靖節《せいせつ》先生集」をみても、「諸本は擬挽歌辞とするが、文《もん》選《ぜん》ではただ挽歌の詩として、擬という字がない。ない方に従がう」と言う。つまり、淵明集のテクストは一致して「擬」の字があるのであって、擬の字を除き去り、挽歌の詩と三字の題にするのは、文選に収められたものだけとなる。

このことを一海君に語ったところ、さらに調査された所によると、陸時雍だけでなく、明代の選集「古詩紀」のたぐいは、おおむね擬挽歌辞とし、元《げん》の時代の劉履《りゅうり》の「選詩補注」のみが、文選の題をとり、特に擬挽歌とすべきでないと論じている。これは実は宋代の評論家の説をうけたものであるらしい。評論家および注釈家たちは、だいたいこの詩を、淵明の死期がせまった時の作だとし、死にのぞんでその恐怖に心を動かされなかった心境を賞めたたえるのが、つねである。

なるほど、「従容《しょうよう》として死に就《つ》く」とは古来中国人の理想であったし、第一首のむすびの句「ただ恨むらくは　世に在りしときに、酒を飲むこと　足《た》るをえざりしを」も、かれの死に対する近親たちの悲しみをやわらげようとするつもりがあるのかも知れない。だが、それはもっと広く人間一般の問題として死の恐怖の克服だと言うこともできる。挽歌がうたとして六朝時代にはやっていたこと、葬式のときだけでなく、宴席でもうたわれたことなどを考えあわせると、或る特定の人——淵明の場合は自身——のための挽歌としてでなく、ひろく死者に代って作ったうただと言えそうである。そうだとすると、さきほど引いた二句のごとく、茶化したような調子も別個の解釈がえられる。そして第二首、第三首で、棺桶の中の死者が、友人や身よりのものたちは哭きつづけるが、自分はもはや口を出すこともできず、眼で見ることもできないなどと言う発想も解釈がつく。

自分が現在おかれている場所から、いちおう引き離し、別に設定された状況の中で、組みたてた想像を語るということは、なにも淵明にかぎらない。詩あるいは文学というものは、もともとそのようなものかも知れない。もしそれを虚構だというならば、そのような虚構は、詩人としての淵明の誠実さを少しもそこなうものでないことは、一海君によって説かれたとおりだと私は思う。

第二首——葬送

さて、淵明の「挽歌詩」第二首は、第一首末尾の生前飲み足りなかったという「酒」を受けて、次のようにうたわれる。

在昔無酒飲　　在昔《むかし》は酒の飲むべき無く
今但湛空觴　　今は但《た》だ空《むな》しき觴《さかずき》に湛《あふ》る
春醪生浮蟻　　春の醪《どぶろく》には浮蟻《あわ》の生じ
何時更能嘗　　何《いず》れの時にか　更《さら》に能《よ》く嘗《な》めん
殽案盈我前　　殽《さかな》の案《つくえ》は我が前に盈《み》ち
親朋哭我傍　　親しき朋《とも》は我が傍《かたわら》に哭《な》く
欲語口無音　　語らんと欲するも　口に音無く
欲視眼無光　　視《み》んと欲するも　眼に光無し
昔在高堂寝　　昔は高き堂《ざしき》の寝《ねどこ》に在りしに

今宿荒草郷　今は荒《しげ》れる草の郷《さと》に宿《やど》らんとす
一朝出門去　一朝《ひとたび》　門を出《い》で去《ゆ》けば
帰来良未央　帰り来たること　良《まこと》に未《いま》だ央《あてど》なし

部屋に棺桶が安置された風景と、その棺桶が家を出る場面である。

うたい出しの二句、

在昔は酒の飲むべき無く
今は但《た》だ空《むな》しき觴《さかずき》に湛《あふ》る

と、第五句の、

殽《さかな》の案《つくえ》は我が前に盈《み》ち

とは、さきの阮瑀《げんう》の「七哀詩」に見える、

嘉《よ》き殽《さかな》は設《もう》くれども御《つま》めず
旨《うま》き酒は觴杯《さかずき》に盈《み》つるのみ

という二句をふまえての句作りであろう。

「空觴《くうしよう》」は、カラッポの盃ではなく、主《ぬし》のいなくなった盃。「殽《こう》」は肴《こう》と同じく、酒のさかなをいう。

「春醪《しゆんろう》」は、冬に仕込んで春に醱酵したどぶろく。淵明の他の詩にも見える。「浮蟻《ふぎ》」は、どぶろくが醱酵して、表面に浮いたこうじの泡粒の形容。いかにもうまそうである。そのつばの出そうなどぶろくを、今はもう二度と口にできそうにない。「何《いず》れの時にか更《さら》に能《よ》く嘗《な》めん」。

そして、

殽《さかな》の案《つくえ》は我が前に盈《み》ち
親しき朋《とも》は我が傍《かたわら》に哭《な》く

さきの阮瑀は、殽《さかな》と酒を対《つい》にしてうたうが、淵明は殽と友人を対にする。棺桶の前にはうまそうな肴《さかな》を盛ったテーブル、棺桶のそばには泣きさけぶ親友たち。

そして次の二句、

語らんと欲するも　口に音無く
視《み》んと欲するも　眼に光無し

この対句は、さきに紹介した繆襲《びゅうしゅう》の断片四句の中に、次の二句があったことを思い出させる。

呼《さけ》ばんと欲するも　舌に声無く
語らんと欲するも　口に辞《ことば》無し

そして、繆襲とほぼ同時代の詩人傅玄《ふげん》（二一七—二七八）の、やはり断片の形でのこっている「挽歌詩」三首の第一首に、

悲しまんと欲するも　涙は已《すで》に竭《つ》き

辞《かた》らんと欲するも　言う能《あた》わず

という句をも、思い出させる。

淵明は、こうした伝統的手法に学びつつ、この特異な詩を作ったのである。

詩は末尾に近づき、いよいよ出棺のことをうたう。

昔は高き堂の寝《ざしき》に在りしに

今は荒《ねどこ》れる草の郷《しげ》に宿《さと》らんとす

この二句は、繆襲の『文選《もんぜん》』に見える一首のうちの二句、

朝《あした》に高き堂《ざしき》の上を発《た》ち

暮に黄泉《よみじ》の下《もと》に宿る

をふまえての表現かと思われる。

そして末尾の二句、第二首の詩は次のようにうたいおさめられる。

一朝《ひとたび》　門を出《い》で去《ゆ》けば

帰り来たること　良《まこと》に未《いま》だ央《あてど》なし

「一朝《いっちょう》」は、ある日突然。「未央」は「未《いま》だ央《つ》きず」と読みならわしているが、あてがないという意。

この二句は、挽歌の古辞（もとうた）といわれる漢代の作品「薤露行《かいろこう》」に、

人死して一《ひと》たび去らば　何《いず》れの時にか帰らん

という句の発想を受けたものだとされる。
「薤露行」は、夏目漱石の短篇小説のタイトルにもなっている。漱石はこの題について、明治三十九（一九〇六）年三月二日付横前敏亮あて書簡で、「題は古楽府《こがふ》中にある名の由に候御承知の通り〈人生は薤上《かいじょう》の露の如く晞《かわ》き易《やす》し〉と申す語より来り候。無論音にてカイロとよむ積に候」とのべている。
「薤露行」は、次に示すようにたった三行の短い楽府《がふ》（歌謡）であり、これが挽歌の最も古い形だとされる。

薤上朝露何易晞　　薤《おおにら》の上の朝露は　何ぞ晞《かわ》き易《やす》き
露晞明朝還復滋　　露は晞けども　明朝には還《ま》た復《ま》た滋《しげ》し
人死一去何時帰　　人死して一《ひと》たび去らば　何《いず》れの時にか帰らん

くりかえして言えば、淵明の発想や表現上の独創は、伝統を継承した上での独創である。第二首の詩意は、ほぼ明らかになったと思うが、第一首にならって、試みに和訳を添える。

昔ハ飲ミタイ酒ガ手ニ入ラズ
今ハ主《ぬし》ナキ酒杯ニアフレル

春ノドブロク　泡粒《あわつぶ》ヲ浮カセテ
イツカマタ飲ミタイモノダガ……
肴《さかな》ノ膳ガワガ前ニ並ビ
知リ人タチハワガ傍《そば》ニ泣ク
物言オウニモ声ニハナラズ
見ヨウトシテモ目ニ光ナシ
カツテハ屋敷ノ寝床ニイタガ
コレカラハ草ムス里ガ棲家《すみか》トナル
ヒトタビワガ家ノ門ヲ出テシマエバ
帰レルアテハ　マッタクナシ

第三首——埋葬

さきの第二首末尾に見える「荒草」という言葉を受けて、第三首は次のようにうたいつがれる。

荒草何茫茫　荒《しげ》れる草の何ぞ茫茫《ぼうぼう》たる
白楊亦蕭蕭　白楊《はこやなぎ》も亦《ま》た蕭蕭《しようしよう》たり
厳霜九月中　厳《きび》しき霜の九月の中《ころ》

送我出遠郊　我を送りて遠郊《えんこう》に出《い》ず
四面無人居　四面《しめん》に人の居《すまい》無く
高墳正嶕嶢　高き墳《はか》の正《まさ》に嶕嶢《しょうぎょう》たり
馬為仰天鳴　馬は為《ため》に天を仰ぎて鳴《いなな》き
風為自蕭条　風は為に自《おのずか》ら蕭条《しょうじょう》たり
幽室一已閉　幽《おぐら》き室《へや》の一《ひと》たび已《すで》に閉ずれば
千年不復朝　千年　復《ま》た朝《あした》ならず
千年不復朝　千年　復た朝ならざるは
賢達無奈何　賢達《けんたつ》も奈何《いかん》ともする無し
向来相送人　向来《さきごろ》　相送りし人も
各自還其家　各自《かくじ》　其の家に還《かえ》る
親戚或余悲　親戚は或いは悲しみを余《のこ》さんも
他人亦已歌　他人は亦《ま》た已《すで》に歌う
死去何所道　死し去れば　何の道《い》う所ぞ
託体同山阿　体を託《あず》けて　山の阿《くま》に同じからん

「茫茫《ぼうぼう》」は、あてどもないこと。墓地へ行く道にしげる草は、何と果てしもなくひろがっていることか。

「白楊《はくよう》」は、墓道に植えられるハコヤナギの樹。最古の五言詩とされる漢代の「古詩十九首」（『文《もん》選《ぜん》』所収）中の一首に、「白楊何ぞ蕭蕭《しょうしょう》たる——白楊何蕭蕭」と、淵明とほぼ同じ句が見え、唐の李《り》善《ぜん》の注に、「白虎通《びゃっこつう》に曰く、庶人は墳《はか》なく、樹《う》うるに楊柳を以てす」。「蕭蕭」は、ものさびしくさわさわとそよぐ形容。

「高墳《こうふん》」は、高く土盛られた墓。「嶕嶢《しょうぎょう》」は、同韻の字を重ねたオノマトペ、高くそびえるさま。

「蕭条《しょうじょう》」は、同じくオノマトペで、風のものさびしく吹くさま。

「幽室《ゆうしつ》」は、墓穴。

「千年復《ま》た朝《あした》ならず」、千年たっても朝は来ぬ。暗黒の世界がつづく。

この句のくりかえしは、三首連作の詩が、結末の部分に近づいたことを知らせる。同じ句のくりかえしは、読者に寸時の休止《ポーズ》を要求し、ごく軽い抵抗感を与える。

しかし、休止《ポーズ》は、くりかえしによってのみ、要求されるのではない。それは、一つのシグナルでしかない。実はここで、脚韻が換わるのである。ここまでは、偶数句の末尾で、蕭《ショウ》・郊《コウ》・嶢《ギョウ》・条《ジョウ》・朝《チョウ》（現代中国音で示せば、xiāo・jiāo・yáo・tiáo・zhāo）と踏んできた韻を、このあと何《カ》・家《カ》・歌《カ》・阿《ア》（この場合は日本漢字音の方がかえってわかりやすいが、現代の中国音では、hē・jiā・gē・ā）と踏み換える。

これを音楽におけるソナタ形式にたとえるならば、二度目の「千年不復朝」以下は、三篇全体のコーダ（Coda）とよべるだろう。同じ句のくりかえしは、この連作の詩が、コーダに入ったことを知らせるシンバルの役目を果たしている。

さて、第十二句の「賢達《けんたつ》」は、賢者達人。永遠の闇を元にもどすことは、いかにすぐれた人でもできはしない。

そして次の句、埋葬をおえた人々は、家路につく。

向来《さきごろ》　相送りし人も
各自《かくじ》　其の家に還《かえ》る

帰る道々、

親戚は或いは悲しみを余《のこ》さんも
他人は亦《ま》た已《すで》に歌う

親戚の者はまだ悲しんでいるだろうが、他人の中にはもう鼻歌をうたい出すヤツもおる。

死者淵明は、醒めた眼でそれを見ている。

そして、末尾の二句。

死し去れば　何の道《い》う所ぞ
体を託《あず》けて　山の阿《くま》に同じからん

死んでしまえば、山の土と一つになるだけだ。何も言うことはない。

これが「挽歌詩」三首の結びの言葉である。

さいごに、第一首、第二首同様、第三首の試訳をかかげておこう。

生イシゲル草ノ何ト果テシナク
白楊《はこやなぎ》モサミシゲニソヨグ
キビシイ霜オク九月ノコロ
私ヲ送ッテ郊外ニ出ル
見渡スカギリ人家ハナク
高イ塚ノミ連ナリソビエル
馬ハタメニ天ヲ仰イデイナナキ
風ハタメニモノサビシゲニ吹ク
暗イ墓穴ハヒトタビ閉ザセバ
千年タッテモ朝ハ来ナイ
千年タッテモ朝ガ来ヌノハ
達人賢者モドウショウモナイ
イマシガタ野辺ノ送リニ来テイタ人モ
ソレゾレオノレノ家ヘト帰ル
親戚ハアルイハマダ悲シンデイヨウガ

他人ノ中ニハモウ鼻歌ウタウ奴モイル
死ンデシマエバ言ウコトハナイ
体ヲアズケテ山ノ土トナロウ

淵明の「挽歌」の独創性

これまで三首の詩の語釈の中で、先人の句を踏襲《とうしゅう》した例をいくつか指摘した。その頻度《ひんど》は、当時の詩人としては、むしろ多いとはいえない。そして、ほとんど剽窃《ひょうせつ》かと思われる踏襲を、平然としかも多量におこなうのが、この頃の常識だった。

淵明の非凡さは、句作りの独創的な面に発揮されている。たとえば、連作第一首の後半において、生前における得失は知らぬ、是非もわからぬ、栄辱も消えうせよう、とたたみかけるように現世的な価値を否定しておいた上で、一転して、

但《た》だ恨《うら》むらくは　世に在りし時
酒を飲むこと　足《た》るを得ざりしを

とうたいおさめる皮肉さ、あえていえば爽快さは、陸機以前の挽歌詩にはない、淵明独自のものといってよい。

そもそも淵明の挽歌詩は、その第一首の冒頭、「生有らば必ず死有り、早く終うるも命《めい》の促《ちぢ》まれるに非《あら》ず」という達観の言葉をもって、はじまっている。

しかしその達観は、一本調子に全篇を貫かない。詩がうたいつがれるに従って、悲哀をさそう表現へと、下降してゆく。

ところが詩は半ばをすぎて、「得失《とくしつ》復《ま》た知らず、是非《ぜひ》安《いず》くんぞ能《よ》く覚《さと》らんや」と、ふたたびある種の達観、没価値の境地をうたう。

そして最後の「酒」のことをうたう二句は、そうした屈折を受けての結びであり、ここにもまたシニカルな屈折がある。

飲酒を現世における数すくない、あるいは唯一の価値としてたたえるのは、淵明よりやや先輩の詩人晋《しん》の張翰《ちょうかん》の、

我に身後の名有らしむるは、如《し》かず即時一杯の酒。
使我有身後名、不如即時一杯酒。

という有名な言葉を代表として、さして珍しいことではない。

しかし、淵明の発想が、酒に対する正面からの讃美でないところに、そのおもしろさがあり、また独自性もある。

第一首の末尾で、「但だ恨むらくは世に在りし時、酒を飲むこと足るを得ざりしを」とうたわれるのは、抽象化され平均化された快楽としての、飲酒一般ではない。それは生活の臭味を帯びて、生々

しく如実である。如実であることによって、そのほかの価値は、こっぴどくおとしめられる。とともに、その如実さによって、あるトボケた諧謔味がかもし出されていることも、否定できぬ。用語の平凡さにもかかわらず、凡手のなしうるところではない。

第三首の末尾に、「親戚は或いは悲しみを余《のこ》さんも、他人は亦《ま》た已《すで》に歌う」というのも、如実すぎて笑ってしまうが、これまた凡手のなしうるところではない。「他人の歌」を挽歌だとする生真面目な解釈もあるが、そうではあるまい。

吉川幸次郎『陶淵明伝』(中公文庫、一九八九年)も、この二句について、「親戚たちは、さすがにまだありあまる悲しみをのこしている。しかし他人の中にはもう愉快げに歌を歌っているのもいる」といい、それは淵明の「現実へのいたいたしい醒覚」をあらわすものだと説く。

淵明のこの「醒めた感覚」は、すでにあげた別の詩にも見え、たとえこの世から一人の人間が消えうせたとしても、誰がそれに気づこう、親しいものでも、いつまでも彼を偲《しの》んではいないのだ、という意味の句をのこしている。「奚《なん》ぞ覚《さと》らん一人《いちにん》無《な》きを、親識《しんしき》も豈《あ》に相思《あいおも》わんや——奚覚無一人、親識豈相思」(「形影神」詩。一一一頁)。

ところで第三首の末尾、ということは「挽歌詩」全体の末尾の二句に、「死し去れば何の道《い》う所ぞ、体を託《あず》けて山の阿《くま》に同じからん」というのも、達観の言葉だといえよう。

しかしこの三首の詩が、そうした達観の言葉をもって終ることよりも、その達観が、「他人は亦《ま》た已《すで》に歌う」という現実への凝視をふまえて吐かれていることにこそ、意味があり、また淵明の独自性が示されているといえよう。

平易さとユーモアのなかの辛辣さ

淵明の詩の多くがそうであるように、「挽歌詩」の用語もまた平易である。それが平易であるのは、描写の具体性と、故事典拠を用いないことによる。

繆襲《びゅうしゅう》の挽歌詩も比較的平易なことばを用いており、そもそも民衆の歌（楽府《がふ》）に起源をもつ挽歌詩は、平易であることを、そのスタイルとしたのかも知れぬ。

しかし陸機に至って、やはり典故に対する知識なしには、十分に読めぬ難解なものになっていた。典故頻用の陸機の時代をへて、あいもかかわらず大部分の詩人が言葉の遊びにふけっているとき、淵明が平易な言葉で詩を作ったことには、意味がある。

挽歌という特殊な性格をもつ詩の場合、典故をほとんど用いぬという手法は、一つの効力としてはたらく。すなわち、人間の死に対する伝統的なとらえ方、その拘束から自由であることができる、という効用である。

淵明の「挽歌詩」は、そうした自由を獲得している。そして、そうした手法は、淵明の詩の多くを、平易であるにもかかわらず非凡にしている、一つの理由でもあるだろう。

淵明は、文学作品の様式《ジャンル》の上で画期をもたらすような、独創性を発揮した詩人ではなかった。物語としての「桃花源記」にしろ、自伝としての「五柳先生伝」、自己の分身に問答させた「形影神」詩にしろ、またすべての句に「止」という文字を使って禁酒を提唱した「止酒」の詩など、きわめて独創的に見える作品も、実は伝統の継承の面を、多かれ少なかれふくんでいる。

にもかかわらず、様式《ジャンル》の上においてさえ独創と見え、時には孤立的なものと見られるのは、それらの内容が形式の枠を打ちくだき、あたらしいスタイルを生んだためだと、考えられる。「挽歌詩」三首もまた、そのことを示している。

なお、フィクションへの関心ということのほかに、淵明文学の特徴の別の一つは、時に何気なく示されるユーモアであろう。

読者が淵明の「挽歌詩」から、陸機以前の挽歌には乏しいある諧謔味を感じ取るとすれば、それは一つには、すでにふれた淵明の「醒めた感覚」、対象をつき離して視《み》る眼から、屈折して生まれたものといえよう。

それは、できの悪い息子たちのことをうたった「子を責《せ》む」詩などでは、明るいユーモアの形をとるが、ときにはそれがフィクションと結びついて、ブラック・ユーモアに近い辛辣《しんらつ》なトゲをふくむ場合もある。

かつて私は、淵明と「虚構」との関係について、次のようにのべたことがある。


自己の内心のいたみを、虚構の世界に再現すること、そのためにはある強靭な精神を必要とする。おおむねの詩をおだやかなことばでうたった淵明に、実はそうした半面があり、そのことがまた彼の詩を深い味わいのあるものとしている。

（前掲『陶淵明』。本著作集1所収）

淵明の挽歌詩は、自己の死をも虚構の世界にくみ入れて眺めた、という点で特異だが、この自挽の詩と一対の作品というべきものに、「自ら祭る文」がある。

次にその「自祭文」を読んでみよう。

自祭文

淵明の「自祭文」

死者の霊にささげる追悼の文章「祭文」は、散文（押韻するものが多い）の一形式として、古くからあった。しかし、「自ら祭る文」を作ったのは、たぶん陶淵明が最初だろう。現存の資料によるかぎり、先例はないようである。

祭文は、もともと祭典のときに読み上げる文章であり、死者を哀悼する文のほかに、雨乞いや邪鬼を払うための祭文もあった。しかし『文選《もんぜん》』が収める祭文は、すべて死者追悼の文である。そして顔《がん》延之《えんし》「屈原《くつげん》を祭る文」、王僧達《おうそうたつ》「顔光禄《がんこうろく》を祭る文」などのごとく、他者の死を悼む文章である。

淵明自身にも、「程氏の妹を祭る文」と「従弟敬遠《けいえん》を祭る文」、親族（他者）を祭る二篇の作品がある。ところが淵明は、その形式を用いて、自分の死を悼む文を作ったのである。

それはきわめて真面目に、「祭文」の形式にのっとり、一句四言を基本として脚韻を踏んだ、かなりの長篇（七十八句）である。

「挽歌詩」に制作の日付はないが、「自祭文」にははっきりと日付が書き込まれている。しかもそれは、淵明が亡くなった年（四二七年）である。この日付、淵明の死後書き加えられたものだという説もないではないが、ふつうは文字通りの「絶筆」だとされている。いずれにしろそれが、おのれの死を想定してのフィクションであることに、変りはない。

全篇は韻を踏み換えることによって、六段に分けられる。その段落で区切りつつ、読んでみよう。はじめに和訳をかかげ、あとに原文と読み下し文を添える。

第一段落——納棺

年ハスナワチ丁卯《ひのとう》
笛ノ音《ね》ノ無射《ぶえき》ニ当ル秋九月
天候寒ク夜ハ長ク
風ノ気配モモノサビシイ
雁《がん》ノ鳥ハ遠ク旅立チ
草木ノ葉ハ黄バミ落チル
陶《とう》ドノハ　イマ人生ノ仮住居《かりずまい》ニ別レヲツゲ

永《とこし》エニ本《もと》ノ家タル墳墓《ふんぼ》ヘト帰ル
知リ人ハ痛マシゲニ悲シミ合イ
相共ニ今夕《こんせき》死出ノ旅ヲ見送ル
供物《くもつ》ニハ選《え》リヌキノ野ノモノ
ソシテマタ澄ミキッタ酒
人ノ顔ヲ伺《うかが》イ見テモ　早ヤ薄レユキ
声ヲ聞イテモ　イヨイヨ定カデナイ
アア　哀《かな》シイコトヨ

歳惟丁卯
律中無射
天寒夜長
風気蕭索
鴻雁于征
草木黄落
陶子将辞逆旅之館
永帰于本宅

歳は惟《こ》れ丁卯《ていぼう》
律《りつ》は無射《ぶえき》に中《あた》る
天寒く　夜長く
風気《ふうき》　蕭索《しょうさく》たり
鴻雁《こうがん》　于《ゆ》き征《ゆ》きて
草木《そうもく》　黄落《こうらく》す
陶子《とうし》将《まさ》に逆旅《げきりょ》の館《やかた》を辞し
永《とこし》えに本宅に帰らんとす

故人悽其相悲
同祖行於今夕
羞以嘉蔬
薦以清酌
候顔已冥
聆音愈漠
嗚呼哀哉

故人は悽《せい》として其れ相悲《あいかな》しみ
同《とも》に行《こう》を今夕《こんせき》に祖《そ》す
羞《そな》うるに嘉蔬《かそ》を以てし
薦《すす》むるに清酌《せいしゃく》を以てす
顔を候《うかが》うに已《すで》に冥《くら》く
音を聆《き》くも愈《いよ》いよ漠《ばく》たり
嗚呼《ああ》　哀《かな》しい哉《かな》

「丁卯《ていぼう》」は、宋の文帝の元嘉《げんか》四（四二七）年。この年、淵明は六十三年の生涯を閉じた。「律《りつ》」は、中国古代の楽音を示す語。一オクターブを十二等分して十二律といい、それぞれに名称を与えて、音階の基準とする。「無射《ぶえき》」は、十二律の下からかぞえて十一番目の高い音。十二律を一年十二か月に配し、無射は九月。『礼記《らいき》』月令篇に、「季《すえ》の秋の月……律は無射に中《あた》る」。その古注に、陰暦九月の空気の中で、無射の音が最もよく響く、とある。

淵明は清冽の秋が好きだったのか、自分は九月に死ぬものときめていたようである。さきの「挽歌詩」第三首でも、野辺の送りは「厳《きび》しき霜の九月の中《ころ》」。

「鴻雁于《こうがんゆ》き征《ゆ》く」は、『詩経』小雅・鴻雁の詩にもとづく表現。秋の風物。

「陶子」の「子」は、軽い敬称。自分のことを陶先生と、客観化して呼んでいるわけである。「逆旅《げきりょ》の館《やかた》」は、旅人を逆《むか》える館《やど》。人生をかりそめの旅とする比喩。「雑詩」第七首にも、「家は逆旅の舎為《た》り、我は当《まさ》に去るべき客の如し。去り去りて何《いず》くに之《ゆ》かんと欲する、南山に旧宅有り——家為逆旅舎、我如当去客。去去欲何之、南山有旧宅」。「逆旅は」、『春秋左氏伝』（僖《き》公二年）に見える語。

「本宅」は、本来の家。死後の世界。『列子』天瑞《てんずい》篇に、「鬼《き》（亡者）は帰《き》なり。其の真宅に帰るなり」。

「行《こう》を祖《そ》す」の「行」は、死出の旅。「祖」は、それを送る祭。

「顔を候《うかが》うに已《すで》に冥《くら》く、音を聆《き》くも愈《いよ》いよ漠《ばく》たり」は、死者淵明が棺桶の中から人の顔を眺め、人の声を聞こうとする様子をいい、「挽歌詩」第二首と同じ状景描写。

第二段落——貧乏暮らし

かく納棺の場面をのべたあと、第二段落は、貧乏だった過去を回顧する。

ハテシナイ大地
ハルカナル大空
ソレラガ万物ヲ生ミ
私ハ人ト生マレ得タ
人ト生マレテコノカタ

運命ノマズサニ出会イ
飲食ニシバシバコト欠キ
カタビラガ冬ノフトン
谷ノ水汲ミニ喜ビヲ覚《おぼ》エ
薪《たきぎ》ヲ背負ッテ歩キツツ歌ッタ
ホノグライ柴ノ戸ノモト
朝夕ヲ私ハスゴシタ

茫茫大塊　茫茫《ぼうぼう》たる大塊《たいかい》
悠悠高旻　悠悠《ゆうゆう》たる高旻《こうびん》
是生万物　是《こ》れ万物を生じ
余得為人　余は人と為《な》るを得たり
自余為人　余の人と為りてより
逢運之貧　運の貧しきに逢い
箪瓢屢罄　箪瓢《たんぴょう》　屢《しば》しば罄《つ》き
絺綌冬陳　絺綌《ちげき》を冬に陳《し》く
含歓谷汲　歓《よろこ》びを含んで谷に汲《く》み

行歌負薪　行きつつ歌いて薪《たきぎ》を負《お》う
翳翳柴門　翳翳《えいえい》たる柴門《さいもん》
事我宵晨　我が宵《よる》と晨《あした》とを事《こと》とす

「箪瓢《たんぴょう》屢《しば》しば罄《つ》き」が『論語』に見える語にもとづくことは、すでにふれた（六四頁）。「絺綌《ちげき》」は、葛《くず》で作った薄い夏の着物。「谷に汲《く》む」は、人里離れた生活をいう。『韓非子《かんぴし》』五蠹《ごと》篇に、「山居して谷に汲む者、膢臘《るろう》（狩猟の祭）には、相遺《あいおく》るに水を以てす」。「行きつつ歌いて薪を負う」は、漢の武帝の側近朱買臣《しゆばいしん》（?—前一一五）が、貧乏暮らしをしていた頃の故事にもとづく。

第三段落——躬耕と琴書

さて、第二段落で「貧乏」を語ったあと、第三段落では、「躬耕《きゆうこう》」「琴書《きんしよ》」の楽しみと、おだやかで平和な生活を回想する。

春ト秋トガ入レ替リ
田畑デノ仕事ハツヅク

草ヲ刈リ土ヲカケレバ
育チユキ繁リ栄エル
楽シミハ書物ヲ読ムコト
歌ニ合ワスハ七弦《しちげん》ノ琴
冬ニナレバ日向《ひなた》ボッコ
夏ガ来レバ泉デ水アビ
働イテ力ノ出シ惜シミセズ
心ニイツモユトリガアッタ
天命ヲ楽シミ分相応ニマカセ
カクテ一生ノ終リヲ迎エタ

春秋代謝　　春秋　代謝《たいしゃ》し
有務中園　　中園《ちゅうえん》に務《つと》め有り
載耘載耔　　載《すなわ》ち耘《くさぎ》り載ち耔《つちか》えば
迺育迺繁　　迺《すなわ》ち育《そだ》ち迺ち繁《しげ》る
欣以素牘　　欣《よろこ》ぶに素牘《そとく》を以てし
和以七弦　　和するに七弦《しちげん》を以てす

冬曝其日　冬は其の日に曝《さら》し
夏濯其泉　夏は其の泉に濯《すす》ぐ
勤靡余労　勤《つと》めて労を余《あま》すこと靡《な》ければ
心有常閒　心に常閒《じょうかん》有り
楽天委分　天を楽しみ分《ぶん》に委《ゆだ》ね
以至百年　以て百年に至る

「載《すなわ》ち…載ち…」は、一方では…し、他方では…する。『詩経』に見える古い語法。「迺《すなわ》ち…迺ち…」も同じ。

「天を楽しむ」は、前出（九一頁）。

「百年」は、人の生き得る年数。人の一生という意にも用いる。「古詩十九首」（『文選《もんぜん》』）に、「生年百に満たず——生年不満百」。

第四段落——私の人生

次の第四段落は、一生を回顧して、他人《ひと》と自分とのちがいを語る。

ソモソモコノ一生ノ時間ヲ

ヒトビトハムサボリ惜シム
何モ成サズニ終ルノヲ恐レ
日々ヲムサボリ時ヲ惜シム
生キテイルウチハ世ニ珍重サレ
死ンダアトモ思イ出サレヨウト
アア　私ハ自分ノ道ヲ行キ
彼ラトハマッタク異ナル
栄達ハ名誉ト思ワヌ
黒ク染メラレテモ黒クナロウカ
貧乏住居《ずまい》ニ孤高ヲ守リ
大酒クラッテ詩ヲ作ッテ来タ

惟此百年　惟《こ》れ此《こ》の百年
夫人愛之　夫《か》の人は之《これ》を愛《お》しみ
懼彼無成　彼《か》の成る無きを懼《おそ》れ
愒日惜時　日を愒《むさぼ》り時を惜しむ
存為世珍　存《そん》しては世の珍《ちん》と為《な》り

没亦見思
嗟我独邁
曾是異茲
寵非己栄
涅豈吾緇
捽兀窮廬
酣飲賦詩

没《ぼつ》しても亦《ま》た思わ見《れ》んとす
嗟《ああ》 我《われ》独《ひと》り邁《ゆ》き
曾《すなわ》ち是《こ》れ茲《こ》れに異なれり
寵《ちょう》は己《おの》れが栄《えい》に非《あら》ず
涅《くろ》むとも豈《あ》に吾《われ》緇《くろ》くせんや
窮廬《きゅうろ》に捽兀《そっこつ》として
酣飲《かんいん》して詩を賦《ふ》せり

「夫《か》の人」は、人というもの、ひとびと。

「成る無し」は、人生で成功しないこと。

「寵《ちょう》」は、世にときめくこと。世俗的な出世。「栄」は栄誉。

「涅《くろ》むとも豈《あ》に吾《われ》緇《くろ》くせんや」は、『論語』陽貨篇の「白しと曰《い》わずや、涅《でつ》して緇《くろ》まず――不曰白乎、涅而不緇」にもとづく。「涅《でつ》」は、黒い染料、また、黒く染めること。「緇《し》」は、黒い布。ここは黒くなること。

「捽兀《そっこつ》」は、けわしく高いさまを示すオノマトペ。おのれを高く持《じ》してくずれぬ。

「酣飲《かんいん》して詩を賦《ふ》す」は、ほとんど同じ句が「五柳先生伝」の賛（七四頁）に見える。

第五段落——埋葬

さて次の第五段落は、わが人生に悔いなしとのべた上で、描写は埋葬の場面へと移る。

運命ト知リヌイテイテモ
後フリカエラズニ誰ガオレヨウ
私ハイマ死ンデイッテモ
後悔スルコトナシニスマセル
寿命ハ限界ニヨウヤク近ヅキ
身ハ隠遁《いんとん》ヲネガッテ来タ
「老」カラ「死」ヘト移ルノダ
コノウエ何ノ未練《みれん》ガアロウカ
冬ト夏ガツギツギ過ギユキ
亡《な》クナレバ存《ながら》エタトキト異《こと》ナル
姻戚ハ朝早クオトズレ
親友ハ夜カケツケル
コノ身ハ野原ニ葬ラレ
魂ヲ安ラカニ眠ラセル

ドコマデモ暗イワガ旅
モノサビシイ墓地ヘノ門
ゼイタクナ棺モ桓魋《かんたい》ノデハ度ガスギル
ツツマシサモ楊王孫《ようおうそん》ノ裸ノ埋葬ハ物笑イ

識運知命　運を識《し》り命を知るも
疇能罔眷　疇《たれ》か能《よ》く眷《かえり》みる罔《な》き
余今斯化　余《よ》　今斯《ここ》に化《か》するも
可以無恨　以て恨《うら》み無かる可《べ》し
寿渉百齢　寿《よわい》は百齢《ひゃくれい》に渉《わた》り
身慕肥遯　身は肥遯《ひとん》を慕《した》う
従老得終　老より終りを得んに
奚所復恋　奚《なん》ぞ復《ま》た恋うる所ぞ
寒暑逾邁　寒暑　逾《こ》え邁《ゆ》き
亡既異存　亡《ぼう》は既に存《そん》と異《こと》なる
外姻晨来　外姻《がいいん》　晨《あした》に来たり
良友宵奔　良友　宵《よる》に奔《はし》る

葬之中野　之《これ》を中野《ちゅうや》に葬《ほうむ》り
以安其魂　以て其の魂を安んず
窅窅我行　窅窅《ようよう》たる我が行《こう》
蕭蕭墓門　蕭蕭《しょうしょう》たる墓門《ぼもん》
奢侈宋臣　奢《しゃ》は宋臣《そうしん》を侈《す》ぎたりとし
倹笑王孫　倹《けん》は王孫《おうそん》を笑う

「百齢《ひゃくれい》」は、さきの「百年」と同じく、人の寿命の限界。

「肥遯《ひとん》」は、隠遁生活。『易経』遯の卦《か》に見える語。

「外姻《がいいん》」は、母方や妻の親戚。

「宋臣《そうしん》」は、孔子の頃の宋国の家臣桓魋《かんたい》。ぜいたくな石棺を作ろうとしたが、三年たっても完成せず、孔子に笑われたという（『孔子家語《けご》』）。

「王孫」は、漢の楊王孫《ようおうそん》。死ぬ前に子供に遺言して言った。「わしを裸で埋葬しろ。死体を袋に入れて地下七尺におろし、足の方から袋をひきぬき、裸でじかに土にふれさせるのだ」（『漢書《かんじょ》』）。わが葬式に、ぜいたくはいかん。しかし倹約もほどほどにせよ。淵明は仰々《ぎょうぎょう》しいことがきらいだった。

第六段落——死後の世界

そして、いよいよ最後の第六段落。

ムナシクモ　早ヤ身ハホロビ
ナゲカワシ　早ヤ身ハハルカ
土モ盛ラズ樹モ植エヌ墓
日ト月ハカクテ過ギユク
生前ノ栄誉ヲ尊バヌ身ガ
死後ノ賛歌ヲ気ニカケヨウカ
人ノ命ハマコトムツカシ
死ハ誰モドウシヨウモナイ
アア　哀《かな》シイコトヨ

廓兮已滅　　廓《かく》として已《すで》に滅《めつ》し
慨焉已遐　　慨《がい》として已《すで》に遐《はる》かなり
不封不樹　　封《つちも》らず　樹《き》うえず
日月遂過　　日月《じつげつ》は遂に過ぎゆく

匪貴前誉　前誉《ぜんよ》を貴ぶに匪《あら》ざれば
孰重後歌　孰《たれ》か後歌《こうか》を重《おも》んぜん
人生実難　人生は実に難《かた》し
死如之何　死は之《これ》を如何《いかん》せん
嗚呼哀哉　嗚呼《ああ》　哀《かな》しい哉《かな》

「兮《けい》」「焉《えん》」は、ともに副詞的修飾語につく接尾語。

「封」は、盛り土をする。『易経』繫辞伝《けいじでん》下に、「古《いにし》えの葬《ほうむ》る者は、厚くこれに衣《き》するに薪《たきぎ》を以てし、これを中野《ちゅうや》に葬り、封《つちも》らず樹《き》うえず」という。淵明の場合も、古式にのっとった埋葬だというのである。

「前誉」は、生前の名誉。「後歌」は、死後の歌。死者をたたえる歌。

「人生」は、英語のライフ（life）もそうであるように、「人の生命《いのち》」、「人の一生」の両意をもつ。したがって「人生は実に難し」という句は、「マコト人ノイノチノムツカシサヨ」とも、「アアラムツカシノ人ノ世ヤ」とも解しうる。

しかしこの句が、『春秋左氏伝』成公二年の条に見える、

人生は実に難し、其れ死を獲《え》ざる有らんや。

人生実難、其有不獲死乎。

という言葉をふまえているとすれば、「マコト人ノイノチノムツカシサヨ」と解すべきであろう。

いずれにせよ、淵明は「自祭文」の末尾に至って、それまでの達観を示す表現とは矛盾した言葉を吐く。

すなわち第三段落で、

天命ヲ楽シミ分相応ニマカセ

カクテ一生ノ終リヲ迎エタ

といい、第五段落では、

私ハイマ死ンデイッテモ

後悔スルコトナシニスマセル

という達観めいた意見をのべながら、それらとは矛盾する言葉を、最後に提示したことになる。

人ノ命ハマコトムツカシ

死ハ誰モドウシヨウモナイ

アア　哀《かな》シイコトヨ

淵明にとって、これも正直で率直な告白だったにちがいない。そして淵明自身は、「達観」と「疑念」の間の矛盾を、自覚していただろう。その矛盾を矛盾のまま表出するために、フィクションという手法がとられたのではないか。

淵明はフィクションによる空想を、「楽しんで」いただけではなかった。

おわりに――なぜ「虚構」か

「虚構」の役割

陶淵明は「虚構」という手法によって、何を表現し、何を訴えようと企図したのか。

その一つは、理想社会あるいは架空の状況の現出による、現実批判・現実諷刺であり、いま一つは、分裂した自己（あるいは人間一般）の提示、または客観化による、統一への模索である。

前者は、「桃花源記」や「五柳先生伝」、そして「挽歌詩」などによって代表され、後者は、「形影神」以下、一連の作品が代表する。

もちろん右の二つ、現実批判や自己表白は、「虚構」によってのみ表現されたのではない。直叙法や隠喩による作品も、淵明にはすくなくない。しかし「虚構」の手法による作品が、無視できぬほどの数にのぼるのは、なぜか。

淵明には「虚構」を好み、「虚構」に興味をもつ、生まれながらの性格があったからだ、というのでは、十分な回答にはならない。そのほかにも、おのずからなる内的要因と外的要因があったにちがいない。

「虚構」の内的要因――覚醒感と客観化

内的要因、とまではいえないにしても、内的衝動を補強するものとして、同時代人の常識の枠を破る想像力《イマジネーション》、また客観化の精神や覚醒感などについては、不十分ながらこれまでにもすこしふれてきた。

いささかこれを補うとすれば、たとえば松の樹を詠じた「飲酒」第八首に、次のような句がある。

提壺挂寒柯　　提《さ》げたる壺《つぼ》を寒《つめた》き柯《えだ》に挂《か》け
遠望時復為　　遠くより望むことを　時に復《ま》た為《な》す
吾生夢幻間　　吾《わ》が生《せい》は夢幻《むげん》の間《かん》
何事紲塵羈　　何事ぞ塵《ちり》にまみれし羈《たづな》に紲《つな》がる

ぶらさげて来た徳利を松の枝につるし、遠く離れて望《なが》めてみたりする。そして思う、わが人生は夢まぼろしの間《ま》に過ぎる。何でまた汚れた絆《きずな》をたち切らぬのか。

孤独なわが姿を、やや無気味ともいえるこんな形で描いた詩人は、淵明以前にはいなかったし、その後もすくないだろう。

また、「雑詩」第六首のうたい出しは、次のような四句ではじまる。

昔聞長老言　昔　長老の言を聞くに
掩耳毎不喜　耳を掩《おお》いて毎《つね》に喜ばず
奈何五十年　奈何《いかん》ぞ五十年
忽已親此事　忽《たちま》ち已《すで》に此《こ》の事を親《した》しくせんとは

むかしは年寄りの説教がイヤで、耳にふたして聞こうとしなかった。ところが何としたことか。五十の歳を迎えた今、同じ説教を自分がやっているではないか。

こうした醒めた眼、自分を客観視する能力（？）、世間の常識の枠を破る着想が、淵明にはあった。そのことが、フィクションの構築を、内面から支えていただろう。

「虚構」の外的要因——淵明の生きた時代

外的要因は何か。それは、淵明の現実批判や自己主張に対して、常に一定の慎重さを強要してきた当時の政治、そして社会の状況と、深く関係するように思われる。

淵明は、一生をアウトサイダーとして送りながら、晩年に至るまで、権力の中枢《ちゅうすう》あるいはその周辺にいる人物たちと、意外に深いかかわりをもちつづけた。

役人生活を送った三十歳代は、軍閥抗争の時期であり、軍閥たちの中で桓玄《かんげん》（三六九―四〇四）が権力奪取の準備を強め、淵明三十八歳のとき、ついにクーデターに成功した。その翌年、晋《しん》の安帝が幽閉されたのは、淵明の故郷潯陽《じんよう》（江西《こうせい》省）の地である。そして淵明は江陵《こうりよう》（湖北省南部の町）にあった桓玄の根拠地に幕僚として身をおいていた形跡があり、「辛丑《しんちゆう》の歳（淵明三十七歳）、七月、赴仮《ふか》（休仮を終えて帰任）して江陵に還《かえ》らんとし、夜、塗口《とこう》（湖北省安陸県南境）を行く」と題する詩をのこしている。

淵明が、晋王室に対して従順な臣下でなかったらしいことは、彼が憧憬の念をもってその伝記を書いた母方の祖父孟嘉《もうか》が、『晋書《しんじよ》』逆臣伝の一つである桓温《かんおん》伝（桓玄の父の伝記）に、附伝された人物であることによっても、推測できる。

桓玄の軍政は、淵明四十歳のとき、劉裕《りゆうゆう》（のちの宋の武帝、在位四二〇―四二二）によって打倒され、その翌年、安帝は復位する。淵明が「帰去来の辞」を賦《ふ》して隠遁生活に入るのは、その年あるいは次の年、四十一、二歳の頃である。

劉裕は、かつて淵明の同僚であった。桓玄打倒の功績を基礎に、劉裕は着々と地歩をかため、淵明四十七歳のとき、太尉（軍の最高司令）として晋王朝の実権を手中におさめ、同じく五十四歳のとき、安帝を殺して恭帝を擁立し、その翌々年、すなわち淵明五十六歳の年、みずから帝位に即き、宋王朝を樹立した。

この過程で、劉裕は同僚たちをつぎつぎと殺す。殺されたうちの一人は、劉裕をむかしの漢の高祖になぞらえた。すなわち、かつて「高鳥尽《つ》きて良弓蔵《おさ》められ、敵国破れて謀臣亡《ほろ》ぶ」となげいた淮陰《わいいん》侯韓信《かんしん》をはじめ多くの同僚・功臣を殺した漢の高祖に、劉裕の姿を重ねて、恐れおののいていたのである（『晋書』諸葛長民《しょかつちょうみん》伝）。

淵明は、劉裕が政治の舞台で主役をつとめるようになって以後、かたくなに出仕を拒否しつづけている。

淵明が住む地方に、中央から派遣されてきた長官（江州刺史《こうしゅうしし》）檀道済《だんどうせい》、あるいは同じく王弘《おうこう》といった人物は、特に劉裕の信任が厚かった。彼らはわざわざ淵明が隠棲する村にまでやってきて、強く再度の出仕を要請した。しかし淵明は拒みつづけた。

行行失故路　　行く行く故《もと》の路を失いしも
任道或能通　　道に任《ゆだ》ぬれば　或いは能《よ》く通ぜん
覚悟当念還　　覚悟《かくご》して　当《まさ》に還《かえ》るを念《おも》うべし
鳥尽廃良弓　　鳥尽《つ》きて　良き弓は廃《す》てらる

という句（「飲酒」第十七首）は、さきの諸葛長民《しょかつちょうみん》のことと思い合わせて、読む必要があろう。権力者にいかに忠勤をはげんでも、用がすめばさっさと捨てられる。

隠遁者淵明は、すべての世間的交際を拒否して、生きていたわけではない。むしろ隠遁後も、交際の範囲はせまくない、といえる。そして劉裕の息子の家庭教師をつとめた周続之《しゅうぞくし》や、劉裕から手厚い称号を受けた劉遺民《りゆういみん》などをはじめ、劉裕との関係が深い人物、あるいは劉裕の権力につながる人物とのつきあいも、すくなくない。そして彼らに対して、権力との癒着に対する、何らかの批判、皮肉、警告を込めたと思われる詩を、贈っている。

淵明の晩年は、常に安穏無事、世間との交わりをたちきったものとは、限らなかった。隠遁生活に入って十五年もたち、五十七歳を迎えた年、さきにふれた江州刺史王弘《おうこう》の公式のサロンに顔を出しているのは、その一つの証拠になる（「王撫軍《ぶぐん》の坐に於《お》いて客を送る」詩）。

淵明五十七歳といえば、あの劉裕《りゆうゆう》（宋の武帝）が即位した翌年である。当時新政権が樹立されると、就職拒否者である隠遁者たちに、再就職を要請（あるいは強要）するという奇妙な風潮があった。たぶん新政権の寛大さを誇示するための、一つの看板として利用されたのであろう。隠遁者が大物であるほど、その効果は大きい。

このことは、当時の随筆集『顔氏家訓』（終制篇）が、「北方では政治がきびしいため、隠遁者が一人もいない」とのべていることとも、符合する。

淵明に対しても、権力の手は伸びて来た。淵明と面識のなかった地方長官王弘は、どのようにして淵明に接近して来たか。『宋書《そうじよ》』陶潜伝は、次のようなエピソードを伝える。

江州刺史王弘、之《これ》を識《し》らんと欲するも、致《まね》く能《あた》わざるなり。潜《せん》、嘗《かつ》て廬山《ろざん》に往《ゆ》く。弘、潜の故人《ふるなじみ》なる龐通之《ほうつうし》をして、酒を齎《もた》らして半道（途中）の栗里《りつり》に具《そな》えて之《これ》を要《むか》えしむ。……既に

（潜）至れば、欣然《きんぜん》として便《すなわ》ち共に飲酌《いんしゃく》す。俄頃《がけい》にして（ほどなく）弘至るも、亦《ま》た忤《さから》う無きなり。

江州刺史王弘欲識之、不能致也。潜嘗往廬山。弘令潜故人龐通之、齎酒具於半道栗里要之。……既至、欣然便共飲酌。俄頃弘至、亦無忤也。

武帝の腹心である高官王弘が、なぜこんな姑息《こそく》な手段を用いて、近づいて来たのか。淵明はもちろんその意味を知りながら、「忤《さから》うこと無く」いっしょに酒を酌む。また前述のごとく、その後王弘の公式の席に出てもいる。しかし再就職は、あくまでも拒否しつづけた。

「狡兎《こうと》（すばしこいウサギ）得《と》えられて猟犬烹《に》られ、高鳥尽《つ》きて良弓蔵《おさ》めらる」という諺《ことわざ》通りの事態が、淵明の周囲に多く見られ、再び世に出れば、もはや「自《みずか》ら終る」ことはかなわぬ、と考えたからであろう。

隠遁者淵明は、権力にとって無害な、無視できる存在ではなかった。たびたびの、しかも地方最高の権力者がわざわざ出向いての出仕要請が、そのことを示している。淵明はこれを拒みつづけた。そこから権力との間に、一種の緊張関係が生まれたにちがいない。

また、「秋の熟《みの》りに王の税靡《な》し」（「桃花源詩」）などというのは、「桃花源記」の章でのべたように、当時の社会にあってはいわば「危険思想」であった。「危険思想」の持ち主淵明は、権力の監視の中で、隠遁生活を送っていた。すくなくともある特定の時期には、そうした経験を強いられていた、といってもいいすぎではないであろう。

淵明が、強烈な自己主張、あるいは真率な自己表白、さらにはきびしい現実批判を、ときに「虚構」という形で表出せざるをえなかった外的要因は、ここにある。それは淵明の詩が、きわめて多くの隠喩や寓意に満ちていることとも、関係する。

それらは、一種の韜晦《とうかい》である。しかしそれは、諦観を求めるための韜晦ではなく、主張を裏にふくんだ韜晦であった。

そして単なるアレゴリーやメタフォールだけでなく、「虚構」という手法を用いることによって、淵明の文学はいっそう幅の広さと深味を加えたといえよう。この一見おだやかそうな詩人のトゲは、「虚構」という真綿によってくるまれていたのである。

あとがき

陶淵明の詩を本格的に読みはじめたのは、大学院に入ってからである。学部の卒業論文には、現代の詩人をとりあげた。

私が大学に入学した年、中華人民共和国が成立し、日本の多くの若者の関心は、中国革命に集中した。私も例外ではなかった。

私は一人の現代詩人を、卒論の対象に選んだ。彼はもともと自然を愛好する、心やさしいノンポリの詩人だった。その彼がどのようにして自己を変革し、スローテンポではあるが着実に、革命運動に身を投じていったか。「翻身」の具体的な過程が知りたくて、私は彼の作品を読みはじめた。

ところが、その詩人が書いた詩作品や、小説、随想の類を読み進めてゆくうちに、中国の現代文学を読み解くためには、いかに中国古典についての知識が必要かということを、痛感させられた。

たとえばその詩人は、一篇の中篇小説を書いているのだが、プロットの重要な転換場面に「詞」(メロディつきの古典詩)が使われている。それを正確に読み解くことなしに、ヒロインの心理を理解することはできない。それだけでなく、彼の詩、小説、随想には、古典の知識を要求する表現が、すくなからず出てきた。

古典からやり直さなければ、現代文学はわからない。そう思った私は、関心は相変らず現代文学にあったけれども、大学院に入ると、古典文学を研究対象に選ぶことにした。数多い古典文学の中から一人の詩人を選んだ経緯、かなり屈折した経緯の詳細は省くが、一見平易そうに見えながら、最も複雑で難解な詩人陶淵明を、私は選ぶことにした。

大学院を出たあと、二十歳代の後半に、恩師の指導のおかげで、『陶淵明』という一冊の小さな本（中国詩人選集第四巻、岩波書店、一九五八年。本著作集1所収）を出すことができた。

ミイラ取りがミイラになる、というが、私はミイラになってしまった。以後四十年、陶淵明にとりつかれている。

ただし、私はかなり浮気な人間であり、これまでにいろいろと道草を食ってきた。

『陶淵明』が出た頃、恩師の手伝いをして、司馬遷の『史記』三冊本が出版された（朝日新聞社、一九五八―六四年）。この本は、その後文庫本や選書本に形を変え、今も版を重ねている。ただし最近の私は、司馬遷からやや遠ざかっている。

道草のつもりが、そこから遠ざかれなくなったケースもある。宋代の詩人陸游《りくゆう》（放翁《ほうおう》）がそれで、さきの『陶淵明』の四年後、同じシリーズの『陸游』を書いたのが、きっかけだった。以後、この詩人も、私をとらえて離さない。陸游は生涯に一万首の詩をのこしており、私はときに淵明について考えながら、一方で陸游の作品を読みつづけてきた。

道草の最も大きな(?)ものは、河上肇である。一九七〇年代に、私は河上肇にとりつかれ、以後、長短とりまぜて百篇を越える文章を書き、河上肇全集の編集人に名を連ね、十冊ほどの専著や編著を世に問うた。今年になってからも、岩波文庫本『自叙伝』や河上秀夫人の『留守日記』の編集・施注の仕事をした。

道草の対象は、江戸の漢詩、漱石の漢詩文、そして漢字・漢語の世界など、脈絡もなく(私の中では脈絡があるつもりだが)増えてきた。

しかし数年前、陶淵明が亡くなった六十三歳という年を、私自身が迎えたとき、淵明に回帰しよう、と思った。同じ年齢になって、すこしは淵明のことがわかるだろうと、錯覚したのである。思えば岩波新書の一冊に「陶淵明」をと私が依頼されたのは、畏友本田創造氏の推輓によるものだった。ほぼ二十年前のことである。二十年の歳月は、無駄でなかったのかどうか。本人が判定するのは、むつかしい。

いずれにしろ、陶淵明とは比較的長い年月つきあってきたにもかかわらず、私はこの複雑な詩人の全体像が、まだよくわかっていない。本書は、私がこれまでこの詩人について、折にふれ考えて来たことをまとめたものだが、淵明像の一端しか示し得ていないだろう。「虚構」という切り口から眺めた淵明像でしかないのだが、もし部分がすこしでも全体を垣間見せているとすれば、幸いである。

これからも、相変らず道草を食いながら、しかし陶淵明の旅はつづけてゆきたい。

なお、難解な文字や表現をときに含む本書の上梓に、圧縮された時間の中で終始協力と助言を得た、大西寿男君と岩波書店編集部の山田まりさんに謝意を表したい。

一九九七年春

一海知義

II　陶詩小考

歳月不待人

最近ある新聞のコラムに要旨つぎのような小文を書いた。

——昔の中学低学年の漢文には、説教くさいものが多かった。たとえば、

「時に及んでまさに勉励《べんれい》すべし、歳月人を待たず」

若いうちにしっかり勉強しておくんですよ、タイム・イズ・マネーともいうからね。そう教えられた。ところが大学に入って、中国文学に親しむようになり、これが陶淵明《とうえんめい》（三六五—四二七）の「雑詩」と題する十二行詩の一節であることを知った。しかも詩全体は、人生ははかないものだから若いうちに大いに酒を飲んで充実した時間をもとう、とうたっているのだ。

こうした誤り、また誤りのもたらす弊害を、魯迅は「摘句の弊」とよんでいましめている。摘句とは文章全体から一部分をぬき出して示すことである。

一時期流行した『毛語録』なども、そのたぐいだと、魯迅は地下でいっているかも知れない。

さて、右の小文を新聞社に送った翌日、偶然のことから現行の中学一年「国語教科書」を手にした。

おどろいたことに同じ過ちが今もくりかえされている。その教科書にはいう、

——たとえば、「歳月は人を待たず」という有名な格言があるが、これは、晋の陶潜の「勧学」という詩から出たものである。「盛年不重来、一日難再晨、及時当勉励、歳月不待人」。

そして教科書はごていねいにも「及時」の二字に注していう、「勉強すべき時に」。

「勧学」などという題を誰が勝手につけたのかは知らないが、教科書がウソをついてはいけない。

淵明の全詩は次のごとくである。

人生に根や蔕《てい》（果実のヘタ）はなく
飄《ひょう》として陌《みち》の上の塵のごとし
分かれ散り風に随いて転ずれば
これすでに常の身（変らぬ姿）にあらず
地に落ちては兄弟《きょうだい》と成《な》る
何《なん》ぞ必ずしも骨肉の親《しん》のみならんや
歓《よろこび》を得なばまさに楽しみをなすべく
斗酒《としゅ》もて比隣のものを集めよ
盛年は重ねては来たらず
一日《いちじつ》は再び晨《あした》なりがたし

時に及んでまさに勉励すべし
　歳月は人を待たず

「勉励」とは学校の勉強といったせまい意味ではない。少しぐらいはむりをしても悔いのない充実した時間をもてというのである。

人生無根蔕　飄如陌上塵
分散随風転　此已非常身
落地成兄弟　何必骨肉親
得歓当作楽　斗酒聚比隣
盛年不重来　一日難再晨
及時当勉励　歳月不待人

野外人事まれなり

陶淵明の詩文には「人事」ということばがよく出て来る。人事とは、人間同志の交渉からおこるさまざまな出来事、あるいは単に人づきあいの意に使われる。

たとえば、

野外罕人事　　野外　人事罕《まれ》に
窮巷寡輪鞅　　窮巷《きゅうこう》　輪鞅《りんおう》寡《すくな》し

田舎では人づきあいもまれで、貧乏な露地裏には役人の馬車も訪ねて来ない。

またたとえば、

少年罕人事　　少年　人事罕に
游好在六経　　游好《ゆうこう》は六経《りくけい》に在り

若いころは人づきあいもまれで、交際相手は六つの古典。
これらの詩句だけを読むと、陶淵明という人はよほど人間嫌いだったのかと思ってしまう。しかし詩は全体を読まなければいけない。前者の二句をふくむ詩の題は「園田の居に帰る」。詩人が隠遁生活に入ったときの五首連作の第二首。

野外　人事罕《まれ》に
窮巷《きゅうこう》　輪鞅《りんおう》寡《すくな》し
白日《はくじつ》　荊扉《けいひ》を掩《おお》い
虚室　塵想《じんそう》を絶《た》つ
時にまた墟曲《きょきょく》の中《うち》を
草を披《ひら》きて共に来往す
相い見て雑言《ざつごん》なく
但《た》だ道《い》う　桑麻《そうま》長ぜりと
桑麻　日びにすでに長じ
我が土　日びにすでに広し
常に恐る　霜と霰《あられ》の至り
零落《れいらく》して草莽《そうもう》に同じからんことを

田舎では　つきあいもまれ
露地裏に　馬車も訪ねず
昼間から　柴の戸とざし
部屋にひとり　雑念を絶つ
時おりは　村里のうち
草分けて　互いに訪ね
顔あえば　むだ口きかず
ただ「桑も麻もよくのびたな」
桑と麻は　日に日にそだち
わが畑　日に日に広し
こわいのは　霜と霰よ
やられたら　草むらとなる

淵明は単なる人間嫌いではなかった。有名な「帰去来の辞」の序にも、「かつて人事に従ったのは、みな食わんがために仕官してこの身を苦しめたのだ」というように、淵明にとっての「人事」とは、人民とのつきあいではなく、官界での「おつきあい」だったのである。

野外罕人事　窮巷寡輪鞅
白日掩荊扉　虚室絶塵想
時復墟曲中　披草共来往
相見無雑言　但道桑麻長
桑麻日已長　我土日已広
常恐霜霰至　零落同草莽

欣欣向栄

毛沢東『新民主主義論』（一九四〇年）の冒頭の部分は、次のような文章ではじまる。

抗戦以来、全国の人民には一種〈欣欣向栄《きんきんこうえい》〉とした気風が見え、人びとは活路が見出せたと考え、愁いに沈んだ様子はこれによって一掃された。

日本の侵略軍が横暴のかぎりをつくしていた中国で、ようやく抗日統一戦線が結成され、一九三七年七月七日の盧溝橋事件を契機に、中国の人民は全面的な抗日の戦いにたちあがった。そのとき人民の間にみなぎった空気を、毛沢東は「欣欣向栄」ということばで形容している。このことば、実は陶淵明の「帰去来の辞」の中に見える。

帰去来兮　　帰りなんいざ
田園将蕪　　田園まさに蕪《あ》れなんとす
胡不帰　　　胡《なん》ぞ帰らざる

このうたい出しではじまる「帰去来の辞」は、陶淵明の隠遁宣言である。それは宣言にふさわしく、堂々としていて爽快である。四十歳をこえた淵明は、それまでの官界生活に訣別し、故郷の農村に帰る。全体が五段に分かれる「帰去来の辞」の第一段は、舟で故郷の家を目指す情景をうたい、第二段は子供たちの待つ家に着いたときの様子、第三段は家に帰って腰をおちつけ庭に出て徘徊《はいかい》する姿をうたう。そして第四段では、近郊の野山に出かけて見た春の生き生きとした風物と、これからはじまろうとする農耕への期待をうたう。「欣欣向栄」という語が見えるのは、このシーンである。

既窈窕以尋壑　　既に窈窕《ようちょう》として以て壑《たに》を尋《たず》ね

亦崎嶇而経丘　亦《ま》た崎嶇《きく》として丘を経《ふ》
木欣欣以向栄　木は欣欣《きんきん》として以て栄に向かい
泉涓涓而始流　泉は涓涓《けんけん》として始めて流る

奥深い谷をおとずれてもみたし、けわしい丘を歩きとおしてもみた。木々はよろこばしげに花咲こうとし、泉はさらさらと流れはじめていた。

これは淵明をとりまく春の自然の外的描写であるとともに、このときの彼の内奥の心理描写でもあるだろう。欣欣向栄——後世の人びとは生命の息吹きを感じさせる情景を前にしたとき、この語を思い出し、情景描写の形容としてしばしばこの語を使った。

中国人の詩文の中では、古典をふまえたことばが頻用される。それは現代の詩や散文でも、頻度は別として、例外ではない。ことに毛沢東の文章には典拠のあることばがよく出て来る。『新民主主義論』の冒頭の文章を読むとき、「帰去来の辞」のあの描写を想起することによって、一九三七年当時の状況は、より生き生きと胸に伝わって来るだろう。

斜川《しゃせん》に遊《あそ》ぶ

今から約千六百年近く前、紀元四〇一年の正月五日、陶淵明は友人たちとともに、故郷栗里《りつり》（江西省）の南にある小渓《しょうけい》斜川《しゃせん》に遊んだ。今でいえばピクニックである。その時の感懐を詠んだ「斜川に遊ぶ」五言古詩一首を読んでみよう。すこし長いが全詩をかかげ、大意をつかんでいただくために、試訳をあとにつける。

開歳倏五日
吾生行帰休
念之動中懐
及辰為茲游
気和天惟澄
班坐依遠流
弱湍文魴馳

歳開《あ》けて　倏《たちま》ち五日
吾が生　行くゆく帰休せんとす
之《これ》を念《おも》えば　中懐《ちゅうかい》を動《ゆる》がし
辰《とき》に及んで　茲《こ》の游《ゆう》を為《な》す
気は和して　天は惟《こ》れ澄み
坐を班《わか》ちて　遠流に依《よ》る
弱湍《じゃくたん》　文魴《ぶんぽう》　馳《は》せ

閒谷鳴鷗矯
迥沢散游目
緬然睇曾丘
雖微九重秀
顧瞻無匹儔
提壺接賓侶
引満更献酬
未知従今去
当復如此不
中觴縦遥情
忘彼千載憂
且極今朝楽
明日非所求

閒谷《かんこく》　鳴鷗《めいおう》　矯《あ》がる
迥《はる》かなる沢に　游目を散じ
緬然《めんぜん》として　曾丘《そうきゅう》を睇《なが》む
九重《きゅうちょう》の秀《ひい》でたる微《な》しと雖《いえど》も
顧《かえり》み瞻《み》れば　匹儔《たぐい》なし
壺《つぼ》を提《さ》げて　賓侶《ひんりょ》を接し
満を引きて　更《こも》ごも献酬《けんしゅう》す
未《いま》だ知らず　今より去りて
当《まさ》に復《ま》た此《か》くの如くなるべきや不《いな》やを
中觴《ちゅうしょう》　遥かなる情を縦《ほしいまま》にし
彼《か》の千載の憂いを忘れん
且《か》つは今朝《こんちょう》の楽しみを極《きわ》めよ
明日《みょうじつ》は求むる所に非《あら》ず

年明けて　たちまち五日
わが命　死へと近づく
それを思えば　胸底は波立ちさわぐ

今のうちに　この気晴らしを——
大気なごやかに　空　澄みわたり
かなたからの流れに沿い　友と坐る
ゆるやかなせせらぎに　背模様のもろこ馳《は》せ
のどやかな谷間に　鳴きかわすかもめ舞う
遠くの沢に　きままな目を馳《は》せ
あてどなく　曾丘《そうきゆう》の岡を眺めやる
九重《ここのえ》の天の高さはないが
見まわせば　ならぶものなし
徳利ぶらさげ　友だちと肩ならべ
なみなみとついで　さしつさされつ
さきのことは　わからぬものよ
またこうして　飲めるかどうか
酒盛り半《なか》ば　浮世はなれた気分にひたり
かの千年の憂いも　忘れた
まず今日を　楽しみつくそう
明日という日を　あてにはすまい

わが国にも、元旦は冥途の旅の一里塚とうたう句があるが、淵明の冒頭の二句、「開歳たちまち五日、吾が生の行くゆく帰休せんとす」は、その発想の先駆といえよう。しかし淵明は、「めでたくもありめでたくもなし」などと悟りや諦観に逃げようとはしない。「且《ま》ずは今朝の楽しみを極めよ、明日は求むる所に非《あら》ず」。

なお、この詩には、やや長い序文がついている。その序、および詩中の語の意味については、小著『陶淵明』(「中国詩人選集」四、岩波書店、一九五八年、または、「世界古典文学全集」25、筑摩書房、一九六八年、本著作集1所収)に、ややくわしく説いた。

『山海経《せんがいきょう》』を読む

書物を読んで、その読後感を詩につづる、そうした風習はいつごろはじまったのか。陶淵明の「山《せん》海経《がいきょう》を読む」詩が、その先蹤《せんしょう》の一つだ、とするのは都留春雄著『陶淵明』(中国詩文選、筑摩書房、一九七四年)である。この作品はまた詩中にもいうごとく、『山海経』の図を眺めつつ作った詩であり、すなわち絵を題材とする詩の先蹤でもあろう、と同書にはいう。

読書の秋ということばがあるが、読書は秋にかぎったものではない。本詩は孟夏《もうか》、すなわち初夏の作である。十三首連作のうち、第一首が序、第十三首は結語、といった体裁をとり、他はそれぞれ『山海経』という書物に見える怪奇な草木鳥獣、あるいは神仙を、テーマとする。ここでは、総序にあたる第一首を紹介する。全篇十六行、四句ずつ区切って読むこととする。

孟夏草木長　　孟夏《もうか》　草木　長じ
繞屋樹扶疏　　屋《おく》を繞《めぐ》りて樹は扶疏《ふそ》たり
衆鳥欣有託　　衆鳥《しゅうちょう》　託する有るを欣《よろこ》び
吾亦愛吾廬　　吾も亦《ま》た吾が廬《いおり》を愛す

「孟夏」は、初夏、陰暦の四月である。夏三か月を、孟夏・仲夏《ちゅうか》・季夏《きか》とよぶ。「扶疏《ふそ》」は、ふさふさと葉の茂る形容。

夏の初め、草や木はのび、家のまわりの樹々もふさふさと茂る。鳥どもは、塒《ねぐら》ができたのをよろこんでいるが、私は私でこの住居《すまい》が気に入っている。

既耕亦已種　　既に耕《たがや》し　亦《ま》た已《すで》に種《う》え
時還読我書　　時に還《ま》た我が書を読む

窮巷隔深轍　窮巷《きゅうこう》　深き轍《わだち》を隔《へだ》つるも
頗回故人車　頗《すこぶ》る故人の車を回《めぐ》らさしむ

淵明は小さな地主でもあったのだろうが、みずからも畑に出て土を耕した。耕しおわって、植えつけもすませると、今度はまた家にかえって、わが愛蔵の書を読むこともある。

「窮巷」は、奥まったせまい露地裏。窮の字は、貧窮の意をもあわせもつ。「深轍《しんてつ》」は、深く土にめりこんだ車の跡。轍は、車の輪そのものをもいう。むかし楚《そ》の隠者楚狂《そきょう》接輿《しょうよ》のところへ、王の使者が車に贈り物を沢山つんで訪れ、仕官をすすめた。接輿はこれを追いかえしたが、門前には深いわだちのあとがしるされていたという。

この貧乏屋敷は、そんな重い車のわだちとは無縁、ただ故人、親友だけが、「頗《すこぶ》る」、かなり、よく、「車を回《めぐ》らす」、わざわざ車の方向をかえて、訪ねに来てくれる。

歓言酌春酒　歓言《かんげん》して　春酒を酌《く》み
摘我園中蔬　我が園中の蔬《そ》を摘《つ》む
微雨従東来　微雨　東より来たり
好風与之倶　好風　之《これ》と倶《とも》にす

親友が訪ねて来ると、楽しく語らいながら春にかもした酒をくみかわし、畑で摘んで来た手作りの野菜を出してもてなす。

そんなとき、東の方から小雨が通りすぎ、心地よい風をともなう。

こうした小世界、小状況に甘んずること、それは淵明の生活の一面ではあった。しかし淵明はそこにのめりこむことはしない。「時に還《ま》た我が書を読む」という書は、どんな種類の書物か。「盆栽の手引き」や「歳時記」のたぐいではない。途方もない架空旅行記であり、怪奇・神仙のことをしるした古代地理書であった。結びの四句にはいう。

汎覧周王伝　　周王の伝を　汎《ひろ》く覧《よ》み
流観山海図　　山海《さんかい》の図を　流し観《み》る
俯仰終宇宙　　俯《ふ》し仰ぐうちに　宇宙を終《お》う
不楽復何如　　楽しからずして　復《ま》た何如《いかん》

「周王の伝」とは、周の穆《ぼく》王が天下を遍歴したときの見聞録といわれる、一種の神怪小説、『穆天子伝』。淵明が生まれる七十年ほど前、河南省のある墓から発掘されたという。「山海図」は、『山海経』に付された挿絵。そこには、空想上の奇怪な動植物の図がうつされていた。それらを「汎覧」、「流観」するというのは、いずれもゆったりとページをくりながら、あちこちながめること。

そんなとき、「俯仰」のうちに、頭をうつむけふりあおぐ瞬間のうちに、「宇宙」、無限の空間と無限の時間を、たちまちにしてひとめぐりする。

これが楽しくなくて、どうしようぞ。

平静穏和のうちに一生をおえたと見られる詩人陶淵明、だがその胸の中には煮えたぎるエネルギーがあり、『山海経』への興味はその一つの証左である、とするのは、魯迅《ろじん》の説である。

子を叱る

古来わが子のことをうたった詩は、中国でもすくなくない。しかし、わが子のことを頭からケナし、その不出来をなげく詩は、珍しい。珍しい一例として、陶淵明の「子を責《せ》む」五言古詩一首を紹介しよう。詩は全篇十四行、まずおやじ、すなわち詩人自身のことからうたいおこす。

白髪被両鬢　　白髪　両鬢《りようびん》に被《こうむ》り

肌膚不復実　　肌膚《きふ》　復《ま》た実《じつ》ならず

左右の鬢《びん》の毛がしらがとなり、肌にも色つやがなくなって来た。このおやじも、もういい年である。先のことが心配だ。ところがあてにしたい息子どもは、そろいもそろって勉強ぎらいと来ている。

雖有五男児　五男児ありと雖《いえど》も
総不好紙筆　総《す》べて紙筆を好《この》まず

淵明に五人の男の子があったことは、彼の別の文章に見える。上から儼《げん》、俟《し》、份《ふん》、佚《いつ》、佟《とう》。それぞれの幼名は、この詩に見えるように、舒《じょ》、宣《せん》、雍《よう》、端《たん》、通《つう》。まず長男だが、

阿舒已二八　阿舒《あじょ》は已《すで》に二八なるに
懶惰故無匹　懶惰《らんだ》なること故《もと》より匹《たぐ》いなし

阿舒の阿は、だれそれちゃんという愛称。二八といえば十六歳、ところがこれがもともと無類のなまけもの。次男はどうか。

阿宣行志学　阿宣《あせん》は行くゆく志学なるに
而不愛文術　而《しか》も文術を愛さず

志学とは、『論語』為政篇の「吾十有五にして学に志し、三十にして立つ、四十にして……」という有名な句をふまえて、十五歳のこと。次男の宣くんはやがて学に志すべき十五歳になろうというのに、文術、文章学術、そのたぐいのことがきらいである。

雍端年十三　雍《よう》と端《たん》とは年十三なるも
不識六与七　六と七とを識《し》らず

三男の雍と四男の端とが同じ十三歳、というので、後世の注釈家は、二人は双生児だろうとか、一方は正妻の子でないのだろう、などと推測する。この二人は十三にもなって、まだ六と七との見分けもつかない。あるいは、六と七とを足せば自分たちの年十三になることさえわからない、というのかも知れない。
頼みの綱の末っ子はどうか。

通子垂九齢　通子《つうし》は九齢《きゅうれい》に垂《なんな》んとするに

但覓梨与栗　　但《た》だ梨《なし》と栗《くり》とを覓《もと》むるのみ

通子の「子」も愛称であろう。通ちゃんはもうすぐ九つになるというのに、梨がほしい、栗ちょうだい、とおねだりばかり。ちなみに梨と栗の現代音はlíとlì。一日中、リー、リー、とたわいもない。ああ。

天運苟如此　　天運　苟《いやし》くも此《か》くの如くんば
且進杯中物　　且《か》つは杯中の物を進めん

もしもこれが、天のわしに与えたもうた運命だというのならば、まずはあきらめ、酒でもあおるか。

さいごの二句、いかにもなげやりなように見えるが、全篇を通じてわれわれが感じるのは、詩人の子供たちに対するほのぼのとした愛情である。ここには淵明一流のユーモアの精神、戯《たわむ》れのセンスがある。後世の大詩人杜甫《とほ》（七一二―七〇）は、「陶潜《とうせん》は俗を避けし翁《おきな》なるに、未《いま》だ必ずしも能《よ》く道に達せず、……子あり賢と愚と、何ぞ其れ懐抱《かいほう》に掛けんや」（「興《きょう》を遣《や》る」）、わが子のことを賢いとかバカだとかいっているが、そんなことは気にかける必要がないではないか、とうたっている。杜甫、すこし生《き》まじめにすぎるのではないか。

挽《ばん》歌《か》

生前におのれの墓を作っておく、という行為は、今ではあまり珍しくない。中国でもすでに漢代、天子たちは即位するとさっそく巨大なおのれの墳墓、御陵の造営にとりかかった。威光を天下にしめすためである。

ところで、生前におのれを弔《とむら》う文を作っておく、という行為は、そうざらにはない。この奇抜なことを、おそらくは最初にやってのけたのが、晋《しん》の陶淵明である。「自祭文」といい、その文章は現存する。淵明は醒《さ》めた感覚の持ち主だった。文だけでなく、詩も作っている。おのれの死を想定しての、リアルな詩である。「挽歌」詩といい、三首連作。

その一

有生必有死　　生あれば　必ず死あり
早終非命促　　早く終うるも　命《めい》の促《ちぢ》まれるに非《あら》ず
昨暮同為人　　昨《きのう》の暮《くれ》は　同じく人たりしに

今旦在鬼録　　今《きよう》の旦《あさ》は　鬼録に在り
魂気散何之　　魂気《こんき》　散じて何《いず》くにか之《ゆ》く
枯形寄空木　　枯形《こけい》　空木《くうぼく》に寄す
嬌児索父啼　　嬌児《きようじ》は父を索《もと》めて啼《な》き
良友撫我哭　　良友は我を撫《な》でて哭《な》く
得失不復知　　得失《とくしつ》　復《ま》た知らず
是非安能覚　　是非《ぜひ》　安《いず》くんぞ能《よ》く覚《さと》らんや
千秋万歳後　　千秋万歳の後
誰知栄与辱　　誰《たれ》か栄《ほまれ》と辱《はじ》とを知らんや
但恨在世時　　但《た》だ恨《うら》むらくは　世に在りし時
飲酒不得足　　酒を飲むこと　足《た》るを得ざりしを

生命《いのち》あるものには、必ず死がおとずれる。若死にしても、本来の命数がちぢんだわけではない。

昨夜はともに生きていた人も、今朝は過去帳に名がしるされる。

魂はこの身をはなれて、どこへゆくのか。枯れはてた体を、棺桶にあずけたまま。

やんちゃ坊主は、父をもとめて泣きじゃくり、親友は、私の体をなでながら大声で泣く。

わが人生の得失は知らぬ。死後の批判も知らぬこと。

千年万年たったあと、栄誉《ほまれ》も恥辱《はじ》も知ったことか。
ただ心残りは、この世にいたとき、酒が存分飲めなかったこと。

これは今でいえば通夜《つや》の風景である。詩は、その二、その三、とうたいつがれ、その二では、自宅での葬儀から出棺まで、その三では、野辺の送りのもようが描写される。野辺の送りが終わったあとのことを、詩は次のようにうたう。

親戚　或いは悲しみを余《のこ》すも
他人　亦《ま》た已《すで》に歌う

会葬に来た親族たちは、あるいはまだ悲しみにくれていようが、他人の中には、もう鼻歌うたっている奴もいる。
淵明は、よほど醒めた人だったにちがいない。

墓場へのピクニック

お盆は、死んだ人びとをしのぶ日であるとともに、生きている人びとのレクリエーションの日々でもある。今から千六百年ほど前、六朝《りくちょう》の詩人陶淵明は、これはお盆の日ではないだろうが、友人たちとともに墓場へピクニックに行った詩をのこしている。題して「諸人と共に周家の墓の柏《はく》の下《もと》に遊ぶ」。

今日天気佳
清吹与鳴弾
感彼柏下人
安得不為歓

今日《こんにち》　天気　佳《よ》し
清吹《せいすい》と　鳴弾《めいだん》と
彼《か》の柏下《はくか》の人に感じては
安《いず》くんぞ歓《かん》を為《な》さざるを得んや

今日は天気も上々。澄んだ笛とよい音《ね》の琴あり。草葉のかげの人を思えば、今のうちに楽しんでおかずにおれようか。

今日、天気、佳。と平明簡潔、歯切れのよいことばで、詩ははじまる。生き生きとした気負いのようなものが感じられる。今日の遊びの伴奏には、清らかな音を出す「吹《ふえ》」と、よく鳴る「弾《こと》」と。「柏《はく》」（このてがしわ）、それはどの墓地にも植えられる常緑樹である。その柏の根元にねむる亡者たち、その人たちに感じ、おのれもやがて同じ亡者になることを思えば、どうして、今のうちに思いきり楽しんでおかずにおられようぞ。

詩はさらにつづき、結ばれる。

清歌散新声　清歌に　新声を散じ
緑酒開芳顔　緑酒に　芳顔《ほうがん》を開く
未知明日事　未《いま》だ知らず　明日《みようじつ》の事
余襟良以殫　余《わ》が襟《むね》は　良《まこと》に以《すで》に殫《つ》きたり

澄んだ歌声に新曲をまきちらし、みどりの酒にはればれとした顔。明日の次第はわからぬが、この胸に思い残すことさらになし。

「清歌」は、独唱ということかも知れぬ。誰かが澄んだ声で新声、新しい曲、新しい歌をうたい、美声を四方にまきちらす。みどり色の酒、それは実際にあったのだろうし、今の中国にもある。たぶん強い酒であろう。そのみどりの酒に、はればれとした顔をほころばす。

さいごの二句は、淵明流の哲学をうたう。明日の事はよくわからぬのだ。それはそれとして気にはかかる。酒で忘れようというのではない。しかし今日のところは、このピクニックで、胸中にある思いが存分に発散させられて、さっぱりとした。思いのこすことはない。

秋菊

陶淵明は、酒と菊の詩人として知られる。ただし、淵明の詩を評して、「篇篇、酒あり」（梁《りょう》・昭明太子「陶淵明集序」）、すべての作品に酒が出て来るというのは、ややオーバーであり、現存百三十首あまりの作品群のうち、酒に言及するのは、ほぼ半数である。とはいっても、「篇篇、酒あり」の印象はぬぐいがたく、のちに唐の白楽天も「陶潜《とうせん》の体《たい》に倣《なら》う」と題する詩に、「篇篇我に飲むことを勧《すす》む、此《こ》の外《ほか》に云う所なし」という。

菊も、酒ほどではないが、しばしばうたわれる。「菊を采《と》る東籬《とうり》の下《もと》、悠然として南山を見る」（「飲酒」第五首）は、最も有名な句であるが、ここには、酒と菊とをともにうたう一篇を、紹介しよう。同じく「飲酒」と題する詩（全二十首）の第七首である。

秋菊有佳色
裛露掇其英
汎此忘憂物
遠我遺世情
一觴雖独進
杯尽壺自傾
日入群動息
帰鳥趨林鳴
嘯傲東軒下
聊復得此生

秋菊《しゅうぎく》　佳色《かしょく》あり
露に裛《ぬ》れし其の英《はなぶさ》を掇《つ》み
此《こ》の忘憂の物に汎《う》かべて
我《わ》が世を遺《わす》るるの情を遠くす
一觴《いっしょう》　独《ひと》り進むと雖《いえど》も
杯尽《つ》きなば　壺　自《おのずか》ら傾く
日入りて　群動息《や》み
帰鳥　林に趨《おもむ》きて鳴く
嘯傲《しょうごう》す　東軒の下《もと》
聊《いささ》か復《ま》た此《こ》の生を得たり

「佳色」は、よい色、うつくしい色である。秋の菊が、すばらしく色づいた。しっとりと露にぬれた、その花びらを、つむ。

つんだ花びらを、「忘憂の物」、すなわち酒に、うかべる。酒を忘憂の物というのは、『詩経』の詩の古い注にもとづく。『詩経』邶風《はいふう》・柏舟《はくしゅう》の詩に、「耿耿《こうこう》として寐《い》ねず、如《しか》して隠《いた》ましき憂いあり、我には、以て敖《たの》しみ以て遊ぶべき、酒の無きには微《あら》ねど」というのの古注に、「我に酒の以て敖遊《ごうゆう》して憂いを忘る可きもの無きに非ず」とある。その忘憂の物に、菊の花びらをうかべて、飲む。すると、

「我が世を遺《わす》るるの情を遠くす」、世捨て人としての私の心は、いよいよ深まる。「一觴《いっしょう》」、ひとつの盃《さかずき》、相手がいないので、独酌でやっているのだが、それでも盃の酒はなくなり、大徳利の中味も残りすくなになって、自然徳利を傾けることになる。

かくていつしか日は沈み、ざわめきは消え、塒《ねぐら》に帰る鳥が、林をめざして鳴きわたる。「群動」とは、万物の活動期である昼間の、何とはないざわめきをいう。「帰鳥」は、本来あるべき場所へ回帰するものの象徴として、淵明の詩によくうたわれる。たとえば、「山の気は日の夕《ゆうべ》に佳《よ》く、飛鳥相《あ》い与《とも》に還《かえ》る」(「飲酒」第五首)、また、「鳥は飛ぶに倦《う》みて還《かえ》るを知る」(「帰去来の辞」)。今はその時間である。

そして、結びの二句。「東軒の下《もと》に嘯傲《しょうごう》し、聊《いささ》か復《ま》た此《こ》の生を得たり」。「東軒」は、家の東ののきば。「嘯傲」の嘯は、口笛をふくこと、傲は自由にはねをのばす心境。xiao-ao と韻尾をあわせる二字で、世の束縛から解き放たれた心的情況をいう。淵明のやや先輩である郭璞《かくはく》の「遊仙の詩」にも、「嘯傲して世の羅《きずな》を遺《わす》る」。一日が終りをつげる夕暮れ、東の縁側でうちくつろぐその時、今日もまず生きてあるのだ、とつくづく思う。——聊《いささ》か復《ま》た此《こ》の生を得たり。

菊の花を酒にうかべて飲むことは、前漢の都のことをしるした『西京雑記』に見え、菊を食することは、屈原《くつげん》の「離騒《りそう》」に「夕に秋菊の落ちたる英《はな》を餐《さん》す」とうたう。精神の純化と長寿をねがう風習として古くから伝わるが、淵明の場合、聊か生を得ること、生の充実をたしかめるものとして、それはあったようである。

この詩、『文選《もんぜん》』は「雑詩」と題して載せる。

人境

夏目漱石は、西洋の詩と東洋の詩を比較して、『草枕』の中で次のようにいっている。

苦しんだり、怒つたり、騒いだり、泣いたりは人の世につきものだ。余も三十年の間それを仕通して、飽々《あきあき》した。飽々した上に芝居や小説で同じ刺戟《しげき》を繰り返しては大変だ。余が欲する詩はそんな世間的の人情を鼓舞する様なものではない。俗念を放棄して、しばらくでも塵界《じんかい》を離れた心持ちになれる詩である。

ところが、

西洋の詩になると、人事が根本になるから所謂詩歌《いわゆるしいか》の純粋なるものも此境《このきょう》を解脱《げだつ》する事を知らぬ。どこ迄《まで》も同情だとか、愛だとか、正義だとか、自由だとか浮世の勧工場《かんこうば》にあるものだけで用を弁じて居る。いくら詩的になつても地面の上を馳けあるいて、銭の勘定を忘れるひまがない。

シエレーが雲雀《ひばり》を聞いて嘆息したのも無理はない。うれしい事に東洋の詩歌はそこを解脱したのがある。

といい、陶淵明の詩句「菊を采《と》る東籬《とうり》の下《もと》、悠然として南山を見る」を引いて、次のようにいう。

只《ただ》それぎりの裏《うち》に暑苦しい世の中を丸で忘れた光景が出てくる。垣の向ふに隣りの娘が覗《のぞ》いて居る訳《わけ》でもなければ、南山に親友が奉職して居る次第でもない。超然と出世間的に利害損得の汗を流し去つた心持ちになれる。

漱石一流の諧謔的な裁断が、ここにはある。ということは割引くとしても、解脱の見本のようにいわれて、地下の陶淵明は、すこし迷惑顔をしているかも知れない。淵明のほかの詩には、たとえば、「古《いにし》えより皆没するあり、これを念《おも》えば中心《むなそこ》は焦《こ》がる」とか、「日月は人を擲《す》て去り、志あるも騁《の》ばすを獲《え》ず、此《こ》れを念《おも》えば悲悽《ひせい》を懐《いだ》き、暁《あかつき》に終《いた》るまで静かなる能《あた》わず」といった句が、いくらも見えるからである。しかも淵明はこうした苦しみをへて、のちに解脱の心境に達した、というのではなく、晩年に至るまで、悟りと動揺をくりかえしていたと考えられるからである。

漱石が引いた詩句をふくむ詩、「飲酒」（第五首）と題するその詩にしても、うたい出しに、

廬《ろ》を結んで人境に在り
而《しか》も車馬の喧《かまびす》しきなし

という「人境」、それは雑踏の都会でもなく静謐《せいひつ》な山林でもないという、淵明の立場の微妙さをあらわす。

漱石が、西洋の詩は「人事が根本になる」といい、東洋の詩が「人事」と無縁であるかのようにいうのも、片手落ちである。中国の詩の多くは、自然をうたうかに見えて常に人事に執着する。意外に生臭い詩が多いのである。そのことを論ずる人は、今ではすくなくないので、ここでは淵明の二首の詩をあげるにとどめる。一首は、漱石が引く「飲酒」第五首、他の一首はさきに一部の詩句を引いた「雑詩」第二首である。前者はたしかに澄んだ静《スタテイツク》的な印象を与える。だが、後者はある不気味さといら立ちをふくむ。

飲　酒　第五首

結廬在人境　廬《ろ》を結んで　人境に在り
而無車馬喧　而《しか》も車馬の喧《かまびす》しきなし
問君何能爾　君に問う　何ぞ能《よ》く爾《しか》るやと
心遠地自偏　心遠ければ　地も自《おのず》と偏《かたよ》れりと
采菊東籬下　菊を東の籬《まがき》の下《もと》に采《と》り
悠然見南山　悠然として　南山を見る

山気日夕佳　山の気《け》はいは　日の夕《ゆう》べに佳《よ》く
飛鳥相与還　飛ぶ鳥は、相《あ》い与《とも》に還《かえ》る
此中有真意　此《こ》の中に　真意あり
欲弁已忘言　弁ぜんと欲して　已《すで》に言を忘る

雑詩　第二首

白日淪西阿　白日《はくじつ》　西の阿《くま》に淪《しず》み
素月出東嶺　素月《そげつ》　東の嶺《みね》に出《い》ず
遥遥万里輝　遥かに遥かに　万里に輝き
蕩蕩空中景　蕩《みなぎ》り蕩《みなぎ》る　空中の景《ひかり》
風来入房戸　風来たりて　房《へや》の戸より入り
夜中枕席冷　夜中　枕も席《しとね》も冷ゆ
気変悟時易　気変じて　時の易《かわ》れるを悟り
不眠知夕永　眠らずして　夕《よる》の永きを知る
欲言無予和　言《かた》らんと欲するも　予《われ》に和《こた》うるものなく
揮杯勧孤影　杯を揮《さ》して　孤《わ》が影に勧《すす》む
日月擲人去　日月は　人を擲《す》てて去りゆき

有志不獲騁　志あるも　騁《の》ばすを獲《え》ず
念此懐悲悽　此《こ》れを念《おも》えば　悲しみと悽《いたま》しさを懐《むね》に
終暁不能静　暁《あかつき》に終《いた》るまで　静かなること能《あた》わず

王　税

陶淵明のユートピア物語「桃花源記」は、わが国でもよく知られているが、それに付された詩の方は、あまり知られていない。もともとこの物語と詩とは一体のもの、ワンセットになったものであり、『陶淵明集』にも「桃花源詩并《なら》びに記」と題してのせる。「記」はいわば「詩」の序文、前書きの役割をはたしているわけである。

さて、その詩は、全篇三十二行、すこし長いので、いくつかに区切って紹介しよう。

嬴氏乱天紀　嬴《えい》氏　天紀を乱し
賢者避其世　賢者　其の世を避く
黄綺之商山　黄綺《こうき》は　商山に之《ゆ》き

伊人亦云逝　伊《こ》の人も　亦《ま》た云《ここ》に逝《ゆ》けり
往迹浸復湮　往《ゆ》きし迹《あと》は　浸《ようや》く復《ま》た湮《うず》もれ
来逕遂蕪廃　来たれる逕《みち》も　遂に蕪廃《ぶはい》す

「嬴《えい》氏」は、秦の天子の姓である。秦《しん》のみかどが、天の秩序、この世の安寧をやぶり、すぐれた人物は、世間から逃避し、身をかくした。『論語』憲問篇に、「賢者は世を辟《さ》く、其の次は地を辟く」。最もすぐれた人物は、その時代全体から逃避してしまう。その次の人物は、その地域から別の地域へと逃避する。

「黄綺」、すなわち夏黄公《かこうこう》と綺里季《きりき》は、商山（陝西省の山）に入った。かれらは東園公《とうえんこう》・甪里《ろくり》先生とともに四皓《しこう》（四人の白髪の老先生）とよばれる、秦漢の際の隠者であり、『史記』留侯世家などにその名が見える。

「伊《こ》の人」、すなわちいま桃源郷にいる人びとも、そのときに姿をかくしたのである。

かれらが立ち去った足あとは、しだいにうずもれ、ここへの道もかくて荒れはててしまった。

あとの詩句でのべられるように、あれから五百年の歳月がたった。かれらの足跡はたどることができなくなった、というのである。

ところが現にかれらの子孫は、この地、桃源郷でくらしている、と詩はその様子を次のようにうたう。

相命肆農耕　相《あ》い命じて　農耕に肆《つと》め
日入従所憩　日入りて　憩《いこ》う所に従う
桑竹垂余蔭　桑と竹とは　余《あま》れる蔭《かげ》を垂れ
菽稷随時芸　菽《まめ》と稷《あわ》とは　時に随いて芸《う》う
春蚕収長糸　春の蚕《かいこ》に　長き糸を収め
秋熟靡王税　秋の熟《みのり》に　王の税靡《な》し

かれらはたがいに声をかけあって、農事にはげむ。ここの「肆」は、ほしいままにすと読まず、つとむと読む。

一日の労働が終わって、日が沈むと、気がねなく休息する。この句は、古代の理想的生活をうたった歌謡「撃壌歌《げきじょうか》」に「日出でて作《たがや》し、日入りて息《いこ》う、……帝力、我に何か有らんや」というのをふまえる。

桑と竹とは、たっぷりとした木蔭《こかげ》をつくり、豆と粟とを、季節に応じてうえる。素朴で粗末だけれども、かれらの生活には豊かさ、ゆとりがある。

そして、春の蚕からも、ゆたかな糸がとれ、秋の収穫に、おかみの税金はかかって来ない。かれらは、階級のない原始共産制のような生活をしている、というのである。

労働以外の生活は、どうか。

荒路曖交通　荒路　曖《あい》として交《まじ》わり通じ
鶏犬互鳴吠　鶏犬《けいけん》　互《たが》いに鳴き吠ゆ
俎豆猶古法　俎豆《そとう》　猶《な》お古法にして
衣裳無新製　衣裳　新製なし
童孺縦行歌　童孺《どうじゅ》　縦《ほしいまま》に行くゆく歌い
斑白歓游詣　斑白《はんぱく》　歓《たの》しみつつ游《あそ》び詣《いた》る

草ぶかい道が、はるかにかすんでゆきかい、鶏や犬が、のどかになきかわす。この二句は「桃花源記」に「阡陌《せんぱく》交わり通じ、鶏犬《けいけん》相《あ》い聞こゆ」というのと同じく、『老子』に見える小国寡民の理想郷の風景、その再現である。

「俎豆《そとう》」は、食物を盛る台とたかつき。それは日常生活に使われる世帯道具であるとともに、祭礼用のそれでもある。それらは今も古《いにし》えのしきたりにのっとったものが使われている。そして身につける「衣裳」も、新しいスタイルのものは作らぬ。

こうした古朴な生活の中で、「童孺」、子供たちは、かってきままに歩きつつ歌い、「斑白《はんぱく》」、ごましお頭の老人たちも、たのしげにおたがいに訪問しあう。子供と老人が大切にされ幸福に暮らす社会、それは現代の社会主義が実現しまためざしている社会であり、この句はその先取りであるといえる。桃源郷の人びとの、精神生活はどうか。

草栄識節和
木衰知風厲
雖無紀歴志
四時自成歳
怡然有余楽
于何労智慧

草栄《さか》えて　節《せつ》の和《わ》するを識《し》り
木衰《おとろ》えて　風の厲《きび》しさを知る
紀歴《きれき》の志《ふみ》なしと雖《いえど》も
四時　自《おのずか》ら歳を成す
怡然《いぜん》として　余楽《よらく》あり
何に于《お》いてか　智慧《ちえ》を労せん

草が花をつけると、季節がなごんだことをさとり、木が枯れだすと、風が冷くなったと気づく。暦《こよみ》の記録があるわけではないが、四季はおのずと年をめぐらす。『論語』陽貨篇にもいう、「天何をか言わんや、四時は行《めぐ》る」。「怡然《いぜん》」として、心楽しく、たっぷりとしたよろこびを味わい、何に小ざかしい「智慧」をはたらかすことがあろう。『老子』にも、「知慧出《い》でて、大いなる偽《いつわ》りあり」というではないか。

さて、かく自然を享受し、小細工を弄する気苦労のない理想社会も、やがて小細工を労する社会の人間によって、発見されることになる。

奇蹤隠五百　奇蹤《きしょう》　隠《かく》るること　五百
一朝敞神界　一朝　神界　敞《あら》わる
淳薄既異源　淳薄《じゅんぱく》　既に源《みなもと》を異《こと》にし
旋復還幽蔽　旋《たちま》ちにして復《ま》た還《ま》た幽蔽《ゆうへい》す

不可思議な足跡が消されてから、五百年、ある日突然、その秘境は姿をあらわした。ところが、彼我の「淳薄」のちがい、彼の淳朴と我の軽薄の差が、いわば根源的なものであるからには、その世界はたちまちにしてまた姿をかくす以外にはない。一度姿を見せたその秘境も、またヴェールにつつまれてしまった。その間の事情は、前書きである「桃花源記」にくわしい。

かくて詩は、次の四句をもって、結ばれる。

借問游方士　借問《しゃもん》す　方《ほう》に游《あそ》ぶの士
焉測塵囂外　焉《いずく》んぞ測《はか》らん　塵囂《じんごう》の外《そと》を
願言躡軽風　願わくは言《ここ》に軽風を躡《ふ》み
高挙尋吾契　高挙して　吾《わ》が契《けい》を尋《たず》ねん

「游方の士」とは、『荘子《そうじ》』大宗師篇にいう「方の内に游ぶ者」、方は規律束縛をいう。四角定規《じょうぎ》なこの世界に住む俗物たちに、ちょっとたずねてみたい。「塵囂」、塵にまみれた騒々しい世間、その外に、どんな別世界があるか、思いをはせてみたことがあるかな。お前たちには推測もつくまい。

「願わくは言《ここ》に」とは、『詩経』の詩などに見える古い語法。何とかして、軽やかな風に足をふまえ、高く舞い上って、この世間から脱出し、わが心にきめたその世界を訪ねてみたいもの。

以上で、「桃花源詩」は終わる。考えてみれば、淵明が描いた理想郷は、何ともみみっちいユートピアである。そこには、金殿玉楼も、山海の珍味もない。あるのは、平凡な農民の生活である。だが、その中で、「秋の熟《みのり》に王の税なし」という句が、大胆に光る。

老年

若いころは年配の人の意見をきこうとせず、耳にふたをしてそっぽをむく。ところがその若者も、自分がその年配になると、同じような説教を、若者に対してしていることに、ふと気づく。

そんな経験は、中年を過ぎた人ならば、誰にもあることだろう。千六百年前の詩人陶淵明は、そのことを次のようにうたっている。

昔聞長老言　　昔　長老の言を聞くに
掩耳毎不喜　　耳を掩《おお》いて　毎《つね》に喜ばず
奈何五十年　　奈何《いか》んぞ　五十年
忽已親此事　　忽《たちま》ち已《すで》に此《こ》の事を親《した》しくせんとは

淵明の「雑詩」と題する作品の、冒頭の四句である。この句を読んで、思うこと、感ずることが、三つある。その一つは、これが千六百年も前の詩句であること。人間は進歩しているようで、そうでもないな、と思う。その二つは、淵明という人の特異性である。貴族文化、華麗な修辞主義的文学が横行していた当時、こんなことを詩材にした、淵明の特異性についてである。当時もてはやされた華美な文学の大部分は今は消滅し、かえって淵明の文学は生き残っている。淵明の特異性は、実は普遍性の時代的表現であった、ということになる。その三つは、それにしても、淵明という人は案外常識的な男だったのだな、ということである。しかし常識的であることは、必ずしも平凡を意味しない。淵明が平凡な常識人でないことは、この詩のあとの部分を読めば、おのずから明らかになる。

詩は、次のようにうたいつがれ、うたいおさめられる。

求我盛年歓　我《わ》が盛年の歓《よろこ》びを求むること
一毫無復意　一毫《いちごう》も復《ま》た意《おも》うなし
去去転欲速　去り去りて　転《うた》た速《すみや》かならんと欲す
此生豈再値　此《こ》の生　豈《あ》に再《ふたた》び値《あ》わんや
傾家時作楽　家を傾けて　時に楽しみを作《な》し
竟此歳月駛　此《こ》の歳月の駛《は》するを竟《お》えん
有子不留金　子あるも　金《かね》を留めず
何用身後置　何ぞ用《もち》いん　身後の置《はから》い

若いころには聞くのもいやだったグチや説教が、わが口をついて出るようになった今日このごろ、若い時代の歓楽をもう一度求めようとは、もはやすこしも思わぬ。それにしても、時の流れはいよいよはやまるように思え、わが人生は二度とくりかえしがきかぬ。とすれば、家を傾けて、財産を使いはたして、時には大いに楽しみ、このすみやかな年月を終えよう。

息子はいるが、金は残さぬ。死後の措置、あとにのこるものへの心くばりなど、無用のことだ。子孫のために美田どころか、ビタ一文のこさぬ。全部使って、快楽にはげもう、というのだから、非常識なじいさまである。うたい出しの常識的発想は、実はこの非常識をいうための伏線だったのである。非常識とはいうものの、この詩に退廃の色はない。淵明という人は、ひとすじ縄ではゆかぬ人物であった。

松と徳利《とくり》

陶淵明という詩人は、おのれおよびおのれをふくむ社会を、いったんつきはなして客観的に観察することのできる、醒《さ》めた眼をもった人であった。そのことは、ユートピア物語「桃花源記」のような虚構《フィクション》の世界を構築する彼の能力、関心と、不可分に結びついていたように思える。

右のことと、おそらくはまた関係すると思うのだが、彼の詩には、時に人の意表をつくような情景が、描写されることがある。たとえば、「飲酒」と題する二十篇の詩の、第八首。

青松在東園　　青松　東園に在り
衆草没其姿　　衆草に　其の姿を没《ぼっ》す
凝霜殄異類　　凝霜《ぎょうそう》　異類を殄《つ》くすとき
卓然見高枝　　卓然《たくぜん》として　高枝《こうし》を見《あら》わす

連林人不覚　林に連《つら》なれば　人は覚《さと》らず
独樹衆乃奇　独樹にして　衆乃《すなわ》ち奇とす

全十句のうち、この第六句までは、表現の独創性や、平易だが平凡でないという特徴は別として、人をおどろかすような発想はない。

青々とした松が東の畑に生えているが、雑草におおわれてその姿は見えない。きびしい霜がものみなを枯れさすとき、すっくと立って梢《こずえ》をあらわす。林をなせば、人は誰も気づかぬが、ひとり立つとき、誰もがこれはとおどろく。

大意は右のごとくであり、孤高の人を松にたとえた詩は、淵明にすくなくない。逆境のときにこそ真価はあらわれるという発想は、もちろん淵明独自のものではない。

意表をつくのは、次の第七・八句である。

提壺挂寒柯　提壺《ていこ》　寒柯《かんか》に挂《か》け
遠望時復為　遠望　時に復《ま》た為《な》す

「提壺」とは、ぶらさげて来た徳利《とくり》である。それを、「寒柯」、冬の枝（柯は太い枝）、冷い松の枝に、かける。徳利のひもを、松の枝にかけてぶらさげる。

そうしておいて、「遠望」、いったん遠くまで離れて行ってふりかえり、じっとこれを眺めてみる。「復」の字に深い意味はない。時にそういうことをやってみる。

何のためにそんなことをするのだ、と聞くのは、野暮である。淵明は答えないだろう。答えないで、飛躍して、次のようにいう。

結びの二句。

吾生夢幻間　吾が生は　夢幻《むげん》の間
何事紲塵羈　何事ぞ　塵《ちり》ばめる羈《きずな》に紲《つな》がる

俗世間、ことに役人生活に、淵明はよく「塵」という形容詞をつける。「誤って塵網《じんもう》の中に落ち、一《たちま》ちに十三年は去《ゆ》きぬ」(「園田の居に帰る」第一首)。「羈」は、馬の手綱《たづな》。それに「紲《つな》がる」とは、ひもつきの生活、宮仕えにたとえる。

淵明は、晩年を隠遁者として暮らした。だが、現実とは無縁な隠者の世界をどっぷりとつかり、ぬくぬくとすごしていたのではない。現実批判の眼、醒めた感覚が、時に頭をもたげるのを、どうしようもなかった。

III　陶淵明を語る

外人考——桃花源記瑣記

陶淵明《とうえんめい》（三六五—四二七）がえがいたユートピア、「桃花源の記」に、外人ということばが、三度あらわれる。

武陵の漁師が、桃花の林の奥に小さな洞穴を見つけ、その穴をくぐりぬけたとき、眼の前にからりと開けた風景——

其中往来種作、男女衣著、悉如外人。

其の中に往き来して種《たね》ま き作《たがや》せるもの、男女の衣著《いちゃく》は、悉《ことごと》く外人の如し。

男女の服装は、すべて「外人」と同じようである、というのが、最初の外人。

桃源郷の人々は漁師を歓待し、かれらの来歴を語る。

先世避秦時乱、率妻子邑人、来此絶境、不復出焉。遂与外人間隔。

先の世のひと、秦の時の乱を避け、妻子と邑人《むらびと》を率いて、此《こ》の絶境に来たり、復《ふたた》び焉《ここ》より出《い》でず。遂《か》くて外人と間隔せり。

かくして「外人」とへだたってしまいました、というのが、その二。数日の滞在ののち、漁師がこの里を去るにあたって、

此中人語云、不足為外人道也。

此の中の人、語《つ》げ云う、「外人の為《ため》に道《い》うに足らざるなり」。

「外人」にはお話しにならぬほうがよろしいでしょう、というのが、その三である。

ところで、従来わが国の注釈は、これら三つの「外人」のうち、最初にあらわれる外人「男女衣著、悉如外人」というときのそれと、あとの二つの外人（「遂与外人間隔」、「不足為外人道也」）とを区別して釈《と》く。

たとえば狩野君山博士は、はじめの条を

……男女の身にまとふ衣を見るに、世のものと異りて、外国人《とつくにびと》かと怪しまる計り也。

と釈き、あとの二条は、

……遂には外人と相隔たりぬ。

……御身ここへ来たり給ひしこと他の人々に語るにも及ばぬことに候ぞや。

と釈く(「桃花源記序」『東光』第五号、一九四八年)。また鈴木豹軒博士は、はじめの条を、

……男女の衣服など、すっかりどこか知らぬ外国人の様なありさまである。

と訳し、あとの二条は

……とうとう境外の人とはへだたってしまったのである、

……我々がこんな処にこんな生活をしてをることはお話にもなりませんよ。

と訳す(『陶淵明詩解』弘文堂、一九四八年)。鈴木博士の訳は、さいごの条に外人の訳語を示さぬが、

両博士とも、はじめの外人を、漁師の側からいって「外国人」、あとの二つを、桃源境の人々にとっての「外人」、と釈く点は共通している。これはまた、すくなくともわれわれが手にしうる主な注釈書に、共通した解釈でもある。

かく同じ外人ということばが、異って解釈される理由の一つは、「桃花源記」という文章の文脈自体に内在する。というのは、あとの二つの「外人」が、直接法の形で、桃源の人の会話中に見えるのに対し、はじめの「外人」だけが、地の文の中に、客観描写としてあらわれるからである。すなわち

遂《か》くて外人と間隔せり。

といい、

外人の為《ため》に道《い》うに足らざるなり。

というのは、桃源の人のことばを直接うつしたものである。したがってこの両「外人」が、桃源の人にとっての外人、外界の人であることに、まちがいはない。ところが、

男女の衣著《いちやく》は、悉《ことごと》く外人の如し。

ように思われる。

というのは、客観描写である。したがってこの場合は、漁師にとっての「外人」と解せぬこともない

この点については、中国の学者の間でも議論があったらしく、数年前、劉直《りゅうちょく》という人が「桃花源記中の三つの外人」と題する論文を雑誌『語文学習』（五六号、一九五六年五月）に発表している。劉氏は、外人ということばをふくむそれぞれのセンテンスの構造から、三つの外人は区別して解すべきでなく、それらの指す内容は一つである、と結論する。

わたくし自身は、劉氏のこの結論に賛同するが、その論旨を紹介する前に、従来の諸注釈書のごとく、「外人」という中国語を、そのまま日本語の「外国人」におきかえうるものかどうかについて、すこしせんさくしておきたい。

なるほど現代日本語の外人は、ただちに外国人を意味する。しかしそのことが、中国語の外人、ことに淵明の時代の外人ということばの意味を、類推する根拠にならぬのは、もちろんである。

外人ということばは、淵明の時代およびそれ以前の文献に、しばしばあらわれる種類のものではない。しかし先秦《せんしん》、漢、魏晋《ぎしん》南北朝と、各時代の文献から、それぞれ数例ずつを捜集することは、困難でない。最近刊行されつつある諸橋轍次博士の大漢和辞典は、おそらくは駢字類編などを参照しつつ、さすがに豊富な例を挙げるので、ここではそれにわたくし自身の知見を加えて、以下に示すことにする。

まずもっとも早い例の一つは、『孟子《もうし》』滕文公《とうぶんこう》篇に見える。

公都子曰、外人皆称夫子好弁。

公都子いわく、外人は皆夫子《ふうし》を好弁と称す。

公都子は、孟子の門人。夫子とは先生、すなわち孟子を指していう。この条について、漢の趙岐《ちょうき》が「外人とは、他人の論議する者なり」と注するごとく、外人は、他人（ほかの人、門人外の人）ということばとおきかえうるようである。これが、外人ということばのもっとも早い使用例の一つであるばかりでなく、そのもっとも普通な使い方であることは、以下の挙例によって明らかになるであろう。『孟子』以外の先秦諸子の文章から、なお二三の例を引こう。例えば『荀子《じゅんし》』法行《ほうこう》篇は、外人を内人ということばと対《つい》にして用いる。

曾子曰、無内人之疏而外人之親。無身不善而怨人。無刑已至而呼天。内人之疏而外人之親、不亦遠乎。……

曾子いわく、内人を之《こ》れ疏《うと》んじて、外人を之《こ》れ親しむ無《な》かれ。身不善にして人を怨む無かれ。刑已《すで》に至りて天を呼ぶ無かれ。内人を之れ疏じて、外人を之れ親しむは、亦《まこと》に遠《あやま》たずや。

……

ここにいう内人とは「身内のもの」というほどの意であり、一方外人はここでも「他人」におきかえてよい。ところで内人ということばは、すでに『周礼《しゅらい》』天宮内宰《てんぐうないさい》、あるいは『礼記《らいき》』檀弓《だんぐう》の篇などに見えるごとく、宮人ないしは妻妾を指すことばとしても用いられた。一般に「内の人」であるとともに、一方特殊な意味に熟して使用されもしたわけである。ところが外人の方は、そうでなく、一般に「外の人」であるほか、特殊な意味内容をもつ熟したことばとして用いられたことは、ないようである。『管子《かんし》』の問《もん》の編に、

士之有田而不耕者幾何人、……君臣有位而未有田者幾何人、外人之来従而未有田宅者幾何、家国子弟之游于外者幾何人

士の田ありて耕さざるもの幾何人《いくばくにん》ぞ、……君臣の位ありて未だ田あらざるもの幾何人ぞ、外人の来たり従いて未だ田宅あらざるもの幾何ぞ、家国の子弟の外に游《あそ》ぶもの幾何人ぞ。

というときの外人は「よそのもの」の意。『荘子《そうじ》』の山木篇《さんぼく》に、むかし意怠《いたい》という名の鳥がいて、まるで能なしのごとく、進むにもあえて前《さき》になろうとせず、退くにもあえて後になろうとせず、ものを食らうにも先をあらそわず、かくて

外人率不得害、是以免於患。

外人率《つい》に害するを得ず、是《ここ》を以って患《わざわ》いを免《まぬか》れたり。

というときの外人も、「ほかのもの」「他人」の意である。

なるほど先の『管子』の場合は、「よそのもの」すなわち「よその国のもの」という意味をもつが、それも同じ中国の中で分裂割拠した国を単位としての「よその国」、いいかえれば「よその領地のもの」であり、われわれが紅毛の異人を指して外人というのとは異る。

事情は漢代に至ってもかわらない。たとえば、前漢初の学者陸賈《りくか》の著と称される『新語』至徳篇に、

魯荘公一年之中、以三時興築作之役。……上困於用、下饑於食。乃遺蔵孫辰請欠二字於斉。倉廩空匱、外人知之。於是為宋陳衛所伐。

魯《ろ》の荘公、一年の中に、三時を以って築作《ちくさく》の役《えき》を興《おこ》す。……上は用に困《くる》しみ、下は食に饑《う》う。乃ち蔵孫辰《ぞうそんしん》をして□□を斉《せい》のくにに請わしむ。倉廩《そうりん》の空《むな》しく匱《とぼ》しきこと、外人これを知る。是《ここ》に於いて宋・陳・衛の伐《う》つ所と為《な》る。

これは『管子』の例と同じく「よそのもの」の意であり、同様の例は、『後漢書《ごかんじょ》』来歙《らいきゅう》伝の文章にも見える。また後漢の王符《おうふ》の『潜夫論《せんぷろん》』実辺《じっぺん》の篇に、

家人遇寇賊者、必使老小羸軟居其中央、丁強武猛衛其外、内人奉其養、外人禦其難。

家人の寇賊《こうぞく》に遇《あ》えるもの、必ず老小にして羸軟《かよわ》きものをしてその中央に居らしめ、丁強にして武猛《たくま》しきものにその外を衛《まも》らしめ、内人はその養を奉じ、外人はその難を禦《ふせ》ぐ。

というときの外人は、「家の外にいるもの」であろう。

以上の挙例から明らかなごとく、外人とは、ある範疇あるいはグループ（たとえば当事者同士、門人、家、侯国など）以外のものを指すのに用いられることばである。とすれば、その範疇あるいはグループを中国人とし、それ以外のもの、すなわち外国人という方向にも、このことばの意味は伸びてゆきそうに見える。しかしそうした用例はない。すくなくとも、ふつうの用例としては、ない。

ところで淵明と同時代の文献、ことに「桃花源記」と類を同じくするいわゆる志怪小説の中から、このことばの用例をさがし出したく思ったけれども、今のところは見当らない。しかし小説ということばを広義に解するならば、その一つに数えられる『世説新語《せせつしんご》』（品藻《ひんそう》篇）に、一例を見出すことができる。

謝公問王子敬、君書何如君家尊。答曰、固当不同。公曰、外人論殊不爾。王曰、外人那得知。

謝公（謝安）、王子敬（王献之）に問う、「君の書は君が家の尊《ちちぎみ》（書の名手である王羲之）

に何如《いか》ん」と。答えていわく、「固《もと》より当《まさ》に同《ひと》しからざらん」と。公いわく、「外人の論は殊に爾《しか》らず」と。王いわく、「外人那《な》んぞ知るを得んや」と。

他人になんぞわかるものか、というのが最後の条の意味である。ちなみに劉宋《りゅうそう》・明帝《めい》の『文章志《ぶんしょうし》』(世説注引)もこの逸話を載せ、この条を、「人那《な》んぞこれを知るを得んや」とし、唐代になってから書かれた『晋書《しんじょ》』の王献之《おうけんし》伝も、「人那んぞ知るを得んや」とする。

すこしく時代は降るが、『魏書《ぎしょ》』李沖《りちゅう》伝に、

沖、文明太后の幸する所となり、恩寵日びに盛んにして、賞賜《たまわ》りものの月づきに至ること数千万、……密《ひそ》かに珍宝御物を致《もたら》し、以ってその第《やしき》に充《み》たす。外人、得て知ることなし。

というのは、文明太后と李沖以外のもの、すなわち「ほかの人間」には、分りようがなかった、との意味であり、『隋書《ずいしょ》』元冑《げんちゅう》伝に、

嘗《か》つて正月十五日、上《しょう》(天子)、近臣と登高す。時に冑は直《とのい》より下る。上、馳せてこれを召さしむ。冑見《まみ》ゆるに及び、上は謂《い》いていわく、「公《きみ》、外人と登高するは、未《いま》だ朕《ちん》に就《つ》くの勝《す》ぐるるに若《し》かざるなり」と。

というのも、「ほかの人間」の意で用いられている。したがって、『世説』以下の三例も、漢以前の用法と異ならない。

以上が、淵明以前あるいはその前後の文献の中から、検出しえた用例の、ほとんどすべてである。煩をさけてここには挙げなかった他の数例をも含め、それらは共通して、外《ほか》の人、外《そと》の人、あるいは外《よそ》の人という意味で、用いられている。くりかえしていえば、われわれが風俗習慣を異にする碧眼紅毛の異人を指していうような意味では、使われない。すくなくともふつうには、そういう方向にまで伸びて使われることはない、といってよいであろう。現に「桃花源記」中のあとの二つの外人（遂与外人間隔、不足為外人道也）も、例外ではなく、これは従来の注釈もいうごとく、「境外の人」あるいは「他の人々」である。したがってはじめの外人（男女衣著、悉如外人）だけを「外国人」と訳すのは、無理だと思う。これもやはり「他の人々」でなければならぬであろう。そして「外人」が日本語の「外国人」の意味をもって、ふつうには使われぬかぎり、この「外人」も、やはり桃源の人々からいっての「外の人」でなければならぬ、と思う。

さてはじめにふれたごとく、劉直氏の論文は、文章構造の面から三つの外人の指す内容は同一でなければならぬと説く。すなわち外人ということばを含むセンテンスは、次に示すごとく、それぞれ外人と対応することば（「其中」「此絶境」「此中人」）を伴っている。

其中往来種作、男女衣著、悉如外人。
来此絶境、不復出焉、遂与外人間隔。
此中人語云、不足為外人道也。

そして其中、此絶境、此中人が、ともに桃源境あるいは桃源境の人を指すかぎり、それらに対応する三つの外人が指す内容も、同一でなければならぬ、というのが、劉氏の論旨である。この指摘は正しいであろう。

ところで淵明集の旧注で、外人ということばに注を施すものはない。ただ清《しん》朝の評論家温汝能《おんじょのう》（謙山《けんざん》）が、次のような評語をのこしている。

開朗一段、写出蕭野気象即在人間、故曰悉如外人。
開朗の一段は、蕭野《しょうや》たる気象の即ち人間に在るを写《うつ》し出《い》だせり、故に「悉《ことごと》く外人の如し」と曰《い》う。

開朗の一段とは、漁師が洞穴から這い出たとき、眼前にからりと開けた風景、それを描写するのに、豁然開朗の語をもってはじめる一節のことをいう。蕭野《しょうや》とはあまり見かけぬことばであるが、たとえば劉宋《りゅうそう》の謝恵連《しゃけいれん》の詩句、

蕭疎野趣生　蕭疎《しようそ》として野趣生じ
逶迤白雲起　逶迤《いい》として白雲起《おこ》る

（汎南湖至石帆詩）

の蕭疎野趣をつづめた形容と考えてよいであろう。蕭野たる気象、かざりけなくひなびたアトモスフエアが、即ち人間に在り、そっくりそのままこの人間世界に存在している、そのさまを写し出したのが、この一段であり、だから「悉く外人の如し」といっているのだ。これが温氏の評の意味であろう。とすれば、温氏もまたここの「外人」ということばを、桃源の人からいって「外の人」、すなわち漁師たちのような一般の中国人と解した、としてよい。

「桃花源記」の最初に出て来る外人ということばは、従来の注釈のようにではなく、以上にほぼ確定したごとく解するのが正しく、またそれがむしろふつうの解釈なのではないか、と思う。わたくしがこの一見ささいなことを問題にしたのは、このことばに対する二様の解釈が、実は淵明のえがいたユートピアに対する二様のイメージを生むからである。桃源境における耕作なり服装なりが、漁師にとってはじめての、異様な景物としてうつったのか、それともそれは漁師の生活にひきくらべて、清浄ではあるにしろ、親しみ深いものであったのか。

淵明はその思いを、時に遠山に騁《は》せ、また白雲に託することがあった。さらに空想の翼を、中国のはるか北の果てにのばし、西の果てに翔《か》けらせたこともある。また書物を読んでは、神話の世界に遊び、その再構成に時をすごした詩篇ものこっている。しかし現実の彼にとって、「帝郷」は期すべからざるものであり（「帰去来辞」）、遊仙の思想は縁なきものとして否定されている（「形影神」、「連雨独飲詩」など）。桃源というユートピアの発想も、例外ではありえない。たしかに、それは「絶境」である。しかし淵明が踏む大地と、同じ平面の上に、それは現出された。この地に住む人々は、秦時の乱を避けた人々であって、天から降りて来た仙人たちではない。「桃花源記」につづく詩の方でうたわれる風俗も、淵明自身の現実と剝離《はくり》したそれではない。この世界はたしかに空想の産物でありながら、そこには生活のにおいがしみついている。有名な句、秋の熟《みの》りに王税なし、というのは、非現実的に見えて、かえってもっとも現実的である。

とすれば、さきにのべた二様のイメージの、その一方は消さるべきであろう。三つの「外人」は、ともに桃源境の人々にとっての「外人」でなければならぬ。

文選挽歌詩考

一

挽歌とは、葬送のうたである。

梁《りょう》の昭明太子の『文選《もんぜん》』は、楽府《がふ》の類のあと、雑歌の類のまえに、挽歌の一類をもうけて、魏《ぎ》の繆襲《びゅうしゅう》の挽歌詩一首、晋《しん》の陸機《りくき》の三首、同じく晋の陶淵明の一首をのせる。これら五首の詩をよみくらべ、さらに当時の挽歌と題する他の作品と比較してみるとき、検討さるべきいくつかの問題が生ずる。

その一、挽歌詩とは、陸機の作品がそうであるように、三首一連であることによって、作品として完結するのではないか。なぜならまず陸機の三首が単なる三首でなく、連作としての構成をもつこと、次に陶淵明にもその詩文集には三首の挽歌詩が見え（『文選』の一首をふくむ）、これまた個々別々に作られて偶然三首がのこったというたぐいのものでないからである。とすれば、繆襲の場合も、本来三首であったものから、『文選』が一首のみを採ったのではないか。

その二、以上の推測が正しいとして、かく三首一連の形をとる挽歌詩は、いつ発生し、どういう経路をたどって定着を見たのか。『文選』は挽歌詩を楽府と雑歌の間におく。とすれば、挽歌は本来メロディにのせてうたう歌曲であったのであろう。しかるに「挽歌詩」と詩の一字を附するのはなぜか。それを知るためにも、挽歌の源流をしらべてみる必要があろう。

第三の問題は、『文選』の挽歌詩が、六朝《りくちょう》時代の他の一連の挽歌とは異り、ある共通の性格をもつ点についてである。他の一連の挽歌とは、たとえば劉宋《りゅうそう》の江智淵《こうちえん》の宣貴妃《せんきひ》挽歌、また北魏《ほくぎ》の温子昇《おんししょう》の相国清河王挽歌（ともに『初学記』巻十四引）などである。これらは題名の示すごとく、特定の個人の死を悼んで作られている。しかるに『文選』のそれは、特定の個人の死を対象とせず、ひろく人間の死一般を対象として、作られたもののようである。しかも江智淵、温子昇らの挽歌は、当然のこととして、他人の死を客観視して描くのに対し、『文選』のそれは、死者自身の側から見た死の描写をも時に挿入し、淵明の作品に至っては、全篇が死者（作者自身）による死の描写である。こうした特異な発想は、また検討にあたいするであろう。

次に『文選』の三詩人の作品は、かく共通の性質をもちつつも、そこには必ず継承、発展、さらには独創があるにちがいない。それを分析するのが、問題の第四である。

また『文選』の収める挽歌詩以外に、同じ系列に属する作品はのこっていないか。のこっているとすれば、それらはいかなる形式と内容をもつか。

右のほか、陸機の三首の順序が、李善《りぜん》注本と六臣《りくしん》注本とでは異るが、どちらが本来の姿を伝えているのか、また淵明の三首にも編次を異にするテキストがあるが、いずれがすぐれるかなど、比較的小さな問題をもふくめて、『文選』の挽歌詩をめぐるいくつかの疑問ないしは問題を検討したい。

二

『文選』に収める挽歌詩が、すべて本来三首一連の構成をもつものでないか、との推測をたしかめるためには、まず『文選』が一首をしかのせぬ魏の繆襲《びゅうしゅう》（一八六—二四五）の作品につき、検討を加える必要がある。

生時遊国都　　生時　国都に遊び
死没棄中野　　死没して中野《ちゅうや》に棄てらる
朝発高堂上　　朝《あした》に高堂の上を発し
暮宿黄泉下　　暮《くれ》に黄泉の下に宿る
白日入虞淵　　白日《はくじつ》　虞淵《ぐえん》に入り
懸車息駟馬　　懸車《けんしゃ》　駟馬《しば》を息《いこ》わしむ

造化雖神明　造化　神明なりといえども
安能復存我　安《いず》くんぞ能《よ》く復《ま》た我れを存せん
形容稍歇滅　形容　稍《ようや》く歇滅《けつめつ》し
歯髪行当堕　歯髪　行くゆく当《まさ》に堕《お》ちんとす
自古皆有然　古《いにし》えより皆然《しか》る有り
誰能離此者　誰《たれ》か能《よ》く此《こ》れを離《さ》くる者ぞ

繆襲の挽歌詩として、右の一首をしか引かぬのは、『文選』だけではない。明《みん》の『古詩紀』以下後世のアンソロジーもまた、これ以外の作品を捜集してはいない。ところが初唐期の百科全書の一つ『北堂書鈔《ほくどうしょしょう》』（巻九十二）は、繆襲挽歌辞と題して次のような二種の佚文《いつぶん》を引く。

㈠　令月簡吉日、啓殯将祖行。祖行安所之、登天近上皇。朝発高堂上、暮宿黄泉下。白日入虞泉、懸車息駟馬。

㈡　寿堂何冥冥、長夜永無期。欲呼声一本作舌無声、欲語口無辞。

㈠の第五句以下は、『文選』所載の第三句以下とかさなる。しかし令月簡吉日以下第四句までは、『文選』所載の挽歌詩に見えぬ句であるとともに、その脚韻（行・皇と下・馬）をも異にする。そして㈡の四句は、『文選』に全く見えぬ句であるとともに、その脚韻（期・辞）は、『文選』のそれ、㈠の前四句のそれとも異なる。

ところで魏晋南北朝時代の挽歌は、淵明の第三首を数すくない例外の一つとして、一首の中で脚韻のふみかえは行わぬ。とすれば、繆襲作と称する挽歌詩は、『文選』の引くもの以外に二首、すなわち全部ですくなくとも三首あったと考えてよいであろう。これらがその内容から見て、一連の作であるかどうかは、逸句の数がすくないために、早急には断定できぬ。

ところで魏の繆襲から晋の陸機に至るまでに、今にその作品をのこす挽歌の作者がさらに一人おり、その作品もまた脚韻を異にする三首であることは、有力な示唆となるであろう。晋の傅玄《ふげん》の挽歌辞がそれであり、同じく『北堂書鈔』（巻九十二）が引く。

㈠　人生鮮能百、哀情数万端。不幸嬰篤病、凶候形素顔。衣衾為誰施、束帯就闔棺。欲悲涙已竭、欲辞不能言。存亡自遠近、長夜何漫漫。寿堂閑且長、祖載帰不還。

㈡　人生鮮能百、哀情数万嬰。路柳夾霊轜、旟旐随風征。車輪結不転、百駟斉悲鳴。

㈢　霊坐飛塵起、魂衣正委移。茫茫丘墓間、松柏鬱参差。明器無用時、桐車不可馳。平生坐玉殿、没帰幽都宮。地下無漏刻、安知夏与冬。

㈠と㈡の第一、二句がほとんど同じ表現であること、㈢が第八句で換韻していることなどは、これらの佚文が伝写の間に若干の混乱を来たしたことを、示すのであろう。しかし三首は、もはや脚韻を異にすることによってのみ、三首の作品であることを示すのではない。その内容によって、一連の作品であることを示す。すなわち三首は、人間の死から埋葬に至るまでの状景を三つに分け、時間的経過を追いつつ描写する。三首をよみかえすならば、㈠は納棺から祖載（葬送の出発にあたって柩《ひつぎ》を車にのせる）までを、㈡は葬送を、㈢は埋葬を、というふうにうたいわけていることに気づく。このことをふまえて、さきの繆襲の三首を見れば、それが断片であるにもかかわらず、すでにそうした構成をとっているらしく思える。

すなわち『北堂書鈔』が引く、

令月簡吉日、啓殯将祖行。祖行安所之、登天近上皇。

というのは、祖載。

そして『文選』にのせる一首の、

朝発高堂上、暮宿黄泉下。白日入虞淵、懸車息駟馬。

……………

というのは、葬送。

また『北堂書鈔』が引く、

寿堂何冥冥、長夜永無期。欲呼舌無声、欲語口無辞。

というのは、埋葬を終ったあとの、死者のつぶやきである。

かく挽歌詩が、三首一連という構成をもって、その形式を完結させることは、のちの陸機・陶淵明の作品をよむことによって、いよいよ明らかとなる。形式ばかりでなく、内容においても、死者の身になりかわっての描写という発想が、すでに萌芽として以上の作品に見られ、それはのちの陸・陶二詩人の作品をよめば、より顕著なかたちをとることに気づくであろう(1)。

しかしその前に、こうした特殊な構成をもつ挽歌が、いつ発生し、どういう経路をへて定着したのかを、章をあらためて考察しておきたい。

三

結論から先にいえば、三首一連の構成をもつ挽歌の最も早い例は、現存の資料によるかぎり、実は前章に引いた繆襲《びゅうしゅう》の作品である。そればかりでなく、繆襲の挽歌詩は、挽歌と題する現存作品の最も早い例でもある。このことは、大量の古典捜集が行われた明《みん》代においてすでにそうであったらしく、『古楽苑』(明《みん》・梅鼎祚《ばいていそ》輯)巻十四には、「挽歌を以て辞を為《つく》る者、実に繆襲に始まる」という。

しかしながら繆襲の挽歌詩は、あくまでも現存作品の最古のものであるにすぎない。たとえば『晋《しん》書《じょ》』礼志には、

> 漢魏の故事に、大喪（天子の喪礼、一説には天子皇后太子の喪礼）及び大臣の喪には、紼《ふつ》（柩をひくつな）を執《と》るもの挽歌す。

という。そしてこうした風習が、次の晋にもうけつがれたことは、『文章流別志』の著者である晋の摯虞《しぐ》の「挽歌議」なる一文に明らかである。[2]

右にいう漢代の挽歌の内容については後述するが、この記事から、挽歌というものが、本来メロディにのせて実際にうたわれる歌曲、いいかえれば楽府《がふ》であったことは明らかである。梁の劉勰《りゅうきょう》の『文心雕龍《ぶんしんちょうりょう》』（楽府篇）にも、「漢の世の鐃《どう》（歌）挽（歌）は、戎《いくさ》と喪《も》と事を殊にすといえども、而《しか》も並びに楽府に入る」という。そして宋の郭茂倩《かくもせん》の『楽府詩集』以下楽府の総集は、『文選』に収める挽歌詩を、他の挽歌と題する作品とともに、相和歌辞相和曲の部に分類する。相和歌辞とは、『宋書《そうじょ》』楽志によれば、漢代の歌曲で、糸竹更《こも》ごも相い和し、節を執るもの歌う、すなわち管弦楽の合奏にあわせてうたわれたものをいう。そして『楽府詩集』は、相和歌辞である挽歌の古辞、すなわちもとうたとして、「薤露《かいろ》」「蒿里《こうり》」と題する二つの短い歌曲を載せる。

以上は宋代の楽府専家の分類なのだが、そもそも葬送のときに挽歌をうたう風習は、いつおこったのか。そして『文選』に収める挽歌詩の作者たちは、みずからの作品を書くにあたって、何をその原型として考えていたのか。

挽歌の起源については、陶淵明とほぼ同時代のころ、すでに諸説が平行して行われていた。梁の劉峻《りゅうしゅん》（孝標《こうひょう》）は、『世説新語』任誕《じんたん》篇の注の中で、それら諸説をまとめて紹介している（全文の引用は注にゆずる）(3)。

一、漢初、田横《でんおう》が自殺した時、門人たちがその柩をひきつつ、哀しみをまぎらすために歌をうたったのが、挽歌の早い例だとする「譙子法訓《しょうしほうくん》」（晋の譙周《しょうしゅう》撰）の説。

二、『荘子《そうじ》』に見える「紼《ひ》き謳《うた》の生ぜし所は、必ず斥苦《せっく》に於てす」という記事(4)を起源とする説。

三、『左伝』哀公十一年に見える「虞殯《ぐひん》」ということばに、葬送の歌なりと注する晋の杜預《どよ》の説。

四、『史記』絳侯《こうこう》世家の、「周勃《しゅうぼつ》、吹簫《すいしょう》を以て喪に楽《がく》す」というのを起源とする説。

紹介者である劉孝標の興味は、挽歌の起源を探ることよりも、喪礼に楽曲を用いることの可否にあり、したがって右の四説の優劣は論じない。ところでわれわれの当面の目的も、挽歌の起源の詮索《せんさく》にあるのではない。『文選』挽歌詩の作者たちの時代、一般に挽歌の先蹤《せんしょう》として何が意識されていたか、それを知るのが主たる目的である。

劉孝標が世説注において、最初に田横門人起源説をあげたのは、世説本文に、次のようなエピソードが見えるからである。

張驎《ちょうりん》（湛《たん》）は酒後に挽歌し、甚《はなは》だ悽苦《せいく》なり。桓車騎《かんしゃき》（沖《ちゅう》）いわく、「卿《なんじ》は田横が門人にあらざるに、何ぞ乃《すなわ》ち頓爾《とんじ》して至致《しち》なる」と。

お前は田横の門人でもないのに、どうしてひょいと真に迫った様子をして挽歌がうたえたりするのか、というほどの意味であろう。文中の桓車騎すなわち桓沖（三二八―三八四）は、陶淵明よりやや先輩にあたる。右の会話は、当時挽歌について、田横門人起源説が流布していたことを示す一つの証左となるであろう。そしてまた劉孝標があげた他の三つの起源説が、当時の他の文献にほとんど見られないのに対し、田横門人起源説は、なお以下の資料にも見える。

資料の第一は、晋の崔豹《さいひょう》の古今注であり、第二の沈約《しんやく》『宋書』楽志は、古今注の説をそのまま踏襲する。古今注によれば、田横の門人たちがうたった歌というのが、ほかならぬ「薤露《かいろ》」「蒿里《こうり》」、すなわち『楽府詩集』が挽歌のもとうたとしてあげる二つの歌曲である、という。

薤露・蒿里、並びに喪歌なり。田横の門人に出《い》ず。……孝武帝の時、李延年乃《すなわ》ち分かちて二曲と為し、薤露は王公貴人を送り、蒿里は士大夫庶人を送る。柩を挽く者をしてこれを歌わしむ。世に呼びて挽歌と為す。
（『文選』李善注所引、崔豹今古注）

田横の門人たちのうたが当世の挽歌である、とする右の説は、第三の資料である劉宋何承天《かしょうてん》の纂《さん》文《ぶん》（『太平御覧』巻五百五十二所引）にも見え、「薤露は今の挽歌なり」という。

さて李延年によって整理されたという「薤露」「蒿里」の二曲を、古今注の引くところによって示そう。これら二曲が、さきに引いた『晋書』楽志にいう漢代の挽歌の、すくなくとも一例であるにちがいない。

薤露

薤上朝露何易晞(5)
露晞明朝還復滋
人死一去何時帰

薤上《かいじょう》の朝露　何ぞ晞《かわ》き易き
露は晞けども明朝還《ま》た復《ま》た滋《しげ》し
人死して一たび去らば何れの時か帰らん

蒿里

蒿里誰家地
聚斂魂魄無賢愚
鬼伯一何相催促
人命不得少踟蹰

蒿里は誰が家の地ぞ
魂魄《こんぱく》を聚斂《しゅうれん》するに賢も愚も無し
鬼伯《きはく》は一《ひと》えに何ぞ相い催促する
人命は少《しばら》くも踟蹰《たちもとお》るを得ざるに

人命のはかなさをうたうこれらの短い歌曲が、はたして『文選』に収める挽歌詩の先蹤なのであろうか。両者をよみくらべるとき、われわれは断定することをためらう。しかし晋宋の文人たちがそう考えていたことは、すでにあげたいくつかの資料によって明らかである。それればかりではない。ほかならぬ挽歌の作者たちも、みずからの作品の中に薤露ということばを詠みこむことによって、その考えを間接に示している。すなわち陸機の挽歌詩第一首に、

中闈《ちゅうい》　且《しばら》く謹《かしま》しくすること勿《な》く
我が薤露の詩《うた》を聴け

といい、すこしく時代は降るが、北魏《ほくぎ》の温《おん》子昇《ししょう》が、相国《しょうごく》清河王挽歌の中で、

何ぞ言《おも》わん　吹楼《すいろう》の下《もと》
飜《かえ》って薤露の歌を成《な》さんとは

というのが、それである。
なお陶淵明がその挽歌詩第二首の尾聯《びれん》において、

一朝　門を出《い》で去《ゆ》けば
帰り来たること　良《まこと》に央《あて》も未《な》し

というのは、薤露の古辞の結句、

人死して一たび去らば何《いず》れの時か帰らん

を意識しての造句と考えてよいかも知れぬ。

以上挽歌の源流として、すくなくとも当時の文人が一般に想定していたのは、漢初の「薤露」「蒿里」とよばれる歌曲であることが、ほぼたしかめられた。しかしながら「薤露」「蒿里」の直系の子孫は、実は別にある。たとえば、「曹植《そうしょく》、薤露の行《うた》に擬して、天地のうたを為《つく》る」(『楽府詩集』巻二十七所引、楽府解題)といわれる、曹植の「楽府薤露行」がそれである。

天地無窮極、陰陽転相因。人居一世間、忽若風吹塵。願得展功勤、輸力於明君。懐此王佐才、慷慨独不群。鱗介尊神龍、走獣宗麒麟。虫獣豈知徳、何況於士人。孔氏冊詩書、王業粲已分。騁我径寸翰、流藻重華芬。

なお曹操《そうそう》以下魏晋の詩人によって、薤露あるいは蒿里と題する楽府がいくつか作られている。それらは題の示すごとく、漢初の「薤露」「蒿里」を古辞とする模擬作品であり、その意味ではまさに直系の子孫といわねばならぬ。しかしこれを内容から見れば、「薤露」「蒿里」の古辞が、自然の永遠回帰と対比しつつ、死あるいは人命のはかなさのみを対象としてうたうのに対し、これらの擬作は、その首句において古辞の発想を借りつつも、かく短い生命を社会への貢献によって充実燃焼させることを、そのテーマとする点で、異っている。

一方同じく「薤露」「蒿里」をもとうたと意識して作られたらしい挽歌詩は、もとうたのテーマを同じ方向に発展させこそすれ、曹植らの模擬作品のごとく変化させはしない。つまり人命のはかなさあるいは人間の死そのものへの凝視を、あくまでもそのテーマとする点で、挽歌詩と古辞との姻戚関係は、より濃厚であるといってよい。

ところで「薤露」「蒿里」の二曲は、七言の、あるいは七言を基調とする歌曲であった。曹植らの擬作は、これを五言の形式に定着させ、新しいテーマを附加した。『文選』の挽歌詩は、すでに定着し流布していた五言の形式を借り、一方古辞のモチーフに沿ってこれを発展させ、そのテーマとした、といえるであろう。

しかし「薤露」「蒿里」がそうであるように、挽歌詩もまた楽府なのであろうか。さきにのべたごとく、漢魏、さらには晋と、たしかに挽歌は王侯貴人の葬儀にうたわれていたらしい。降って南北朝の史書(6)や洛陽伽藍記《がらん》(7)などの書、さらには唐代の史書にも、そうした記録は若干ある。たとえば『旧唐《くとう》書《じょ》』巻五十二に、

(代宋の皇后独孤《どっこ》氏薨《こう》ず。)常参宮に詔して挽歌を為《つく》らしめ、上《しょう》、自《み》ずから其《そ》の傷《かな》しみ切なるも

のを選び、挽士をしてこれを歌わしむ。

というのは、その一例であろう。しかしこれらは一二の例外をのぞいて、特定の個人の死を悼む挽歌である。それとは性格を異にする『文選』の挽歌詩もまたうたわれたのであろうか。『楽府詩集』は、『文選』の挽歌詩もまた相和歌辞だとする。しかし『文心雕龍《ぶんしんちょうりょう》』が楽府に入れるのは、「漢の世の鐃《どう》挽《ばん》」であり、『文選』も、挽歌をイコール楽府としては扱っていない。分類によってそれを示すだけでなく、わざわざ挽歌詩と題するのは、繆襲以下の挽歌が、すでにうたわれる歌曲としての性格をうすくし、読む詩、すなわち知識人の思想あるいは感情表白の手段としての詩へと、定着しつつあったことを示すであろう。

四

前章において、晋宋における挽歌源流説を検討し、当時にあっては漢初の歌曲「薤露」「蒿里」を先蹤《せんしょう》とする説が有力であり、それが一応の理由をもつことにもふれた。だが漢初の歌曲から、三首一連の挽歌詩に至る変化の具体的な過程は、なお十分に明らかでない。というよりも、それを明らかにする手段を、もはやわれわれはもたない。しかし漢一代の四百年間、挽歌に関しては資料的に全くブランクかといえば、必ずしもそうではない。すくなくとも二つの記録がある。

これらの記録は、挽歌に関する別の問題を提起する。それを論ずることは、必ずしも当面の目的である『文選』の挽歌の性格解明と直接には結びつかない。しかし挽歌一般について知るためには、見のがすことのできない資料でもあるので、紹介しておく。

二つの記録は、後漢の学者応劭《おうしょう》が著わした『風俗通』と、同じく後漢の資料にもとづきつつ書かれた『後漢書《ごかんじょ》』の周挙《しゅうきょ》伝とに見える。まず『風俗通』にはいう、

> 時（霊帝の時）に京師の賓婚嘉会には、皆魁櫑《かいらい》(8)を作《な》し、酒酣《たけな》わなるの後、続《つ》ぐに挽歌を以てす。魁櫑は喪歌の楽《がく》、挽歌は紼《ふつ》を執《と》りてこれに相い偶和するものなり。天の戒めて「国家当《まさ》に急に殄悴《てんすい》せんとし、諸《もろ》もろの貴楽は皆死亡《うしな》われん」と曰《い》わんが若《ごと》し。霊帝崩じてより後、京師壊滅し、戸ごとに兼《かさ》なれる屍《しかばね》あり、虫わきて相い食《は》む。魁櫑・挽歌せるは、斯《こ》れ之《こ》れの効《しるし》(9)か。
> （『続漢書《ぞくかんじょ》』五行志注引）

また『後漢書』周挙伝にはいう、

> （永和）六年三月上巳《じょうし》の日、商（大将軍梁商《りょうしょう》）大いに賓客を会《あつ》めて洛水に讌《えん》す。……酒闌《たけな》わにして倡罷《しょうおわ》るに及び、継《つ》ぐに薤露《かいろ》の歌を以てす。坐中に聞く者、皆ために涕《なみだ》を掩《ふる》う。……（周）挙歎じていわく、「此《こ》れいわゆる哀楽時《とき》を失す。其《そ》の所にあらざりなり。殃《わざわ》いまさに及ばんとす

るか」と。商は秋に至りて果して薨《こう》ず。

右の記録は、挽歌が葬送の時でなく宴会の席上でうたわれたこと、そしてその行為が前者では時代の、後者では個人の不幸な末路の前兆であったことをのべる点で、共通している。

前章に引いた『晋書《しんじょ》』礼志にもいうごとく、漢魏の時代において、挽歌は王侯貴族の葬送曲であった。したがって葬送の場で挽歌がうたわれるのは、ごく普通のこととして記録にもとどめられず、右のような特異なエピソードのみが後世に伝えられたのであろう。

葬送の時以外に挽歌をうたい、それが不幸を招く、という不吉な話は、晋代に至っても跡をたたない。

海西公の時、庾晞《ゆき》四五年中喜《この》んで挽歌を為《な》し、自《みず》から大鈴を揺《ふ》りて唱を為し、左右のものをして唱和せしむ。……時人これを怪しむ。のち亦《ま》た果して敗る。

（『初学記』巻十四所引檀道鸞《だんどうらん》『続晋陽秋』、『晋書』五行志）

ところで晋宋以後ことに南朝の記録に見える挽歌の話は、そのほとんどが酒と関係する。そして右の庾晞《ゆき》の話を数すくない例外の一つとして、挽歌をうたった人間は、別に不幸な最期をとげるわけではない。酒に酔って挽歌をうたう行為それ自体が興味の対象となり、エピソードの数も俄然増える。

前章に引いた『世説』任誕篇の張驎《ちょうりん》の話がその一例であるが、さらにいくつかの話を引いてみよう。

㈠（袁《えん》）山松、少《わか》くして才名あり。……音楽を善《よ》くす。旧歌に行路難の曲あり、辞頗《いささ》か疎質なり。山松これを好み、乃《すなわ》ち其《そ》の辞句を文にし、其の節制を婉《えん》にし、毎《つね》に酣酔《かんすい》に因《よ》りてこれを縦歌《しょうか》す。聴く者流涕せざるなし。初め羊雲は善く楽を唱し、桓伊は能《よ》く挽歌す。山松の行路難これに継ぐに及び、時人これを三絶という。時に張湛《ちょうたん》は好んで斎前に松柏を種《う》うることを為《な》し、山松は出遊する毎《ごと》に、左右のものをして挽歌を作《な》さしむ。（『晋書』巻八十三、袁瓌《えんかん》伝附伝）

㈡（宋の）太祖かつて顔延之《がんえんし》を召す。伝詔、日を頻《かさ》ねて尋ね覓《もと》むれども値《あ》わず。太祖いわく、「但《た》だ酒店の中にこれを求むれば、自《おの》ずから当《まさ》に得べきのみ」と。伝詔、旨《むね》に依りて訪ね覓《もと》むれば、果して延之の酒肆《しゅし》に在るに見《あ》えり。裸身にして挽歌し、了《つい》に応対せず。他日、酔い醒めて乃《すなわ》ち往《ゆ》く。（『太平御覧』巻五百五十二所引、謝綽《しゃしゃく》宋拾遺録）

㈢ 元嘉元年冬、彭城《ほうじょう》太妃薨《こう》ず。将《まさ》に葬らんとす。祖せんとするの夕《ゆうべ》、僚故《りょうこ》並びに（范《はん》）曄《よう》は、司徒左西属王深と、広淵（曄の弟）の許《もと》に宿す。夜中に酣飲《かんいん》し、北の牖《まど》を開き、挽歌を聴きて楽しみを為《な》す。義康（彭城王）大いに怒り、曄を宣城太守に左遷す。（『宋書』巻六十九、范曄伝）

㈣ 謝幾卿《しゃきけい》（梁人、謝霊運の曾孫）坐《つみ》せられて官を免ぜらる。居宅は白楊石井朝中に在り。好《よしみ》を交《むす》ぶ者、酒を載せてこれに従い、賓客坐に満つ。時に左丞庾仲容《さじょうゆちゅうよう》も亦《ま》た免ぜられて帰れり。二人意志相い得たり。並《とも》に情を肆《ほしいまま》にして誕縦《たんしょう》、或いは露車に乗り、郊野を歴遊す。既に酔えば則《すなわ》ち鐸《たく》を執《と》りて挽歌し、物議を屑《もの》ともせず。（『梁書』巻五十、文学伝）

上官に「大いに怒られ」、時人に「怪しまれ」、「物議」をかもしながら、読書人たちは酔っぱらって挽歌をうたう。こうしたデスペレートな「風流」は何に根ざしているのか。そもそも宴会の席で挽歌をうたうとは、どういうことか。それが晋宋に至って、同じく不吉な行為とはされながら、もはや不幸な末路とは結びつかず、むしろ行為それ自体の奔放さがアプレシエイトされるようになったのはなぜか。それらのことを、大げさにいえば当時の社会史あるいは精神史とからみあわせて考えてみることも、むだではあるまい。

しかしながら右の『風俗通』以下晋宋に至るいくつかの記録は、この章のはじめにものべたごとく、われわれの当面の目的すなわち『文選』の挽歌について考えるためには、直接役立たない。なぜならすべてが「うたわれたことの記録」であり、「うたわれた歌」そのものは記録しないからである。ただ右のうち㈡のエピソードに見える顔延之には、「挽歌辞」と題する一篇の作品がのこっている。これも『古詩紀』以下の総集には見えぬが、『太平御覧』(巻五百五十二)が収録する。もちろんこれが顔延之の裸になって居酒屋でうたっていた挽歌そのものであるかどうかは、知るよしもない。

顔延之挽歌辞に曰く

令亀告明兆　令亀《れいき》　明兆《めいちょう》を告げ
撤奠在方昏　奠《てん》を撤《てつ》するは方《まさ》に昏《く》れんとするに在り
戒徒赴幽穸　徒《と》を戒《いまし》めて幽穸《ゆうせき》に赴《おもむ》かんとし

祖駕出高門　祖駕《そが》　高門を出《い》ず
行行去城邑　行く行く城邑《じょうゆう》を去り
遥遥守丘園　遥遥として丘園《きゅうえん》を守る
息鑣竟平墜　鑣《くつわ》を息《とど》めて平墜《へいすい》に竟《いた》り
税駕列岩根　駕を税《と》きて岩根に列す

これは題と内容の示すごとく、特定の個人の死を対象として作られたものではないように思われる。その点、『文選』に収める挽歌詩と同系列の作品といえよう。たださきに引いた繆襲《びゅうしゅう》と傅玄《ふげん》のそれが、三首でもって三つのシーンをうたいわけるのに対し、これは二つのシーンすなわち祖載と葬送を、一首の中に合わせうたいこんでいる。顔延之《がんえんし》の挽歌も本来三首一連の構成をもっていて、他の二首が散佚したのであろうか。それとも右の作品は、本来一首であったものの断片にすぎず、あとに最期のシーン（埋葬の場）をうたう何句かがあったのであろうか。それをたしかめるためには、三首一連という構成につき、もうすこし分析してみる必要があろう。繆襲・傅玄の作品は断片的な逸句がほとんどで、分析の対象とするに十分なものといえぬ。したがって連作の挽歌として完全な姿をとどめる陸機の挽歌詩三首を、次にとりあげてみたい。

五

陸機挽歌詩三首

第一首

卜択考休貞
嘉命咸在茲
夙駕警徒御
結轡頓重基
龍幰被広柳
前駆矯軽旗
殯宮何嘈嘈
哀響沸中闈
中闈且勿讙
聴我薤露詩
死生各異倫

卜択《ぼくたく》して休貞《きゅうてい》を考《と》えば
嘉命《かめい》は咸《み》な茲《ここ》に在《あ》り
夙《つと》に駕して徒御《とぎょ》を警《いまし》め
轡《くつわ》を結《つら》ねて重基《じゅうき》に頓《とん》す
龍幰《りゅうこう》を広き柳《ふた》に被《き》せ
前駆は軽き旗を矯《あ》ぐ
殯宮《ひんきゅう》　何ぞ嘈嘈《そうそう》たる
哀響《あいきょう》　中闈《ちゅうい》に沸く
中闈　且《しばら》く讙《かしま》しくする勿《な》く
我が薤露《かいろ》の詩《うた》を聴け
死生　各《おの》おの倫《ともがら》を異にし

祖載当有時
舎爵両楹位
啓殯進霊轜
飲餞觴莫挙
出宿帰無期
帷袵曠遺影
棟宇与子辞
周親咸奔湊
友朋自遠来
翼翼飛軽軒
駸駸策素騏
按轡遵長薄
送子長夜台
呼子子不聞
泣子子不知
歎息重櫬側
念我疇昔時

祖載　当《まさ》に時あるべし
爵《さかずき》を両楹《りようえい》の位に舎《お》き
殯《ひん》を啓《ひら》きて霊轜《れいじ》を進む
飲餞《いんせん》に觴《さかずき》を挙ぐる莫《な》く
出宿すれば帰るに期《あて》なし
帷袵《いじん》　曠《むな》しく影を遺《のこ》し
棟宇《とうう》　子《きみ》と辞す
周親《しゆうしん》は咸《み》な奔《はし》り湊《あつ》まり
友朋は遠きより来たる
翼翼として軽き軒《くるま》を飛《は》せ
駸駸《しんしん》として素《しろ》き騏《うま》に策《むち》うつ
轡《たずな》を按《おさ》えて長き薄《くさむら》に遵《したが》い
子《きみ》を長夜の台に送る
子《きみ》を呼べども子《きみ》は聞かず
子《きみ》を泣けども子《きみ》は知らず
重《かさ》なれる櫬《ひつぎ》の側に歎息し
我らが疇昔《ちゆうせき》の時を念《おも》う

三秋猶足収
万世安可思
殉没身易亡
救子非所能
含言言哽咽
揮涕涕流離

第二首

流離親友思
惆悵神不泰
素驂佇轜軒
玄駟鶩飛蓋
哀鳴興殯宮
迴遅悲野外
魂輿寂無響
但見冠与帯
備物象平生

三秋のおもいは猶《な》お収むるに足るも
万世　安《いず》くんぞ思う可けんや
殉没《じゅんぼつ》するに身は亡《ほろぼ》し易《やす》きも
子《きみ》を救うは能くする所にあらず
言《ことば》を含《の》みて言は哽咽《こうえつ》し
涕《なみだ》を揮《ふる》いて涕《なみだ》は流離たり

流離たり　親友の思い
惆悵《ちゅうちょう》して神　泰《こころやすら》かならず
素驂《そさん》は轜軒《じゅけん》を佇《ま》ち
玄駟《げんし》は飛蓋《ひがい》を鶩《は》す
哀鳴　殯宮《ひんきゅう》に興《おこ》り
迴遅《たちもとお》りて野外に悲しむ
魂輿《こんよ》は寂として響《ひびき》なく
但《た》だ見る冠と帯と
備われる物は平生《へいぜい》を象《かたど》れるなり

長旃誰為旆
悲風徽行軌
傾雲結流藹
振策指霊丘
駕言従此逝

第三首

重阜何崔嵬
玄廬竄其間
旁薄立四極
穹隆放蒼天
側聴陰溝涌
臥観天井懸
広霄何寥廓
大暮安可晨
人往有反歳
我行無帰年

長き旃《はた》には誰《たれ》か旆《はい》を為《ほどこ》す
悲風　行軌《こうき》を徽《とど》め
傾雲　流藹《りゅうあい》を結ぶ
策《むち》を振《あ》げて霊丘を指し
駕して言《ここ》に此《こ》れより逝《ゆ》かん

重《かさ》なれる阜《おか》の何ぞ崔嵬《さいかい》としてたかき
玄廬《おくつき》　其《そ》の間《かん》に竄《かく》る
旁薄《ぼうはく》として四極を立て
穹隆《きゅうりゅう》なるは蒼天に放《なら》う
側《ほのか》に聴く　陰溝《いんこう》の涌《わ》くを
臥して観る　天井の懸れるを
広霄《こうしょう》　何ぞ寥廓《りょうかく》としてむなしく
大暮《だいぼ》　安《いず》くんぞ晨《あした》なる可き
人の往《ゆ》くは反《かえ》る歳あり
我が行《たび》には帰る年なし

昔居四民宅　昔は四民の宅に居りしに
今託万鬼鄰　今は万鬼の鄰《となり》に託す
昔為七尺軀　昔は七尺の軀《からだ》たりしに
今成灰与塵　今は灰と塵とに成る
金玉素所佩　金玉は素《もと》佩《お》びし所《もの》なるに
鴻毛今不振　鴻毛《こうもう》も今は振《あ》がらず
豊肥饗螻蟻　豊肥は螻蟻《ろうぎ》に饗《は》まれ
妍姿永夷泯　妍姿《けんし》は永《とこし》えに夷《ほろ》び泯《つ》く
寿堂延螭魅　寿堂に螭魅《ちみ》を延《まね》き
虚無自相賓　虚無に自《み》ずから相い賓《ひん》す
螻蟻爾何怨　螻蟻よ　爾《なんじ》は何ぞ怨む
螭魅我何親　螭魅よ　我は何ぞ親しむ
拊心痛荼毒　心《むね》を拊《う》ちて荼毒《とどく》を痛み
永歎莫為陳　永く歎じて陳《の》ぶることを為《な》す莫《な》し

さすがに陸機らしく、厚みのある荘重な作品である。そのうたい出しにおいて、繆襲《びゅうしゅう》は、生時遊国都、死没棄中野、とわずか二句で生時と死後の対比から人の死一般の意味づけを行うだけであり、傅玄《ふげん》が、人生鮮能百、哀情数万端と、これもわずか二句で総論的な叙述をおわり、次の句ではすでに死の具体的な描写にうつるのに対し、陸機は典故をふまえた重々しいうたい出しから、聴我薤露詩という第十句までを総序として、その次の句から、はじめて歌そのものをはじめる。

さて三首は次のような構成をもつ。第一首は、遠近からかけつけた親族や友人にかこまれて死者の納棺が終り、おそらくなにがしかの時日をへて出棺されるまでの状景をうたう。そして第二首では、野外への葬送の途次がうたわれ、第三首に至って、屍は塚の下に収められ、詩人は死者になりかわってその感慨をうたう。これを図式的にいえば、一、出棺まで、二、葬送、三、埋葬、となる。これは繆襲がわずかにそれと推測される形でうたい、傅玄がより明確に推測しうる形でおこなった連作の構成である。

ところで『文選』李善《りぜん》注現行本における陸機挽歌詩三首の順序は、実はこれと異る。第二首と第三首が倒置されているのである。しかしわたくしは、三首連作という推測をたしかめるのに都合がよいという理由で、その編次をあらためたわけではない。根拠があってのことである。根拠の第一は、ここでの編次によれば第二首、李善注文選では第三首のうたい出し、流離親友思は、第一首（これは李善注文選でも第一首）の結句、揮涕涕流離を受けたものにちがいない、と思われることである。これは当時の連作の詩の、時に行うことであり、その例として十分に適切ではないが、現に淵明の挽歌詩第二首のうたい出し、在昔無酒飲は、第一首の結句、飲酒不得足を受けて起こしたものである。

根拠の第二は、同じ『文選』の六臣《りくしん》注本および単行の『陸士衡集《りくしこう》』を利用した『詩紀』以下の総集が、李善注本の編次と異り、さきに引いた順序に並べていることである。また『文選』の古いテキストの一つである陸善経《りくぜんけい》本も、六臣注本と同じ並べ方をしていたと、これはわが国に伝わる『文選集注』が注記する。

以上二つの根拠はおくとして、何よりも各詩の内的連関性からいって、李善注本における三首の編次は誤りであろう。

かく挽歌詩が三首一連の構成をもち、納棺・葬送・埋葬と三場面にわけてうたうのは、当時の礼家の説と関係することかも知れぬが、礼の専家でないわたくしにはよくわからぬ。ただごく常識的に考えても、挽歌が、人間の死を抽象としてでなく、喪儀という具体的な事象をとらえて描くかぎり、三首の連作形式は、死後の異ったシチュエーションの描きわけに、最も適しているにちがいない。

なお陸機には、「挽歌辞」と題しつつ、以上の三首とは内容を異にする作品の断片が、若干のこっている。これも『詩紀』以下詩の総集のおおむねには収録されず、わずかに楽府《がふ》の選集である『古楽苑』（明《みん》・梅鼎祚《ばいていそ》輯）が『太平御覧』に拠って一篇をひろい、またその注に別の短い逸句を引くが、『北堂書鈔』（巻九十二）からは、さらにいくつかの断片が発見される。

いまそれらを列挙してみよう。

㈠陸機挽歌辞曰、

魂衣何盈盈、旟旐何習習。[A] 父母拊棺号、兄弟扶筵泣。[A]

霊轜動轇轕、龍首矯崔嵬。[B] 挽歌挟轂唱、嘈嘈一何悲。[B]
浮雲中容与、飄風不能廻。[B] 淵魚仰失梁、征鳥俯墜飛。[B]　（『太平御覧』所引）

㈡陸機庶人挽歌辞[10]云、

死生各異方　昭非神色襲。[A] 貴賤礼有差、外相盛已集。[A]
魂衣何盈盈、旟旐何習習。[A] 念彼平生時、延賓陟此幃。[B]
賓階有隣迹、我降無登輝。[B] 陶犬不知吠、瓦鶏焉能飛。[B]
安寝重丘下、仰聞板筑声。[C]　（『北堂書鈔』所引）

㈢陸機庶子挽歌辞云、

陶犬不知吠、瓦鶏焉能鳴。[C] 安寝重丘下、仰聞板築声。[C]　（同前）

㈣陸機王侯挽歌辞云、

孤魂雖有識、良接難為符。[B] 操心玄茫内、注血治鬼区。[B]　（同前）

㈤機士庶挽歌辞云、

埏埴為塗車、束薪作芻霊。[C]　（『古楽苑』注引）

以上が類書その他に見える断片のすべてである。偶数句末に附したローマ字は脚韻の異同を示す。これらの中から同韻脚の句をあつめ、その内容によって再排列すれば、次の如き三篇の作品となるのではあるまいか。

㈠　死生各異方、昭非神色襲。貴賤礼有差、外相盛已集。

魂衣何盈盈、旟旐何習習。父母拊棺号、兄弟扶筵泣。

(二) 霊轜動轇轕、龍首矯崔嵬。挽歌挟轂唱、嘈嘈一何悲。
浮雲中容与、飄風不能廻。淵魚仰失梁、征鳥俯墜飛。
念彼平生時、延賓陟此幃。賓階有隣迹、我降無登輝。
(孤魂雖有識、良接難為符。操心玄茫内、注血治鬼区。?)

(三) 埏埴為塗車、束薪作芻霊。陶犬不知吠、瓦鶏焉能鳴。
安寝重丘下、仰聞板築声。

いずれも完結した形をとらず、句のつながり方にも不安定な箇所があるが、かりに右のように整理してみると、これまた納棺・葬送・埋葬の三場面を詠みわけているようである。ここには『文選』にのせる同じ陸機の三首と類似した句づくりがいくつか見られ、あるいは習作的な作品の一部分であったのかも知れない。しかしこれが習作であるにしろ、また完結した作品の断片であるにしろ、三首一連のものであることは、その内容から見てほぼ確定しうるであろう。

六朝《りくちょう》及びそれ以前の時代をふくめて、かく三首一連の形をとる挽歌は、すでにあげた繆襲・傅玄の各一篇、陸機の二篇のほかは、陶淵明の一篇があるのみで、現存の資料からさらに捜集することはむつかしい。これだけでは資料としてすくないかも知れぬ。しかし喪儀における三場面のうたいわけという点で、陸機以前の四篇が、全く同じ構成をとっているかぎり、こうした構成が、もはや一つのジャンルとして踏襲され固定化していたことを示すに十分であろう。

以上のことをふまえ、前章に引いた顔延之《がんえんし》の一首につき、その全八句を再録しつつ、もう一度検討してみよう。

令亀告明兆、撤奠在方昏。戒徒赴幽穸、祖駕出高門。

前半の四句である。これは繆襲の第一首（とわたくしが推定したもの）、

令月簡吉日、啓殯将祖行。祖行安所之、登天近上皇。

と、その句づくりに類似を見せ、あきらかに祖載すなわち出棺のことをうたう。

後半の四句、

行行去城邑、遥遥守丘園。息鑣竟平埏、税駕列岩根。

これは葬送の場面か。陸機以前の挽歌と異り、一首の中に二つのシーンをうたいこんでいるわけである。このことに対し、さきにわたくしは二つの推測をしておいた。

一、本来三首あったうち、他の二首が散佚したのか。

二、本来一首であり、何句かが脱落したのか。

前述のごとく、この時代において挽歌連作の構成が固定化していたとするならば、さらに第三の推測も可能となる。

三、前四句と後四句は、本来三首であった詩の、第一首・第二首の一部分であり、類書の編者がそれらを無理につなぎあわせて一首としたのではないか。

全篇が脚韻を等しくすることを理由に、この推測は否定されるかも知れぬ。しかし類書の編纂者たちは、異った詩からの摘句をつなぎあわせて一篇の作品に見せるため、韻字を書きかえる常習犯である。現に『北堂書鈔』が引く陸機の一句、瓦鶏焉能鳴は、つなぎあわせた句の脚韻をあわせるべく、瓦鶏焉能飛と改められている。

以上三つの推測の正否をたしかめる資料は、もはや現存しない。わたくし自身は、第三の推測がより妥当性をもつように思うが、断定はさしひかえる。なぜなら連作の構成が明確に固定化したのは、陸機の作品においてであり、次の陶淵明の三首では、すでにこの構成の枠を内容的にくずし、顔延之もそれを受けて形式の面でもこれをくずした作品を作ったのではないか、とうたがわれるからである。すなわち淵明の三首は、第一首と第二首において出棺までのことをうたい、第三首に葬送と埋葬のことをあわせうたいこむ。この事実をふまえれば、三つの推測はいずれも単なる推測として、並列させておくほかはない。

ところで同じ劉宋《りゅうそう》の詩人鮑照《ほうしょう》にも、「代挽歌」と題する一首がある。「代」とは「擬」と同じく、もとうたに模擬した作という意味をもつ。(11)いまその全篇をあげよう。

独処重冥下、憶昔登高台。傲岸平生中、不為物所裁。
埏門只復閉、白蟻相将来。生時芳蘭体、小虫今為災。
玄鬢無復根、枯髏依青苔。惜昔好飲酒、素盤進青梅。
彭韓及廉藺、疇昔已成灰。壮士皆死尽、余人安在哉。

これは専《もっぱ》ら埋葬後の死者の口をかりてうたう形をとっている。したがって挽歌連作の構成からいえば、第三首にあたる。鮑照にもこのほかに第一首、第二首にあたる作品があったのかも知れぬ。しかしこれも顔延之の場合と同じく、もはやたしかめる資料はない。(12)一方鮑照の一首は、それ自体独立した一篇の作品であるとの推測も成立つ。むしろそう推測する方がより真実に近いであろう。なぜなら鮑照は、その詩文集がおそらくは完全に近い形で伝えられた数すくない詩人の一人であり、「代挽歌」と題する作品は、その詩文集でも一首しか載録しないからである。

顔延之・鮑照の挽歌の形式がどうであれ、それらが『文選』に収める挽歌と同系列の作品であることは、その発想方式から見て、たしかであろう。ただこの系列の挽歌において、三首一連という構成は、南北朝以後くずれさったかに見える。

ここでわれわれは、『文選』の収める挽歌詩の最後に位するとともに、現存の資料によるかぎり、連作形式の最後の作品でもある陶淵明の挽歌をとりあげよう。

六

われわれはこれまで、挽歌の形式の面について、より多く論じて来た。その内容にわたって考察し、さらに六朝《りくちょう》詩の中に占めるその位置を明らかにするためには、挽歌と類似性をもつ作品、たとえば「七哀」「臨終」などの詩、「惟漢行」「行路難」などの楽府《がふ》、さらには直接間接に死をテーマとする他のもろもろの作品との比較対照をも必要とするであろう。そうした全面的な考察は別の機会にゆずり、このさいごの章では、淵明の作品をもとにして、その内容、ことに挽歌詩における継承と独創の二面について考え、本論文の結びとしたい。

淵明の挽歌詩は、かなり独創的な作品である。しかしこれも繆《びゅう》襲《しゅう》以下陸機に至る先人たちの作品なしには、生まれなかったであろう。まずそのことに注意しつつ、作品そのものを読んでみよう。

其一

有生必有死　　生あらば必ず死あり
早終非命促　　早く終うるも　命《めい》の促《ちぢ》まれるに非《あら》ず
昨暮同為人　　昨暮《さくぼ》は同じく人為《た》りしに

今旦在鬼録
魂気散何之
枯形寄空木
嬌児索父啼
良友撫我哭
得失不復知
是非安能覚
千秋万歳後
誰知栄与辱
但恨在世時
飲酒不得足

今旦《こんたん》は鬼録《きろく》に在り
魂気《こんき》は散じて何《いず》くにか之《ゆ》く
枯形《こけい》を空木《くうぼく》に寄《あず》く
嬌児《きょうじ》は父を索《もと》めて啼《な》き
良友は我を撫《ぶ》して哭《な》く
得失《とくしつ》　復《ま》た知らず
是非《ぜひ》　安《いず》くんぞ能《よ》く覚《さと》らんや
千秋万歳の後
誰《たれ》か栄《えい》と辱《じょく》とを知らんや
但《た》だ恨《うら》むらくは　世に在りし時に
酒を飲むこと　足《た》るを得ざりしを

其二

在昔無酒飲
今但湛空觴
春醪生浮蟻
何時更能嘗

在昔《むかし》は酒の飲むべき無く
今は但《た》だ空《むな》しき觴《さかずき》に湛《たた》う
春醪《しゅんろう》は浮かべる蟻《つぶ》を生じたるに
何《いず》れの時にか　更《さら》に能《よ》く嘗《な》めん

殽案盈我前
親旧哭我傍
欲語口無音
欲視眼無光
昔在高堂寝
今宿荒草郷
一朝出門去
帰来良未央

其三

荒草何茫茫
白楊亦蕭蕭
厳霜九月中
送我出遠郊
四面無人居
高墳正嶕嶢
馬為仰天鳴

殽《さかな》の案《つくえ》は我が前に盈《み》ち
親旧は我が傍《かたわら》に哭《な》く
語らんと欲するも　口に音無く
視《み》んと欲するも　眼に光無し
昔は高堂の寝《ねどこ》に在りしに
今は荒草の郷《さと》に宿《やど》る
一朝《ひとたび》　門を出《い》で去《ゆ》けば
帰り来たること　良《まこと》に央《あて》も未《な》し

荒草　何ぞ茫茫《ぼうぼう》たる
白楊《はくよう》　亦《ま》た蕭　蕭《しょうしょう》たり
厳霜の九月の中《ころ》
我を送りて遠郊《えんこう》に出《い》ず
四面《しめん》に人の居《すまい》無く
高墳　正《ひと》えに嶕　嶢《しょうぎょう》たり
馬は為《ため》に天を仰ぎて鳴《いなな》き

風為自蕭条
幽室一已閉
千年不復朝
千年不復朝
賢達無奈何
向来相送人
各自還其家
親戚或余悲
他人亦已歌
死去何所道
託体同山阿

風は為に自《おのずか》ら蕭条《しょうじょう》たり
幽室　一《ひと》たび已《すで》に閉ずれば
千年　復《ふたた》び朝《あした》あらず
千年　復び朝あらざること
賢達《けんたつ》も奈何《いかん》ともする無し
向来《さきごろ》　相送りし人は
各自《かくじ》　其の家に還《かえ》る
親戚　或いは悲しみを余《のこ》さんも
他人　亦《ま》た已《すで》に歌うたう
死し去れば　何の道《い》う所ぞ
体を託して　山阿《さんあ》に同《ひと》しからん

この三首において、挽歌連作の構成は、一そうなまなましい形をとる。しかし陸機以前の作品のごとく、三つのシーンがそれぞれ独立した一篇の中でうたいわけられるのでなく、第一首の納棺の場は、その結句、飲酒不得足と、次の首句、在昔無酒飲との結びつきによって第二首へとうたいつがれ、第二首において提起される出棺すなわち祖載は、これも荒草ということばを媒介として、第三首の葬送にうたいつがれてゆく。かくしてこの三首は、それが連作であることの内的連関性を、より明瞭に主張する。したがってこの順序をとりちがえて載せるアンソロジー（『楽府詩集』、『古楽苑』など）は、陸機のそれの場合よりも一そう、そのうかつさを非難されても仕方がないであろう。

連作であることの主張を、さらにつよめるものとして、第三首における「千年不復朝」という句のくりかえしを、あげねばならぬ。このくりかえしが、ある感慨をこめてここにおかれたことに、誰もが気づくであろう。したがってそれが同じ句のくりかえしであるにもかかわらず、いやむしろくりかえしであることによって、この詩を読みすすむものに、寸時の休止《ポーズ》を要求する。いいかえればごく軽い一種の抵抗感をあたえる。そのポーズは、実は一句のくりかえしによってのみ、要求されるのではない。くりかえしは、一つのシグナルであるにすぎない。詩の脚韻が、この箇所でかわるのである。これを音楽におけるソナタ形式にたとえるならば、「千年不復朝」以下は、三篇全体のコーダ Coda とよべるだろう。くりかえしは、この連作のうたが、コーダに入ったことを知らせるシムバルの役目を果している。

当時の楽府や詩が、一篇の中で換韻するのは、ごくふつうのことである。しかしこの時代の連作の楽府、あるいは、張華や傅玄《ふげん》などに見える三篇連作の詩に、こうした構成をもつものはないようであり、現に陸機の挽歌でも、各篇の脚韻は結句までかえられない。とすれば、淵明の第三首における換韻は、彼の独創であり、連作に新しいスタイルを生み出したとしてよいであろう。

しかしながらすでにのべて来たごとく、連作という構成自体は、淵明の独創なのではない。それにいくばくかの操作を加え、その形式をより興味あるものにしたとはいえ、基本的には伝来の形式を継承したのである。

そうした継承の面は、詩句の表現にもあらわれている。たとえば第二首、今は飲むこともならず、手のつけようもない盃と肴を前にしてよこたわる死者の描写として、次のようにうたう二句、

欲語口無音　語らんと欲するも　口に音無く
欲視眼無光　視《み》んと欲するも　眼に光無し

こうした表現を、この詩において初めて見た人は、それが対句としてはごく平凡なものでありながら、あるいはむしろそれだけに、巧みな描写、斬新な表現として受け取るであろう。現に清初のすぐれた文学批評家である陳祚明《ちんそめい》でさえ、「欲語の二句は奇語なり、古《いにし》えより此《こ》れを言う者無し」(『采菽《さいしゅく》堂《どう》古詩選』巻十四)と、称揚している。しかしわれわれは、これが淵明の独創でないことを、すでに知っている。すなわちさきにあげた傅玄の挽歌(一)に

欲悲涙已竭
欲辞不能言

さらに同じく繆《びゅう》襲《しゅう》の(二)に

欲呼舌無声
欲語口無辞

という表現のあったことを思いおこすのである。しかし三者をくらべるならば、淵明のそれは、同じく繰返しに近い対偶とはいえ、より平凡でない。としても、これはやはり一つの表現の踏襲であるといわねばならぬ。

さらに一つ、同じ第二首から例をあげれば、今但湛空觴といい、殽案盈我前という一見切実な表現にも、かつて小川環樹教授によって指摘されたごとく（中国詩人選集『陶淵明』跋）、これに先立つ詩句がある。挽歌とは近い範疇に属する七哀詩で、魏《ぎ》の阮瑀《げんう》の作と伝えられるものに、

嘉殽設不御
旨酒盈觴杯

（『古詩紀』魏巻七）

というのがそれである。この場合淵明は、阮瑀の二句を数句にパラフレーズしているのであるが、その発想は明らかに原句から借りている。

こうした例はほかにもあるが、従来の陶詩注釈者のあまり注意しないことでもあるので、ここに先

人の挽歌に見える類似の句を、淵明のそれと対照しつつ、いくつかあげてみよう。

昔居四民宅　今託万鬼鄰　（陸機第三首）
昨暮同為人　今旦在鬼録　（淵明第一首）
父母拊棺号　兄弟扶筵泣　（『太平御覧』巻五百五十二所引、陸機挽歌辞）
嬌児索父啼　良友撫我哭　（淵明第一首）
朝発高堂上　暮宿黄泉下　（繆襲）
昔在高堂寝　今宿荒草郷　（淵明第二首）
出宿帰無期　（陸機第二首）
一朝出門去　帰来良未央　（淵明第二首）
茫茫丘墓間　松柏鬱参差　（傅玄第二首）
荒草何茫茫　白楊亦蕭蕭　（淵明第三首）

重阜何崔嵬　（陸機第三首）
高墳正嶕嶢　（淵明第三首）
大暮安可晨　（陸機第三首）
千年不復朝　（淵明第三首）

なお陶詩の注釈者古直《こちょく》氏は、古詩十九首や阮籍《げんせき》の詠懐詩から二三の典拠をあげるが、それらは系統を異にする詩であるから、今は考慮しない。

三首の詩の中で行われた先人の句の踏襲として、その頻度は、当時にあってはむしろ多いといえぬ。そして、剽窃《ひょうせつ》かと思われるような踏襲が、平然としかも多量に行われた時代にあって、淵明の句づくりは、その平凡でなさをこそ称揚されねばならぬであろう。

しかし淵明の非凡さは、その独創の面においてこそ発揮される。たとえば第一首の後半において、生前における得失は知らぬ、是非もわからぬ、栄辱も消えうせよう、とたたみかけるように現世的な価値を否定しておいた上で、一転して、

但《た》だ恨《うら》むらくは　世に在りし時に
酒を飲むこと　足《た》るを得ざりしを

とうたいおさめる皮肉さ、あえていえば爽快さは、陸機以前の挽歌詩にない淵明独自のものであろう。
そもそもこの詩は、生あれば必ず死あり、早く終うるも命の促《ちぢ》まれるにあらず、という達観のことばをもって、はじまっている。しかしその達観は、一本調子に全篇を貫かない。すでに第二聯、さらに三、四聯と、悲哀をさそう表現へ下降して行く。ところが詩は半ばをすぎて、ふたたびある種の達観、没価値の境地をうたう。さいごの二句は、そうした屈折をうけてのむすびであり、ここにもまたシニカルな屈折がある。飲酒を現世における数すくない、あるいは唯一の価値としてうたうのは、晋《しん》の張翰《ちょうかん》の、「我に身後の名有らしむるは、如《し》かず即時一杯の酒」ということばを代表として、さして珍しいことではない。しかし淵明の発想が、酒に対する正面からの讃美でないところに、そのおもしろさがあり、また独自性もある。ここでうたわれているのは、もはや抽象化され平均化された快楽としての飲酒一般ではない。それは生活の臭味を帯びて如実である。如実であることによって、そのほかの価値は、さらにこっぴどくおとしめられる。とともに、その如実さは、あるとぼけた諧謔味を帯びていることも否定できぬ。その用語の平凡さにもかかわらず、凡手のなしうるところではないであろう。

第三首の末尾に、埋葬をおえた人々が、それぞれ家路にむかうとき、

親戚　或いは悲しみを余《のこ》さんも

他人　亦《ま》た已《すで》に歌うたう

というのも非凡な発想、あるいは認識である。「他人の歌」を「挽歌」ととる説があるが、それでは、意味が通じにくいであろう。吉川幸次郎教授はこの条について、「親戚たちは、さすがにまだありあまる悲しみをのこしている。しかし他人の中にはもう愉快げに歌を歌っているのもいる」(『陶淵明伝』中公文庫、一九八九年)といい、それは淵明の「現実へのいたいたしい醒覚」をあらわすものだと説く。この二句は、そうよむのが正しいであろう。淵明はまた別の詩で、たとえこの世から一人の人間が消えうせたとしても、誰がそれに気づこう、親しいものでも、いつまでも彼を偲んでいることはないのだ――奚《な》んぞ覚《さと》らん　一人の無《か》けしを、親識も豈《あ》に相い思わんや、とうたっているのである。

ところで第三首はさらに二句をついで、全篇を結ぶ。

死し去れば　何の道《い》う所ぞ
体を託して　山阿《さんあ》に同《ひと》しからん

これは達観だといえるだろう。しかしこの三篇の詩が、そうした達観のことばをもって終ることよりも、その達観が、他人亦《あ》るいは已《すで》に歌う、という現実への凝視をふまえて吐かれたことにこそ、意味があり、また淵明の独自性が示されていると思う。

ところで淵明の多くの詩がそうであるように、これらの詩のことばは平易である。それが平易である理由は、描写の具体性と故事典拠を用いないことにある。繆襲《びゅうしゅう》の挽歌が比較的平易なことばを用いており、そもそも民衆のうたに起源をもつとされるこの詩は、平易であることを、そのスタイルとしたのかも知れぬ。しかし陸機に至って、やはり典拠に対する知識なしには、十分に読めぬものとなっていた。それはすでに冒頭の二句に対して、李善《りぜん》が儀礼《ぎらい》の経文を典拠としてあげていることからも明らかであろう。陸機の時代をへて、あいもかかわらず大部分の詩人がことばのあそびにふけっている時に、淵明がきわ立って平易な造語を行ったことに意味がある。もちろん淵明の挽歌も、全く典拠を用いぬわけではない。魂気散何之という句が、『礼記《らいき》』檀弓《だんぐう》の語をふまえたものであることは、すでに注者が指摘しており、他の詩句にも先人の造語をふまえたものがいくつかある。しかし典拠とよべるものの数はきわめてすくない上に、読者が、前もってそれらを知っていることを、詩は要求しない。ということは、これが挽歌という特殊な性格をもつ詩である場合、一つの効力としてはたらく。すなわち人間の死に対する伝統的なとらえ方、そのきずなから自由であることができる、という効用である。さきにふれた淵明独自の詩句も、このことに支えられてこそ発想された。それはまた、淵明の詩の多くを、平易であるにもかかわらず平凡でなくしている理由の一つであろう。

さて淵明の独創性は、一部の詩句の表現や発想にのみ示されているのではない。挽歌全篇が、実は淵明独自の発想によって生まれたものであった。それはこの詩が、みずからの死にささげる挽歌だということである。なるほど繆襲の挽歌にも、造化神明なりといえども、安《いず》くんぞ能《よ》く復《ま》た我れを存せん、とうたう。しかし全篇の語調は、これが自挽の詩であることを、必ずしも示さぬ。次の陸機の挽歌はそのことの傍証となろう。陸機第三首にも、人は往《ゆ》きて反《かえ》る歳あるに、我れは行きて帰る年なし、ということばが見える。しかしそれは第一首に、棟宇子《きみ》と辞す、といい、子《きみ》を呼べども子《きみ》は聞かず、子《きみ》を泣けども子《きみ》は知らず、といった上での「我」であり、唐の呂向《りょしょう》（六臣注『文選』）も注記するごとく、「亡者の詞《ことば》に仮り」たにすぎぬ。ひろく亡者の身になりかわって吐かれたことばである。しかし淵明の場合は、明らかに異なる。ここにうたわれているのは、もはや亡者一般ではなく、亡者としての淵明自身である。このことは、すでに唐代の注釈家によって注意されていた。『文選集注』が採録する陸善経《りくぜんけい》の、此《こ》の詩は自《みずか》ら送るなり——此詩自送、という四字の注記がそれである。

死者の立場にわが身をおいて死をうたうという発想は、すでに伝統としてあった。淵明はそれを一歩すすめ、一篇の作品全体をその発想でつらぬいた。そのことによって作詩者自身とうたわれる対象としての死者との距離は、一見ちぢまったかにみえる。ゼロになったといってよいかも知れぬ。しかし距離はよりきびしいものとして両者の間に存在する。対象としての死者は、選択をゆるされぬ自己自身でなければならず、さらにそれをつきはなして観察するもう一つの自己を必要とする。これは生者として自己を、一つの緩衝《かんしょう》として意識の下に潜在させておくことを拒否した発想である。読者がこの詩から、陸機以前の挽歌には乏しいある諧謔味を感じるとすれば、それは一つには、かく対象をつきはなした距離、それをおこなった詩人の姿勢から生れたものとしなければならぬ。ここに淵明の、詩人としての、あるいは思索者としての深さがある。挽歌詩におけるこの独特な発想は、単なる思いつきとしてなされたものではない。かつてわたくしは、「自己の内心のいたみを、虚構の世界に再現すること、そのためにはある強靭な精神を必要とする。おおむねの詩をおだやかなことばでうたった淵明に、実はそうした半面があり、そのことが彼の詩を深い味わいのあるものとしている」と説き、淵明の作品の中から、いくつかの例をあげたことがある（中国詩人選集『陶淵明』。本著作集1所収）。挽歌は、自己の死をも虚構の世界にくみ入れて眺めた、という点で特異であるにすぎない。しかも自挽の詩と一対の作品というべき自祭文、これまた彼以前にあまりその例を見ない散文作品であることを、われわれは知っている。

淵明は、文学作品の様式《ジャンル》の上で画期をもたらすような独創性を発揮したわけでは、決してなかった。いまあげた自祭文にしろ、あるいは「五柳先生伝」、「形影神詩」、「止酒」など、すべて独創的な作品も、挽歌詩三首が示すように、実は継承の面を多かれ少なかれふくんでいるであろう。にもかかわらず、様式《ジャンル》の上においてさえ、独創と見え、時には孤立的なものと見られるのは、それらの内容が様式の枠をうちくだき、あたらしいスタイルを生んだためだと考えねばなるまい。挽歌詩三首もまたそのことを示している。

注

（1）北斉の顔之推《がんしすい》の著『顔氏家訓《がんしかくん》』文章篇に、
挽歌辞なるものは、或いは古《いにしえ》者の虞殯《ぐひん》の歌といい、或いは田横の客より出《い》ずという。皆生者の往《ゆ》くを悼み哀しみを告ぐるの意を為す。陸平原（機）は多く死人の自歎の言を為す。詩格すでに此《こ》の例なく、また製作の本意に乖《もと》る。

という。ここからわれわれは、すくなくとも二つのことを推定しうる。

a、死者になりかわってうたう『文選』挽歌詩の発想は、当時にあっても普遍なものでなかったこと。

b、顔之推は繆襲・傅玄の挽歌詩を読んでいないこと。

（2）『晋書《しんじょ》』礼志にいう、

漢魏の故事に、大喪および大臣の喪には、紼《ふつ》を執《と》るもの輓歌す。新礼は以って輓歌は漢武帝の役人《えきじん》の労歌に出《い》ずと為す。声哀切なれば、遂に以って送終の礼と為す。音曲摧愴《さいそう》といえども、経典の制する所にあらず、礼に銜枚《かんばい》を設くるの義に違《たが》う。方《まさ》に号慕に在るに、宜《よろ》しく歌を以って名と為すべからず。除《のぞ》きて輓歌せず。

この新礼に対する摯虞《しぐ》の駁議《ばくぎ》。

輓歌は倡和《しょうわ》に因《よ》りて摧愴《さいそう》の声を為す。銜枚《かんばい》は哀を全うする所以《ゆえん》、此《こ》れも亦《ま》た以って衆を感ぜしむ。経典の載する所にあらずといえども、是れ歴代の故事なり。詩に称《い》う、「君子歌を作《な》し、維《こ》れ以って哀を告ぐ」と。歌を以って名と為すも、亦た嫌《いと》う所なし。宜しく新礼を定むること旧の如くすべし。

そして「詔してこれに従う」と、『晋書』の記事はむすぶ。

（3）「譙子法訓《しょうしほうくん》」に云う、喪にして歌う者あり。或るひといわく、「彼、喪に楽《がく》をなすなり。不可なること有らんか」と。譙子いわく、「書にいう、『四海、八音を遏密《あつみつ》す』（舜典）と。何の喪に楽《がく》することか之《こ》れ有らん」と。いわく、「今、喪に挽歌する者あり。何を以ってぞや」と。譙子いわく、「周《われ》これを聞けり、蓋《けだ》し高帝、斉の田横を召す。尸郷亭に至りて、自《み》ずから刎《くびは》ねて首を奉《ささ》げしむ。従者挽きて宮に至る。敢えて哭せざるも、哀しみに勝《た》えず。故に歌を為《つく》りて以って哀音を寄《そ》せしなり。彼は則ち一時の為《しわざ》なり。鄰《となり》に喪あれば、舂《うすづ》くにも相《きねうた》せず。引輓の人は枚《ばい》を銜《ふく》む。孰《たれ》か喪に楽する者あらんや」と。

荘子にいわく、「紼《ひ》き謳《うた》の生ぜし所は、必ず斥苦《せっく》に於いてす」と。司馬彪《しばひょう》が注にいわく、「紼《ふつ》は柩を引く索《つな》なり。斥は疏緩《そかん》なり。苦は力を用うるなり。紼を引くに謳歌《おうか》ある所以《ゆえん》の者は、人の力を用うること斉《ひと》しからざることあるがために、故にこれを促急《そくきゅう》するなり」と。

『春秋左氏伝』にいわく、「魯の哀公、呉に会して斉を伐《う》つ。その将たる公孫夏《こうそんか》、命じて虞殯《ぐひん》を歌わしむ」と。杜預《どよ》いわく、

「虞殯は葬を送る歌なり。必ず死せんことを示すなり」と。

『史記』絳侯《こうこう》世家にいわく、「周勃《しゅうぼつ》、吹簫《すいしょう》を以って喪に楽す」と。

以上の各条を引いたのち劉注はつづけていう。

然《しか》らば則《すなわ》ち挽歌の来たること久し。始めて田横に起こるにあらざるなり。然れども譙子の礼の文を引けるは、頗《いささ》か明拠あり。固陋《ころう》なる者の能く詳聞する所にあらず。疑わしきは以って疑いとして伝え、以って通博なるものに俟《ま》たん。

（4）現行本の『荘子』にこのことばは見えず、宋《そう》の王応麟《おうおうりん》はこれを『困学紀聞《こんがくきぶん》』巻十荘子逸篇のなかに収める。

（5）『楽府詩集』は第一句を、薤上露、何易晞、と三字句二行にわける。また第二句の還復滋を更復落に作る。

なお薤露という歌曲の題は、宋玉の「対楚王問」に見え、聞一多氏は「薤露の名、首《はじ》めて此《ここ》に見ゆ」という（『楽府詩箋』）。

「薤露」「蒿里」二曲については、菅谷軍次郎氏に「薤露歌及び蒿里曲」と題する論文がある（『斯文』九ノ一、昭和二年）。

（6）南北朝に入ってからの挽歌に関する記録は、なぜか北朝に多い。後世の類書が引く北史の記事だけでも数条が数えられる。

（7）『洛陽伽藍記』には、挽歌に関する記事が三条見える。そのうち巻四沖覚寺《ちゅうかくじ》の条では、皇族の喪儀に挽歌をうたう一隊をたまわった話、同じく法雲寺の条では、洛陽市の北部に喪儀屋の住む一区画があり、

そこに挽歌うたいを専業とする男がいた話をのせる。ただ巻一永寧寺の条の話は、同じく挽歌のうたわれた記事だが、ここではうたわれた挽歌をも記録する。そしてこれは、のちの章でふれる陶淵明の挽歌と同じく自挽のうたであり、その発想も類似している。したがってこれは『文選』の挽歌詩から影響をうけた作品と見うるが、ただ淵明以前のそれのように三首連作の形はとらない。

（荘）帝崩ずるに臨み、……五言を作りて曰く、

権去生道促、憂来死路長。懐恨出国門、含悲入鬼郷。
隧門一時閉、幽庭豈復光。思鳥吟青松、哀風吹白楊。
昔来聞死苦、何言身自当。

太昌元年冬に至り……帝を靖陵に葬る。作る所の五言詩を、即ち挽歌詞と為す。

（8）魁櫑《かいらい》と挽歌の関係については、孫楷第が「傀儡戯考原《かいらいぎこうげん》」において若干ふれるほか、黄素「論魁櫑与挽歌之関係」（『南国周刊』第九号）があるが、未見。

（9）晋の干宝『捜神記』巻六にもほぼ同じ記事が見える。

（10）ここにいう庶人挽歌辞、次の庶士（士庶）挽歌辞、あるいは王侯挽歌辞などの題のつけ方は、おそらく古今注が「李延年乃ち分かちて二曲と為し、薤露は王公貴人を送り、蒿里は士大夫庶人を送る云云」というのと関係するであろう。しかし他にこうした題を付する作品が見当らぬため、それと連作の構成との関係の有無については、よくわからぬ。

（11）淵明の挽歌詩も、その詩文集の古いテキストが、擬挽歌辞と題して収録することについては、すでに小川環樹教授に指摘がある（中国詩人選集『陶淵明』跋）。宋代のある批評家たち（趙泉山《ちょうせんざん》、曾慥《そうぞう》など）は、この三首が死を前にしての作であることを主張し、したがって擬作説に反対する。しかし鮑照の一首が「代挽歌」と題して伝えられたことは、かれらの主張を否定する根拠の一つとなるであろう。

（12）鮑照には別に「代蒿里行」と題する次の一首がある。

同尽無貴賤、殊願有窮伸。馳波催永夜、零露逼短晨。

結我幽山駕、去此満堂親。虚容遺剣佩、実貌戢衣巾。
斗酒安可酌、尺書誰復陳。年代稍推遠、懐抱日幽淪。
人生良自劇、天道与何人。齎我長恨意、帰為孤兎塵。

これは三首連作構成の第一首にあたるのかも知れぬが、「代挽歌」と一対の作品であるかどうか、いまは断定をさしひかえたい。

超俗と反俗——陶淵明と桃花源記

かつて私は「外人考」と題し、「桃花源記」中に見える外人ということばについて論じたことがある（『漢文教室』四十五号、大修館書店。本著作集本巻所収）。桃源郷の描写の中に「男女の衣著《いちゃく》、悉《ことごと》く外人の如し」という一条があるが、この外人を外国人と解し、異様な服装をしていたとする従来の説に対する反駁《はんばく》が、小論の主眼であった。この外人もまた「桃花源記」中に他に二箇所見える外人と同じく、桃源郷外の人、すなわち一般の中国人と解すべきであり、むしろ平凡な服装と見るのが正しい、そうでなければならぬ、というのが私の断定であった。

その論拠として、一つには、淵明以前の外人ということばの使用例、それらが「とつくにびと」という解釈を、すくなくとも普通には許容せぬこと、二つには、

㈠其中往来種作、男女衣著、悉如外人。

㈡来此絶境、不復出焉、遂与外人間隔。

㈢此中人語云、不足為外人道也。

という「桃花源記」における三例の、「其中――外人」「此絶境――外人」「此中人――外人」という共通の対比をふくむ文脈が、㈠の外人のみを例外とする従来の説を許容せぬこと、などをあげた。そして結論として次のようにのべた。

わたくしがこの一見ささいなことを問題にしたのは、このことばに対する二様の解釈が、実は淵明のえがいたユートピアに対する二様のイメージを生むからである。桃源郷における耕作なり服装なりが、漁師にとってはじめての、異様な景物としてうつったのか、それともそれは漁師の生活にひきくらべて、清浄ではあるにしろ、親しみ深いものであったのか。

淵明はその思いを、時に遠山に騁《は》せ、また白雲に託することがあった。さらに空想の翼を、中国のはるか北の果てにのばし、西の果てに翔《か》けらせたこともある。また書物を読んでは、神話の世界に遊び、その再構成に時をすごした詩篇ものこっている。しかし現実の彼にとって、「帝郷」は期すべからざるものであり（「帰去来辞」）、遊仙の思想は縁なきものとして否定されている（「形影神」、「連雨独飲詩」など）。桃源というユートピアの発想も、例外ではありえない。たしかに、それは「絶境」である。しかし淵明が踏む大地と、同じ平面の上に、それは現出された。この地に住む人々は、秦時の乱を避けた人々であって、天から降りて来た仙人たちではない。「桃花源記」につづく詩の方でうたわれる風俗も、淵明自身の現実と剝離《はくり》したそれではない。この世界はたしかに空想の産物でありながら、そこには生活のにおいがしみついている。有名な句、秋の熟《みの》りに王税なし、というのは、非現実的に見えて、かえってもっとも現実的である。

とすれば、さきにのべた二様のイメージの、その一方は消さるべきであろう。三つの「外人」は、ともに桃源郷の人々にとっての「外人」でなければならぬ。

以上が外人ということばについての、ひいては「桃花源記」についての私なりの解釈であった。そしてそれは今もかわらない。

ところで陶淵明という人は、フィクション（虚構）の世界にかなり興味をもっていたように、私は思う。たとえば「山海経《せんがいきよう》を読む」と題する詩が十三首ある。山海経という奇怪な空想をふんだんにふくんだ地理書への興味を、それらは濃厚に示している。また「形影神」詩とか「挽歌詩」などいくつかの作品は、当時においてあまり他に例のない虚構の詩である（拙著『陶淵明』岩波書店参照。本著作集1所収）。そして淵明が『捜神後記《そうしんこうき》』という怪奇小説集の作者だといわれた時期のあったことも、理由のないことではないだろう。「桃花源記」もまたそうした虚構への興味が生んだ作品といえる。

しかし「興味」だけでは問題はかたづかない。淵明はなぜフィクションに興味を示したのか。生まれつき空想癖があったのだろう、では回答にならない。淵明の虚構は、虚構のための虚構でなく、その興味は、興味のための興味ではなかったように思われる。いいかえれば、虚構それ自体が目的なのではなかった。怪奇小説集『捜神後記』の作者では結局なかった、という証明はすでにされている。

ただ奇怪な空想をもてあそぶ、淵明にそんな興味はなかった。淵明は虚構を借りて何かをいおうとしている。それは直截な表現をはばかることであり、また虚構を借りたほうがより効果的に人々に訴えうることであっただろう。その証拠に、虚構を借りた作品は、すべて何がしかの社会批判・政治批判をふくんでいる。「桃花源記」は、その最も顕著な例の一つであるといえよう。

梁《りょう》の詩論家である鍾嶸《しょうこう》が、淵明を「古今隠逸詩人の宗なり」とよんで以来、淵明を超俗の詩人とする伝説の歴史は長い。しかし超俗の詩人が、社会批判を必要とするだろうか。そうした内的欲求をもつだろうか。このことに気づいた人は、過去にも幾人かいた。唐の詩人杜甫がそうであり、また宋の蘇東坡《そとうば》、朱熹《しゅき》がそうであった。彼らの淵明論はその意味で出色のものであった。しかし長い伝説の歴史にはっきりと終止符をうったのは、現代の文学者魯迅《ろじん》である。魯迅は淵明を超俗の詩人とする通説をきっぱりと否定した。そして淵明が現実社会に強い関心をもち、きびしい現実批判の目でこれをながめていたことについて、「魏晋の気風と文章の、薬および酒との関係」と題する講演や、「題未定草」という文章の中で、かなりくわしく論じている。しかるに魯迅以後も、淵明を超俗の詩人に仕立てあげようとする伝説のなごりは、あとをたっていない。ことにわが国において伝説の余波は大きいように思われる。

夏目漱石は「草枕」の中で淵明の「飲酒詩」第五首をとりあげ、次のようにいっている。

うれしい事に東洋の詩歌はそこを解脱したのがある。採菊東籬下、悠然見南山。只《ただ》それぎりの裏《うち》に暑苦しい世の中を丸で忘れた光景が出てくる。垣の向ふに隣りの娘が覗《のぞ》いてる訳《わけ》でもなければ、南山に親友が奉職して居る次第でもない。超然と出世間的に利害損得の汗を流し去つた心持ちになれる。……

「解脱」とか「超然」とか、そうした面にのみ淵明の本質を見ようとする姿勢が、ここにはある。漢詩文の世界に造詣が深く、また最も鋭い文学者であった漱石でさえ、そうである。淵明の一面的評価があとをたたないのは、無理のないことであるかもしれない。

さきの「外人」に対する通説が根づよく行なわれているのも、そうした姿勢、そうした評価とどこかで連なっているように、私は思う。淵明を超俗の詩人と規定し、この詩人の中に何か超然としたもの、スーパーなものを想定する姿勢と、桃源郷の住人に何か仙人ふうのやや異様な服装をつけさせようとする解釈とは、どこかで連なっている、と私には思えるのである。

「桃花源記」全篇は、果たしてそうした発想、あるいはそうした構成をもつだろうか。私はそうでないと思う。世界各国のユートピア伝説がすべてそうであるように、桃源郷というユートピアの発想が、ある現実批判をふくんでいることはたしかである。「桃花源記」の場合、あとに付された「桃花源詩」をもあわせて読むならば、きわめて鋭い現実批判、社会諷刺をふまえていることは、いっそう明らかである。したがってこれが、ある強烈な反俗精神の産物であることはたしかであろう。そして反俗と超俗とは、明らかに異なる。

「桃花源記」が超俗的な思想から試みられた仙人世界の現出でないことは、一篇の構成を注意深く検討するならば、おのずから明らかになる。さきにも少しふれたように、まず第一に、ここの住人は天から降って来た仙人ではない。「秦の時の乱を避け、妻子と邑人《むらびと》を率いて」逃げのびて来た平凡な農民たちである。このことは、ユートピアの発見者が、超俗的な修行者でも何でもなく、ただの平凡な一漁夫であったこととともに、重要であり、淵明の発想のポイントであるように思う。桃源郷はけっして超俗的な世界ではない。それは一般の世界とわずかにほら穴一つをへだてた同じ次元の世界である。そして住民たちは、一般の中国農民と同じように働く人々である。また「鶏犬のこえ、相聞こゆ」という風景は、『老子』の小国寡民思想をふまえたものであるにしろ、これまた一般の農村風景の引き写しであるだろう。「酒を設け、鶏を殺して」するもてなしも、農民たちの日常のふるまいであるにすぎない。それは金殿玉楼、山海珍味の異常な世界ではない。この世にいくらでも見られそうな平和な農村風物が点綴《てんてつ》されているにすぎない。そこに「男女の衣著《いちゃく》」の異様なものを配置したのでは、調和を破るだろう。「外人」はやはり桃源郷外の人、一般中国人の意でなければならぬ。

かく超俗の世界でないユートピア発想が、実は強烈な反俗精神の所産であることは、一篇の後段に至って明らかとなる。すなわち漁夫の報告をうけた郡の大守が、手をつくして探索するが、ついに窈《よう》としてその道は消え去っていた、という。桃源郷の平和で自由な生活が、実は為政者の支配から自由であることによって保たれていることを、淵明はこのさいごのエピソードによって示したのだと、私は思う。郡の大守は、いわば「俗」の代表であり、桃源郷はこれを峻拒《しゅんきょ》することによって、みずからをまっとうする。さらに当時の「高尚の士」、いわば超俗的人物の代表である劉《りゅう》某《なにがし》が、この世界を尋ねようとして、ついに果たさなかった、というもう一つのエピソードも、またきわめて象徴的である。

「桃花源記」一篇をもって、陶淵明の思想を代表させることはできない。しかし淵明の本質の一端はここにも顔をのぞかせている。すくなくとも、超俗の詩人だとする淵明像への結晶作用を、この作品は拒否しているし、同時に、反俗の詩人としての淵明の叛骨《はんこつ》を、この作品は強烈に主張している、といってよいだろう。

淵明の楽府——怨詩楚調示龐主簿鄧治中詩注

三国魏《ぎ》の曹植《そうしょく》らを代表とする建安《けんあん》の詩人たちは、民間の楽府《がふ》の形式をとりあげて、多くの作品をのこした。その伝統は次の六朝《りくちょう》時代にもうけつがれる。

ところで、六朝の詩人である陶淵明にも、楽府題の作品があるか。こう問われて、即座にその有無を答える人は多くないにちがいない。淵明集の各テキストの作品分類は、おおむね詩四言、詩五言、賦辞《ふじ》、記伝などとし、楽府の項を設けない。

しかし現行の淵明集に楽府題の作品は皆無かといえば、そうでもない。現に古今の楽府のアンソロジーである宋の郭茂倩《かくもせん》の『楽府詩集』は、淵明の楽府二篇を収録し、それらはいずれも現行の淵明集にも見える。すなわち『楽府詩集』巻二十七（相和歌辞、相和曲）に「挽歌」三首としてのせるもの、淵明集では「挽歌詩（あるいは擬挽歌辞）」三首、また巻四十一（相和歌辞、楚調曲）に「怨詩」と題してのせるもの、淵明集では「怨詩楚調示龐主簿鄧治中（怨詩楚調《えんしそちょう》、龐主簿《ほうしゅぼ》・鄧治中《とうじちゅう》に示す）」と題する一首がそれである。

本来メロディをともなっていたはずの楽府が、三国時代の知識人によってとりあげられ、目で読む詩へと変貌していったことはよく知られている。そうした広い意味での楽府ということになれば、淵明も楽府題の作品をのこしたといえる。

また、これは楽府題ではないが、「園田の居に帰る」詩第三首の起句、

豆を種《う》う　南山の下《もと》
草盛んにして　豆苗《とうびよう》稀《まれ》なり

は、曹植の楽府「種葛篇《しゆかつへん》」(『楽府詩集』巻六十四、雑曲歌辞)の起句、

葛《かつ》を種う　南山の下
葛の蔓《つる》の自《おのずか》ら陰《かげ》を成す

を意識して、これを淵明風にひねった作といってよいであろう。

かく淵明も楽府と全く無縁ではなかったといえよう。しかし現存の作品で見るかぎり、その数はあまりにもすくない。理由として考えられることは、二つしかない。
一、淵明は楽府にあまり興味を示さず、ほとんど作ろうとしなかった。
二、作ったけれども、何らかの理由で今に伝わらない。
今となっては、右の推定をたしかめる資料は出て来そうにない。

淵明とほぼ同時代、すなわち西晋《せいしん》から東晋、そして劉宋《りゆうそう》の時代にかけて、多くの詩人が楽府を作

った。傅玄《ふげん》、陸機《りくき》、鮑照《ほうしょう》などはその代表である。しかし楽府作品の全く伝わらない高名な詩人もいないではない。潘岳《はんがく》、左思《さし》、郭璞《かくはく》などはその例である。彼らも作りはしたが伝わらないのか、どうか。推定の作業は徒労に終りそうである。

だが、淵明の場合、私としては気になる。淵明は作らなかったのか。作ったけれども伝わらなかったのか。私の憶測は前者に傾く。しかし憶測はあくまでも憶測であり、また憶測の根拠を示すことは、小論の当面の目的ではない。淵明の前記二作品のうち、「挽歌詩」については、かつてややくわしく論じたことがある（「文選挽歌詩考」、『中国文学報』第十二冊、一九六〇年四月。本著作集本巻所収）。小論では、あとの一つ、「怨詩楚調示龐主簿鄧治中」について、旧注がふれない事柄にもふれつつ、若干の考察をこころみることとする。

まず、詩題について。

淵明には、たとえば「辛丑歳七月赴仮還江陵夜行塗口（辛丑《しんちゅう》の歳七月、赴仮《ふか》して江陵に還《かえ》らんとし、夜、塗口《とこう》に行く）」と題する詩のごとく、比較的長い且《か》つ自由な散文をもって詩題とする作品がすくなくない。そしてこのことは、中国詩史の上で、おそらくは淵明をもってはじめとする。もちろん散文をもって詩題とする例は、淵明以前にもなくはない。たとえば魏の徐幹《じょかん》の「為挽船士与新娶妻別（船士の新《あら》たに娶《めと》りし妻と別るるに挽為《ばんな》す）」、西晋の摯虞《しぐ》の「贈李叔龍以尚書郎遷建平太守（李《り》叔龍《しゅくりゅう》、尚書郎を以て建平太守に遷《うつ》るに贈る）」、同じく陸機の「皇太子宴玄圃宣猷堂有会賦詩（皇太子、玄圃《げんぽ》の宣猷堂《せんゆうどう》に宴し、会する有りて詩を賦《ふ》す)」など。しかしこれらはいずれも同時代に類似の例がいくつかあり、当時すでに固定化したパターンがあって、そのパターンに従っての詩題であり、自由な散文による詩題とはいいがたい。淵明はこれらのパターンをうちやぶり、全く自由な散文でもって詩に題をつけた。淵明以後、たとえば劉宋の謝霊運《しゃれいうん》の「於南山往北山経湖中瞻眺(南山より北山に往《ゆ》き、湖中を経《へ》て瞻眺《せんちょう》す)」、謝恵連《しゃけいれん》の「泛湖出楼中翫月(湖に泛《うか》べて出《い》で、楼中に月を翫《もてあそ》ぶ)」のごとく、その例は急激にふえる。

さて小論の対象である「怨詩楚調示龐主簿鄧治中」詩の題もまた前例を見ないものである。「怨詩」は楽府の題、「楚調」は楚の地方のメロディでうたわれることを示す。『楽府詩集』によれば、「怨詩」あるいは「怨詩行」、また「怨歌行」と題する楽府は、すべて楚調の曲である。それはパセティックな情感を盛るにふさわしい曲調であったのであろう。その「怨歌の楚調もて、龐主簿鄧治中に示す」というのは、この作品が「楽府」の形式を借りた「贈答詩」であることを示す。中国古典詩の現行諸アンソロジーによるかぎり、淵明以前に例を見ない詩題である。

淵明が中国詩の伝統の忠実で熱心な継承者であるとともに、一方ではいくつかの独創の道を拓いたことは、かつて若干の具体例を引きつつ論じたことがある(前出「文選挽歌詩考」)。その独創は「詩題」の分野でも発揮されたといえよう。独創の背景に、淵明の自由な精神を私は見る。

さて、「怨詩楚調示龐主簿鄧治中」詩五言二十行の全体をまず示しておこう。

天道幽且遠
鬼神茫昧然
結髪念善事
僶俛六九年
弱冠逢世阻
始室喪其偏
炎火屢焚如
螟蜮恣中田
風雨縦横至
収斂不盈廛
夏日長抱飢
寒夜無被眠
造夕思鶏鳴
及晨願烏遷
在己何怨天
離憂悽目前

天道　幽《ゆう》にして且《か》つ遠く
鬼神　茫昧然《ぼうまいぜん》たり
結髪《けっぱつ》より善事を念《おも》い
僶俛《びんべん》たり　六九年
弱冠　世阻《せいそ》に逢い
始室　其《そ》の偏を喪《うしな》う
炎火　屢《しば》しば焚如《ふんじょ》たるも
螟蜮《めいよく》　中田《ちゅうでん》に恣《ほしいまま》にす
風雨　縦横に至りて
収斂《しゅうれん》　廛《てん》に盈《み》たず
夏日　長《つね》に飢《うえ》を抱《いだ》き
寒夜　被《ひ》なくして眠る
夕《ゆうべ》に造《いた》れば鶏鳴を思い
晨《あした》に及《およ》べば烏遷《うせん》を願う
己《おのれ》に在り　何ぞ天を怨まん
離憂《りゆう》　目前に悽《せい》たり

吁嗟身後名　吁嗟《ああ》　身後《しんご》の名
于我若浮煙　我に于《お》いては浮煙の若《ごと》し
慷慨独悲歌　慷慨《こうがい》して独《ひと》り悲歌し
鍾期信為賢　鍾期《しょうき》は信《まこと》に賢なりと為《な》す

一読して明らかなように、これは一種の自伝詩である。ある定められた枠の中で、一般的に主題をうたいこなそうとする本来の楽府ではない。しかし楽府の制約から完全に自由であるわけでもない。うたい出しの二句「天道幽且遠、鬼神茫昧然」が、そのことを示している。『楽府詩集』が「怨詩」の古辞（もとうた）としてのせるのは、

天徳悠且長　天徳　悠にして且《か》つ長く
人命一何促　人命　一に何ぞ促《ちぢ》まれる

という句ではじまる全十二行の楽府である。人命のはかなさと享楽の主張がそのテーマであり、淵明の作品とくらべるとき、行数もテーマも異なるが、うたい出しの二句は類似する。

ところで、同様のうたい出しをもつ楽府は、この「怨詩」本辞にかぎらない。たとえば同じ相和歌辞・楚調曲に分類される梁《りょう》の沈約《しんやく》の「東武吟行」の冒頭の句は、

天徳深且曠　　天徳　深くして且《か》つ曠《ひろ》く
人世賤而浮　　人世　賤《せん》にして浮《ふ》なり

時代をさかのぼって、西晋の陸機にも、次のような類似の起句をもつ作品がある（「君子行」、『楽府詩集』巻三十二、相和歌辞・平調曲）。

天道夷且簡　　天道　夷《い》にして且《か》つ簡《かん》
人道険而難　　人道　険《けん》にして難《なん》

さらにさかのぼって、阮籍《げんせき》の「詠懐」（其三十二、『詩紀』巻十九）に、これは冒頭の句ではないが、

人生若塵露　　人生　塵露《じんろ》の若《ごと》く
天道邈悠悠　　天道　邈《ばく》として悠悠《ゆうゆう》たり

といった句が発見できる。これらの句を、淵明の起句、

天道幽且遠　　天道　幽《ゆう》にして且《か》つ遠く
鬼神茫昧然　　鬼神　茫昧然《ぼうまいぜん》たり

とくらべるとき、淵明が伝統的発想に触発されながらも、独創の境地を拓いていることに気づく。「怨詩」本辞の無名の作者をもふくめて、他の詩人たちが、天道に対比しているのは人命であり、人道であり、人世である。淵明は、いわば常識的な対比の流れをせきとめ、方向を変える。淵明が天道に対比するのは、鬼神である。対比物の相違は、発想の相違を生む。他の詩人たちにとって、天が悠長なのに対して人は促、天が夷簡《いかん》であるのに対して人は険難、天が深曠なのに対して人は賤浮であることをまぬがれない。したがって、この冒頭の発想にみちびかれた作品全体は、促であり険難であり賤浮である人間一般についての嘆きを説き、あるいはその嘆きをふりはらうための享楽を説かざるを得ない。「天徳悠且長、人命一何促」ではじまる「怨詩」の本辞が、

人間楽未央　　人間　楽しみ未《いま》だ央《つ》きざるに
忽然帰東嶽　　忽然《こつぜん》として東嶽に帰《き》す
当須盪中情　　当《まさ》に須《すべか》らく中情を盪《はな》ち
遊心恣所欲　　遊心　欲する所を恣《ほしいまま》にせん

とうたいおさめるのは、その証左の一つである。

ところが、淵明はいう、天の範疇は幽遠であり、鬼神の世界もまた茫昧である、と。いずれも測りがたいというのである。さて一方、たしかな手ごたえのある、このわしの一生は、どうだったか。発想はそこへみちびかれる。

陸機の別の作品（「門有車馬客行」、『楽府詩集』巻四十、相和歌辞・瑟調曲《しっちょうきょく》）に、

天道信崇替　天道　信《まこと》に崇替《すうたい》あり
人生安得長　人生　安《いずく》んぞ長きを得ん

という表現がある。ここでは天と人が対立した概念としてではなく、ともに変化するものとしてとらえられている。だが、そのうたいおさめに、

慷慨惟平生　慷慨《こうがい》して平生《へいぜい》を惟《おも》い
俛仰独悲傷　俛《ふ》し仰ぎて独《ひと》り悲傷す

というのは、淵明の末句、「慷慨独悲歌、鍾期信為賢」に似て、実は似ない。作品に即していうかぎり、陸機の悲傷は人生一般、人命一般への悲傷であり、淵明の慷慨は「わが人生」のこの瞬間におけ

る具体的即物的な慷慨である。

建安以来、知識人の作る楽府の多くは、「うたう歌」から「読む詩」へと変化して行ったといわれるが、楽府はやはり楽府であり、主題や題材、用語などの制約から完全に脱出することはむつかしい。したがって楽府は、制約をもたない「詩」にくらべて、その内容がより一般的、虚構的、抽象的にならざるをえない。淵明はそこからの脱出をこころみて、一応の成功をえたといえる。「怨詩楚調示龐主簿鄧治中」という長い題は、楽府のごとくにして楽府にあらず、なかなかに象徴的である。

さて冒頭の一聯《いちれん》において、天道と鬼神のともに測りがたい世界に属することをのべた淵明は、ただちに地上の世界、それもおのれ自身の歴史を語る。

結髪《けつぱつ》より善事を念《おも》い
僶俛《びんべん》たり　六九年
弱冠　世阻《せいそ》に逢い
始室　其《そ》の偏を喪《うしな》う

少年のころから常に念頭にあった「善事」とは何か。淵明の詩文には「善」の字が頻出する。それはごく軽い普通名詞として使われることもないではないが、おおむねは固有名詞的な、儒家の徳目としての「善」である。「恒《つね》に善を輔《たす》けて仁を佑《たす》く」（「感士不遇賦」）といい、「積善　報《むく》いありと云う」（「飲酒」第二首）、「立善遺愛あり」（「形影神」）などというのがそれである。一方、「善悪　苟《いや》しくも応ぜずんば、何事ぞ　空言を立てし」（「飲酒」第二首）といい、「立善常に欣《よろこ》ぶ所なるも、誰か当《まさ》に汝が誉《ほまれ》と為《な》すべき」（「形影神」）という「善」に対する懐疑が、淵明の胸底にあったことも忘れてはならない。

三十七歳の壮年のとき、「庶《ねが》わくは善を以て自ら名づけん」（「辛丑歳七月赴仮還江陵夜行塗口」）とうたった淵明が、五十歳をすぎた今、「結髪より善事を念い、僶俛たり六九年」と回顧する。「僶俛」の語に二解あり、旧注に「勉強也」、また「須臾《しゅゆ》也」というのは、古くから両様の用法があったためであろう。淵明の作品では、詩にもう一例、文に一例「僶俛」の語が見える。詩の例は、「我《われ》この独を抱きてより、僶俛たり四十年」（「連雨独飲」）というのがそれであり、この場合も両様の解を許容するかに思える。文の例は、「子の儼《げん》らに与うる疏《そ》」に、「僶俛として世を辞し、汝らをして飢寒せしむ」というのがそれであり、この場合は「勉強」の意であろう。「勉強」と「須臾」が、心理の底のどこかであるつながりをもつとすれば、本詩の「結髪より善事を念い、僶俛たり六九年」とは、無理をかさねて努力して来たその結果を、あとでふりかえれば、あるむなしさを伴いつつ束の間のことに感ぜられる、というのであろうか。

「六九年」（六九すなわち五十四年）を「五十年」とするテキストがある。いずれを選ぶかは、この作品の背景に擬する事件の選択にもかかわるが、それは淵明の生年についての論争とも関係し、今はふれない。

「結髪」から「六九年」に至る過程に、一つの節《ふし》として「弱冠」二十歳のときがあった。ところで次の句の「始室」は他にあまり用例のない語だが、「弱冠」の対《つい》だとすれば、三十歳（『礼記《らいき》』内則篇）を意味し、第二の節をさす。

概して淵明の詩には、きわめてポピュラーな典拠をもつ用語が頻見され、一方、従来の詩人があまり使わなかった新しい用語や表現も多く見られる。本詩についていえば、天道、鬼神、結髪、弱冠、鶏鳴、鍾期などが前者の例であり、世阻、始室、また天道と鬼神の対比、のちにふれる「造夕思鶏鳴、及晨願烏遷」の句などは、後者の例である。

さて、旧注によれば、二十歳のころに世のけわしさに逢う、というのは、前秦《ぜんしん》軍の侵入や連年の旱魃《かんばつ》洪水をさし、三十歳のとき其の偏をうしなう、というのは、最初の妻を亡くしたことをさす。後者の傍証の一つとして挙げられるのは、「子の儼らに与うる疏」の「他人すら尚《な》お爾《しか》り、況《いわ》んや父を共にするの人をや」ということばである。

淵明はわが人生の「不幸」をしかのべない詩人ではなかった。しかしこの自伝的作品では、もっぱら不幸をのみ訴える。

炎火　屢《しば》しば焚如《ふんじょ》たるも
螟蜮《めいよく》　中田《ちゅうでん》に恣《ほしいまま》にす

風雨　縦横に至りて
収斂《しゅうれん》　廛《てん》に盈《み》たず

三十歳以後、詩人が生活のかてを得るために従事していた農耕の仕事に、不幸はおそいかかる。「田を焼く火はもえさかっても、害虫は田の中ですき放題、雨風はたてよこに吹きなぐり、とりいれは土間にも満たぬ」。四句の一応の解である。「炎火」を火災とする説があるが、「炎火」「螟蜮《めいよく》（＝螟螣《めいとう》）」ともに『詩経』小雅・大田の詩に見える語であることを無視したものとして、採らない。なお、「楚如」は『易』（離・九四）に見えることばであり、姦臣が君位をねらう象徴に関係するとの説がある。とすれば、「炎火」「螟蜮」「風雨」は、ともに農事にかこつけての政治的隠喩であると読めぬこともない。旧説によれば、淵明のかつての同僚であり、次の帝位をねらっていた劉裕《りゅうゆう》（宋の武帝）が、みずから相国《しょうごく》となり、晋の安帝を幽閉してこれを殺したのは、淵明五十四歳のこの年であったという。

詩人をおそった不幸の原因が、うちつづく自然の災害であったのか、人為的な政治事件であったのか、今は断定すべくもない。

詩人は、うたいつづける。

夏日　長《つね》に飢《うえ》を抱《いだ》き

寒夜　被《ひ》なくして眠る
夕《ゆうべ》に造《いた》れば鶏鳴を思い
晨《あした》に及《およ》べば烏遷《うせん》を願う

「被」は、ふとんである。前二句に詩的誇張があるとしても、子供たちに送った文章（前出）の中で、「吾年五十を過ぐ。少《わか》くして窮苦、毎《つね》に家の弊《まず》しきを以て、東西に游走す」という貧窮生活は、切実なものであったにちがいない。

その切実さが、あとの迫真的な二句を生む。「日が落ちると早く夜があけぬかと思い、夜があけると一日が早くすぎぬかと願う――造夕思鶏鳴、及晨願烏遷」。これは当時にあっては新しい表現であったにちがいない。焦燥感の描写としては、ほとんど近代人の感覚に似た新しさを今も失わぬ。

かくて、一篇は結論の部分に入る。

己《おのれ》に在り　何ぞ天を怨まん
離憂《りゆう》　目前に悽《せい》たり
吁嗟《ああ》　身後《しんご》の名
我に于《お》いては浮煙の若《ごと》し
慷慨《こうがい》して独《ひと》り悲歌し

鍾期《しょうき》は信《まこと》に賢なりと為《な》す

貧窮は身から出たさびなのだ。どうして天を怨もう——天などはそもそも幽にして遠、つかみどころのないものなのだ、という冒頭の句が、ここで皮肉にも生きて来ないか。

それにしても、このまのあたりの苦しみのすさまじさ。何ぞ天を怨まん、と宣言してみたものの、この歌の題は「怨詩」である。

ああ、私にとって、死後の名声などというなぐさめは、ふわふわと宙に浮かぶ煙のようなもの。心たかぶり、ひとり悲しみの歌をうたう。友人伯牙《はくが》の琴の音《ね》にその微妙な心理を聴きわけた鍾子期《しょうしき》は、まことたぐいまれな人だった。

貧窮の罪を天になすりつけず、「己《おのれ》に在り　何ぞ天を怨まん」という句に注して、古直《こちょく》は『論語』（憲問篇）の「天を怨まず、人を尤《とが》めず」を引く。傾聴すべき説であろう。なぜならそれは孔子が「我を知るもの莫《な》き也夫《かな》」と嘆いたあとに発した句だからである。しかしわれわれが「己に在り　何ぞ天を怨まん」という句から、別に容易に思い出すのは、項羽《こうう》が劉邦《りゅうほう》に追いつめられたときに発した語、「天の我を亡ぼすにして、戦いの罪に非ざるなり」ということばである。もちろんこれは直接的な典拠ではあるまい。しかし項羽が楚人であること、次の句「離憂《りゆう》　目前に悽《せい》たり」の離憂が『楚辞』に見えることばであること、あとの句「慷慨《こうがい》して独《ひと》り悲歌す」が明らかに項羽の故事をふまえていることなどから、それらはこの作品の題「怨詩楚調」の「楚」をめぐって、微妙にからみあっているのかも知れない。

目前の不幸を心情的に救済するものは、過去の幸福への回顧か、未知の未来への期待である。過去は不幸にみちている。未来はどうか。詩人ははや晩年を迎えていた。「身後の名」ということばは、ここから出て来る。しかしそれも詩人にとっては『論語』（述而篇）の「不義にして富み且つ貴きは、我に於いて浮雲の如し」という「浮雲」のようなものであった。『論語』の「浮雲」については、はかないものとする説と、無縁なものとする説とがある。いずれにしても、「身後の名」への期待もまた救いにはならない。

淵明も時には「固窮の節に頼《よ》らずんば、百世当《まさ》に誰か伝うべき」（「飲酒」第二首）と、死後に伝える名に期待したこともないではなかった。しかし一方では、「去《ゆ》き去きて百年の外、身名同《とも》に翳如《えいじょ》たり」（「和劉柴桑」）という醒めた感覚が頭をもたげるのが常であった。

そうした醒めた感覚をもちながらも、やはり悲しみは胸の底からつきあげて来る。かくて、

慷慨して独《ひと》り悲歌し
鍾期は信《まこと》に賢なりと為《な》す

さいごの一句「鍾期信為賢」について、「この作品を贈った相手、龐・鄧両氏こそが私にとっては鍾子期《しょうしき》なのだ」とする解があることを聞けば、地下の淵明はその甘さに苦笑することだろう。淵明

にとって、「伯牙と荘周と、此《こ》の士　再びは得難き」（擬古第八）ものであったはずである。

陶淵明の孔子批判

一

陶淵明に「勧農――農耕のすすめ」と題する四言の長詩がある。古来食生活対策こそ政治の要諦であり、農業の振興によって民生ははじめて安定するとうたう詩は、その末尾に至って次のようにいう。

孔耽道徳　　孔《こう》は道徳に耽《ふけ》りて
樊須是鄙　　樊須《はんしゅ》を是《こ》れ鄙《いや》しとし
董楽琴書　　董《とう》は琴書を楽しみて
田園不履　　田園に履《あしふみい》れず

ここにいう「孔」とは、儒家の開祖孔子（前五五一―前四七九）であり、「董」とは、漢の武帝が儒教国教化にあたって登用した大儒董仲舒《とうちゅうじょ》（前一七六―前一〇四）である。

「樊須を是れ鄙しとす」という句は、『論語』子路篇の次の記事にもとづく。

孔子の弟子樊遅《はんち》（名は須《しゅ》）は、あるとき穀物の栽培法について孔子に問うた。孔子は、私はベテランの農夫に及ばぬ、といい、具体的な回答を与えなかった。かさねて野菜づくりの技術について問うと、私は経験のある野菜づくりにかなわぬ、と答える。何の返答もえられぬまま樊須が退去したあと、孔子はいった。つまらぬ奴だな、樊須は。上に立つ者が礼を好めば、人民は必ず敬虔になり、正義を好めば、必ず服従する。さらに信義を好めば、誠実に行動する。そのようにすれば、四方隣国の民までが子供を背にして慕い寄って来るだろう。穀物の栽培法などにまず気をつかう必要はないのだ。

――樊遅、稼《か》を学ばんことを請《こ》う。子曰く、吾《われ》は老農に如《し》かず、と。圃《ほ》を学ばんことを請う。曰く、吾は老圃に如かず、と。樊遅、出《い》ず。子曰く、小人《しょうじん》なる哉《かな》、樊須や。上《かみ》、礼を好めば、則《すなわ》ち民は敢《あえ》て敬せざる莫《な》く、上、義を好めば、則ち民は敢て服せざる莫し。上、信を好めば、則ち民は敢て情《こころ》を用いざる莫し。夫《そ》れ是《か》くの如《ごと》くんば、則ち四方の民、其《そ》の子を襁負《きょうふ》して至る。焉《いずく》んぞ稼を用いん。

淵明の詩句の後半、董仲舒が「琴と書を楽しみて、田園に履《あしふみい》れず」というのは、『史記』儒林列伝に、「帷《とばり》を下《おろ》して講誦し、……蓋《けだ》し三年、董仲舒、舎園を観《み》ず。其の精なること此《か》くの如し」、また『漢書』董仲舒伝に、「蓋し三年、園を窺《うかが》わず」、という記事にもとづく。

『論語』の右の条は、孔子の根源的、巨視的観点を称揚するものとして、樊須とのエピソードを引き、史書は、董仲舒の学問に対する精励恪勤《せいれいかっきん》ぶりをたたえるために、右の話を伝える。だが淵明は、二つのエピソードを儒家の農業軽視、労働に対する蔑視としてとらえ、これを非難、批判する。淵明の孔子批判、また董仲舒批判は、きわめて直截である。しかし直截であるかに見えて実は直截でない。なぜなら、淵明は右の四句のあとに実は次のような四句をそえて、詩全体を結ぶからである。

若能超然　若《も》し能《よ》く超然として
投迹高軌　迹《あと》を高軌《こうき》に投ぜば
敢不斂衽　敢《あえ》て衽《えり》を斂《おさ》めて
敬讃徳美　敬《つつ》しみて徳の美を讃《たた》えざらんや

——もしも俗事に超然として、高尚なこの方々通りのまねができるのなら、エリを正してその人格の立派さをたたえもいたそう。

四句の大意は右のごとくであろう。とすれば、この結句は、直截な批判をやわらげる一定の留保でもある。

だが、留保とはいいながら、それはいわばシニカルな留保であり、淵明の孔子批判の態度は明快であるといえよう。

ところで、淵明のこの「勧農」詩だけを読めば、淵明は反儒の人かと思える。だが、事はしかく単純ではない。淵明は別の詩では孔子をたたえ、儒家に敬意を表する。この複雑な詩人が、儒家の文献のどういう部分に興味を示し、儒家の頂点に立つ孔子をどのようにとらえていたか。それらのことを、彼の詩文に即して少しくわしく見てみようというのが、小論の目的である。

二

当時の知識人の多くがそうであったように、淵明もまた若い頃から儒家的教養を身につけて成長したものと思われる。若い時代を回顧して次のようにうたうのは、その例証の一つである。

少年罕人事　少年　人事罕《まれ》に
游好在六経　游好《ゆうこう》　六経《りくけい》に在り
（「飲酒」第十六首）

「六経」とはいうまでもなく易《えき》・書・詩・礼・春秋《しゅんじゅう》・楽《がく》、儒家の基本的経典である。その六経が、游好、すなわち交際してよしみを結ぶ相手であった、というのは、淵明らしい表現だが、儒家の古典が若い頃の教養を形成したことを、右の詩句は表白する。また、

閑居三十歳　閑居　三十歳

遂与塵事冥　遂《つい》に塵事《じんじ》と冥《くら》し
詩書敦宿好　詩書　宿好《しゆくこう》を敦《あつ》くし
林園無世情　林園　世情なし
（「辛丑《しんちゆう》の歳七月、赴仮《ふか》して江陵に還《かえ》らんとし、夜、塗口《とこう》を行く」）

とうたうのは、三十七歳の作。『詩経』と『書経』に対する「宿好」、かねてからのよしみを、敦《あつ》くす、というのは、さきの表白を補う。さらに、これは何歳の作とも断定できぬが、

詩書塞座外　詩書　座外を塞《ふさ》ぎ
日昃不遑研　日昃《かたむ》くも研《よ》むに遑《いとま》あらず
（「貧士を詠ず」第二首）

とうたうのは、儒家の古典にかこまれた詩人の日常を示す。かくて、

如何絶世下　如何《いか》んせん　絶世の下《もと》
六籍無一親　六籍　一《ひと》りの親しむものもなきを
（「飲酒」第二十首）

という嘆きの形をとってさえ、儒家の古典への傾倒をうたう。

淵明が孔子の出現を、一つの真理の出現、道徳の体現としてとらえていたこと、すくなくともそう考える時期をもったことは、たしかである。

道喪向千載　道喪《うしな》われて千載《せんざい》に向《なんなん》とし
人人惜其情　人人　其《そ》の情を惜しむ
（「飲酒」第三首）

道義地におちて千年に近く、人みなが真情の出しおしみをする、とうたう「千載」以前の世、それは、別の詩「周続之《しゆうぞくし》・祖企《そき》・謝景夷《しやけいい》の三郎に示す」の次の詩句から見て、孔子が生きていた時代をさすにちがいない。

周生述孔業　周生　孔業を述べ
祖謝響然臻　祖・謝　響《きよう》然《ぜん》として臻《いた》る
道喪向千載　道喪《うしな》われて千載に向《なんなん》とし
今朝復斯聞　今朝　復《ま》た斯《ここ》に聞く

孔子の死、それは真理の喪失であったとする発想が、ここにはある。
淵明の孔子に対する敬意、それもなみなみならぬ敬意を示す、もう一つの顕著な例は、「子に命ず

——息子の命名」と題する詩に見える。これは、長男が生まれたときに作った詩、従って若い時代（一説に二十八歳のころという）の作品であろう。詩は、伝説時代の帝王尭《ぎょう》に源を発するという輝かしい陶家の家系から説きおこす一大長篇であり、あの飄々《ひょうひょう》とした自伝「五柳先生伝」ときわめて対蹠《せき》的な作品である。そのことが、長男の誕生による興奮とは別に、詩人の若さを示しているように思える。詩は末尾の部分に至って、次のようにいう。

卜云嘉日　卜《ぼく》すれば云《ここ》に嘉日
占亦良時　占《うらな》うも亦た良時
名汝曰儼　汝に名づけて儼《げん》と曰《い》い
字汝求思　汝に求思《きゅうし》と字《あざな》せん
温恭朝夕　温恭なれ　朝夕
念茲在茲　茲《これ》を念《おも》えば茲《ここ》に在り
尚想孔伋　尚《な》お想う　孔伋《こうきゅう》を
庶其企而　庶《ねが》わくは其れ企《くわだ》てよと

長男の名が儼《げん》であることは、散文作品「子の儼らに与うる疏《そ》」にも見える。問題は字《あざな》、すなわちよび名の「求思」である。このよび名には、右に引用した詩句の末尾近くに見える「孔伋」、すなわち孔子の孫、あざなでよべば子思、その子思を求めよ、という意がこめられている。子思は孔子の弟子曾子《そうし》から学問をうけ、魯の繆《びゅう》公の師となった人物。なお、名と字とは相関関係をもつのがふつうだが、「儼」と「求思」は、これも儒家の古典『礼記《らいき》』曲礼篇の「儼として思う若《ごと》し」にもとづくのであろう。

淵明の、すくなくとも若い時代の、孔子に対して抱いていた尊崇の念は、右の一例によって明らかである。では、壮年時代、老年時代はどうか。残念ながら、淵明の作品のうち制作年代を確定できるものは多くなく、そのため変化をあとづけることはかなりむつかしい。だが、年齢を加えるにつれて孔子に対して批判的な見解をもちはじめたこと、すくなくとも敬意と批判が共存しはじめたことは、たしかである。

三

淵明の詩文には、『論語』に見える挿話、あるいは語句を典拠とするものが、すくなくない。典拠の頻度としては、『詩経』や『荘子《そうじ》』とともに最も多い部類に属する。ただし、その典拠の扱い方に、時としてさきに述べた敬意と批判の両者が、頭をもたげる。たとえば、淵明に「貧士を詠ず」と題する七首連作の五言詩があり、その第四首、古代の隠者黔婁《けんろう》のことを詠じた作は、次のようにうたわれる。

安貧守賤者　貧に安んじ賤を守る者
自古有黔婁　古《いにし》えより黔婁《けんろう》あり
好爵吾不栄　好《たか》き爵《くらい》を吾《われ》は栄《ほまれ》とせず
厚饋吾不酬　厚《あつ》き饋《おくりもの》を吾は酬《うけと》らずと
一旦寿命尽　一旦　寿命尽《つ》き
弊服仍不周　弊《やぶ》れし服すら仍《な》お周《あまね》からず
豈不知其極　豈《あ》に其の（貧窮の）極《ゆきつ》くところを知らざらんや
非道故無憂　道に非ず　故に憂いなし
従来将千載　従来《それより》　将《まさ》に千載《せんざい》ならんとするに
未復見斯儔　未《いま》だ復《ま》た斯《こ》の儔《ともがら》を見ず
朝与仁義生　朝《あした》に仁義と生くれば
夕死復何求　夕《ゆうべ》に死すとも復《ま》た何をか求めん

第六句「弊服も仍《な》お周《あまね》からず」は、いささか説明を要する。

黔婁が死んだとき、曾子《そうし》が弔問にいったが、死体にかけられたそまつな布が寸足らずで、全身をおおわない。頭をかくせば足が見え、足をかくせば頭が出る。曾子が「ななめにすればみなかくれよう」というと、黔婁の妻がいった。「ななめ（邪）にしておおうより、まっすぐ（正）にして足りない方がよいのです。主人は生前ななめ（邪）なことがきらいで、こうなったのですから」。

黔婁というのがそもそも非儒家的人物であり、その妻にたしなめられた曾子は、さきの「命子」詩に見えた孔子の孫の先生である。この詩全体が、反儒家とまではゆかなくとも、非儒家的な人物を、讃美する。

『論語』との関係でいえば、第八句「道に非ず故に憂いなし」は、里仁篇の「貧と賤とは、是《こ》れ人の悪《にく》む所なり、其《そ》の道を以て得ざれば、去らざるなり」という発想に、ほとんどそのままもとづく。さらに、詩の末尾の二句「朝に仁義と生くれば、夕《ゆうべ》に死すとも復《ま》た何をか求めん」が、同じく『論語』里仁篇の、「子曰く、朝に道を聞かば、夕に死すとも可なり」を典拠とすることは、いうまでもない。

かく一篇の詩の中に、儒家的発想と非儒家的口吻《こうふん》が併存、あるいは混在する。一方、「朝に道を聞かば云々」の語は、淵明の別の詩文では次のようにすこしひねって用いられる。

——総角《そうかく》より道を聞き、白首、成《な》るなし。（「栄木」詩序）

総角は子供、白首は老人。子供のころから真理について学んで来たが、老人になってもものにならぬ。ここで淵明は「死すとも可なり」とはいわない。

ただし右の文章は「栄木」と題する詩の序文に見え、詩の末尾の部分で次のようにうたうための伏線でもある。

先師遺訓　先師の遺訓
余豈云墜　余《よ》 豈《あ》に云《ここ》に墜《うしな》わんや
四十無聞　四十にして聞こゆるなきは
斯不足畏　斯《こ》れ畏《おそ》るるに足らず

「先師」とは、孔子である。孔子を先師と呼んで尊敬する。その「遺訓」とは何か。「後生畏《おそ》るべし」という有名な句をふくむ『論語』子罕《しかん》篇の次のことばである。「子曰く、後世畏るべし。焉《いず》くんぞ来者の今に如《し》かざるを知らんや。四十五十にして聞こゆることなくんば、斯《こ》れ亦《ま》た畏るるに足らざるのみ」。四十になり五十面《づら》をさげて、まだ名声をもたぬようなやつは、畏るるに足らん、というのである。

淵明はここでは、『論語』に見える孔子のことばを、そのまま素直につかっている。それだけではない。「栄木」詩は、右の四句につづく次のような四句をもって結ばれる。

脂我名車　我が名車に脂《あぶら》さし

策我名驥　我が名驥《めいき》に策《むち》うち
千里雖遥　千里　遥かなりと雖《いえど》も
孰敢不至　孰《たれ》か敢《あえ》て至らざらんや

気味の悪いほど、素直である。だが、別の詩「癸卯《きぼう》の歳始春、田舎に懐古す」第二首（三十九歳の作といわれる）では、同じく「先師に遺訓あり」とうたい出しながら、すこしひねくれる。はじめの四句、

先師有遺訓　先師　遺訓あり
憂道不憂貧　「道を憂えて貧を憂えず」と
瞻望邈難逮　瞻望《せんぼう》するも邈《ばく》として逮《およ》び難《がた》く
転欲志長勤　転《うた》た長勤に志《こころざ》さんと欲す

ここにいう「遺訓」は、『論語』衛霊公篇に見える次のことばである。「子曰く、君子は道を謀《はか》りて食を謀らず。耕すや、餒《う》えは其《そ》の中に在り。学ぶや、禄《ろく》は其の中に在り。君子は道を憂えて貧を憂えず」。

孔子はいう——君子は道徳のことは考えるけれども、生活のことは考えない。農耕をしても、飢饉

などで飢えることがある。農耕の中に飢餓への契機が内在する。一方、学問をすれば「禄」すなわち経済的安定が得られる。学問の中に安定への契機が内在する。君子は学問の窮極の目標である道徳には関心をもつが、目前の窮乏、貧乏のことは心配しない。

淵明はいう――まことにけっこうな訓《おし》えだが、私などいくら仰ぎ望んでもその境地に達することはむつかしい。「瞻望すれども邈《はる》かにして逮《およ》び難し」。そこで、廻り道ではあるけれども、倦《う》まずたゆまず働けと心にきめた。「転《うた》た長勤に志さんと欲す」。

ここには、冒頭に引いた「勧農」詩とほぼ同じパターンの孔子批判がうかがえる。「孔は道徳に耽《ふけ》りて、樊須《はんしゅ》を是《こ》れ鄙《いや》しとす。……若《も》し能《よ》く超然たらば、……敬《つつ》しみて徳の美を讃えざらんや」。

四

『論語』は「学而《がくじ》」にはじまり「尭曰《ぎょうえつ》」に終る二十の篇から成るが、淵明の詩文は『論語』のかなり多くの篇から典故をひろう。しかし同一典故の頻用、どういう典故をしばしばつかっているか、ということに焦点をあてれば、いちじるしい特徴があることを発見する。すなわち、孔子の弟子のうち顔回の故事、ことにその貧窮生活にまつわる故事をしばしばとりあげることが、一つ。次に、『論語』衛霊公篇に見える「君子も固《もと》より窮す」ということば、「固窮」という語に執着することが、二つ。そして、『論語』の中で反孔子的な人物、隠遁者風の人物が集中的に登場する微子《びし》篇の故事を頻用すること、これが第三の特徴である。

以上三つの特徴のそれぞれについて、見てみよう。

顔回（顔淵）は、孔子が最も愛した弟子であり、『論語』には「顔淵」の名を冠する一篇がある。ただし、顔淵篇の名は、その冒頭の句が「顔淵、仁を問う。子曰く……」とはじまることによってつけられたのであり、顔淵篇に顔回の記事が集中しているわけではない。

ところで淵明は、「仁を問う」顔回にはあまり関心を示さない。もっぱら顔回の貧窮生活に関心をもつ。青年のころを回顧した詩の中で、淵明はおのれの貧窮を顔回に比してさえいる。

弱齢寄事外　弱《わか》き齢《ころ》より事外に（身を）寄《あず》け
委懐在琴書　懐《おも》いを委《ゆだ》ぬるは琴《きん》と書に在り
被褐欣自得　褐《かつ》を被《き》て欣《よろこ》んで自得し
屢空常晏如　屢《しば》しば空《むな》しきも常に晏如《あんじょ》たり
（「始めて鎮車参軍と作《な》りて、曲阿を経《へ》しときに作る」）

「屢《しば》しば空《むな》し」という語は、『論語』先進篇に「子曰く、回や其《そ》れ庶《ちか》からん乎《か》、屢しば空し」というのにもとづく。また、司馬遷の『史記』伯夷《はくい》列伝にもいう、「七十子の徒（孔子の弟子たち）、仲尼《ちゅうじ》（孔子）は独り顔淵を薦《すす》めて好学と為《な》す。然れども回や屢しば空し。糟《かす》や糠《ぬか》にも厭《あ》かず」。

顔回の貧乏生活に対する言及は、『論語』雍也《ようや》篇にも見える。「子曰く、賢なるかな、回や。一箪《いったん》の食《し》、一瓢《いっぴょう》の飲、陋巷《ろうこう》に在りて、人は其《そ》の憂いに堪《た》えざるに、回や其の楽しみを改めず。賢なるかな、回や」。一箪の食、一瓢の飲とは、竹で作った弁当箱一杯のめし、ひさごを割ったおわん一杯の飲みもの。

淵明は従弟《いとこ》の敬遠に与えた詩の中でこの故事をつかい、おのれを顔回になぞらえる。

…………

凄凄歳暮風　凄凄《せいせい》たり　歳暮の風
翳翳経日雪　翳翳《えいえい》たり　日を経《へ》し雪
傾耳無希声　耳を傾くるも希《かす》かなる声もなく
在目皓已潔　目に在りては皓《こう》として已《すで》に潔《きよ》し
勁気侵襟袖　勁《つよ》き気の襟《えり》と袖《そで》を侵し
箪瓢謝屢設　箪瓢《たんぴょう》　屢《しば》しば設《もう》くるを謝す

…………

なお、淵明の特異な自叙伝「五柳先生伝」の中で、「箪瓢は屢しば空しきも、晏如たり」といい、おのれの死を想定して作った「自祭文——自らを弔う文」の中で、「箪瓢は屢しば罄《つ》き、絺綌《くず》のふとんを冬に陳《し》けり」というのも、右の『論語』の故事を用いて、顔回の境涯をおのれに比したものである。

ところで、右に引用した詩文では、淵明は顔回の貧困をよしとし、これを肯定的に見ているように思える。しかし淵明は、時に顔回をも批判的な目で見、ヤユすることがある。

在昔聞南畝　在昔《むかし》　南畝《なんぽ》を聞くも
当年竟未践　当年　竟《つい》に未《いま》だ践《ふ》まず
屢空既有人　屢《しば》しば空しきは既に人あり
春興豈自免　春興《しゅんこう》　豈《あ》に自《みずか》ら免《まぬが》れんや

（「癸卯《きぼう》の歳始春、田舎に懐古す」第一首）

「南畝」は、南の畑。『詩経』の、家族とともに農耕にはげむ人の姿をうたう詩に見える語。むかし「野良仕事の歌」はよく聞いたが、「当年」すなわち若いころは、畑に足をふみ入れたことがなかった。「屢しば空し」、腹をすかせて平気な人も、むかしはいたようだが、私としては、「春興」、春の耕作、その仕事はじめから、勝手に逃げ出すわけにゆかぬのだ。

詩句の大意は、右のごとくである。

また、「飲酒」と題する詩の第十一首では、顔回のことを次のようにうたう。

顔生称為仁
栄公言有道
屢空不獲年
長飢至於老
雖留身後名
一生亦枯槁
死去何所知
称心固為好

顔生は仁を為《な》すと称《たた》えられ
栄公は有道《ゆうどう》と言わる
屢しば空しくして年を獲《え》ず
長《つね》に飢えて老いに至る
身後《しんご》の名を留むと雖《いえど》も
一生　亦《ま》た枯《か》れ槁《しな》びたり
死し去れば何《なん》の知る所ぞ
心に称《かな》うを固《もと》より好《よ》しと為す

第二句にいう「栄公」は、九十の歳まで貧乏をつらぬき、何の苦痛も感ずることなく人生を楽しんだという、栄啓期《えいけいき》。『列子』天瑞《てんずい》篇に見える人物。この人物については、のちにまたふれる。同じく『列子』仲尼《ちゅうじ》篇に、「回の仁は丘《きゅう》（孔子）にまさる」。「有道」とは、宇宙を支配する法則を体得しているというほどの意。淵明の別の詩に、「人生は有道に帰《き》す」（庚戌《こうじゅつ》の歳九月中、西田《せいでん》に於て早稲《そうとう》の穫《とりいれ》す）。

――顔回どのは仁者とたたえられ、栄老人は道を得た人といわれる。一方は腹をすかせて若死にし、他方はひもじさの中で老いを迎えた。両者とも死後にその名をのこしたけれども、一生は枯れてしなびたものだった。死んでしまえば何がわかろう。心の満足、それが何より。……

淵明は、そううたっている。ここには、顔回の生きざまに対する批判、批判とまではいえなくとも、懐疑が、ある。

五

『論語』衛霊公《えいれいこう》篇に、次のような一節がある。

――（孔子）陳に在りて、糧《りょう》を絶《た》たる。従者、病んで能《よ》く興《た》つこと莫《な》し。子路、慍《いか》って見《まみ》えて曰《いわ》く、君子も亦《ま》た窮することある乎《か》、と。子曰く、君子固《もと》より窮す。小人《しょうじん》窮すれば斯《ここ》に濫《みだ》る、と。

君子といえども、もとより困窮することがある。ただ小人の場合は困窮するととりみだす。そこが君子はちがうのだ。

淵明はこの「君子固《もと》より窮す」ということば、「固窮」という語がよほど気に入ったらしく、しばしばその詩文の中でつかっている。淵明以前にこれほど「固窮」という語に執着した詩人はいない。

いま淵明の句例を全部あげてみよう。

㈠　斯濫豈攸志　「斯濫《しらん》」は豈《あ》に志す攸《ところ》ならんや
固窮夙所帰　「固窮」こそ夙《つと》に帰《き》する所
餒也已矣夫　餒《う》えや已《や》んぬるかな
在昔余多師　在昔《そのかみ》　余《よ》には師多し
（「会《さと》ること有りて作る」）

㈡　不頼固窮節　固窮の節に頼《よ》らずんば
百世当誰伝　百世　当《まさ》に誰をか伝うべき
（「飲酒」第二首）

㈢　誰云固窮難　誰《たれ》か云《い》う　固窮は難《かた》しと
邈哉此前修　邈《ばく》たる哉《かな》　此《こ》の前修
（「貧士を詠ず」第七首）

㈣　寧固窮以済意、不委曲而累己。
——寧《むし》ろ固窮もて以て意《こころ》を救《すく》わん、（身を）委《たわ》め曲《ゆが》めて己《おのれ》を累《わずら》わさざらん。
（「士の不遇に感ずる賦《ふ》」）

(五)　行行向不惑　行く行く不惑《ふわく》に向かわんとするに
淹留遂無成　淹留《えんりゆう》して遂《つい》に成ること無し
竟抱固窮節　竟《つい》に固窮の節を抱《いだ》きて
飢寒飽所更　飢寒《きかん》　更《へ》し所に飽《あ》く
（「飲酒」第十六首）

(六)　歴覧千載書　千載《せんざい》の書を歴覧するに
時時見遺烈　時時《ときどき》に遺烈を見る
高操非所攀　高き操《みさお》は攀《とど》く所に非ざるに
謬得固窮節　謬《あやま》って固窮の節を得たり
（「癸卯《きぼう》の歳十二月中、従弟敬遠に与う」）

以上が「固窮」という語の見える句例のすべてである。これらを読んで、いくつかのことに気づく。その一つは、淵明の「固窮」に対する執着は、顔回に対する執着に似る、ということである。貧窮に対する身の処し方への関心という点で、両者は似る。その二つは、すでに先人によって指摘されていることだが、淵明は「固窮」という語を「窮を固《まも》る」、貧窮をつらぬき通すというニュアンスをもたせて、読んでいたのではないか、ということである。特に例(三)の「誰か云う固窮は難しと」などは、その傾きがあるように思える。ただしこの場合も、『論語』の原義通り「固《もと》より窮す」と解して、読めぬことはない。それらのことについては、いずれ稿を改めて述べたい。

その三つは、右の挙例のうち㈠から㈣までと㈤㈥とは、「固窮」に対する姿勢を異にするということである。すなわち㈠から㈣までは、「固窮」すなわちすぐれた人間が貧窮におちいるのは当然だということ、それに対する積極的な評価が見られるが、㈤㈥に至って「固窮」はやむをえぬこと、まかりまちがって享受せねばならなくなったこと、という。

淵明は孔子のいう「固窮」に、一方では共鳴し、共感を示したが、他方ではこれに疑問を感ずることもあった、ということではないか。だからこそ、右の『論語』の記事をやや茶化したような詩句、すなわち次に示すような詩句をのこしているのではなかろうか。

閑居非陳阨　閑居は陳阨《ちんやく》に非ざるに
窃有愠見言　窃《ひそ》かに愠見《おんけん》の言あり

（「貧士を詠ず」第二首）

「陳阨」とは、さきの『論語』の記事に見える、孔子が陳の国でうけた災難、食糧難という災厄をいう。「愠見の言」は、あの時弟子の子路が「愠《いか》って見《まみ》え」て言ったことば。

淵明の二句の意は、次のごとくである。

わがわびずまい、この貧乏生活は、孔子の陳における災厄、あのひどい食糧難というわけではない、あれほどではないのだが、それでもかげでブツブツいう家人がいる。子路のようにムキになって、戸主である私を非難する家族がいる。

六

淵明が『論語』から頻用する典故の一つは「顔回」の故事、二つは「固窮」という語であり、両者がともに貧窮生活への身の処し方に関係することは、すでに述べた。それらは、仁を中心とする『論語』の主張、孔子および儒家の中心思想とは、いわば無縁のことである。全く無縁とはいえないまでも、主調をなす思想とはあまり関係がない。

ところで、頻用する典故の第三は、『論語』微子《びし》篇に登場する何人かの人物にまつわる故事である。これも『論語』の主調をなす思想と無縁、というよりは、かれらはむしろ反儒家、非儒家的な人物である。淵明はこれらの人物に深い関心を示す。たとえば、はじめに引いた「勧農」と題する長篇詩の、後半に入る部分では、次のようにうたう。

気節易邁　　気節　邁《ゆ》き易《やす》く
和沢難久　　和沢《わたく》　久しかり難し
冀欠携儷　　冀欠《きけつ》　儷《つま》を携《たずさ》え

沮溺結耦　沮溺《そでき》　耦《ぐう》を結ぶ
相彼賢達　彼《か》の賢達を相《み》るに
猶勤壟畝　猶《な》お壟畝《ろうほ》に勤《つと》む
矧茲衆庶　矧《いわ》んや茲《こ》の衆庶《しゅうしょ》
曳裾拱手　裾《すそ》を曳《ひ》き手を拱《こまね》かんや

古代の賢人、達人といわれた「冀欠《きけつ》」や「沮溺《そでき》」さえ、田畑で一心に働いた。まして一般の庶民が、すそをひきずり手をこまねいて安閑と暮らせようか、というのである。

「冀欠」は『論語』に見えず、『左伝』僖《き》公三十三年の条に見える人物。春秋時代、妻と仲よく田の草取りをしていたのを見出され、晋の文公にとりたてらた。「沮溺」の方は、『論語』微子篇に見える長沮《ちょうそ》・桀溺《けつでき》という二人の人物。『論語』のその条には、次のように記されている。

——長沮《ちょうそ》・桀溺《けつでき》、耦《なら》びて耕す。孔子ここに過《よぎ》る。子路をして津《しん》（船つき場）を問わしむ。長沮曰《いわ》く、夫《か》の輿《たずな》を執《と》る者を誰とか為《な》す、と。子路曰く、孔丘と為す、と。曰く、是《こ》れ魯《ろ》の孔丘か、と。曰く、是れなり、と。曰く、是れ津を知れり、と。桀溺に問う。桀溺曰く、子《きみ》は誰とか為す、と。曰く、仲由《ちゅうゆう》（子路の姓名）と為す、と。曰く、是れ魯の孔丘の徒か、と。対《こた》えて曰く、然《しか》り、と。曰く、滔滔《とうとう》たる者は天下皆是《こ》れなり。而《しこ》うして誰か以てこれを易《か》えん。且《か》つ而《なんじ》其《そ》の人を辟《さ》くるの士に従うよりは、豈《あ》に世を辟くるの士に従うに若《し》かんや、と。耰《つちもり》して輟《や》めず。子路、行きて以て告ぐ。夫子《ふうし》、憮然《ぶぜん》として曰く、鳥獣は与《とも》に群れを同じくすべからず。吾、斯《こ》の人の徒と与《とも》にするに非《あら》ずして、誰と与《とも》にせん。天下、道あらば、丘《われ》、与に易《か》えざるなり。

長沮と桀溺は二人並んで畑を耕していた。そこへ孔子が通りかかった。弟子の子路をやって、渡し場のありかをたずねさせる。長沮がいった、「あの馬車の手綱をとっているのは誰かね」。子路「孔丘です」。「あの魯の孔丘かね」。「そうです」。「彼なら渡し場を知っているはずだよ」。困った子路は、桀溺の方にきいた。桀溺はいった。「君は誰かね」。「仲由です」。「魯の孔丘の弟子かね」。子路はかしこまって答えた。「その通りです」。「滔滔《とうとう》と水があふれ流れるように乱れているのは、世の中全体がそうなのだ。それを誰が変えようというのか。(孔子はそのつもりらしいが、)変えられるはずがない。しかも君は人を善悪でよりごのみして、悪人を避けるようなあんな人物につき従うよりは、世の中全体から逃避する人間に従う方がましだよ。」

桀溺はそういうと、種子《たね》に土をかける手を休めようとしなかった。子路はそこを離れて、孔子に報告した。孔先生はそれをきいて、憮然としていわれた。「鳥やけだものといっしょに暮らすことはできぬ。私は人間どもといっしょに暮らすのでなくて、何といっしょに暮らせよう。その人間世界が道理のある世界ならば、私はそれを変えようとはしないだろう」。

『論語』のこのエピソードは、さまざまな意味をふくみ、またさまざまな解釈を許容するように思える。しかし、長沮・桀溺が孔子の生きざまに批判的であり、孔子がこれにいわば「人間主義」とでもいうべき主張を対置させて答えていることは、たしかであろう。

なお、桀溺のことばに見える「世を辟《さ》く」という語は、『論語』憲問篇に孔子自身のことばとして、次のように見える。

——子曰く、賢者は世を辟《さ》く。其《そ》の次は地《とち》を辟く。其の次は色を辟く。其の次は言を辟く、と。

とすれば、孔子もまた長沮・桀溺ふうの生きざまを全面否定しているわけではない。だが、長沮・桀溺が孔子に対する批判者であることは動かない。

淵明はこの長沮・桀溺のことを、別の詩では次のようにうたっている。

遥遥沮溺心　　遥かに遥かなる沮溺の心
千載乃相関　　千載《せんざい》ののちに乃《すなわ》ち相《あ》い関《かかわ》る

（「庚戌《こうじゅつ》の歳九月中、西田《せいでん》に於《おい》て早稲《そうとう》の穫《とりいれ》す」）

これは、一日の稲刈りをおえたあとの心境、感慨である。

また別の詩、これは公務を帯びて旅した途次の作だが、長沮・桀溺を慕う気持ちを次のようにうたう。

商歌非吾事　　商歌は吾《わ》が事に非ず
依依在耦耕　　依依《いい》としてしたわしきは耦耕《ぐうこう》に在り

「商歌」とは、春秋時代、衛《えい》の国の寧戚《ねいせき》という男が、斉《せい》の桓《かん》公の前で商の調《しら》べの歌をうたい、その常人でないのを認められて抜擢されたという故事にもとづき、仕官のための自己推薦というほどの意。ところで、さきの長沮のことばに見える「彼（孔子）なら渡し場を知っているはずだよ――是《こ》れ津《しん》を知れり」というのは、二重の意味をもつようである。孔子は天下をめぐり歩いているから渡し場の位置をよく知っているはず、という意と、人間世界のことにくわしい男だから人生のさまざまな渡し場については熟知しているはず、という意である。

淵明が、さきにその一部を紹介した「飲酒」第二十首の中で、今の世には儒家の古典「六籍」に親しむものなしと嘆いたのあと、

終日馳車走　　終日　車を馳《は》せて走り
不見所問津　　問う所の津《しん》を見ず

とうたう「問津」は、後者の意、すなわち正しい生きざまの方法を求める意に解しているものと思

われる。「問津」という語は、有名な「桃花源記」の結びのことばにも見える。

――後、遂に津を問う者なし。

これも、桃源郷に通ずる渡し場のありかをたずねる者、という現実的な意味のほかに、理想なり真理、すなわち正しい生き方を求める者、の意をふくむにちがいない。

「問津」という語は、淵明の詩文にもう一例見える。「癸卯《きぼう》の歳の始春、田舎に懐古す」第二首に、みずから畑に出て働く姿をうたったあと、

耕種有時息　　耕し種《う》えて時に息《いこ》うことあるも
行者無問津　　行く者　津を問うことなし

この「無問津」という語は、さきの二例と同じく「求道の士」がいないという意味に解せぬこともない。しかし、私には、孔子に対するヤユのように読める。すなわち孔子のようにうるさく道をたずねる者はいない、そういうわずらわしさがない、という意味ではないか。この詩のうたい出しが、すでに引いたように、

先師　遺訓あり
「道を憂えて貧を憂えず」と
瞻望《せんぼう》するも邈《ばく》として逮《およ》び難《がた》く
転《うた》た長勤に志《こころざ》さんと欲す

という句ではじまることは、右のような解釈、孔子へのヤユとする解釈を、許容するように思える。

七

『論語』微子《びし》篇は、右の長沮《ちょうそ》・桀溺《けつでき》のエピソードのすぐあとに、もう一人の隠者風人物を登場させる。この人物の孔子に対する批判は、沮・溺よりもいっそうあけすけであり、痛烈である。

——子路は孔子について歩いているうちに、孔子におくれた。途中、かついだ杖のさきに竹かごをぶらさげた老人に出あった。子路がたずねた。「あなたは先生を見かけましたか」。老人はいった。「手足を働かさず、五穀の見わけもつかぬ奴を、どうして先生などとよぶのだ」。そういうと、肩の杖を土につきさし、畑の草むしりをはじめた。子路は手を前にくみあわせて（敬意を表しつつ）立ちすくんでいた。老人は子路をひきとめて家に泊めてやり、鶏《にわとり》をしめ黍《きび》めしをつくって食わせ、二人の息子にひきあわせた。

——子路、従いて後《おく》る。丈人《じょうじん》の杖を以て篠《あじか》を荷《にな》うに遇《あ》う。子路、問いて曰《いわ》く、子《し》は夫子《ふうし》を見たるか、と。丈人曰く、四体勤《つと》めず、五穀分《わか》たざるに、孰《たれ》をか夫子と為す、と。其《そ》の杖を植《た》てて芸《くさぎ》る。子路、拱《きょう》して立つ。子路を止《とど》めて宿せしむ。鶏《とり》を殺し黍《しょ》を為《つく》りてこれに食らわしめ、其の二子に見《まみ》えしむ。

ただし、右の条について、老人の批判は孔子にではなく子路に向けられたものだとし、「お前は働きもせず、穀物の見わけもつかず、先生、先生と探しまわっている」と解する説が、淵明より百年ほど後輩の皇侃《こうがん》の『論語義疏《ぎそ》』に見える。また、「四体は勤めざらんや、五穀には分《こや》さざらんや」とよみ、だれが先生だろうと、わしは畑仕事に忙しいのだ、と解する説が、のちの清《しん》朝にある。いずれも孔子批判はおそれ多いとする故の、無理な解釈であろう。

淵明は、この老人を慕って、次のようにうたっている。詩は「丙辰《へいしん》の歳八月中、下潠《かそん》の田舎に於《おい》て穫《とりいれ》す」と題して、貧乏生活のささえとしての農耕にはげんで来たことをうたい、今や年老いたがこの仕事からは離れられぬと述べたあと、次の二句で結ぶ。

遥謝荷篠翁　　遥かに謝す　篠《あじか》を荷《にな》いし翁に
聊得従君棲　　聊《いささ》か君に従いて棲《す》むを得たり

あなたを見ならって来たおかげで、まずまず暮らしてゆける、というのである。「君に従う」とは、「四体勤めず、五穀分たず」ではいけないといった老人に見ならって、というほどの意であろう。

さて、『論語』微子篇の文章は、右の話を前半とし、後半にその後日談をのせる。

子路はあくる日、老人の家を立ち去り、孔子をさがしあてて報告した。孔子は、「それは隠者だ」といい、子路にひきかえしてもう一度会うように命じた。子路が家につくと、老人はどこかへ出かけて家にいなかった。子路はそこで、おそらくは孔子の伝言であろう、隠者批判のことばをいいのこして去る、というところで、このエピソードは終る。

淵明は、この後半の部分を典拠にした詩も作っている。すなわち、田畑で働くことのすばらしさをうたった詩（「癸卯《きぼう》の歳の始春、田舎に懐古す」第一首）の結びの四句、

是以植杖翁　　是《ここ》を以て植《しよくじよう》 杖の翁《おう》
悠然不復返　　悠然として復《ま》た返らず
即理愧通識　　理に即すれば通識に愧《は》ずるも
所保詎乃浅　　保つ所詎《なん》ぞ乃ち浅からんや

田野の楽しみゆえにあの植杖の翁《おきな》は、ふたたび俗界にかえること、俗人の前に姿を現わすことをし

なかった。道理を会得した大人《たいじん》にはおこがましいが、わが保つ所、わが信念も、浅薄なものとはいわせぬぞ。

右の二例によって、あの老人は淵明にとって一つの理想像だったことがわかる。しかも老人の故事を典拠とする詩文は、右の二例だけではない。たとえば、有名な「帰去来の辞」の中で、

——良辰《りょうしん》を懐《おも》いて以て孤《ひと》り往《ゆ》き、或いは杖を立てて耘耔《うんし》す（草を刈り土を盛る）。

と、おのれの姿をうたうとき、淵明の脳裡にはあの老人の影像がオーバーラップしていたにちがいない。また、これも有名な「桃花源記」の中で、桃源郷の住人たちが俗界から訪ねて来た漁夫をもてなす模様を、

——酒を設け、鶏を殺して、食を作《な》せり。

というのは、植杖翁《おう》が子路を家に泊めて、「鶏を殺し黍《しょ》を為《つく》りてこれに食らわしむ」というのに似る。それは素朴な農民のふつうの接待であろうが、それをこそよしとし、理想とした淵明の考え方を示す。また、次のような何気ない詩句にも、植杖翁の姿が影を見せる。

田家豈不苦　　田家　豈《あ》に苦しからざらんや
弗獲辞此難　　此《こ》の難を辞するを獲《え》ず
四体誠乃疲　　四体　誠に乃《すなわ》ち疲るるも
庶無異患干　　庶《ねが》わくは異患《いかん》の干《おか》すなからんことを

（「庚戌《こうじゅつ》の歳九月中、西田《せいでん》に於《おい》て早稲《そうとう》の穫《とれい》す」）

「四体誠に乃ち疲るるも」というのは、植杖翁が孔子を批判したことば「四体勤めず」をふまえているはずである。

八

淵明が『論語』微子《びし》篇のもう一人の登場人物楚狂《そきょう》接輿《しょうよ》の故事を典拠とするのは、「帰去来の辞」の次の句である。

——已往《いおう》の諫《いさ》められざるを悟り、来者《らいしゃ》の追うべきを知る。

過ぎ去ったことは改められぬと悟り、未来こそ追い求めるべきだと知ろう、というこの句がもとづくのは、微子篇の次の記事である。

——楚狂接輿《そきようしようよ》、歌いて孔子を過《よぎ》りて曰《いわ》く、鳳《ほう》よ鳳よ、何《なん》ぞ徳の衰《おとろ》えたる。往《ゆ》く者は諫《いさ》むべからず。来たる者は猶《な》お追うべし。已《や》みなん、已みなん。今の政《まつりごと》に従う者は殆《あやう》し、と。孔子、下《お》りてこれと言《かた》らんと欲す。趨《はし》りてこれを辟《さ》く。これと言《かた》ることを得ず。

楚の国の狂人、といっても精神病者ではなく、奔放な言動によって狂人扱いされていた接輿《しょうよ》なる人物、その人物が歌をうたいながら孔子の前を通り過ぎた。歌の文句は次のようなものであった。——鳳《おおとり》よ鳳よ（鳳のように立派なあなたよ）、何とその徳のおとろえたことか。過ぎたことは改められぬ。未来はまだ追い求められる。やめた、やめた。いまの世で政治家になるのは、あぶないぞ。——孔子は車から下り、彼と話そうとしたが、彼は走り去って孔子を避け、話すことはできなかった。

このエピソードで、楚狂接輿は、政治に執着し、理想的政治を実現するために奔走する孔子への、批判者、警告者として描かれている。淵明がもとづくのは、接輿のことばの一節にすぎず、「帰去来」の句は孔子を直接に批判しているわけではない。しかしそれは間接的で婉曲な孔子批判とならざるをえない。「帰去来の辞」は、淵明が人生の転機にあたって作った代表的作品であり、したがって選びぬかれたことばで構成されている。その中に右のような表現が見えるのは、興味深い。

ところで、淵明の詩文には、もう一人、孔子と同時代人の隠者風人物が、しばしば登場する。すでに四章で紹介した栄啓期《えいけいき》が、それである。ただしこの人物は、『論語』微子篇には見えず、前述のように『列子《れっし》』天瑞《てんずい》篇に見える。

孔子は泰《たい》山のほとりで、一人の貧相な老人に出あった。老人は鹿の皮をまとい、帯のかわりに荒縄をしめ、琴をひきつつ楽しそうに歌っている。名を栄啓期という。孔子が、どうしてそんなに楽しそうなのですか、ときくと、老人は答えた。――わしは万物の中で一番尊い人間に生まれた。それが楽しさの第一。女でなく男に生まれたのが、第二。若死にせず、今は九十の長寿、それが第三。貧乏は男のさだめ、死は人生の終着点。さだめに安んじ終りを全うできれば、何の憂いもあるまい。――孔子はいった、よきかな、これこそ精神を解放し得た人物だ、と。

『列子』というのは、道家系統の書物である。そのためか、ここでの孔子は、隠者風の人物に対するアンチテーゼとしてでなく、讃美者として登場する。したがって栄老人は、孔子よりも上位の、孔子よりもすぐれた人物、という設定である。

この栄老人を、淵明は見ならうべき古人として次のようにうたっている。

積善云有報　　積善《せきぜん》　報《むく》いありと云うも
夷叔在西山　　夷叔《いしゅく》は西山に在り
善悪苟不応　　善悪　苟《いや》しくも応ぜずんば
何事立空言　　何事ぞ　空言《くうげん》を立てし

九十行帯索　九十にして行くゆく索《なわ》を帯にす
飢寒況当年　飢寒　況《いわ》んや当年をや
不頼固窮節　固窮《こきゅう》の節に頼《よ》らずんば
百世当誰伝　百世《ひゃくせい》　当《まさ》に誰をか伝うべき

（「飲酒」第二首）

善行を積めばよいむくいがある、というのは、儒家の教えである。『易経《えききょう》』にいう、「積善の家には必ず余慶《よけい》あり」と。しかるに伯夷《はくい》・叔斉《しゅくせい》は西山で飢え死にした。もし善悪のむくいがチグハグになるのなら、なぜあんなウソの格言を作ったのか。九十にもなって帯のかわりに荒縄をしめた人がいた。まして若い時代の飢えや凍《こご》えなど。「固窮」の節によるのでなければ、千年先に名は伝わらぬ。淵明は、古代の貧士の節操をたたえた連作の詩「貧士を詠ず」七首の第三首でも、栄啓期のことをうたう。

栄叟老帯索　栄叟《えいそう》は老《お》いて索《なわ》を帯にし
欣然方弾琴　欣然《きんぜん》として方《まさ》に琴を弾《ひ》く

また別の詩「五月旦《ついたち》の作、戴主簿《たいしゅぼ》に和す」の中で、おのれの持すべき態度として、

居常待其尽　　常に居《お》りて其《そ》の（命の）尽《つ》くるを待つ

とうたうのも、栄啓期のことば、さきに引いた『列子』の「さだめに安んじ終りを全《まっと》うする」（原文では、処常得終）を、ふまえたものである。

このように、淵明は栄啓期という人物に興味と関心を示し、深い敬意をささげているが、この老人に対する批判的な詩句ものこしていないではない。すでに第四章で引いた「飲酒」第十一首が、それである。

…………

栄公言有道　　栄公は有道《ゆうどう》と言わるるも

…………

長飢至於老　　長《つね》に飢えて老《お》いに至れり
雖留身後名　　身後《しんご》の名を留《とど》むと雖《いえど》も
一生亦枯槁　　一生　亦《ま》た枯《か》れ槁《しな》びたり
死去何所知　　死し去れば何《なん》の知る所ぞ
称心固為好　　心に称《かな》うを固《もと》より好《よ》しと為《な》す

…………

淵明が有道者栄公に対して、かく批判的な言辞を時に吐くのは、「人生は有道に帰《き》するも、衣食固《もと》より其《そ》の端《はじめ》なり」（「庚戌《こうじゅつ》の歳九月中、西田《せいでん》に於《おい》て早稲《そうとう》の穫《とりいれ》す」）、人生の窮極の目標は有道、道を体得することにあるけれども、しかし衣食のことは人生の端緒、誰でもがぶつかる現実である、という思想が根底にあったからであろう。淵明の孔子批判もまたそこに根ざしている。

九

陶淵明の孔子批判は、間接的な形をとるもの、またヤユするような口調で述べる場合が、すくなくない。すでに引いた詩句、

四体誠乃疲　　四体　誠に乃《すなわ》ち疲るるも
庶無異患干　　庶《ねが》わくは異患《いかん》の干《おか》すなからんことを

なども、間接的批判の一例であろう。植《しょく》杖翁《じょうおう》が孔子を批判して、「四体勤《つと》めず、五穀の見分けもつかずして、何が先生か」という。それにもとづきつつ、淵明自身は四体勤めて働いており、その労働によって体は実に疲れるけれども、それはいい、ただ労働の成果、五穀が、災害でやられることだけ

が心配だ、というのである。

これもすでにその一部の詩句を引いた「飲酒」の第二十首、そのうたい出しは、次の四句ではじまる。

羲農去我久　　羲農《ぎのう》　我を去ること久しく
挙世少復真　　世を挙《あ》げて真に復《かえ》ること少《まれ》なり
汲汲魯中叟　　汲 汲《きゆうきゆう》たる魯中《ろちゆう》の叟《おきな》
弥縫使其淳　　弥縫《びほう》して其《そ》を淳《じゆん》ならしむ

儒家が理想社会としてえがく上古の伝説時代、伏羲《ふつぎ》と神農《じんのう》の世以後、誰も真実の生活を生きようとせぬ。ただ中間に孔子が現われて、破れをつくろい淳朴にかえそうと努力した。

淵明はここで孔子の歴史的役割を評価しながらも、汲々と、せわしなく立ち働くご老人、それが弥縫、破れた所を何とかつくろおうとした、と、いささかヤユするような皮肉な口調で描写する。

またたとえば、「帰去来の辞」の中に次のような一節がある。


——形を宇内《うだい》に寓《あず》くること復《ま》た幾時《いくとき》ぞ、曷《なん》ぞ心を委《ゆだ》ねて去留に任《まか》せざる。故為《なんす》れぞ遑遑《こうこう》として何《いず》くに之《ゆ》かんと欲する。

「遑遑《こうこう》として何《いず》くに之《ゆ》かんと欲する」、という表現は、われわれに後漢の班固《はんご》の「答賓戯《とうひんぎ》」（『文選《もんぜん》』所収）、そこに見える「栖栖《せいせい》遑遑、孔の席は暖《あたた》まらず」ということばを想起させる。そして班固の語は、『論語』憲問篇に見える微生畝《びせいほ》のことば「丘（孔子）よ、何《なん》ぞ是《こ》の栖栖たる者を為《な》すや」につらなるであろう。なぜ君はうろうろせかせかと歩きまわってばかりいるのかね。

この「栖栖」という語も、淵明の詩に二度ほど見える。

栖栖失群鳥　栖栖《せいせい》たり　群れを失いし鳥
日暮猶独飛　日暮れて猶《な》お独《ひと》り飛ぶ
徘徊無定止　徘徊《さまよ》いて定まれる止《やど》りなく
夜夜声転悲　夜夜　声は転《うた》た悲し

（「飲酒」第四首）

栖栖世中事　栖栖《せいせい》たる世中《せちゅう》の事と
歳月共相疎　歳月　共に相《あ》い疎《うと》くなれり

（「劉柴桑《りゅうしそう》に和す」）

淵明が「遑遑」とか「栖栖」という語をつかったとき、それがかつて孔子を批評することばとしてつかわれたことを、知らぬはずはない。だから右の詩句はすべて孔子を暗に批判したものだ、とはもちろんいえないが、すくなくとも「帰去来の辞」のそれは、孔子のことが全く意識の外にあったとはいえないだろう。これまた孔子に対する間接的批判である。

淵明の「雑詩」と題する連作の第四首は、次のようなうたい出しではじまる。

丈夫志四海　丈夫《じょうぶ》は四海《しかい》に志《こころざ》すも

我願不知老　我は願う　老《お》いを知らず

この「老いを知らず」ということばは、おそらくは『論語』述而《じゅつじ》篇の孔子が自らを評したことば、「老いの将《まさ》に至らんとするを知らず」というのにもとづく。ところが、淵明は孔子のことばをつかいながら、孔子の語の原義とはかなりはずれた主張をする。『論語』の一章は、次のごとくである。

——葉《しょう》公、孔子を子路《しろ》に問う。子路、対《こた》えず。子曰《いわ》く、女奚《なんじなん》ぞ曰《い》わざりし。其《そ》の人となりや、憤《いきどお》りを発して食を忘れ、楽しみて以て憂いを忘れ、老《お》いの将《まさ》に至らんとするを知らざるのみ、と。

葉《しょう》公が孔子のことを子路にたずねた。子路は答えない。なぜ答えなかったのか、『論語』のこの条は説明しないが、孔子が偉大すぎて答えようがなかったのだと、古い注はいう。さて、子路からこのことをきいた孔子は、いった。お前はどうしてこういわなかったのか。あの方は憤《いきどお》りを発すると食事も忘れ、楽しみにうちこむと憂いを忘れ、老いのわが身におとずれるのを気にもかけない、そんなお人です、と。

淵明の詩は、さきの二句、

丈夫志四海　丈夫は四海に志すも
我願不知老　我は願う　老いを知らず

につづけて、次のようにうたう。

親戚共一処　親戚　共に一処
子孫還相保　子孫　還《ま》た相《あ》い保ち
觴弦肆朝日　觴《さかずき》と弦《げん》と　朝日《あした》より肆《ほしいまま》にし
樽中酒不燥　樽中　酒燥《かわ》かず
緩帯尽歓娯　帯を緩《ゆる》めて歓娯を尽《つ》くし
起晩眠常早　起くるは晩《おそ》く眠るは常に早からんことを
…………

男子たるもの、四海に雄飛せんと志すのがふつうだが、私の願いはちがう。私の願いは次のようなものだ。いつまでも老いを知らず、親戚はいっしょに暮らし、子孫また無事にすごし、朝っぱらから盃と琴を気ままに、酒樽はかわくことなく、帯をゆるめて楽しみつくし、おそく起き、寝るのはいつも宵の内。

要するに、孔子のことばのうち、「楽しみて以て憂いを忘る」、「老いを知らず」という部分だけをとりあげて、これを淵明風にふくらませ、「発憤して食を忘る」という部分は、全く無視する。無視するだけではない。この「食を忘る」ということばを、淵明は「五柳先生伝」の中で次のようにつかっている。

——読書を好めども、甚《はなは》だしくは解することを求めず、意に会すること有る毎《ごと》に、欣然《きんぜん》として食を忘る。

「発憤して食を忘る」という孔子の硬質なことばを、かるくいなすのである。これは孔子批判とまではいえないだろうが、「孔子ばなれ」のようなものを、私は感ずる。

淵明が孔子の弟子顔回の貧窮生活に関心をもち、その故事を詩句に多くとりいれていることは、すでに述べた。顔回は若くして死ぬが、その死後の故事について、淵明は「士の不遇に感ずる賦《ふ》」の中で、次のようにいう。

――回は早夭《そうよう》して又《ま》た貧なり。車を請《こ》いて以《もっ》て槨《かく》を備《そな》うるを傷《いた》む。

「車を請いて云々」というのは、『論語』先進《せんしん》篇の次の話にもとづく。顔回が死ぬと、父の顔路は孔子に願い出た。先生の乗用車をもらいうけて売り、その代金で棺桶の外箱（槨《かく》）を作り、鄭重に埋葬してやりたいのですが、と。孔子はこれを拒否する。なるほど君の息子は傑物であった。それにひきかえ私の息子の孔鯉《こうり》は不才であった。孔鯉が死んだとき、内側の棺は作ってやったが、外箱は作らなかった。私は乗用車を売って、外箱を作ることはしなかった。なぜなら、私は魯の国の重臣の列につらなるものであり、乗用車なしに徒歩であるくわけにはゆかぬのだ。

このエピソードは、人の死、しかも最も愛する弟子の死という、感情におぼれがちな場面に直面しても、孔子はなお理性を失わなかった、そういう話として儒家は理解する。

しかし、淵明はいう、「車を請いて以て槨を備うるを傷む」と。淵明の関心はもっぱら顔回の貧窮に向かい、孔子の理性には向かわない。

以上のような間接的な孔子批判、ヤユ、または「孔子ばなれ」のほかに、淵明の詩文には、孔子の示す命題に対する真向からの批判、あるいは懐疑をなげかけるものもある。

淵明が書いた伝記体の文章、「晋《しん》の故《もと》の征西大将軍の長史孟府君の伝」に見える次の一節は、その例である。孟府君は淵明の母方の祖父にあたる孟嘉《もうか》。淵明の最も敬愛し心酔する人物であった。伝記はその末尾の部分、「賛《さん》」に至って、次のようにいう。

——孔子、徳に進み業を修め、以《もっ》て時に及ぶと称す。君（孟府君）は、……道悠《はる》かに運は促《つづ》まり、遠業を終《お》えず。惜しい哉《かな》。仁者は必ず寿《いのちなが》し、と。豈《あ》に斯《こ》の言はこれ謬《あやま》れるか。

「徳に進み業を修め、以て時に及ぶ」というのは、『易経《えききょう》』乾《けん》の卦に見える孔子のことばである。孔子は、人徳を高め学問を身につけて、時をのがさぬことが大切、といわれた。君（孟府君）は、（貧乏ずまいで清らかに暮せば、名声はなはだ明らかに、宮仕えにつとめれば、有徳のきこえがよくひろがった。）だが道のりははるかに遠く、寿命はせまり、遠大な事業をやりとげえなかった。惜しいことよ。仁者は必ず長寿、というあのことばは、ウソではないか。

「仁者は必ず寿」というのは、『論語』雍也《ようや》篇に見える孔子のことばにもとづく。

——子曰く、知者は水を楽しみ、仁者は山を楽しむ。知者は動き、仁者は静かなり。知者は楽しみ、仁者は寿《いのちなが》し、と。

淵明は最も傾倒する人物の伝記を、孔子の命題に懐疑をなげかけることばで結んだわけである。

以上、陶淵明の詩文に見える孔子批判のことばを、いくつかの角度から紹介して来たが、批判の根底にあるものは、やはり冒頭に引用した「孔は道徳に耽《ふけ》り、樊須《はんしゅ》を是《こ》れ鄙《いや》しとす」という、労働重視の思想である。中国古代の知識人、中国風にいえば読書人の、伝統的な労働蔑視の思想に対する反撥が、根底にあったといえよう。

淵明が生きた時代、それは老荘的発想が優位を占めた時代である。すでに淵明より百四十年ほど先輩の詩人嵆康《けいこう》（二二三—二六二）は、「毎《つね》に湯《とう》・武《ぶ》を非とし、周・孔を薄《かろ》んず」（「山巨源に与えて交《まじわ》りを絶《た》つ書」）と、老荘思想にもとづく孔子批判のことばを吐いている。しかし淵明の同時代人で、淵明ほど作品の中で明確に孔子を批判し、しかもみずからの生活に根ざして孔子を批判した詩人はいなかった。

額に汗せずして、何の道徳か。しかし淵明は傲慢な詩人ではなかった。おのれの限界を知っていた。すでに紹介した「癸卯《きぼう》の歳始春、田舎に懐古す」第二首、

先師　遺訓あり
「道を憂えて貧を憂えず」と
瞻望《せんぼう》するも邈《ばく》として逮《およ》び難《がた》く
転《うた》た長勤に志《こころざ》さんと欲す

とうたい出すあの詩は、労働のよろこびをうたったあと、次のような四句で結ばれる。

日入相与帰　日入りて相与《うちつ》れて帰り
壺漿労近隣　壺《つぼ》の漿《さけ》もて近隣のものを労《ねぎら》う
長吟掩柴門　長く吟じて柴《しば》の門《と》を掩《と》ざし
聊為隴畝民　聊《いささ》か隴畝《ろうほ》の民と為《な》れり

「聊《いささ》か」という語は、淵明の詩によくつかわれる。まずまず今のところは。聊《いささ》か隴畝《ろうほ》の民と為《な》れり、まずまずわしも、田舎の百姓。

淵明は、一農民になりきろうとしてなれず、その格闘の中でおのれの矛盾を表白した詩人であった。淵明の孔子批判もまたそのことに根ざしている。

平淡豪宕《へいたんごうとう》の詩人――陶淵明

もしも君陶淵明にならひなば洛北洛西また帰農の地あり

河上肇《かわかみはじめ》(一八七九―一九四六)晩年の一首である。陶淵明の詩集は、陸放翁《りくほうおう》の詩集とともに、河上さんの愛読の書であった。放翁集に河上さんが熱中するのは、一九四一(昭和十六)年以後のことだが、淵明集が愛読の書となるのはそれより早く、一九三三(昭和八)年(五十五歳)以後、獄中でのことらしい。

小島祐馬《おじますけま》博士の証言を聞こう。小島博士は、河上さんの京都大学での同僚である。大正末期から昭和の初期にかけて、小島さんは文学部の助教授、河上さんは経済学部の教授であり、それ以前からも二人の間には親交があった。

（河上博士が）特に漢詩に親しむようになられたのは未決に居られた頃からであって、それは或人から差入れた鈴木豹軒《ひょうけん》先生の『白楽天詩解』を読んで大変興味を覚えられ、つづいて陶淵明や王維や蘇東坡《そとうば》など読みたいから適当な解釈本があらば知らしてほしいと云うことを、夫人を通じて言って見えたことがあった。

（「読書人としての河上博士」、『回想の河上肇』世界評論社刊、一九四八年所収）

右にいう「未決に居られた頃」は、昭和八年一月、河上さんが東京中野の隠れ家で検挙された後、八月八日判決（懲役五年）、九月二十六日控訴取下げによる下獄まで。「夫人を通じて言って見えた」という河上夫人秀さん、その日記（『留守日記』筑摩書房、一九六七年。新版、岩波書店、一九九七年）にも、右のことは見え、河上さん自身の『自叙伝』（第三冊、岩波文庫、二四三頁）は次のようにいう。『自叙伝』のこの部分、小説のスタイルで書かれ、文中「重子」というのは河上夫人、「弘蔵」は河上さん自身である。

次には重子からの差入本の話が出た。

「小島《おじま》さんから本が参りましたので、先程差入の手続を済まして置きました。丁度《ちょうど》手許《てもと》に家族の見ていた本があったので、手垢《てあか》が附いていて失礼だが、それをお送りするから差入れてくれ、そう言ってお寄越しになりました。」

「そうか、何という本だ？」
「陶淵明集と老子とでございます。」
「老子は一冊本か？」
弘蔵は手許に置くことを許される私本は二冊に限定されているために、老子の冊子を訊《き》いたのである。支那学者の友人が送ってくれたものだから、事によるとそれは薄い唐本の二冊本かも知れぬと思ったのである。

右によれば、一冊本『陶淵明集』がどんなテキストかわからぬが、獄中からの書簡（昭和八年十二月九日付夫人あて、『遠くでかすかに鐘が鳴る』第一書林、一九五七年、上冊所収）には、「小島兄恵投の老子国字解及び陶淵明詩集講義は十一月末に入手」と見える。書簡はつづけて、夜の書見の時間に楽しんで読んでいるといい、さらに「仁徳天皇の御代は西暦で何年頃になるか知らして下さい、陶淵明があの詩文を作った時代がそれですから」、という。

河上さんの探究心は、獄中にあっても旺盛であり、その視野はせまくない。蛇足ながら、仁徳天皇の死は、『古事記』によれば、淵明の没年と同じ西暦四二七年である。

ともあれ、こうして淵明集を入手した河上さんは、翌昭和九年の元旦、「書き初めのつもりで、……『園田の居に帰る』の一詩を写し取った」（『自叙伝』第三冊、二六四頁）。淵明帰田直後の作品である。そして同年、すなわち昭和九年の年末には、その一年をふりかえって、この一年間私の読みましたものは、宗教書の外《ほか》は陶淵明や白楽天や王維やの詩集でありまして、私は之《これ》を通じて、志を得ずんば独《ひと》り道を楽《たのし》むという東洋人独得の境地に入らんことを努めて居たのであります。

（『自叙伝』第四冊、六〇頁）

という。ただし『自叙伝』のこの箇所、あるいは河上さんのいわゆる「奴隷の言葉」でつづられているのかも知れない。だとしても、淵明集が獄中の読書の主な一冊だったことは、たしかなようである。越えて昭和十年の秋、河上さんは「獄中悲歌」と題する詩（昭和十二年正月加筆）を作り、その一節で次のようにうたう。

世をのがれ詩にかくれたる達人も
けふは書院の塵を掃き
籬《ませ》の白菊瓶《かめ》に活《い》け
独り酒ひとり酌《く》みつつ
悠然として南山を見るらむ

これは、いうまでもなく、淵明の詩「飲酒」（二十首連作の第五首）の一聯《いちれん》「菊を採《と》る東籬《とうり》の下《もと》、悠然として南山を見る」、をふまえる。
河上さんが刑期を終えて出獄するのは、昭和十二年のことだが、出獄後の日記にも、たとえば「昭和十七年八月五日、陶淵明詩、六十銭」、と購書の記録が見え、昭和十九年作の詩「北御門二郎君に寄す」は、次のようにうたう。

君住みたまふ村に遊ぶ
野こえ山こえ川こえて
魂のみは遠く三百里
ひねもす蒲団の上にころがして
銭湯にも行きがての衰病の身を
白昼なほ門を閉ぢ

一旬の後には栗の実熟し
薩摩薯もとれ
今年は米も豊作
山には温泉もあり
曖々たる遠人の村、、、、、、

依々たる墟里の煙
暫く淵明の閑居に泊し
晴耕雨読の様を見よと
言ひて寄越せる君の村に

傍点をほどこした部分は、「園田の居に帰る」詩の一聯《いちれん》である。

以上のように、河上さんの詩文にはしばしば淵明が顔を出すのだが、右の諸例による限り、その陶淵明観は、隠遁者淵明に重点がおかれ、きわめて常識的である。夏目漱石が『草枕』の中で淵明の詩句をとりあげ、「超俗」「解脱《げだつ》」「出世間」の東洋詩人の代表にまつりあげる（小著『漢詩一日一首』一九七六年、平凡社参照。本著作集8所収）のに似て、きわめて常識的である。

ところが、河上さんは別な風にも淵明をとらえていた。

昭和九年の元旦、書き初めのつもりで陶詩を写し取ったという話は、すでに紹介したが、『自叙伝』（第三冊、二六四頁）は、その陶詩「園田の居に帰る」全篇を示したあと、次のようにいう。

この「曖々《あいあい》たる遠人の村、依々《いい》たる墟里《きより》の煙、狗《いぬ》は吠ゆ深巷《しんこう》の中《うち》、鶏《とり》は鳴く桑樹《そうじゅ》の巓《いただき》」という句の如《ごと》きは、かの「菊を東籬《とうり》の下《もと》に採《と》り、悠然として南山を見る」という句と共に、古今の絶唱、東坡《とうば》の如きは此《こ》の句を引いて、「おおよそ才高く意遠きときは寓《ぐう》する所その妙を得る遂《つい》にかくの如し。大匠の斤《おの》を運《めぐ》らして斧鑿《ふさく》の痕《あと》なきが如し。」と感歎したと伝えられている。弘蔵は独《ひと》り獄中にあって繰り返し繰り返し静かに此等《これら》の句を低唱しながら、その字面《じづら》から漂《ただよ》うて来る高い清らかな香り、これを日本流に読み下してもその発音の放つ美しい韻律《いんりつ》を味《あじわ》いながら、瑠璃《るり》の盆に芳《ほう》醇《じゅん》な美酒を湛《たた》えて酔えるものの如くにして時を過ごした。……

ここまでは、韻律についての指摘は別として、漱石の淵明解釈とそのニュアンスはかわらない。私が注目するのは、右につづく次のような一節である。

この詩人には、こうした平淡な一面の外に、

「歴覧す千載の書、時々遺烈《いれつ》を見る。高操攀《よ》づる所に非《あら》ざるも、謬《あやま》りて得たり固窮《こきゅう》の節。」

「丈夫《じょうぶ》四海《しかい》に志《こころざ》す、我願わくは老《おい》を知らざらん。」

「先師の遺訓、余豈《あ》にここに堕《おと》さんや。四十聞こゆる無くんば畏《おそ》るるに足らずと。我が名車に脂《あぶら》さし、我が名驥《めいき》に策《むち》うたん。千里遥かなりといえども、孰《いず》れか敢《あえ》て至らざらんや。」

と言うが如き、雄渾《ゆうこん》、豪宕《ごうとう》な他の一面があった。同じ一人の詩人の心境の中に、消極的な隠遁的な、一見弱々しげに見える要素の外に、恰《あたか》もそれと矛盾しているような、こうした積極的な、毅然とした、力強い要素が存在している点に、弘蔵はまた特殊の興味を覚えた。

淵明の二面性の指摘、これは戦前における日本人の淵明解釈としては、出色のものであろう。漱石が『草枕』を発表したのは、明治三十九年だが、ちょうどその頃、弱冠二十二歳の石川啄木が、漱石とは異なる淵明観をその日記にしるしていたことについては、かつて紹介したことがある（中国詩人選集『陶淵明』岩波書店、一九五八年。本著作集1所収）。しかし啄木も淵明の二面性（このことば、あまり適切でないが）までは、指摘していない。

中国において、陶淵明を単なる隠遁詩人としてのみ評定すべきでない、と明確に指摘したのは、魯《ろ》迅《じん》（一八八一―一九三六）である。河上さんは魯迅の文章を読んでいたかどうか。いまその証拠はない。魯迅以前にも、淵明の外見と内実の異なることを指摘した人はいた。宋代の詩人蘇東坡《そとうば》（名は軾《しょく》、一〇三六―一一〇一）は、その一人である。東坡はいう、淵明の「詩は質《しつ》にして実は綺《き》、癯《や》せて実は腴《こ》ゆ」と。また同じく宋代の哲学者朱熹《しゅき》（一一三〇―一二〇〇）はいう、「淵明の詩を、人は皆平淡と説《い》うも、某《それがし》より看《み》れば、他《かれ》は自《おのず》ら豪放なり。但《た》だ豪放し得来たるも覚《さと》られざる耳《のみ》」。

朱熹の右の語は、弟子たちとの対話集『朱子語類』に見える。その淵明観は、河上さんのそれに似るが、宋代の口語体で書かれた『朱子語類』は、多分河上さんの読書範囲の外にあっただろう。『自叙伝』にも日記にも、朱熹の名は見えない。一方、蘇東坡の右の評語が河上さんの目にふれた可能性は、十分ある。『蘇東坡集』は河上さん愛読の書であり、東坡の評語を多く紹介する清・趙翼《ちょうよく》『甌北《おうほく》詩話《しわ》』は、河上さんの座右の書であった。しかし、淵明が「平淡」である一方、「雄渾《ゆうこん》、豪宕《ごうとう》」なり、とする評語は、河上さん自身のものだろう。私は、淵明の「平淡」の反面が「雄渾、豪宕」のみであったとは思わぬが、いずれにしろ河上さんの読みは浅くない、というべきである。

なお、淵明の別の有名な句「及時当勉励、歳月不待人——時に及んで当《まさ》に勉励《べんれい》すべし、歳月は人を待たず」(「雑詩」第一首)について、「これは普通に考えられているように、若いうちに勉強しろと云う意味ではありませぬ。本当に青春は再び来ない云々」(昭和十一年一月十日付獄中書簡、『遠くでかすかに鐘が鳴る』所収)といっているのも、通説や常識にしばられぬ河上さんの読みの深さ、正確さを示している。

河上さんの漢詩に、「何不帰(何ぞ帰らざる)」(昭和十三年十二月九日作)と題する作品がある。

寂寂思郷一廃人　寂寂《せきせき》として郷を思う　一廃人
何留閙市嘆清貧　何すれぞ　閙《さわが》しき市《まち》に留《とど》まりて　清貧を嘆ずるや
休怪荒村多吠狗　怪《とが》むること休《な》かれ　荒村には吠《ほ》ゆる狗《いぬ》多し
寄身愛此馬蹄塵　身を寄せて　此《こ》の馬蹄《ばてい》の塵を愛す

詩題の「何ぞ帰らざる」、これは恐らくは淵明の「帰去来の辞」の冒頭の句、「帰りなんいざ、田園将《まさ》に蕪《あ》れなんとす、胡《なん》ぞ帰らざる」、を意識する。そして、というか、しかも、というべきか、河上さんの右の詩、転句に「荒村には吠ゆる狗多し」といい、結句に都会を意味する「馬蹄の塵」を愛すというのは、淵明に対する反逆の気味をふくむ。河上さんもまたひとすじ縄でゆかぬ詩人であり、単にいわゆる「東洋趣味」の人ではなかった、というべきであろう。

〔余録の一〕河上さんが獄中で読んだ「陶淵明詩《ママ》集講義」は、本田成之著『陶淵明集講義』（隆文館、大正十年）のことかと思われる。この書、河上さん旧蔵の書として、京大河上文庫が架蔵する。

〔余録の二〕「河上さんは魯迅の文章を読んでいたかどうか。いまその証拠はない」と書いたが、京大河上文庫は、河上さんの旧蔵書の一つとして魯迅の編纂になる『唐宋伝奇集』（吉川幸次郎訳、弘文堂書房、昭和十七年九月）を架蔵する。ただし、中表紙に Toichi Nawa の署名あり、もと名和統一氏の所蔵本だったのかも知れない。私が気になるのは、その一八三頁、「酒類童子」の「類」という字、誤植として「顚」と改めているその筆蹟が、どうも河上さんのそれらしくも思われることである。まことに頼りない話で申しわけないが、この点、もうすこし別の角度からも調べてみたく思っている。

〔余録の三〕河上さんが雄渾、豪宕として引く淵明の詩句三例は、それぞれ「癸卯《きぼう》の歳十二月中の作、従弟敬遠に与《あた》う」、「雑詩」（第四首）、「栄木」、と題する詩に見える。うち「雑詩」の詩句の引用のしかたは、やや適切さを欠くように思える。この詩の解については、拙著『陶淵明』（『世界古典文学全集』二五、筑摩書房、一九六八年。本著作集1所収）、および拙論「陶淵明の孔子批判」（『文学』岩波書店、一九七七年四月号。本著作集本巻所収）を参照していただければ幸いである。なお、「栄木」の原詩、「無くんば」で切れ、あとに「斯《こ》れ」という語が入る。

〔余録の四〕陶淵明の「及時当勉励、歳月不待人」という句について、私はかつて次のような文章を書いたことがある。

最近ある新聞のコラムに要旨つぎのような小文を書いた。

——昔の中学低学年の漢文には、説教くさいものが多かった。たとえば、「時に及んでまさに勉励《べんれい》すべし、歳月人を待たず」

若いうちにしっかり勉強しておくんですよ、タイム・イズ・マネーともいうからね。そう教えられた。ところが大学に入って、中国文学に親しむようになり、これが陶淵明《とうえんめい》（三六五—四二七）の「雑詩」と題する十二行詩の一節であることを知った。しかも詩全体は、人生ははかないものだから若いうちに大いに酒を飲んで充実した時間をもとう、とうたっているのだ。

こうした誤り、また誤りのもたらす弊害を、魯迅は「摘句の弊」とよんでいましめている。摘句とは文章全体から一部分をぬき出して示すことである。

一時期流行した『毛語録』なども、そのたぐいだと、魯迅は地下でいっているかも知れない。

さて、右の小文を新聞社に送った翌日、偶然のことから現行の中学一年「国語教科書」を手に

した。おどろいたことに同じ誤ちが今もくりかえされている。その教科書にはいう、

――たとえば、「歳月は人を待たず」という有名な格言があるが、これは、晋の陶潜の「勧学」という詩から出たものである。「盛年不重来、一日難再晨、及時当勉励、歳月不待人」。

そして教科書はごていねいにも「及時」の二字に注していう、「勉強すべき時に」。

「勧学」などという題を誰が勝手につけたのかは知らないが、教科書がウソをついてはいけない。淵明の全詩は次のごとくである。

人生無根蔕　　人生に根や蔕《てい》（果実のヘタ）はなく
飄如陌上塵　　飄《ひょう》として陌《みち》の上の塵のごとし
分散随風転　　分かれ散り風に随いて転ずれば
此已非常身　　これすでに常の身（変らぬ姿）にあらず
落地成兄弟　　地に落ちては兄弟《きょうだい》と成《な》る
何必骨肉親　　何《なん》ぞ必ずしも骨肉の親《しん》のみならんや
得歓当作楽　　歓《よろこび》を得なばまさに楽しみをなすべく
斗酒聚比隣　　斗酒《としゅ》もて比隣のものを集《あつ》めよ
盛年不重来　　盛年は重ねては来たらず
一日難再晨　　一日《いちじつ》は再び晨《あした》なりがたし

及時当勉励　　時に及んでまさに勉励すべし
歳月不待人　　歳月は人を待たず

「勉励」とは学校の勉強といったせまい意味ではない。少しぐらいはむりをしても悔いのない充実した時間をもてというのである。（『漢詩の散歩道』日中出版、一九七四年。本著作集本巻所収）

右の文章を書いたのは、五年ほど前である。それ以後教科書の記述があらためられた様子はない。だから、最近になって、河上さんの文章、「これは普通に考えられているように、若いうちに勉強しろと云う意味ではありませぬ。本当に青春は再び来ない云々」というのを読んで、わが意を得たりと思ったのである。

陸放翁読陶詩小考

詩人陶淵明の評価が定まるのは、死後六世紀を経た宋《そう》代であった。唐《とう》代においても、著名な詩人たち、たとえば孟浩然《もうこうぜん》・王維《おうい》・李白《りはく》・高適《こうせき》・劉長卿《りゅうちょうけい》・杜甫《とほ》・韓愈《かんゆ》・劉禹錫《りゅううしゃく》・白居易《はっきょい》・杜牧《とぼく》・司空《しくう》図《と》・陸亀蒙《りくきもう》らが、その詩文のなかで淵明にふれる。淵明にまつわる故事の断片を詩中に用いる詩人に至っては、枚挙にいとまがない。しかしおおむねは隠者・高士、あるいは酒徒としての淵明がかれらの主たる興味の対象であり、詩人としての淵明を評価の対象とすることは、ほとんどなかった。なかで杜甫や白居易らがやや異なるが、そのことについては別稿にゆずって今は説かない[1]。

さて、南北両宋にあって、淵明に最も傾倒した詩人の一人は、いうまでもなく「和陶詩（陶詩に和《わ》す）」の作者蘇軾《そしょく》（東坡《とうば》、一〇三六―一一〇一）である。そして、いま一人をあげよとならば、私はためらうことなく陸游《りくゆう》（放翁《ほうおう》、一一二五―一二一〇）を選ぶ。放翁に、「東坡、嶺海《れいかい》の間に在りて、最も喜《この》んで陶淵明・柳子厚《りゅうしこう》二集を読む云々」という文章があるが（『老学庵筆記』巻九）、これになぞらえれば、「放翁、巴蜀《はしょく》・山陰の間に在りて、最も喜んで陶淵明・杜子美《としび》二集を読む」といってよいだろう。陶集は放翁にとって生涯の愛読書であった。

放翁が淵明の詩に興味をおぼえるのは早く、少年のころであった。放翁の文集である『渭南《いなん》文集』には、淵明にふれる文章が三篇あるが、その一つ「淵明集に跋《ばっ》す」にいう、

吾《われ》年十三四の時、先少傅《せんしょうふ》に侍《じ》して城南の小隠に居《お》るに、偶《たま》たま藤牀《とうしょう》の上に淵明の詩有るを見る。因《よ》りて取りてこれを読むに、欣然《きんぜん》として心に会《かな》う。日旦《まさ》に暮れんとし、家人《かじん》食に呼ぶも、詩を読むこと方《まさ》に楽しく、夜に至るまで卒《つい》に食に就《つ》かず。今、これを思えば、数日前の事の如《ごと》きなり。慶元二年、歳は乙卯《いっぽう》に在り。九月二十九日。山陰の陸務観、三山の亀堂《きどう》に書す。時に年七十有一。

(『渭南文集』巻二十八)

放翁七十一歳、乙卯の歳といえば慶元二年ではなく、慶元元年(一一九五)。放翁はよくこの種の思いちがいをする。ともあれ、これは七十をこえた老人の少年時代の回想だが、少年陸游をこれほどまでに熱中させたのは、何だったのか。以下、「放翁と淵明」について、若干のことを論じてみたい。

放翁の淵明に対する関心は一過性のものでなく、弱年より晩年に至るまで持続する。十三、四のころから八十五歳の死に至るまで持続するのである。ことに六十半ば以後にあっては、ほとんどの年にも直接間接に淵明を詠じた詩作品をのこしている(2)。

それらのうち、放翁の詩集『剣南詩稿』に見える最も早い作品は、「陳魯山《ちんろざん》に和する十首、孟夏草

木長遶屋樹扶疎を以《もっ》て韻と為《な》す」（巻二）、三十二歳[3]の作である。「孟夏《もうか》草木長じ、屋《おく》を遶《めぐ》りて樹は扶《ふ》疎《そ》たり」は、淵明の詩「山海経《せんがいきょう》を読む」（十三首連作の序詩にあたる第一首）の首聯《しゅれん》、その十文字をとって韻字とし、十首の詩を作ったというのである。

放翁は六十六歳のとき、四十二歳以前の詩作品はその十分の九をみずから廃棄したとのべているから（『渭南文集』巻二十七、「詩稿に跋す」）、三十二歳の右の詩十首は、愛着があってのこしたものであろう。また、淵明の右の詩句をとって韻字としたことは、青年陸游の陶詩に対する共感と、とくに「読山海経」序詩に対する愛好とを示している。共感と愛好は、晩年に至るまでつづくのであり、たとえば八十四歳の作「陶詩を読む」（巻八十）でも、同じ陶詩をとりあげてつぎのようにうたう。

君看《み》よや　夏木扶疎の句
還《ま》た詩家の更に道《い》うを許すや不《いな》や

放翁が好んだ「読山海経」序詩の全篇をここにかかげておこう。

孟夏草木長　孟夏《もうか》　草木長じ
繞屋樹扶疎　屋《おく》を繞《めぐ》りて樹は扶疎《ふそ》たり
衆鳥欣有託　衆鳥《しゅうちょう》　託する有るを欣《よろこ》び

吾亦愛吾廬　吾も亦《ま》た吾が廬《いおり》を愛す
既耕亦已種　既に耕《たがや》し亦《ま》た已《すで》に種《う》え
時還読我書　時に還《ま》た我が書を読む
窮巷隔深轍　窮巷《きゅうこう》　深き轍《わだち》を隔《へだ》つるも
頗回故人車　頗《すこぶ》る故人の車を回《めぐ》らさしむ
歓言酌春酒　歓言《かんげん》して　春酒を酌《く》み
摘我園中蔬　我が園中の蔬《そ》を摘《つ》む
微雨従東来　微雨　東より来たり
好風与之倶　好風　之と倶《とも》にす
汎覧周王伝　周王の伝を汎《ひろ》く覧《よ》み
流観山海図　山海《さんかい》の図を流し観る
俯仰終宇宙　俯《ふ》し仰ぐうちに　宇宙を終《お》う
不楽復何如　楽しからずして　復《ま》た如何《いかん》

放翁にとって、陶淵明集は座右の書であった。ことに晩年はそうである。つぎにかかげるいくつかの詩句、放翁の中年から晩年に至る詩句は、そのことをよく示している。

一　臥《が》して陶詩を読み未《いま》だ巻を終えざるに
又《ま》た微雨に乗じて去《ゆ》きて瓜を鋤《す》く

（小園、巻十三、五十七歳）

二　淵明の句を高詠し
吾将《われまさ》に九原より起《た》たんとす

（小舟、巻二十五、六十八歳）

三　数行の褚帖《ちょじょう》　窓に臨んで学び
一巻の陶詩　枕に傍《そ》うて開く

（初夏野興、巻四十五、七十七歳）

四　柴荆《さいけい》　終日　来客無し
頼《さいわ》いに陶詩有りて日の長きに伴《ともな》う

（二月一日作、巻五十、七十八歳）

五　海石　書几《しょき》に陳《なら》べ
陶詩　薬嚢《やくのう》に貯《たくわ》う

（適《てき》を書す、巻五十四、七十九歳）

六　帰舟　恨む莫《な》かれ　人語無きを
手に陶詩を把《と》って　側臥《そくが》して看《み》る

（冬初法雲に至る、巻五十五、七十九歳）

七　今朝　北窓に臥し
　句句　陶詩を味わう　　　　　　　　（愚を砭《いまし》む、巻五十八、八十歳）

八　左に漆園《しつえん》の書を持し
　右に栗里《りつり》の詩を挟《さしはさ》む　　　　（晩《くれ》に門外に歩む、巻八十二、八十四歳）

九　漆園の語に枕藉《ちんしゃ》し
　栗里の詩を呻吟《しんぎん》す　　　　（病小《や》や減じて復《ま》た作る、巻八十四、八十五歳）

また、七の詩句に見える「北窓」という語（淵明の「子の儼《げん》らに与うる疏《そ》」に見えることば）、この淵明の理想境を象徴する二字を詩題とする作品だけでも、『剣南詩稿』中十数首をかぞえる。かく淵明の作品に親炙《しんしゃ》した放翁は、東坡のように「和陶詩」こそ作らなかったけれども、その詩文のなかで淵明のすくなからぬ作品に言及している。淵明の詩以外の作品としては、子の儼らに与うる疏、帰去来の辞、桃花源の記、五柳先生伝、などを論評の対象とし、詩作品としては、
山海経《せんがいきょう》を読むその一、止酒、園田の居に帰るその一、その二、郭主簿《かくしゅぼ》に和すその一、飲酒その

五、その十三、乞食《こつじき》、辛丑《しんちゆう》の歳七月赴仮《ふか》して江陵に還《かえ》らんとし夜塗口《とこう》を行く、子を責む、雑詩その七、

などがとりあげられる。したがって放翁の陶詩評価は一点集中的でなく、なかなかに多面的である。蘇東坡をのぞけば、陶詩を具体的作品にそくしてこれほど多面的にとりあげ、みずからの詩中で詠じた詩人は、宋代でもほかにあまりいないであろう。

その多面性、多様性は、詩中で淵明とペアにしてとりあげる史上の人物についてもいえる。「陶謝」といった誰でもが用いるペアもないではないが、むしろそれ以外のすこし意外な組合わせも見られ、きわめて多様である。たとえば、荘子《そうじ》・丁令威《ていれいい》、あるいは顔真卿《がんしんけい》・褚遂良《ちよすいりよう》・陸羽《りくう》、そして、屈原《くつげん》・司馬相如《しばしようじよ》・阮籍《げんせき》・嵇康《けいこう》・賀知章《がちしよう》・孟浩然・杜甫などがペアの相手としてとりあげられる。この多様性は、淵明像の把握のしかたの柔軟性を示しているだろう。

放翁の淵明に対する共感の根底には、晩年の退隠・躬耕《きゆうこう》といった、アウトサイダーとしての環境の相似があったと思われる。両者の官界引退のかたちは、かなりちがったものではあったけれども。たとえばつぎのような作品（村居初夏、巻二十二、六十七歳）は、相似にもとづく共感を如実に示している。

天遣為農老故郷　　天は農と為《な》して故郷に老《お》いしむ

山園三畝鏡湖傍
嫩莎経雨如秧緑
小蝶穿花似繭黄
斗酒隻雞人笑楽
十風五雨歳豊穣
相逢但喜桑麻長
欲話窮通已両忘

山園三畝《ぽ》　鏡湖の傍《ほとり》
嫩莎《どんさ》雨を経て秧《さなえ》の如《ごと》く緑に
小蝶《しょうちょう》花を穿《うが》ちて繭《まゆ》に似て黄なり
斗酒隻雞《としゅせっけい》　人は笑楽し
十風五雨《じっぷうごう》　歳《とし》は豊穣なり
相逢《あいお》うて但《た》だ喜ぶ　桑麻長ぜりと
窮通を話《かた》らんと欲して已《すで》に両《ふた》つながら忘る

またたとえば、別の作品「陶詩を読む」と題する詩（巻二十七、六十九歳）は、つぎのようにうたわれる。

我詩慕淵明
恨不造其微
退帰亦已晩
飲酒或庶幾
雨余鉏瓜壟
月下坐釣磯

我が詩　淵明を慕うも
其《そ》の微に造《いた》らざるを恨む
退帰　亦《ま》た已《すで》に晩《おそ》く
飲酒　或は庶幾《ちか》からん
雨余　瓜壟《かろう》を鉏《す》き
月下　釣磯《ちょうき》に坐す

千載無斯人　千載《せんざい》　斯《こ》の人無くんば
吾将誰与帰　吾将《われまさ》に誰《たれ》と与《とも》にか帰《き》せん

ここには生活実感に根ざした共鳴があるが、「我は慕う陶淵明」とうたわず、「我が詩淵明を慕う」とうたうところが、唐以前の人びとの淵明敬慕と異なる点であろう。放翁にとって淵明は「道の師」であるとともに、「詩の師」であった。別の詩「村飲」（巻三十三、七十一歳）に、

自ら覚《さと》る　淵明に勝《まさ》れりと
但《た》だ酔うて　詩を賦《ふ》さず

とうたうのは、右のことの裏返しの表白であり、おのれが詩において「其《そ》の微に造《いた》らざる」ことへの自嘲でもあろう。

かく詩人放翁にとって敬仰《けいぎょう》の対象は詩人淵明であったけれども、一方晩年の隠遁者放翁は、従来の伝統的で常識的な隠者淵明像を受けいれぬわけではなかった。

たとえば、酒徒淵明について。さきに引いた詩「陶詩を読む」に「退帰亦た已《すで》に晩《おそ》く、飲酒或は庶《ち》幾《か》からん」とうたうのもその一例だが、つぎにあげる詩句は、いずれも淵明を酒の人として称揚する。

一　酒を沽《か》うに陶潜《とうせん》を引くを須《もち》いず
　　筍《せんじゅん》蕨芽《けつが》　蜜の如《ごと》く甜《あま》し
（陶山にて雪に遇《あ》い云々、巻十四、五十八歳）

二　野榼《やこう》　淵明の酒
　　征塵《せいじん》　李子の裘《きゅう》
（轡《たづな》に委《ゆだ》ぬ、巻十七、六十一歳）

三　酒を飲みて仙を得たり　陶令《とうれい》の達
　　花を愛して死せんと欲す　杜陵《とりょう》の狂
（梅花、巻三十八、七十四歳）

四　研朱《けんしゅ》　周易《しゅうえき》に点じ
　　飲酒　陶詩に和す
（客の過《よぎ》らるる者有り云々、巻四十、七十五歳）

五　千古の英雄　骨　塵と作《な》る
　　如《し》かず　一酔　却《かえ》って身に関するに
　　…………
　　竹林の嵇阮《けいげん》　名は勝《まさ》ると雖《いえど》も
　　要するに是《こ》れ淵明最も可《よ》き人なり
（家醸《かじょう》頗《すこぶ》る勁《つよ》く戯れに作る、巻七十四、八十三歳）

六　酒を愛す　陶元亮《とうげんりよう》
郷《きよう》に還る　賀季真《がきしん》

（意を書す、巻八十三、八十五歳）

右の四の詩句が示すように、放翁は酒徒淵明だけでなく、「飲酒」詩（二十首連作）の作者としての淵明に、大いに関心があった。そしてつぎにあげる別の詩が示すように、これを高く評価していたのである。

君子　大節《だいせつ》を尚《とうと》び
……………
千載《せんざい》　夷斉《いせい》を高しとす
……………
聖《ひじり》のよを去ること已《すで》に遠しと雖も
江左　淵明を見る
我　飲酒の詩を読むに
朱弦《しゆげん》　遺声有り

（雑興、巻五十二、七十八歳）

淵明自身はただ「歓笑と為《な》さんのみ」として提示した「飲酒」二十首の詩のなかに、放翁は淵明の志操の堅さを見たのである。

放翁が淵明にふれた文章は、前述のごとく『渭南文集』に三篇、そして随筆集『老学庵筆記』には六篇ほどあるが、詩人淵明を正面から論じたものはすくない。『渭南文集』の三篇のうちさきに引いた一篇のほかは、つぎのごとき短文であり、陶詩を直接論じたものではない。

帰去来・白蓮社の図に跋《ばっ》す

予、蜀《しょく》に在りしとき、此《こ》の二巻を得たり。蓋《けだ》し名筆にして、竜眠を規模とし、自《おのずか》ら得る処《ところ》有り。季《すえ》の子子聿《しりつ》、手自ら装褫《そうち》して之《これ》を蔵す。慶元丁巳《けいげんていし》（三年、七十三歳）、中秋の前三日、放翁識《しる》す。

（『渭南文集』巻二十八）

陶靖節文集に跋す

張演季長学士、遂寧《すいねい》より此《こ》の集を寄せ来たる。道中、調護《ちょうご》を失し、前後皆壊《こわ》れし処有り。遂に之《これ》を去りて、其《そ》の偶《たま》たま全《まった》き者を存す。末に年譜弁正有り。別に輯《あつ》めて編を為すと云う。開禧《かいき》元年（八十一歳）、正月四日、務観書す。

（『渭南文集』巻三十）

『老学庵筆記』に見える六篇も(4)、陶詩の訓詁《くんこ》や当時の俗語について論じたものなどがほとんどで、淵明詩論はない。ただ一篇、これは放翁の詩の師曾幾《そうき》（茶山、一〇八四―一一六六）の言を借りてではあるけれども、陶詩を論じたものがある。それを左にかかげよう。

茶山先生云う、「徐師川《じょしせん》、荊《けい》公の『細《こま》かに落花を数え因《よ》りて坐すること久しく、緩《ゆるや》かに芳草を尋ねて帰るを得ること遅し』に擬して云う、『細かに落つる李花那《なん》ぞ数う可《べ》けんや、偶《たま》たま芳草を行きて歩すること因りて遅し』と。初め其《そ》の意を解せず、久しくして乃《すなわ》ち之《これ》を得たり。蓋《けだ》し師川、専《もっぱ》ら陶淵明を師とせる者なり。淵明の詩、皆適然として意を寓し、而《しこ》うして物に留まらず。『悠然見南山』の如《ごと》し。東坡《とうば》、其の決して『望南山』に非ざるを知る所以《ゆえん》なり。今、細数落花、緩尋芳草と云えば、意を留むること甚だし。故に之を易《か》う」と。又《ま》た云う、「荊公、多く淵明の語を用いて、而《しか》も意異なる。『柴門《さいもん》設《もう》くと雖《いえど》も常に関《とざ》すを要す、雲は尚《な》お無心にして能《よ》く岫《しゅう》を出《い》ず』の如き、要字能字、皆淵明の本意に非ざるなり」と。

（『老学庵筆記』巻四）

これは師の曾幾の説であるけれども、放翁もひそかに賛意をいだいていたからこそ、みずからの随筆集にそのまま引用したのであろう。そして放翁は、空論をもてあそぶタイプの評論家でなく、この師の説を体して実作にも生かそうとした。たとえばつぎの二句は、そのささやかな証拠のようなものだろう。

身の帰るを乞い得て喜び顔に満ち
柴門設くと雖も曾《つね》には関《とざ》さず

（梅花過ぎし後西山《せいざん》の諸庵に遊ぶ、巻五十六、八十歳）

放翁は、陶詩の自然体とでもよぶべきスタイル、作意や掘鑿《くっさく》のあとを感じさせない詩法を尊んだのであろう。放翁はそれを、ほとんど「造化に侔《ひと》し」い手法だという。すでに引いた詩句をふくむ七絶の全篇を紹介しよう。

陶謝文章造化侔　　陶謝の文章　造化に侔《ひと》し
篇成能使鬼神愁　　篇成らば能《よ》く鬼神をして愁えしむ
君看夏木扶疏句　　君看《み》よや　夏木扶疏《かぼくふそ》の句
還許詩家更道不　　還《ま》た詩家の更に道《い》うを許すや不《いな》や

（陶詩を読む、巻八十、八十四歳）

ここで「陶謝」と併称するのは、いわばことばのあやである。転句の「夏木扶疏の句」は淵明の詩句をさしており、転結の句に謝霊運《しゃれいうん》への具体的な言及はない。

ところで、右のごとき陶詩論は、当時にあってもはや常識となっていた議論である。放翁の独創は、そこにはない。放翁の創見に近いものを探るとすれば、その一例はつぎのごとき作品に見出すことができるだろう。

昔如架上九秋鷹
今似窓間十月蠅
無復橐鞬思出塞
不妨粥飯略同僧
白蘋洲晩初回櫂
緑樹村深已上灯
莫謂陶詩恨枯槁
細看字字可銘膺

昔は架上九秋の鷹の如く
今は窓間十月の蠅に似たり
復《ま》た橐鞬《こうけん》の出塞を思う無く
粥飯《しゆくはん》の略《ほ》ぼ僧に同じきを妨げず
白蘋《はくひん》の洲は晩《く》れて初めて櫂《かい》を回《めぐ》らし
緑樹の村深くして已《すで》に灯を上《のぼ》す
謂《い》う莫《な》かれ　陶詩　枯槁《ここう》を恨むと
細《こま》かに看れば　字字　膺《むね》に銘す可《べ》し
（湖を杭《こう》して夜帰る、巻二十一、六十六歳）

放翁六十六歳といえば、前年の暮に礼部郎中兼実録院検討官の職を免ぜられて帰郷、つぎの出仕（七十八歳）までの長期の退隠生活に入った年である。この詩には、おのずから当時の感慨がにじみ出ている。そのときに手にしたのが、陶詩であった。そして、淵明の隠遁が必ずしも先人のいうごとくでないこと、充足のない灰色の生活ではなかったことを、見出すのである。右の尾聯《びれん》は、いうまでもなく杜甫の詩句をふまえている。杜甫の詩は「興を遣《や》る」、放翁がふまえた句は、

陶潜《とうせん》は俗を避けし翁《おきな》なるに
未《いま》だ必ずしも能《よ》く道に達せず
其《そ》の詩集を著《あらわ》せるを観《み》るに
頗《すこぶ》る亦《ま》た枯《か》れ槁《や》せたるを恨めり

杜詩に見えまた陸詩にも見える「枯槁《ここう》」なる語、実は淵明自身の詩に見える。詩題は「飲酒」、二十首連作の第十一首。――いにしえの顔回は仁者と称せられ、栄啓期は有道の人といわれた。しかし一方はいつも腹をすかせて若死にし、他方はつねにひもじく年老いた。ともに死後にこそ名をのこしたが、その「一生は亦《ま》た枯槁」――とうたうのが、それである。

杜甫には別に、詩人淵明を評価したつぎの詩句がのこっている。

心を寛《ゆる》うするは応《まさ》に是《こ》れ酒なるべく
興を遣《や》るは詩に過ぐる莫《な》し
此《こ》の意　陶潜は解すべきも
吾《わ》が生　汝の期《とき》に後《おく》れたり

かく時代をへだてて共鳴しうるはずの淵明も、詩集をよく読めば「枯槁を恨めり」というのが、杜甫の淵明評価である。それに対して放翁は、必ずしも賛同しない。「謂《い》う莫《な》かれ陶詩枯槁を恨むと、細かに看《み》れば字字膺《むね》に銘す可《べ》し」。

杜甫の詩人淵明に対する評価は、当時にあってはなかなか独創的であった。それから三世紀の後、蘇東坡が更に独創的な淵明論を展開した。いわゆる「東坡題跋」に、「其《そ》の外は枯れて中は膏《こう》、淡に似て実は美」というのは、その一例である。放翁は東坡ほど独創的な淵明観を提示したわけではないけれども、その傾倒の度合は東坡につぐといってよいだろう。そこから、「細かに看れば字字膺に銘す可し」という句も生まれたのである。

放翁にとって、淵明は人生の教師であるとともに、詩の師であった。さきに引いた詩に「我が詩淵明を慕う」という句があったが、別の詩（自《みずか》ら勉《つと》む、巻七十、八十三歳）でも、

詩を学ぶには当《まさ》に陶（淵明）を学ぶべく
書を学ぶには当に顔（真卿）を学ぶべし

とうたう。これほど淵明に傾倒した放翁であったが、十三、四歳のころ、はじめて淵明に邂逅《かいこう》したときに、陶詩のどのような点に共鳴して「食を忘れ」たのか。放翁自身そのことについては語らない。しかし、晩年の詩（南堂の壁に書す、巻三十六、七十三歳）につぎのような句がある。

閑には惟《た》だ僧話に接し
老いて始めて陶詩を愛す

矛盾しているようで、実はこれもまた本音だったのかも知れない。

なお放翁は、どのようなテキストで陶詩を読んでいたのか。前述のごとく張演なる人物が寄せ来たった『陶靖節文集』はその一つだったのだろうが、放翁が引く陶詩には、現行のテキストには見えない句作りのものがある。たとえば「辛丑《しんちゅう》の歳七月赴仮《ふか》して江陵に還《かえ》らんとし夜塗口《とこう》を行く」と題する陶詩の第二聯、

詩書敦宿好
林園無世情

放翁はこれをみずからの詩の題のなかでつぎのように引く（幽居して今昔の事を記す云々、巻七十六、八十四歳）。

詩書従宿好
林園無俗情

とくに「敦」を「従」とするテキストは、現行諸注のいずれにもその指摘がない。こうした例はほかにもあり、そのくわしい調査は他日を期したい。

注

（1） 淵明の生前から六朝《りくちょう》末期までの評価の変遷についても、説くべきことはすくなくないが、今は別稿にゆずりたい。

（2） 「放翁詩万首」といわれるように、陸游がのこした詩作品の数は厖大であり、淵明に直接間接にふれる詩句で見おとしたものもあるかと思われる。ここに備忘と拾遺のために、本稿を執筆するにあたって読んだ陸詩の詩題を列挙しておく。カッコ内の数字は『剣南詩稿』の巻数を示す。

和陳魯山十詩以孟夏草木長遶屋樹扶疎為韻（1） 昼臥（8） 城北青蓮院方丈壁間有画燕子者過客多題詩予亦戯作二絶句（8） 偸閑（10） 北窓（12） 北窓（13） 小園（13） 陶山遇雪覚林遷庵主見招不果往（14） 委轡（17） 北窓（18） 陶淵明云三径就荒松菊猶存蓋以菊配松也余読而感之因賦此詩（19） 北窓（19） 春晩（21） 杭湖夜帰（21） 秋夜（21） 北窓（22） 村居初夏（22） 書陶靖節桃源詩後（23） 秋晩歳登戯作（25） 小園（25） 小舟（25） 松下縦筆（26） 読陶詩（27） 村飲（33） 二愛（34） 雨後絶涼偶作（36） 書南堂壁（36） 北窓（37） 梅花（38） 雨後過近村（39） 遣興（40） 客有見過者既去喟然有作（40） 小雨初霽（42） 読淵明詩（44） 寄題張仲欽左司槃澗（45） 初夏野興（45） 秋懐十首以竹薬閉深院琴樽開小軒為韻（47） 戯作野興（48） 昨非（49） 二月一日作（50） 東

園（51） 遊西村贈隠者（51） 雑興十首以貧堅志士節病長高人情為韻（52） 戯述淵明鴻漸遺事（52） 東軒花時将過感懐（53） 書適（54） 癸亥初冬作（55） 冬初至法雲（55） 北窓（55） 梅花過後遊西山諸庵（56） 北窓（57） 北窓（57） 暑中久不把酒盆池千葉白蓮忽開一枝欣然小酌因賦絶句（57） 北窓（58） 砭愚（58） 甲子秋八月偶思出游往往累日不能帰或遠至傍県凡得絶句十有二首雑録入稿中亦不復詮次也（58） 貧甚戯作絶句（63） 北窓（63） 読呂舎人詩追次其韻（64） 社飲（67） 雨欲作歩至浦口（68） 自勉（70） 北窓（73） 家醸頗勁戯作（74） 北窓即事（76） 幽居記今昔事十首以詩書従宿好林園無俗情為韻（76） 過湖上僧庵（80） 読陶詩（80） 埭西小聚（82） 晩歩門外（82） 北窓（82） 書意（83） 病小減復作（84）

（3） この詩は編年体の放翁詩集『剣南詩稿』の巻一に収める。その前後の二篇（題閣郎中溧水東皐園亭・送曾学士赴行在）が、ともに三十二歳の作かと思われるので（于北山『陸游年譜』五三頁参照）、かく推定した。

（4）（a） 茶山先生云、徐師川擬荊公細数落花因坐久、緩尋芳草得帰遅云、細落李花那可数、偶行芳草歩因遅。初不解其意、久乃得之。蓋師川専師陶淵明者也。淵明之詩、皆適然寓意而不留於物。如悠然見南山。東坡所以知其決非望南山也。今云細数落花、緩尋芳草、留意甚矣。故易之。又云、荊公多用淵明語而意異。如柴門雖設要常関、雲尚無心能出岫、要字能字、皆非淵明本意也。（巻四）

（b） 晋語児人二字通用。世説載桓温行経王大将軍墓、望之曰、可児、可児。蓋謂可人為可児也。故晋書及孫綽与庾亮牋、皆以為可人。又陶淵明不欲束帯見郷里小児、亦是以小人為小児耳。故宋書云郷里小人也。（巻六）

（c） 陶淵明遊斜川詩 自叙辛丑歳年五十。蘇叔党宣和辛丑亦年五十、蓋与淵明同甲子也。是歳得園於許昌西湖上、故名之曰小斜川云。（巻七）

（d） 鄭康成自為書戒子益恩。其末曰、若忽忘不識、亦已焉哉。此正孟子所謂父子之間不責善也。蓋不責善、非不示於善也、不責其必従耳。陶淵明命子詩曰、夙興夜寐、願爾斯才、爾之不才、亦已焉哉。

用康成語也。（巻八）

（e）顔延年作靖節徵士誄云、徽音遠矣、誰箴予闕。王荆公用此意作別孫少述詩、子今去此来何時、後有不可誰予規。青出於藍者也。（巻八）

（f）東坡在嶺海間、最喜読陶淵明柳子厚二集、謂之南遷二友。予読宋白尚書玉津雑詩有云、坐臥将何物、陶詩与柳文。則前人蓋有与公暗合者矣。（巻九）

陶淵明集——日本古典文学大辞典

十巻。漢籍。集部・別集類。東晋《とうしん》の陶潜《とうせん》著。著者は、名は淵明、字は元亮《げんりよう》。一説に、潜は名、淵明は字。諡《おくりな》は靖節。生卒年についても異説があるが、通説では三六五年（東晋の興寧《こうねい》三年）生、四二七年（南朝宋の元嘉《げんか》四年）没。

内容

著者の没後まもなく詩文集が編まれ、『隋書』経籍志《けいせきし》著録の梁《りよう》代六巻本や、『文選《もんぜん》』の編集者昭明太子蕭統《しようとう》（五〇一—五三一）編纂の八巻本などは、最も早いものとされる。十巻本の最初の「陶集」は、北斉《ほくせい》の陽休之《ようきゆうし》（五〇九—五八二）の手に成る。現存宋刊十巻本から推《お》すに、その内容は、十首たらずの四言詩、百余首の五言詩が全体の半ばを占め、他は若干編の賦《ふ》・辞・記・伝・疏《そ》・祭文《さいぶん》などであったろう。

日本への伝来・影響

梁の鍾嶸《しょうこう》（四六八？―五一八？）によって「古今隠逸《いんいつ》詩人の宗」といわれた淵明の隠逸（隠者）の側面は中国でも早くから喧伝されたが、詩人としての評価が定着するのは宋代（十一世紀）である。そのことは日本への影響にも反映される。すなわち奈良・平安期の詩文に見える淵明像は、主として隠者のそれであり、『淵明集』が熟読玩味されるのは、鎌倉期の五山文学時代以後であろう。奈良時代、万葉歌人ことに山上憶良《やまのうえのおくら》や大伴旅人《おおとものたびと》らへの影響を説く説がある。しかも影響は単に『文選』や「類書」が載せる作品・逸話にのみよるのでないとして、『淵明集』の伝来を奈良期にさかのぼらせる説がある（小島憲之『上代日本文学と中国文学・中』）。しかしそう断定するには、なお慎重な検討を必要としよう。記録としては、『日本国見在書目録《にほんこくげんざいしょもくろく》』に「陶潜集十」とあるのが最も古い（陽休之の十巻本か）。奈良期においては、天平十九年（七四七）書写の真福寺蔵『琱玉集《ちょうぎょくしゅう》』の「嗜酒《ししゅ》篇」が、王智深『宋書《そうじょ》』に拠《よ》るとして淵明の酒のエピソードを紹介し、『懐風藻《かいふうそう》』には桃花源（「桃花源記」）や帰去来（「帰去来辞」）にふれた漢詩作品が若干あり、この期の淵明像が隠者としてのそれにほぼ限定されることを知る。そのことは、淵明を詠じた作品がにわかにふえる平安期でも、基本的に変わらない。すなわち『凌雲集《りょううんしゅう》』の坂上今継が「詠史」と題して淵明を作詩のテーマとするのをはじめ、『経国集《けいこくしゅう》』『本朝文粋《ほんちょうもんずい》』『本朝続文粋』『菅家文草《かんけぶんそう》』『菅家後集《かんけこうしゅう》』『扶桑集《ふそうしゅう》』『和漢朗詠集《わかんろうえいしゅう》』などの漢詩作品には淵明にふれるものがかなりあるが、そのテーマは桃花源・帰去来・五柳・菊酒などに限られ、超俗の隠者としての生きざまに興味は集中する。ところで平安期の漢詩人はかく隠者淵明に興味を寄せるが、この期の歌人にとって淵明は関心の外にあったのか、『古今集』『新古今集』などに、影響関係のある作品はほとんど見当らない。鎌倉・室町期に入ると、五山の僧たちは求道の精神と漢詩への造詣の深さから、隠者および詩人としての淵明を高く評価し、しばしば肯定的な論評を加え、またその詩境を自己の作品に採り入れようとした。しかるに、この期の隠者文学『方丈記』『徒然草』などが淵明にふれないのは、両国の隠遁思想を考える上で興味深い。江戸時代に入って、漢詩創作は知識人必須の教養とされ、多くの漢詩人が淵明を詠じ思慕するが、実作上の影響はあまり見られない。ただし、藤原惺窩《ふじわらせいか》の『文章達徳綱領《ぶんしょうたつとくこうりょう》』や、広瀬淡窓《ひろせたんそう》の『淡窓詩話』、頼山陽《らいさんよう》の『陶詩鈔《しょう》』のごとく、中国人の説に拠りつつ淵明を単に平淡簡朴の詩人とのみ見ない、理解の深さを示す評論も現われた。またこの時代になって和刻の『淵明集』が幾種か出版され、読者層は画期的にひろがった。なお、芭蕉や蕪村をはじめとする俳人たちも淵明の詩境に興味を示したが、各自の句境への内面的影響、その分析については今後の研究にまたねばならない。

和刻本

宋代以後各種の無注本・施注本が伝来したが、わが国でも江戸期に数種の刊本が出版された。主なものをあげれば、『陶靖節集』十巻（菊池東匀（耕斎）点、明暦三年（一六五七）武村市兵衛刊本。覆明天啓二年刊本）、『陶淵明文集』八巻（三謝詩合刻本、松崎復（慊堂）校、天保十一年（一八四〇）序、羽沢石経山房刊本)。

参考文献

橋川時雄『陶集版本源流攷』昭和六年。
一海知義『陶淵明』昭和三十三年。
小島憲之『上代日本文学と中国文学』昭和三十七―四十年。
大矢根文次郎『陶淵明研究』昭和四十二年。

陶詩固窮考

陶淵明の詩文には、その人・思想・文学のキイワードともよぶべき、いくつかのことばが発見される。たとえば、「酒」「真」「化」「貧」「影」「拙」「菊」「園田」「閑居《かんきょ》」などが、それである。

ここでとりあげる「固窮《こきゅう》」という語も、その一例にかぞえてよい。

「固窮」という語は、淵明の作品に六例見える（詩五、文一）。その全容をうかがうために、まず作品のすべてを掲げてみよう。作品排列の順序は陶澍《とうしゅ》本に拠《よ》り、詩は全篇を、文はその一部を示す。

一　寝跡衡門下　　跡を寝《や》む　衡門《こうもん》の下《もと》
　　邈与世相絶　　邈《ばく》として世と相《あ》い絶つ
　　顧眄莫誰知　　顧眄《こべん》するに誰《たれ》をも知る莫《な》し
　　荊扉昼長閇　　荊扉《けいひ》　昼　長《とこし》えに閇《と》ず

凄凄歳暮風
翳翳経日雪
傾耳無希声
在目皜已潔
勁気侵襟袖
箪瓢謝屢設
蕭索空宇中
了無一可悦
歴覧千載書
時時見遺烈
高操非所攀
謬得固窮節
平津苟不由
栖遅詎為拙
寄意一言外
茲契誰能別

凄凄《せいせい》たり　歳暮の風
翳翳《えいえい》たり　日を経《へ》し雪
耳を傾くるも希声《きせい》無く
目に在りては皜《こう》として已《すで》に潔《きよ》し
勁気《けいき》　襟袖《きんしゅう》を侵し
箪瓢《たんぴょう》　屢《しば》しば設《もう》くるを謝す
蕭索《しょうさく》たり　空宇の中《うち》
了《つい》に一の悦ぶ可き無し
千載《せんざい》の書を歴覧し
時時《じじ》　遺烈を見る
高操は攀《よ》ずる所に非ず
謬《あやま》って得たり　固窮の節
平津《へいしん》　苟《いやし》くも由《よ》らず
栖遅《せいち》　詎《なん》ぞ拙《せつ》と為《な》さん
意を寄す　一言《いちげん》の外《ほか》
茲《こ》の契《けい》　誰《たれ》か能《よ》く別《わか》たん

（「癸卯《きぼう》の歳、十二月中の作、従弟敬遠に与う」）

二

積善云有報　積善　報《むく》い有りと云うに
夷叔在西山　夷叔《いしゅく》　西山《せいざん》に在り
善悪苟不応　善悪　苟《いやし》くも応ぜずんば
何事立空言　何事ぞ　空言を立つ
九十行帯索　九十にして行くゆく索《なわ》を帯にす
飢寒況当年　飢寒《きかん》　況《いわ》んや当年をや
不頼固窮節　固窮の節に頼《よ》らずんば
百世当誰伝　百世　当《まさ》に誰《たれ》をか伝うべき

（「飲酒」第二首）

三

少年罕人事　少年　人事　罕《まれ》に
游好在六経　游好《ゆうこう》　六経《りくけい》に在り
行行向不惑　行き行きて不惑に向《なんなん》とするに
淹留遂無成　淹留《えんりゅう》　遂《つい》に成る無し
竟抱固窮節　竟《つい》に固窮の節を抱《いだ》きて
飢寒飽所更　飢寒《きかん》　更《へ》し所に飽《あ》く
弊廬交悲風　弊廬《へいろ》　悲風を交《まじ》え
荒草没前庭　荒草　前庭を没す

披褐守長夜
晨鶏不肯鳴
孟公不在茲
終以翳吾情

褐《かつ》を披《き》て長夜を守るに
晨鶏《しんけい》　肯《あ》えて鳴かず
孟公　茲《ここ》に在らず
終《つい》に以《もっ》て吾が情を翳《かげ》らす

（「飲酒」第十六首）

四

弱年逢家乏
老至更長飢
菽麦実所羨
孰敢慕甘肥
惄如亜九飯
当暑厭寒衣
歳月将欲暮
如何辛苦悲
常善粥者心
深念蒙袂非
嗟来何足吝
徒没空自遺

弱年にして家の乏《とぼ》しきに逢い
老《お》い至りて更《さら》に長《つね》に飢《う》う
菽麦《しゅくばく》は実に羨《うらや》む所にして
孰《たれ》か敢《あえ》て甘肥《かんぴ》を慕わんや
惄如《てきじょ》たるは九飯に亜《つ》ぎ
暑きに当りて寒衣に厭《あ》く
歳月　将《は》た暮れんと欲するに
如何《いかん》ぞ　辛苦の悲しき
常に粥者《しゅくしゃ》の心を善《よ》しとし
深く袂《たもと》を蒙《こうむ》りしものの非を念《おも》う
嗟来《さらい》　何《なん》ぞ吝《お》しむに足らん
徒《いたず》らに没して空しく自《みずか》ら遺《のこ》せるのみ

斯濫豈攸志
固窮夙所帰
餒也已矣夫
在昔余多師

斯濫《しらん》　豈《あ》に志す攸《ところ》ならんや
固窮　夙《つと》に帰《き》する所なり
餒《う》えや　已《や》んぬるかな
在昔《むかし》　余に師多し

（「会《さと》ること有りて作る」）

五

昔在黄子廉
弾冠佐名州
一朝辞吏帰
清貧略難儔
年饑感仁妻
泣涕向我流
丈夫雖有志
固為児女憂
恵孫一晤嘆
腆贈竟莫酬
誰云固窮難
邈哉此前修

昔在《むかし》　黄子廉《こうしれん》
冠を弾《はじ》いて名州に佐《さ》たり
一朝　吏を辞して帰り
清貧　略《ほ》ぼ儔《たぐい》し難し
年饑《う》えて　仁妻の
泣涕《なみだ》　我に向って流せしに感ず
丈夫《じょうぶ》　志有りと雖《いえど》も
固《もと》より児女の為に憂う
恵孫（黄子廉）　一たびは晤嘆《ごたん》せしも
腆贈《てんぞう》　竟《つい》に酬《むく》ゆる莫《な》し
誰《たれ》か云う　固窮難《かた》しと
邈《はる》かなる哉《かな》　此《こ》の前修

（「貧士を詠ず」第七首）

六　蒼旻遐緬
　人事無已
　有感有味
　疇測其理
　寧固窮以済意
　不委曲而累己
　既軒冕之非栄
　豈縕袍之為恥
　誠謬会以取拙
　且欣然而帰止
　擁孤襟以畢歳
　謝良価於朝市

蒼旻《そうびん》は遐《はる》かに緬《とお》く
人事は已《や》む無し
感有り味《まい》有り
疇《たれ》か其《そ》の理を測《はか》らん
寧《むし》ろ固窮以《もっ》て意を済《すく》うも
委曲《いきょく》して己《おのれ》を累《わずら》わさず
既に軒冕《けんべん》の栄に非ず
豈《あ》に縕袍《おんぽう》を恥と為《な》さんや
誠《も》し謬会《びゅうかい》して以て拙を取るも
且《か》つは欣然《きんぜん》として帰らん
孤襟《こきん》を擁《よう》して以て歳を畢《お》え
良価を朝市《ちょうし》に謝す
（「士の不遇に感ずる賦《ふ》」）

以上が「固窮」という語の見える作品のすべてだが、該当の一聯《いちれん》のみ、それぞれもう一度抜き書きしてみよう。

一　高操は攀《よ》ずる所に非ず

謬《あやま》って得たり　固窮の節

二　固窮の節に頼《よ》らずんば
百世　当《まさ》に誰《たれ》をか伝うべき

三　竟《つい》に固窮の節を抱《いだ》きて
飢寒《きかん》　更《へ》し所に飽《あ》く

四　斯濫《しらん》　豈《あ》に志す攸《ところ》ならんや
固窮　夙《つと》に帰《き》する所なり

五　誰《たれ》か云う　固窮難《かた》しと
邈《はる》かなる哉《かな》　此《こ》の前修

六　寧《むし》ろ固窮以《もっ》て意を済《すく》うも
委曲《いきょく》して己《おのれ》を累《わずら》わさず

一二三は「固窮の節」といい、四五六は「固窮」とのみいうが、「固窮」の語義に変わりはない。
ところで「固窮」という語は、陶詩の諸注がいうように、『論語』衛霊公《えいれいこう》篇の次の条を典拠とする。

〔孔子〕在陳絶糧。従者病、莫能興。子路慍見曰、君子亦有窮乎。子曰、君子固窮。小人窮、斯濫矣。

〔孔子〕陳《ちん》に在りて糧を絶《た》つ。従者病んで、能《よ》く興《た》つこと莫《な》し。子路慍《いか》り見《まみ》えて曰く、君子も亦《ま》た窮すること有る乎《か》、と。子曰く、君子固《もと》より窮す。小人《しょうじん》窮すれば、斯《ここ》に濫《みだ》る、と。

陶詩の「固窮」が『論語』のこの条にもとづくことは、とりわけさきの挙列の四「斯濫豈《あ》に志す攸《ところ》ならんや、固窮夙《つと》に帰《き》する所なり」が、『論語』文中の二語「斯濫」と「固窮」をともに用いていることによって、いっそう明らかである。

なお、淵明の別の詩「貧土を詠ず」第二首に、

閒居非陳阨　　閒居《かんきょ》　陳阨《ちんやく》に非ざるも
窃有慍見言　　窃《ひそ》かに慍見《うんけん》の言有り

という句がある。「陳阨」が「在陳絶糧」、「慍見」が「子路慍見曰」に拠《よ》ることは明らかで、これまた『論語』の同じ条にもとづく。しかし、「固窮」という語は用いられていないので、今は考察の対象から省く。

なお陶詩の「固窮」については、かつて小論「陶淵明の孔子批判」(『文学』一九七七年四月号。本著作集本巻所収)の中で若干ふれたことがあり、本論文はその補訂でもある。

さて、『論語』の「君子固窮」ということばについて、これまでどのような解釈がなされてきたか。

吉川幸次郎『論語』上・下（一九五九・六三年）は、しかるべき過去の注をすべてふまえ、それらの祖述・紹介を任務としつつ、時に大胆な新説をも提示するが、今この書によって、さきの条後半の解を見てみよう。

孔子はこたえた。君子といえども、もとより困窮するときがある。ただ小人とちごうところは、小人は困窮すればすぐ過度の行為、つまり乱暴、自暴自棄におちいるが、君子はそうでない。説明的にいえばそうなるであろうところを、孔子の言葉は、より簡潔に、より含蓄ぶかくいう、「君子固より窮す。小人窮すれば斯《ここ》に濫す」。古注に「濫は溢《あふ》れて非《ひがごと》を為す也」。「君子固窮」の四字は、君子固《もと》より窮す、と読むのが普通の説であるが、新注には一説として、北宋の程子《ていし》が、其の窮を固守す、固《マモル》レ窮《ヲ》、と読んだのをあげる。その説は必ずしも程子に始まらないようであって、たとえば陶淵明の詩には、「飲酒二十首」の其の二「固窮の節に頼《よ》らずんば、百世当《まさ》に誰か伝うべき」、其の十六「竟《つい》に固窮の節を抱きて、飢寒は更《へ》し所に飽く」など、「固窮の節」という言葉がしばしば見えるが、いずれも窮を固《まも》るの意として読んだ方がよく通ずる。

（『吉川幸次郎全集』第四巻、四九七頁）

以上が、吉川説である。

ここに、「〝君子固窮〟の四字は、君子固《もと》より窮す、と読むのが普通の説である」（傍点引用者）、というのは、たとえば三国・魏の何晏《かあん》『論語集解』や、北宋の刑昺《けいへい》『論語正義』の説などをさしている。すなわち何晏は、「君子固亦有窮時――君子固《もと》より亦《ま》た窮する時有り」と釈し、刑昺は、「君子固亦有窮困時――君子固より亦た窮困する時有り」と訓じているのである。

ところが同じく吉川説が引く新注、すなわち南宋の朱子の『論語集注』は、北宋の程子《ていし》の説として、「固窮者、固守其窮――固窮なる者は、其の窮を固守するなり」、とする解のあることを紹介する。

したがって、『論語』衛霊公篇に見える「固窮」なる語には、「固《もと》より窮す」「窮を固《まも》る」という二解があることになる。

なお、念のためにいえば、『論語』全篇の中で、「固」の字が副詞的修飾語「もとより」あるいは「まことに」とよまれる例は、他にもある。たとえば、「子曰、然、固相師之道也――子曰く、然り、固《もと》より師を相《たす》くるの道なり、と」(衛霊公篇)、「夫子固有惑志――夫子《ふうし》固《まこと》に惑える志有り」(憲問《けんもん》篇)などが、それである。ところが、「固」を「まもる」と動詞的に訓じ得る例は、全くない。

ところでさきの吉川説は、淵明の「固窮」にも言及し、淵明の場合も「窮を固《まも》る」とよみ得るとしている。そして同じ著者による『陶淵明伝』(一九五六年)は、「固窮」を「窮を固《まも》る」とよむ別の説を紹介する。

> 「固窮」とは淵明のよく使う言葉であって、「論語」の普通には「君子も固《もと》より窮す」と読んでいる条を、「君子は窮を固《まも》る」と読み、困窮を固守する意に使ったとするのは、一つの説である。

若い友人、高橋和巳君が「尸子《しし》」に、「道を守り窮を固《まも》れば、即ち王公を軽んず」というのにもとづくとするのは、又一つの説である。

（『吉川幸次郎全集』第七巻、三七六頁）

『尸子』は、戦国時代楚《そ》の尸佼《しこう》の著とされるが、今は散佚《さんいつ》して完本はない。右の一節は、『文選《もんぜん》』李《り》善《ぜん》注が、謝霊運《しゃれいうん》「登石門最高頂（石門の最高頂に登る）」詩の句「守道自不携（道を守りて自ら携《はな》れず）」の下に引く。

さて、陶詩の「固窮」という語、その訓《よ》み方として、「固《もと》より窮す」「窮を固《まも》る」のいずれがよいか。まず、陶詩のこの語についての、中国の諸注を見てみよう。

清《しん》朝以前の注は、おおむねこの語の典拠を指摘するだけで、とくに語釈を施すことはしない。「固《もと》より窮す」という『論語』の普通のよみ方を自明のこととしてそれに従い、あえて異をとなえぬということだろう。

それに対して、民国以後の注は、はっきりと次のような二説にわかれる。――中国では現代でも「祖述」ということが尊重されるのか、過去の他人の注の表現をほとんどそのまま踏襲し、施注したものが多い。今、その「平均」的表現をあげる。

一、安処窮困、視為固然。

二、固守窮困

前者は「固《もと》より」説、後者は「固《まも》る」説だといってよいだろう。

前者の解をとるのは、丁福保《ていふくほ》『陶淵明詩箋注』（一九二七年）、王瑶《おうよう》『陶淵明集』（一九五六年）、楊勇《ようゆう》『陶淵明集校箋』（一九七一年）、方祖燊《ほうそしん》『陶淵明詩箋註校証論評』（一九七一年）などであり、そして後者は、なぜか比較的新しく刊行された注釈書に多く、逯欽立《ろつきんりつ》『陶淵明集』（一九七九年）、唐満先《とうまんせん》『陶淵明集浅注』（一九八五年）、劉継才《りゅうけいさい》・閔振貴《びんしんき》『陶淵明詩文訳釈』（一九八六年）、孫鈞錫《そうきんしゃく》『陶淵明集校注』（一九八六年）などである。

ちなみに、英訳本はどうか。新旧とりまぜて三種あげてみよう。いずれも挙例一「高操は攀《よ》ずる所に非ず、謬《あやま》って得たり固窮の節」の訳文である。

1. To such high principles/I cannot aspire/But I do know how/"to bear adversity". (W. Acker "T'ao the Hermit", 1952)
2. Such high examples I do not aspire to/But might at best be firm in adversity. (J. R. Hightower "The Poetry of T'ao Ch'ian", 1970)
3. To high principles I have not aspired;/By error achieved "firmness in adversity". (A. R. Davis "T'ao Yuan-ming, His Works and their Meaning", 1983)

1は「逆境に耐える」、2・3は「逆境に動じない」というのだから、これらの訳は、中国の民国以後の注の二種の解「安処窮困、視為固然」「固守窮困」いずれにも通じる意味を、その中にふくんでいるように思える。

そもそも「固《もと》より窮す」「窮を固《まも》る」という二つの訓みは、その意味する所がちがうように見えて、実はほとんど同じなのではないか。

「固《もと》より窮す」とは、窮という状態を当然のこととして、あるいは甘んじて受け容れる、という意味である。そして、窮を受け容れる、そうした状態に安んずるという心理を、一時のこととせず、これを自己の当然の状態として持続させれば、「窮を固《まも》る」ということになるのではないか。「固《もと》より」と「固《まも》る」とは、主体の積極性という点でニュアンスがちがうことはたしかだが、結局はほとんど同義に近いといってよいであろう。もともと「固」という同一文字なのだから、当然といえば当然のことだけれども。

したがって、これに「節」の一字を付して「固窮の節」とした場合も、「窮するはもとより覚悟のうえとする節操」「窮する状態を受け容れ持続せんとする節操」という意味になり、二解の距離はほとんどない。

淵明の別の詩「貧士を詠ず」第四首に、次のような句がある。

安貧守賤者　貧に安んじ賤《せん》を守る者
自古有黔婁　古《いにしえ》より黔婁《けんろう》有り

ここでは、「安」（甘んじて受け容れる）と「守」（堅持してゆく）とが一対のことばとして、ほとんど同義に使われている。そのことは、「固《もと》より」と「固《まも》る」をほとんど同義とする説の、一つの補強となるだろう。

ところで「固窮」の「窮」の方はどうだろうか。

『論語』には、「窮」の字がもう一例見える。

堯曰、咨爾舜。天之暦数在爾躬。允執其中。四海困窮、天禄永終。

堯《ぎょう》曰く、咨《ああ》、爾《なんじ》舜《しゅん》よ。天の暦数は爾の躬《み》に在り。允《まこと》に其《そ》の中を執《と》れ。四海困窮し、天禄永く終らん。（堯曰《ぎょうえつ》篇）

末尾二句の解、古注は、四方の海まで困《きわ》め窮《つ》くして、天の与えし幸福は永く終《つづ》くべし、とし、新注は、四海の人もし困窮せば、天の与えし幸福も永遠に終熄《しゅうそく》すべし、とする。かく「困窮」の解は、新旧同じでない。新注に従えば、「君子固窮」の「窮」とほぼ同義となろうが、右の「四海困窮」の条、「君子固窮」の「窮」の語義を考えるうえで、十分な資料となりそうにない。

さて、「君子固窮」についてのさきの吉川説は、「固窮」の「窮」を「困窮」といいなおし、中国の最近の注は「窮困」とし、英訳本はいずれも adversity（逆境、不運）とする。しかし淵明の「固窮」の「窮」は、一般的な困窮、一般的な逆境をさすのではあるまい。

淵明の場合だけでなく、そもそも『論語』衛霊公篇の「窮」も、一般的な困窮だけでなく、より具体的にはもっとせっぱつまった「窮」、すなわち『論語』同条のはじめにいう「絶糧」＝飢餓という状態をさしているのだろう。そうした状況の中でも「濫《みだ》れ」ぬのが「君子」なのだ、と孔子はいったのであろう。

そして淵明の場合、「固窮」の「窮」がおおむね「飢餓」と結びついていることは、さきにあげた淵明の作品群をよめば、明らかである。さきの詩文六篇の挙例のうち、すくなくとも詩五篇には、いずれも次のように飢餓を示す表現が見える。

一　勁気《けいき》　襟袖《きんしゆう》を侵し
　　簞瓢　屢しば設くるを謝す
二　九十にして行くゆく索《なわ》を帯にす
　　飢寒　況んや当年をや
三　竟に固窮の節を抱きて
　　飢寒　更し所に飽く
四　弱年にして家の乏しきに逢い
　　老い至りて更に長に飢う
五　年饑えて　仁妻の
　　泣涕《なみだ》　我に向って流せしに感ず

挙例六の「士の不遇に感ずる賦《ふ》」も、「貧困」の中での「固窮」をうたう。淵明の「固窮」の「窮」は、一般的な「困窮」だけでなく、もっとせっぱつまった「貧窮」だったのである。中国の最近の注がいう「窮困」は、「窮苦」すなわち貧窮の意をふくむので、淵明の原意に近い解釈だといえる。また斯波六郎『陶淵明詩訳注』（一九五一年）が、「窮とは物資的の窮乏を意味し」（九七頁、傍点引用者）というのは、淵明の原意を汲んでのことであろう。

『論語』以後・淵明以前の文学作品、その中での「固窮」という語の使用例は、きわめてすくないようである。後漢の班彪《はんぴよう》（三―五四）の「北征賦」（『文選《もんぜん》』所収）は、その数すくない例の一つであろう。「北征賦」は、末尾に至って次のようにいう。

乱曰　　　　乱に曰《いわ》く
夫子固窮　　夫子《ふうし》　固《もと》より窮し
遊藝文兮　　藝文《げいもん》に遊び
楽以忘憂　　楽しみて以《もっ》て憂いを忘れ
…………　　…………

そして李善《りぜん》の注は、「固窮」が『論語』にもとづくことだけを指摘し、例によって語釈は示さない。
もう一例、淵明に近い時代のものとして、晋《しん》の張協《ちょうきょう》の「雑詩」十首（『文選』所収）の第十首をあげることができる。

黒蜧躍重淵
商羊舞野庭
飛廉応南箕
豊隆迎号屛
雲根臨八極
雨足灑四冥
霖瀝過二旬
散漫亜九齢
陛下伏泉涌
堂上水衣生
洪潦浩方割
人懐昏墊情
沈液漱陳根
緑葉腐秋茎
里無曲突煙
路無行輪声

黒蜧《こくれい》　重淵《ちょうえん》に躍《おど》り
商羊　野庭に舞う
飛廉《ひれん》　南箕《なんき》に応じ
豊隆《ほうりゅう》　号屛《ごうへい》を迎う
雲の根は八つの極《はて》に臨み
雨の足は四《よ》もの冥《うみ》に灑《そそ》ぐ
霖瀝《ながあめ》は二旬を過ぎ
散漫たることかの九つの齢《とし》のあめに亜《つ》ぐ
陛《きざはし》の下には伏泉の涌《わ》き
堂の上には水衣《こけ》を生ず
洪潦《おおあめ》は浩《こう》として方《まさ》に割《わざわい》をおこし
人びとは昏墊《こんてん》の情を懐《いだ》く
沈《おも》き液は陳《ふる》き根に漱《そそ》ぎ
緑葉　秋茎《しゅうけい》　腐る
里には曲突《かまど》の煙なく
路には行く輪《くるま》の声なし

環堵自頽毀　環《せま》き堵《いえ》は自《お》のずから頽《くずお》れ毀《こわ》れ
垣閭不隠形　垣閭《かきね》も形《すがた》を隠さず
尺燼重尋桂　尺《わず》かの燼《もえかす》は尋《なが》き桂よりも重《とうと》く
紅粒貴瑶瓊　紅《くれない》なるきびの粒は瑶瓊《たま》よりも貴《とうと》し
君子守固窮　君子は固窮《こきゅう》を守り
在約不爽貞　約に在りても貞に爽《たが》わず
雖栄田方贈　田方《でんぽう》の贈りものを栄《かたじけな》くすと雖《いえど》も
慙為溝壑名　溝壑《みぞ》にすてらるる名《きこえ》をなすを慙《は》ず
取志於陵子　志を於陵子《おりょうし》に取り
比足黔婁生　足《た》らえるを黔婁生《けんろうせい》に比せん

ここで張協は「守固窮」といっているのだから、「固」を「まもる」とよんではいないはずである。「君子守固窮」という一句の意味は、君子は「固《もと》より窮す」という立場を堅持して捨てない、ということであろう。

以上が『論語』以後・淵明以前の、管見に入った数すくない例であるが、淵明以後の文学作品にも、「固窮」という語の使用例は多くないようである。

ここでは、杜甫《とほ》の一例をあげておこう。五言古詩「前出塞《ぜんしゅつさい》」九首の第九首が、それである。

従軍十年余　軍に従うこと十年余
能無分寸功　能《よ》く分寸《ふんすん》の功なからんや
衆人貴苟得　衆人　苟《いやし》くも得るを貴《とうと》ぶ
欲語羞雷同　語らんと欲して雷同を羞《は》ず
中原有闘争　中原に闘争あり
況在狄与戎　況《いわ》んや狄《てき》と戎《じゅう》とに在るをや
丈夫四方志　丈夫《じょうぶ》　四方の志
安可辞固窮　安《いず》くんぞ固窮を辞す可《べ》けんや

杜甫の旧注で、「固窮」に語釈を施したものはほとんどない。なお、『杜詩詳註』は「固窮」の先例として、淵明でなく張協の「雑詩」をあげる。使用例として張協の方が古いだけでなく、杜甫と『文選』の深い関係を考えてのことであろう。そして張協をあげたということは、「固」を「まもる」とよんでいないことを示す。

淵明はいつごろ「固窮の節」をつらぬいて生きてゆく決意をかため、またいつごろから「固窮」ということばを使いはじめたのであろうか。

はじめにあげた淵明の作品、「固窮」という語の見える六篇の作品は、そのほとんどが帰田後のものと推測されるが、制作年代が確定できるのは、わずかに一篇だけである。したがって、「固窮」という語を使用した詳しい経緯は、トレースすることがむつかしい。ただ、大まかな推理を試みることはできる。

年代のはっきりとわかるただ一篇の作品は、挙例一の「癸卯《きぼう》の歳、十二月中の作、従弟敬遠に与う」である。癸卯《みずのとう》の歳といえば、晋の安帝の元興《げんこう》二年（四〇三）、通説によれば淵明三十九歳のときである。淵明が彭沢《ほうたく》県令を辞して隠遁生活に入るのは四十一歳のときだから、その二年前ということになる。

この作品によれば、

高操は攀《よ》ずる所に非ず
謬《あやま》って得たり固窮の節

と、三十九歳のときに、すでに「固窮の節」を「得たり」と告白する。

淵明が隠遁生活に入るすこし前に、「固窮の節」を「得た」らしいことは、制作年代を明示せぬ他の作品からも推《お》しはかることができる。たとえば、挙例の三「飲酒」第十六首がそれである。この詩は、まず、

少年　人事　罕《まれ》に
游好《ゆうこう》　六経《りくけい》に在り
行き行きて不惑に向《なんなん》とするに
淹留《えんりゆう》　遂《つい》に成る無し

と、青年期から壮年期にかけてのことをうたったうえで、

竟《つい》に固窮の節を抱《いだ》きて
飢寒《きかん》　更《へ》し所に飽《あ》く

という。不惑（四十歳）に手がとどこうというときに、「竟《つい》に固窮の節を抱きて」人生を歩むようになった、というのである。

以上の二例によって、淵明が「固窮の節」をつらぬこうと決意したのは三十九歳、あるいはそのすこし前ごろだろうときめてかかるのは、すこし早計にすぎるかも知れない。

たとえば、挙例四「会《さと》ること有りて作る」を見てみよう。そこではまず、

弱年にして家の乏しきに逢い
老《お》い至りて更《さら》に長《つね》に飢《う》う

とうたったうえで、「固窮」について言及する。しかしその句は、

固窮　夙《つと》に帰《き》する所なり

とあって「夙《つと》に」がどの時期をさすのか、さだかでない。時期の推定は困難である。しかし、またたとえば、挙例六「士の不遇に感ずる賦《ふ》」は、「固窮の節」をつらぬく決意をかためたのが、「欣然《きんぜん》として帰らん」(帰田せん)とする前であり、「良価を朝市に謝す」る(官界と縁を切る)前であった、という。それは大まかな指摘であるけれども、「固窮」と「帰田」とが結びついていることを暗示する。

ところで淵明には、ごく若い時代を回顧した作品が比較的多くのこっており、また三十代前半から後半にかけて、年代を確定できる作品も若干ある。しかしそこには、「固窮」という語は全く見えない。したがって、「決意」を三十九歳に措定することはできないにしても、挙例一と三、さらには六などによって、それにほぼ近い時期、「隠遁」の決意がかためられてゆく時期、と考えてよいであろう。

三十九歳といえば、その年に作った別の作品「癸卯《きぼう》の歳始春、田舎に懐古す」第二首の中で、

先師有遺訓　　先師　遺訓有り
憂道不憂貧　　「道を憂えて貧を憂えず」と
瞻望邈難逮　　瞻望《せんぼう》するも邈《はる》かにして逮《およ》び難し
転欲志長勤　　転《うた》た長《つね》なる勤《つと》めに志さんと欲す
…………　　…………

とうたっている。先師とは、孔子である。孔子のいう「道を憂えて貧を憂えず」という境地には及びもつかぬが、せめて同じく孔子のいう「固窮」の節はつらぬいて生きてゆこう、というのが、四十歳を目前にした淵明の「決意」だったのではないか。いわばこの時期、『論語』のあの一節に、淵明は今後の生き方の理念的根拠を見出したのではなかろうか。

淵明にとっての「固窮」とは、端的にいえば「飢餓を受け容れること」、「飢餓に耐えぬくこと」であった。もうすこしひろげていえば、「貧困を受け容れること」「貧困に耐えぬくこと」であった。その覚悟がなければ、「隠遁」の宣言はできなかった。淵明にとって「隠遁」の決意は、「固窮」の決意とかたく結びついていたのである。

そういう意味で、「固窮」はやはり淵明文学のキイワードの一つであろう。

『文選』と陶淵明

中華人民共和国の成立後しばらくして、『祖国十二詩人』という書物（清華大学中国語文系編、開明書店、一九五三年）が出版された。過去の中国の代表的詩人十二人を取り上げ、王瑶《おうよう》その他の学者が論評を加えたものである。そこには次の詩人たちが名を連ねていた。

屈原《くつげん》　曹植《そうしょく》　陶淵明《とうえんめい》　李白《りはく》　杜甫《とほ》　白居易《はくきょい》　陸游《りくゆう》　辛棄疾《しんきしつ》　関漢卿《かんかんけい》　孔尚任《こうしょうじん》　顧炎武《こえんぶ》　黄遵《こうじゅん》憲《けん》

十二人の中には劇作家関漢卿が顔を出していたりして、私たちを少し戸惑わせた。しかし、革命の嵐をくぐりぬけた直後の選択としては、むしろ穏当にすぎるような感を抱かせたことも確かである。そのことは、革命前の同じような試み、たとえば胡懐琛《こかいしん》編『中国八大詩人』（商務印書館、一九三五年）などと比較すると、よくわかる。八大詩人を列挙すると、

屈原　陶淵明　李白　杜甫　白居易　蘇軾《そしょく》　陸游　王士禎《おうしてい》

ここに選ばれた八人のうち、六人までが「祖国十二詩人」と重複し（屈原・陶淵明・李白・杜甫・白居易・陸游）、革命前後の激しい価値観の変動にもかかわらず、六人の詩人たちの人気が――評価の角度に相違・変化はあるものの――安定したものであることを示している。

ところで右の十二人あるいは八人のうち、『文選《もんぜん》』編纂《へんさん》（六世紀前半）以前の詩人は屈原・曹植・陶淵明だが、彼らはいわば中国最初の詩人選集である『文選』の中で、どのような扱いを受けているだろうか。もし「文選十二詩人」、あるいは「文選八大詩人」とでもよぶべきものを、仮に採録詩数を基準として選ぶとすれば、彼らはその中に入るかどうか。

結論から先に言えば、『楚辞《そじ》』という特殊なジャンルの作者である屈原は一応別格とし、あとの二人のうち曹植は第四番目の詩人として入選するが、陶淵明は選から漏れる。八人はもちろんのこと、十二人のうちにも入らないのである。

『文選』はよく知られているように、「詩」と「文」の選集であり、「詩」はテーマその他によって二十三の項目に分類される。いま、後に述べることとの関連も考え、煩《はん》をいとわず列挙すれば、

(1)補亡　(2)述徳　(3)勧励　(4)献詩　(5)公讌《こうえん》　(6)祖餞《そせん》　(7)詠史　(8)百一　(9)遊仙　(10)招隠　(11)反招隠　(12)遊覧　(13)詠懐　(14)哀傷　(15)贈答　(16)行旅　(17)軍戎《ぐんじゅう》　(18)郊廟《こうびょう》　(19)楽府《がふ》　(20)挽歌《ばんか》　(21)雑歌　(22)雑詩　(23)雑擬

これら二十三項目に分類された詩作品の総数は四百三十余首、詩人の数は六十余人。そのうち陶淵明の作品は、四項目にわたるわずか八首にすぎず、「文選十二詩人」のうちには入らない。

十二人は、どのような詩人たちか。現代日本人にはほとんどなじみのない彼らの名を、採録詩数の多い順に列挙してみよう。

陸機《りくき》　謝霊運《しゃれいうん》　江淹《こうえん》　曹植《そうしょく》　謝朓《しゃちょう》　顔延之《がんえんし》　鮑照《ほうしょう》　阮籍《げんせき》　王粲《おうさん》　沈約《しんやく》　左思《さし》　張協《ちょうきょう》

ところで『文選』とほぼ同時代に、詩の評論書『詩品《しひん》』（梁《りょう》・鍾嶸《しょうこう》の撰《せん》）がある。過去の五言詩の作者たちを、上品・中品・下品に三分類して批評した書物だが、ここで「上品」にランクづけされるのが、たまたま十二人である。いわば「詩品十二詩人」ということになるので、これは『詩品』の記述にしたがって（ほぼ時代順に）列挙してみる。筆頭は漢代のいわゆる「古詩」の作者無名氏だが、あとの十一人は、

李陵《りりょう》　班婕妤《はんしょうよ》　曹植　劉楨《りゅうてい》　王粲　阮籍　陸機　潘岳《はんがく》　張協　左思　謝霊運

「文選十二詩人」と重複するのは、曹植・王粲・阮籍・陸機・張協・左思・謝霊運の七人だが、ここでも陶淵明は選外に漏れ、その名は挙げられていない。

『文選』が編纂されたのは、陶淵明（三六五―四二七）の没後百年ほどたってからだが、『文選』『詩品』で見るかぎり、淵明への当時の評価は高くなかった。少なくとも「屈指」の詩人ではなかった。同時代のもう一つの詩論書『文心雕龍《ぶんしんちょうりゅう》』に至っては、淵明を批評の対象にすらしていないのである。

さて、『文選』の淵明軽視は、採録詩数の少なさにだけ表れているのではない。それは、詩の選択のしかたにも示されているようである。

『文選』所収の淵明の詩作品八首、その詩題を分類項目とともに挙げてみよう。

(16)行旅「始めて鎮軍参軍と作《な》りて曲阿《きょくあ》を経《へ》し時に作る」「辛丑《かのとうし》の歳七月、赴仮《ふか》して江陵に還《かえ》り、夜塗口《とこう》を行く」

(20)挽歌「挽歌」

(22)雑詩「雑詩」「雑詩」「貧士を詠ず」「山海経《せんがいきょう》を読む」

(23)雑擬「擬古詩」

以上のうち、オーソドックスな「詩」は(16)行旅の二首だけであり、他の一首は「歌謡」に属する挽歌、そして大部分は、分類でいえば「その他」ともよぶべき「雑」miscellaneous の部に属する（分類箇所も末尾の）作品ばかりである。しかも「挽歌」は、本来三首連作で完結すべきもの（陸機「挽歌」は三首全部を採録）だが、一首しか採られていない。また「雑詩」二首は、単行の『陶淵明集』では二十首連作の「飲酒」の第五首と第七首、「貧士を詠ず」も本来七首連作の第一首、「山海経を読む」も十三首連作の第一首、「擬古詩」は九首連作の第七首である。これらは、淵明の「連作」物への評価ととれぬこともないが、いずれも連作全篇は採っておらず、むしろ詩人淵明への軽視を示すのではあるまいか。

詩の選択ということでいえば、現代から見て淵明文学の諸特徴をよく示していると思われる代表作、たとえば「形影神」「園田の居に帰りて」「子を責む」「荊軻《けいか》を詠ず」といった作品を選んでいないのも、『文選』と淵明の関係をよく示している。

『文選』の淵明軽視をいっそうよく示すのは、「詩」以外の広義の「文」の分野である。そこでは、淵明作品は「帰去来の辞」一篇しか採っていない。これも淵明の諸特徴をよく示す「五柳先生伝」「桃花源の記」「孟府君伝《もうふくん》」などは、全く無視されている。

『文選』の淵明作品に対するこうした軽視ないし無視は、何に起因するのか。それはいうまでもなく、『文選』独特の——といっても当時にあっては自明の——選択基準・批評基準による。

『文選』とはそもそも何か。吉川幸次郎「『文選』三事」は、簡潔に書名の意味を示すことによって、この書物の性格を規定する。

「文選」の「文」とは、ただ今のわれわれの語でいえば美文 belle lettre であり、それを「選」んだ書であるのが、書名の意味であること、いうまでもない。

(筑摩書房版『吉川幸次郎全集』第二十一巻、二五一頁)

「文」の字義については、部首分類による最古の字書『説文解字《せつもんかいじ》』(後漢、許慎《きょしん》の著)も、次のようにいう。

文、錯画《サクカク》ナリ。交文ヲ象《カタド》レルナリ。

「文」とは、色を交錯させてその境界線が描き出す模様、線が錯綜《さくそう》してできた模様をかたどったものだ、というのであろう。あや模様ということばがあるように、「文」とは単純でなく複雑で、素朴でなく装飾があって美しいもの、をさすようである。

ところが、陶淵明の詩について、たとえばさきの『詩品』は次のように批評する。


文体（詩のスタイル）省浄ニシテ、殆《ホトン》ド長《ムダ》ナル語ナシ。……世、其《ソ》ノ質直ヲ嘆ズ。


ここにみえる省浄・無長語・質直といった評語は、ほとんど「文」（装飾・修辞）の反対語に近い。『詩品』は更に続けて、淵明の二首の詩（ともに『文選』も採録）を例外として挙げ、「豈直《アニタダ》ニ田家ノ語ト為《ナ》スノミナランヤ」という。すなわち、陶詩のすべてが「田家ノ語」（素朴な田舎者のことば遣い）とばかりはいえまい、というのである。これは裏返せば、例外的な作品を除くと、陶詩のほとんどは「田家ノ語」で書かれている、ということになる。淵明の詩作品の多くが、いわば洗練された「都会の文学」の選集である『文選』の、「文」の基準に合わぬのも当然であろう。

また、『文選』における「美文」性の最大の要素は、儷辞《れいじ》すなわち対句にある、とされる。それはとりわけ散文作品に必須《ひっす》の要件として要求された。ところが淵明は、当時の風潮に反して、辞賦《じふ》以外の散文を、儷辞を使用せぬ自由な文体で書いた。これでは「美文」の要件を満たさず、『文選』が「帰去来の辞」一編しか採録しなかったのも、当然である。

以上見てきたような『文選』の厳しい作品選択基準から考えれば、いわば非文選的ともいうべき詩人陶淵明の採録作品数九篇は、むしろすくなくない、といえるのかもしれない。しかもそのほかに、『文選』は淵明をテーマとした作品、顔延之《がんえんし》の「陶徴士《ちょうし》の誄《るい》」、江淹《こうえん》の「雑体詩」をも収録する。こうした選択の背景には、『文選』編纂《へんさん》を主宰したとされる昭明《しょうめい》太子の、淵明に対するある種の「傾倒」があったのではなかろうか。

昭明太子は自ら陶淵明の伝記――それは沈約の『宋書《そうじょ》』陶淵明伝をほとんど踏襲したものではあるが――を書き、また『陶淵明集』を編集した。『文選』の編者が、「文選第一詩人」である陸機や「第二詩人」謝霊運のそれでなく、非文選的詩人陶淵明の「伝」や「集」を作ったという事実は、なかなかに興味深い。

昭明太子編『陶淵明集』は現存せぬが、その序文は今読むことができる。太子は序文の中で、淵明の人柄と文学を高く評価して、「其ノ文章（詩文）ハ群ナラズ、辞采《ジサイ》ハ精抜」といい、「余ハ素《ヒゴロ》ヨリ其《ソ》ノ文ヲ愛シ、手ヨリ釈《ハナ》ス能《アタ》ワズ」、其《そ》の人と「時ヲ同ジュウセザリシヲ恨ム」とまでいう。

この序文は、これまであまり詳しい分析の対象にされなかったようであり、今後の課題として次のようなことがいえるだろう。

『文選』と陶淵明の関係を考えるとき、単に両者だけを視野に入れるのでなく、淵明・『文選』・昭明太子という三者の関係を考慮に入れなければならない。すなわち、やや複雑でいささか矛盾を含んだこの「三角関係」を、もう少し深く――陶集序はもちろんのこと、太子自身の伝記や文学論をも素材としつつ――探ってみる、そうした試みが必要なのではあるまいか。

陶淵明瑣事

酒の詩人の横綱番付

ここでいう「横綱」とは、酒の量の順位、すなわち飲んべえ詩人の順位を競う「横綱」ではない。酒量も酒量だが、酒のことをうたって右に出るものがない、という意味での「横綱」である。中国の酒の詩人の横綱、さらには世界の横綱は誰か。

先年（一九八八年）出版された岩波文庫に、アブー＝ヌワース著『アラブ飲酒詩選』（塙治夫《はなわはるお》編訳）という一冊がある。その解説の中で、編訳者は次のようにいっている。

酒の詩人といえば、我々日本人には唐の李白《りはく》が第一人者としてまず頭に浮かぶ。また、一部の人はペルシャの学者詩人オマル＝ハイヤームを思い浮かべるであろう。しかし、ここに李白やオマル＝ハイヤームに恐らく比肩するもう一人の酒の詩人をあげることができよう。アブー＝ヌワースがその人である。

この編訳者によれば、世界の酒の詩人の横綱は、まず李白とオマル＝ハイヤーム、そして（編訳者としての身びいきもあってか）アブー＝ヌワースということになる。オマール＝ハイヤームはたしかに有名で、同じ岩波文庫に『ルバイヤート』（小川亮作訳）という一冊もあり、酒の詩がふんだんに出てくる。しかしちょっと片手落ちだなと思うのは、「我々日本人」として「まず頭に浮かぶ」のは、万葉の歌人大伴旅人《おおとものたびと》ではないかということが一つ、もう一つは、李白の名を挙げるのなら、陶潜《とうせん》すなわち陶淵明も並べて挙げるべきではないか、ということである。

陶淵明と李白は、中国の酒の詩人の双璧《そうへき》だといわれる。陶の出身地は江西省、李はよくわからぬが、たぶん四川省だろうといわれているから、さしづめ陶淵明が東の横綱、李白は西の横綱ということになる。

しかも李白は、三〇〇年前の先輩陶淵明をたえず意識していて、その作品にはよく陶淵明が顔を出す。たとえば、李白の七言絶句「山中《さんちゅう》にて幽人《ゆうじん》と対酌《たいしゃく》す」は、その一例である。

両人対酌山花開　　両人《りょうにん》　対酌すれば　山花開く
一杯一杯復一杯　　一杯　一杯　復《ま》た一杯

我酔欲眠卿且去　我酔うて眠らんと欲す　卿《きみ》　且《しばら》く去れ
明朝有意抱琴来　明朝　意《こころ》あらば　琴を抱《いだ》いて来たれ

題の「幽人」は、隠遁者、俗世間を避けて山奥に住んでいる人である。李白はその人と二人で酒をくみかわす。花開く山の樹の下で、一杯、一杯、また一杯と。やがてその人は言う。我酔うて眠らんと欲す、卿《きみ》、しばらく去れ。——実はこのことば、陶淵明の伝記（『宋書《そうじょ》』隠逸《いんいつ》伝）にそのまま見える。

潜若《も》し先に酔えば、便《すなわ》ち客に語《つ》ぐ。我酔うて眠らんと欲す、卿《きみ》去るべしと。其《そ》の真率《しんそつ》なること此《か》くの如《ごと》し。

「幽人」は、陶淵明だったのである。三〇〇年を隔てて、両横綱が対決したことになる。勝負はどうだったか。陶淵明が先に寝てしまったのだから、量においては李白が勝った。しかし、その飲みっぷり、酔いっぷりの天真らんまんさにおいて、さすがのわしも陶先生にはかなわぬ、李白はそう言っているように思える。——わしはもう酔うてねむうなった。そなたはひとまず帰るんだな。明日の朝、もし気がむいたら、琴でも抱いてやって来たまえ。また飲みなおすとするか。

淵明の作品には「篇々酒有り」、どの作品にも酒のことがうたわれている、と言ったのは、淵明の死後一〇〇年、その詩集を編纂《へんさん》し伝記を書いた梁《りょう》の昭明《しょうめい》太子蕭統《しょうとう》である。「篇々酒有り」というのはちょっとオーバーだが、全作品の半《なか》ばに酒が登場する。やはり、東の正横綱である。

斗酒なお辞せず

大酒飲みのことを、日本では「斗酒《としゅ》なお辞せず」という。一斗といえば一升ビン一〇本、人間業《わざ》とは思えぬ酒量である。ところが漢和辞典で「斗酒」を引いてみると、中国の用例を示して次のような説明がしてある。

　一斗のさけ。多量の酒。又、少量の酒をいう。（傍点引用者）

中国では、少量の酒という意味でも使うことがある、というのだ。

同じ漢語でも、日本と中国とでは全くちがう意味で使われ、とまどってしまうことがよくある。たとえばこれは現代中国語の例だが、「汽車《チイチョ》」は日本の「自動車」のことだし、「手紙《ショウジ》」は「トイレットペーパー」である。汽車のことを中国では「火車《フオチョ》」といい、手紙は「信《シン》」という。うっかり筆談で「手紙」をくださいなどと書くと、恥をかく。

古典語（漢文・漢詩）でも、同様のことがある。

駿馬毎駄痴漢走　駿馬《しゅんめ》は毎《つね》に痴漢を駄《の》せて走り
巧妻常伴拙夫眠　巧妻は常に拙夫に伴《ともな》いて眠る

これは明《みん》の唐寅《とういん》の詩句だが、どうしてチカンが立派な馬にまたがって走っているのか、と思ってしまう。だがこの「痴漢」は、満員電車に出没するチカンではなく、おろか者という意味である。高級な外車をいつも乗りまわしているのは、金持ちのドラ息子、というほどの意味だろう。

こうした例を挙げれば、「故人・人間・小女」などきりがないが、「斗酒」もその一つである。斗酒の場合は、日本語と同じ用例と、「少量の酒」という全くちがう用例とがある。したがって、たとえば陶淵明の「雑詩」第一首の、

得歓当作楽　歓《かん》を得なば　当《まさ》に楽しみを作《な》すべく
斗酒聚比隣　斗酒もて　比隣《ひりん》を聚《あつ》めん

同じく「庚戌《かのえいぬ》の歳、九月中、西田《せいでん》に於《おい》て早稲《そうとう》を穫《とりいれ》す」の、

盥濯息簷下　盥《あら》い濯《すす》ぎて　簷《のき》の下に息《いこ》い
斗酒散襟顔　斗酒もて　襟《むね》と顔とを散ず

の「斗酒」は、作者の意識としては多量なのか少量なのか、と選択を迫られることになる。前者は貧乏詩人のふるまい酒、後者も労働のあとのささやかな楽しみだから、たぶん少量の酒なのだろう。

そもそも一斗とは、(今の日本では一升ビン一〇本だが)、昔の中国ではどの位の分量をさしたのだろうか。杜甫《とほ》が同時代の大酒飲み八人のことをうたった「飲中八仙歌《いんちゅうはっせんか》」の中に、有名な次の句が見える。

李白一斗詩百篇　　李白　一斗　詩百篇

長安市上酒家眠　　長安市上　酒家に眠る

これは、李白がわずか一斗の酒を飲む間に、何と百篇もの詩を作る、と「詩百篇」の方に重点がある表現にちがいない。なぜなら、別の一人汝陽王李璡《じょようおうりしん》は出勤前の朝酒に三斗飲み、もう一人の焦遂《しょうすい》は五斗飲んで初めてシャンとした、などとうたわれているのだから、一斗など物の数ではない。

「度量衡換算表」によれば、六朝《りくちょう》・唐の一斗は五・九四リットル、今の三升強。アルコール度も格段に低かったろう。当時の一斗は、多いとも少ないともいえる酒量なのである。ともあれ、中国には「斗酒隻鶏《せっけい》(一羽のニワトリ)」とか「斗酒双柑《そうかん》(二つのミカン)」といったことばもあって、「斗酒」は少量の酒(とくにふるまい酒)を意味する場合がすくなくない。

「隻鶏」といえば、淵明の「園田の居に帰る」第五首に、「我が新たに熟せる酒を漉《こ》し、隻鶏もて近局（近所の人々）を招く」という句がある。これも、ささやかだが心温まる、淵明のもてなしぶりを示した句である。

詩酒ということば

詩人と酒には、切っても切れぬ関係がある。それは、古今東西変わらない。詩想が湧かねば、酒を飲む。酒が入れば、詩が生まれる。「李白一斗詩百篇」という句は、よくその間の事情を物語っている。

その李白の一生を総括したことばに、次のような四字句がある。

南北漫遊　求仙訪道　　南北に漫遊し　仙を求め道《どう》を訪ね
登山臨水　飲酒賦詩　　山に登り水に臨み　酒を飲み詩を賦《ふ》す

自ら「酒中の仙」と称し、人々からは「詩仙」と呼ばれた李白が、仙術・道教を求め続けて旅をしたのは当然だが、その真面目《しんめんぼく》、真骨頂は、右の四字句も結論としていうように、「酒」と「詩」にあった。

李白の大先輩にあたる陶淵明も同じである。宋《そう》の詩人蘇軾《そしょく》（号は東坡《とうば》）は、自らを淵明になぞらえて、次のようにうたっている。

且待淵明賦帰去　　且《しばら》く待て　淵明の帰去を賦《ふ》するを
共将詩酒趁流年　　共に詩酒を将《もっ》て　流年を趁《お》わん
（黎眉州《れいびしゅう》に寄す）

陶淵明が「帰去来の辞」を賦して故郷へ帰ったように、私もまもなく帰るだろう。その時は、淵明もそうしたように、君と「詩酒」を共にしつつ、逝《ゆ》く年を送ることとしよう。――ここでも淵明の一生は、「詩酒」の二字で総括されている。

「詩」と「酒」は、古来中国文人の基本的教養（?）であった。もう一人の酒の詩人白楽天《はくらくてん》（名は居易《きょい》）、自らを「酔吟先生《すいぎん》」と呼んだこの人は、「殷協律に寄す《いんきょうりつ》」という詩の中で、次のようにうたっている。

琴詩酒伴皆抛我　　琴詩酒《きんししゅ》の伴《とも》　皆　我を抛《す》て
雪月花時最憶君　　雪月花《せつげつか》の時　最も君を憶《おも》う

ここでは基本的教養のもう一つとして「琴」が加えられているが、白楽天は短いセルフ・ポートレート「酔吟先生伝」の中でも、この三つを並べて、わが最愛の友としている。

性、酒を嗜《この》み、琴に耽《ふけ》り、詩に淫《いん》す。凡《およ》そ酒徒、琴侶、詩客は、多くこれと遊ぶ。

性嗜酒、耽琴、淫詩。凡酒徒、琴侶、詩客、多与之遊。

また、『和漢朗詠集《わかんろうえいしゅう》』に見える白楽天の有名な句、

林間煖酒焼紅葉　林間に酒を煖《あたた》めて　紅葉を焼《た》き
石上題詩掃緑苔　石上に詩を題して　緑苔を掃《はら》う

この対句《ついく》の中でも、「酒」と「詩」は対《つい》として使われている。このように「詩・酒」を対として用い、「詩酒」の二字でおのれの生涯を総括した詩人は少なくない。小李白とよばれ、陶淵明を一生敬慕し続けた宋の詩人陸游《りくゆう》の「成都に赴《おもむ》き舟を泛《うか》べて云々」と題する詩に、

詩酒清狂二十年　詩酒　清狂　二十年
又摩病眼看四川　又《ま》た病眼を摩《こす》りて　四川《しせん》を看《み》る

という句があるが、これもその一例であろう。

さて、酒の詩人陶淵明にとって、「酒」と「詩」とはとりわけ分かちがたく結びついていた。「飲酒」詩二〇首の序文でも言っている。

既に酔うの後は、輒《すなわ》ち数句を題して自ら娯《たの》しむ。
　既酔之後、輒題数句自娯。

と。酒のあとは詩、である。甘《うま》い酒のあとも、苦《にが》い酒のあとも。

園田と田園

陶淵明のこの詩の題「帰園田居」は、「園田の居に帰る」。私たちはふつう「園田」という言い方はせず、ベートーベンの「田園交響楽」とか、ワーズワースは「田園詩人」だ、というふうに「田園」という。

田園と園田は、どうちがうのか。淵明のころは、もっぱら園田といっていたのか。どうもそうではないらしい。淵明の時代、すでに田園ということばもあり、彼の詩集を読んでみると、田園と園田を次のように使い分けていることがわかる。

A　まず、園田。
「園田の居に帰る」の詩は、全部で五首から成る連作だが、その第一首の中でも、

開荒南野際　荒《こう》を南野の際に開かんと
守拙帰園田　拙を守って　園田に帰る

と言い、これより少し前、すなわち隠遁《いんとん》して田園に帰る以前の「始めて鎮軍参軍と作《な》りて曲阿《きょくあ》を経《へ》しときの作」でも、

投策命晨装　策《つえ》を投げすてて　晨《あした》の装《よそおい》を命じ
暫与園田疎　暫く園田と疎《そ》ならんとす

と言う。そして隠遁直前の作品「乙巳《きのとみ》の歳、三月、建威参軍と為《な》りて都に使《つかい》し、銭渓《せんけい》を経たり」の中でも、

園田日夢想　園田　日《ひ》びに夢想す
安得久離析　安《いず》くんぞ久しく離れ析《わか》るるを得んや

とうたう。以上三例が、『陶淵明集』に見える「園田」である。

B 次に、田園。

淵明の隠遁宣言「帰去来の辞」は、次のようなことばで始まる。

帰去来兮　　帰りなんいざ
田園将蕪　　田園　将《まさ》に蕪《あ》れんとす

これが「田園」という語の、第一例。そして、「農を勧《すす》む」と題する四言詩の、

董楽琴書　　董《とう》は琴書を楽しみて
田園不履　　田園を履《ふ》まず

というのが、第二例。「董」とは、漢の武帝時代の大学者董仲舒《とうちゆうじよ》。音楽と読書に励んで、田畑に足を踏み入れなかった、というのである。

以上の詩句を読み返し、AとBを比べてみると、Aの「園田」はおおむね「田舎《いなか》」、Bの「田園」はほぼ「田畑」と置き換えてよいことに気づく。園田＝田舎、田園＝田畑。

ではこの二つのことばは、いつもこのように使い分けられてきたのであろうか。淵明の前後の時代の詩文を比べてみると、必ずしもそうではないらしい。たとえば『後漢書《ごかんじょ》』黄香《こうこう》伝の「魏郡の太守に遷《うつ》るに、旧《もと》より内外の園田あり」、唐の韋応物《いおうぶつ》の詩「庫部韓朗中に答う」の「風雪深夜に積もり、園田荒蹊《こうけい》を掩《おお》う」などの「園田」は、むしろ「田畑」の意で使われているようである。そして、『史記』汲黯《きゅうあん》列伝の「是《ここ》に於て黯、田園に隠る」の「田園」は「田舎」、また唐の王維《おうい》の六言絶句「田園楽《らく》」七首も、その内容を読んでみると、「畑」仕事の楽しみでなく、「田舎」暮らしの楽しみをうたっているようである。

「園田」と「田園」は、必ずしも厳密に使い分けられたことばとはいえない。しかるに、淵明がこれを使い分けているのは、理由はよくわからぬものの、興味があり、注意してよいだろう。

自然詩人・山水詩人・田園詩人

「自然」ということばが見える中国の古い文献の一つは、『老子』だといわれている。たとえば、その第二十五章に、

人は地に法《のっと》り、地は天に法り、天は道に法り、道は自然に法る。

人法地、地法天、天法道、道法自然。

また、第六十四章に、

万物の自然を輔《たす》けて、敢《あえ》て為《な》さず。

輔万物之自然、而不敢為。

と見える。『老子』の文章は難しくて、正確な意味がとりにくい。しかし、ここに見える「自然」ということばは（『老子』に見える他の三例も含めて）、私たちが現在自然科学とか自然環境とかいうときの自然すなわち nature という意味ではなく、自然な、ありのままのもの、すなわち natural という意味で使われているようである。

そのことは、陶淵明の時代になっても変わらない。淵明が書いた母方の祖父孟嘉《もうか》の伝記「晋《しん》の故《もと》の征西大将軍の長史孟府君伝」の中でも、同じ用法で使われている。

糸は竹に如《し》かず、竹は肉に如かず。……漸《ようや》く自然に近づけばなり。

糸不如竹、竹不如肉。……漸近自然。

糸で作った絃楽器の音《ね》は、竹で作った管楽器の音に及ばない、その管楽器の音も、肉声には及ばない。……しだいに自然なままのものに近づくからである、という意味であろう。

さて、淵明の詩作品「園田の居に帰る」第一首末尾に出てくる「自然」も、したがって同様の意味で読まねばならない。

久在樊籠裏　久しく樊籠《とりかご》の裏《うち》に在りしも
復得返自然　復《ま》た自然に返るを得たり

この場合は、自然のふところに帰る、と nature の意味でもよさそうに思えるが、やはり、束縛のない、自然なままの状態、という意味であって、自然ということばが nature の意で使われるようになるのは、中国では十九世紀末あるいは今世紀初めになってからであろう。

それでは昔の中国で、nature に当たることばは何だったのか。それは「山河」、あるいは「江山《こうざん》」である。たとえば杜甫「春望」の最初の二句、

国破山河在　国破れて　山河在り
城春草木深　城春にして　草木深し

国家が破壊されたのに、それを守るべきであった自然（の要害）は健在だ、というのである。

また、「一将功成って万骨枯る」という句で有名な晩唐の曹松《そうしよう》の七絶の第一句、

沢国江山入戦図　沢国《たくこく》の江山　戦図《せんと》に入《い》る

この「江山」は南中国の自然を指し、さきの「山河」は北中国の自然を指す。江山は長江（揚子江）流域の、山河は黄河流域の自然である。

では、中国の自然は美しい、というときの、南・北いずれをも含む自然は何というのか。「山水」である。したがって中国では、自然を描いた風景画を山水画といい、自然詩人のことを（自然が nature という意味で使われるようになるまでは）山水詩人といってきた。

ところで、中国における山水詩人の祖は誰か。

通説によれば、陶淵明ではなくて、ほぼ同時代に活躍した謝霊運《しやれいうん》である。淵明は田園詩人と呼ばれることはあるが、山水詩人とは言わない。田園と山水とは、どうちがうのか。田園では人々が生活しているが、山水には人は必ずしもいなくともよい。

陶淵明は、あくまでも「生活詩人」だったのである。

青年時代の陶淵明

「園田の居に帰る」第一首の冒頭で、陶淵明は若いころを回想して、次のようにうたっている。

少無適俗韻　少《わか》きより俗に適《かな》うの韻《しらべ》なく
性本愛邱山　性　本《もと》と邱《おか》と山とを愛せり

若いころから、俗世間と調子をあわせるのが嫌いで、生まれつき自然を友として暮らすような、もの静かな性格だった、というのである。
また、別の詩「飲酒」第十六首でも、

少年罕人事　少年　人事　罕《まれ》に
游好在六経　游好《ゆうこう》は　六経《りくけい》に在り

と、人付き合いがまれで、学問を友として過ごしていた、という。そしてさらに別の詩「始めて鎮軍参軍と作《な》りて曲阿《きょくあ》を経《へ》しときの作」では、

弱齢寄事外　弱《わか》き齢《とし》　事外に寄せ
委懐在琴書　懐《おも》いを委《ゆだ》ぬるは　琴と書に在り

と回想している。若いころから俗世の外に身をあずけ、心を託し得たのは琴と書、音楽と学問だった、というのである。このことは、詩作品だけでなく、散文の中でもふれている。息子たちに与えた手紙ふうの文章「子の儼《げん》らに与うる疏《そ》」がそれで、次のように回顧する。

少《わか》くして琴書を学び、偶《たま》たま閒静を愛す。巻を開きて得るあらば、便《すなわ》ち欣然《きんぜん》として食を忘る。
少学琴書、偶愛閒静。開巻有得、便欣然忘食。

これらの詩文を読んで、私たちは、少年あるいは青年陶淵明が、世間との付き合いが下手《へた》で、自然を愛好し、学問や芸術に打ち込む、もの静かな人物だったように、思ってしまう。はたしてそうだったのだろうか。たしかにそうした性格をもった青年だったのだろうが、それはあくまでも青年陶淵明の一面でしかなかった。そのことは、さらに別の作品を読めば、容易に知ることができる。

たとえば、「雑詩」第五首は、若いころを次のように回想する。

憶我少壮時　憶《おも》う　我　少壮《しょうそう》の時
無楽自欣豫　楽しみなきも　自《みずか》ら欣《よろこ》び豫《たの》しめり
猛志逸四海　猛《たけ》き志は　四海に逸《と》び
騫翮思遠翥　翮《つばさ》を騫《あ》げて　遠く翥《は》せんと思えり

このように、まるで別の人物かと思える回想が出てくるのは、この詩だけではない。たとえば、「懐古詩」第八首でも、次のようにいう。

少時壮且厲　少《わか》き時は　壮《さか》んにして且《か》つ厲《はげ》しく
撫剣独行遊　剣を撫《ぶ》して　独《ひと》り行遊《こうゆう》せり
誰言行遊近　誰《たれ》か言う　行遊せること近しと
張掖至幽州　張掖《ちょうえき》より幽州《ゆうしゅう》に至れり

張掖（甘粛省）や幽州（河北省）へ行ったというのは、もちろん空想上のことである。しかしここには、「閒静」とはまるで逆の「壮《さか》んにして且《か》つ厲《はげ》し」かった青年時代が回想されている。一人の青年の中に、ジキルとハイドが同居していたのか。そうではあるまい。青年時代からのこうした矛盾・葛藤が、のちの深刻で複雑な思想家陶淵明、そして魯迅《ろじん》もいうようなひと筋縄ではゆかぬ詩人陶淵明を成長させたのであろう。

陶淵明は、そうした自己の矛盾を、誠実に告白した詩人であった。

自跋

私が陶淵明の詩を初めて読んだのは、本巻第II部に収めた文章「歳月不待人」（一九一頁）に書いたように、中学生の時だった。しかし淵明と本格的に向き合い、その詩文を読み始めたのは、大学院に進学してからである。

五年間の大学院課程を終えて間もなく、岩波書店から『陶淵明』（中国詩人選集）を刊行した。二十九歳の誕生日を迎えた五日後、一九五八年五月二十日のことである。その時、同書の付録月報に、「一生の仕事」と題して、次のような文章を載せた。

> たいへん有名でありながら、実はその作品があまりよく読まれていない詩人が、ある。作品のたとえごく一部であっても、詩人のもつ特質の結晶であるような詩篇が、吟まれているのなら、それでいい。そうではなくて、詩人のある一面だけを強調するような作品、あるいは逸話によって、一般に名を知られている詩人が、ある。陶淵明もその一人である、と思う。
>
> 陶淵明といえば、酒ばかりくらい、悟ったようなことばかりいっていた詩人でないか、君はまだ若いのに、なぜそんな男の研究をする、と私はいさめられたことがある。しかもその人は、いやしくも東洋史の研究者であった。私はさっそく、私の訳した淵明の詩の原稿、そのうちのあるもの、飲酒や雑詩の数篇を、彼に読んでもらった。――説明はいらなかった。彼が、今後も私が淵明の研究をつづけるのを、許してくれたのは、もちろんである。

この選集には、その飲酒や雑詩をもふくめて、淵明の詩全体のほぼ半ば、六十数首を、収めることができた。中国における最も複雑な詩人の一人である淵明の、作品による理解を、ほぼ達しうるように、その選択には、注意をはらったつもりでいる。

淵明は生活をうたった詩人であり、また一方人間のあるべき姿をもとめもとめた詩人でもある。したがって、彼は何よりもまず生活詩人であるとともに、その詩のすくなくない部分が、哲学である。すくなくとも哲学的である。そのことにひかれて、時にうつくしく光る淵明の抒情をも、おさえたかとおそれる。


ともあれ、これらの作品を通読したのち、読者もまた、若い私が今後も淵明の研究をつづけてゆくことを、許してくださるであろう、か。私にとって、それは一生の仕事となるかも知れぬ、と思っているのである。


当時の日本では、そもそも中国古典文学研究者全体の数が、きわめてすくなかった。そして、右の文中で、「君はまだ若いのに、なぜそんな男の研究をする」と言われていることからもわかるように、若い身空で（?）淵明研究を志す者は、あまりいなかったようである。

そのことについて、私は二人の恩師の証言を紹介することができる。

一人は、吉川幸次郎先生（一九〇四―八〇）。先生五十五歳の文章「燃焼と持続」（『京都新聞』一九五九年九月一日付、のち『学事詩事』筑摩書房、一九六〇年所収、『吉川幸次郎全集』第七巻、筑摩書房、一九七四年所収）にいう。

〔前略〕そうしたことを考えているところへ、また一人の若い友人の訪問をうけた。彼は陶淵明の専門家である。私は数日間の思いつきを、縁がわの椅子に対座しながら話した。私の思いつきに、彼は賛成のパーセンテージの多そうな顔をした。〔中略〕

しばらくすると、若い友人は、やや別の話題をもちだした。

先生は、陶淵明の詩のなかで、若いころおすきだった部分と、いま好まれる部分と、変遷がありますか。

私はやや面くらいながら、正直に答えた。僕は君ぐらいの年ごろには、淵明の詩はさっぱり面白くなく、杜甫ばかり読んでいました。淵明に興味をもつようになったのは近ごろです。

考えて見ると、私が近ごろ淵明に興味をもつのは、むしろこの若い友人の刺戟によるのかも知れなかった。

ここに「若い友人」と呼ばれているのは、私である。先生は弟子のことを弟子といわず、「若い友人」と称しておられた。文中「君ぐらいの年ごろ」といわれているが、当時私は三十歳だった。

もう一人の恩師は、小川環樹先生（一九一〇―九三）。先に挙げた私の『陶淵明』のために書いていただいた「跋」、その冒頭の部分にいう。

私が陶淵明の文学にはじめて接したのは多分中学生のころだったろう。おそらく『文章規範』に収められた「帰去来の辞」であったかと思う。〔中略〕私は大体、陶淵明の平易な句にひきつけられていたのだと言えるだろう。それらの句がほんとうに平易な、明快な句だとしての話である。

それから大学に入り、専攻として「支那文学」をえらんだのち、『文選《もんぜん》』を学んだりしているうちに、詩とはむずかしいものだと感ずるようになった。陶淵明の詩からだんだん心が離れていったのは、はたしてそのためであったのか、よくはわからない。実は私はそれまで淵明の詩集を通読していたわけでもなかったのだが。

両先生とも、お若い頃、淵明の文学にあまり関心を示されなかったようである。

私は変わり者なのか、若造のくせに「中国における最も複雑な詩人の一人である淵明」に、すくなからぬ興味と関心を抱き、生意気にも、淵明研究が「一生の仕事となるかも知れぬ」などと、予言していたのである。

しかし、予言は意外にも的中した。二十代の後半から、いろいろと道草を食いながらも淵明研究をつづけ、六十八歳になって、岩波新書の一冊として書いたのが、本巻の第I部「陶淵明——虚構の詩人」である。

淵明が独特の手法である虚構、すなわちフィクションによって文学（詩や散文）を構築していることをとについて、私は早くから注目していた。

私は『陶淵明』の「解説」（本著作集1所収）の中で、淵明の「孤独感」と「虚構」の関係について、次のように述べている。


彼の孤独感をいやすものの一つとして、酒があった。しかしその解消のために、淵明の頭脳はもっと知的な作業を発見した。それは虚構の世界をくみ立てることであった。フィクションに対する興味、それは淵明の文学を考える上で、注意されてよいことである。〔中略〕自己の内心のいたみを、虚構の世界に再現すること、そのためにはある強靱な精神を必要とする。おおむねの詩をおだやかなことばでうたった淵明に、実はそうした半面があり、そのことがまた彼の詩を深い味わいのあるものとしている。


ここでは、虚構という表現手法を、孤独感とだけ関連づけて説いている。しかし虚構の手法は、淵明の文学と思想を考える上で、もっと多面的な意味をもつ。

淵明はなぜ虚構に深い関心をもち、興味を抱いたのか。虚構の手法は、彼の作品の中で、具体的にどのような形で用いられているのか。彼はなぜ虚構という手法で、自らの文学を構築しようとしたのか。

これらの問題について考えたのが、第I部「陶淵明——虚構の詩人」である。

第II部には、淵明の詩作品十数首の解説を収めた。それぞれ個別の作品を鑑賞しつつ、淵明の文学と思想の特色について考えた文章である。

それらは、もともと『漢詩の散歩道』（日中出版、一九七四年）、『漢詩一日一首』（平凡社、一九七六年）という二冊の書物、古今の詩の世界を逍遥しながら、歴代の詩人たちの諸作品について論じた二冊の書物から、淵明の詩を選び出したものである。それらは、淵明の詩と思想の、さまざまな側面を写し出している。

さいごの第III部には、一九五九年以降、学術雑誌などに寄せた十篇ほどの論文を収めた。前年の五八年には、吉川先生の『陶淵明伝』（新潮文庫）の末尾に「解説」を書いたが、これは本著作集1の「自跋」の中に収める。

十篇余の論文には、それぞれに思い出があるが、とりわけ忘れ難いのは、一九六〇年に書いた「文選挽歌詩考」（『中国文学報』第十二冊）である。

一九六〇年は、いわゆる「安保闘争」の年だった。私は京都大学教職員組合の役員として、この闘争に参加した。世の中は、その前年から騒然とし始めており、毎日のように街頭デモが行われていた。私は「安保反対」の闘争に積極的に参加しながら、この論文を書いた。しかし論文そのものは、一向に闘争的でなかった。淵明が自らの死の場面を想定して書いた葬送の詩、「挽歌詩」三首について、まず『文選《もんぜん》』に見える先行作品を分析し、それらを踏まえつつ、淵明が示すフィクションの独自性について論じた。いわゆる「考証」を主とする、穏やかな筆致の論文である。

淵明は自分が死んだ時のことを想像し、その葬式の三場面、告別・出棺・埋葬の情景を、リアルに描く。

論文の内容は戦闘的でなかったが、淵明の醒めた眼に対する分析は、私の日々の「闘争」と矛盾するものではなかった。

ついでに私事をさしはさめば、この年、長女が生まれた。忙しい年だった。

あれからほぼ五十年、淵明のほかに、陸游、河上肇が私の研究対象に加わった。この二足の草鞋《わらじ》ならぬ、三足の草鞋を履いての私の旅は、数え年八十を迎えた今もつづき、生ある限り今後もつづくだろう。

後記

I　陶淵明――虚構の詩人

『陶淵明――虚構の詩人』　岩波新書、一九九七年

II　陶詩小考

歳月不待人　『漢詩の散歩道』日中出版、一九七四年
野外人事まれなり　『漢詩の散歩道』日中出版、一九七四年
欣欣向栄　（欣欣向栄――春）『漢詩一日一首　春』平凡社、一九七六年
斜川に游ぶ　（斜川に游ぶ――春）『漢詩一日一首　春』平凡社、一九七六年
『山海経』を読む　（『山海経』を読む――夏）『漢詩一日一首　夏』平凡社、一九七六年
子を叱る　（子を叱る――夏）『漢詩一日一首　夏』平凡社、一九七六年
挽歌　（挽歌――夏）『漢詩一日一首　夏』平凡社、一九七六年
墓場へのピクニック　（墓場へのピクニック――夏）『漢詩一日一首　夏』平凡社、一九七六年
秋菊　（秋菊――秋）『漢詩一日一首　秋』平凡社、一九七六年
人境　（人境――秋）『漢詩一日一首　秋』平凡社、一九七六年
王税　（王税――秋）『漢詩一日一首　秋』平凡社、一九七六年
老年　（老年――冬）『漢詩一日一首　冬』平凡社、一九七六年
松と徳利　（松と徳利――冬）『漢詩一日一首　冬』平凡社、一九七六年

III　陶淵明を語る

外人考――桃花源記瑣記　『漢文教室』四五、一九五九年
文選挽歌詩考　『中国文学報』一二、一九六〇年
超俗と反俗――陶淵明と桃花源記　『高校通信・国語』一六、一九六三年
淵明の楽府――怨詩楚調示龐主簿鄧治中詩注　『入矢教授小川教授退休記念中国文学語学論文集』筑摩書房、一九七四年
陶淵明の孔子批判　『文学』Vol.45-4、岩波書店、一九七七年
平淡豪宕の詩人――陶淵明　『ちくま』一九七七年五月号―一九七八年四月号
陸放翁読陶詩小考　『小尾博士古稀記念中国学論集』汲古書院、一九八三年
陶淵明集――日本古典文学大辞典　（陶淵明集）『日本古典文学大辞典』岩波書店、一九八四年
陶詩固窮考　『未名』七、一九八八年
『文選』と陶淵明　『文選』（「鑑賞中国の古典」一二）角川書店、一九八八年
陶淵明瑣事　（陶淵明）『話題源　古文・漢文　文学作品の舞台裏』東京法令出版、一九九一年

一海知義《いつかいともよし》 著作集《ちよさくしゆう》 〈全11巻・別巻1〉
2 陶淵明《とうえんめい》を語《かた》る　第1回配本

2008年5月25日　初版第1刷発行©

著　者　一海知義
発行者　藤原良雄
発行所　株式会社 藤原書店
〒162-0041　東京都新宿区早稲田鶴巻町523番地
電話　03(5272)0301
FAX　03(5272)0450
振替　00160-4-17013
印刷・製本　中央精版

落丁本・乱丁本はお取替えいたします　Printed in Japan
定価はカバーに表示してあります　ISBN978-4-89434-625-3

一海知義著作集

全 11 巻・別巻 1

2008 年 5 月発刊／隔月配本
四六上製カバー装　布クロス装箔押し　各 500 ～ 600 頁
各巻に書下ろし自跋収録

〈推薦〉
鶴見俊輔　杉原四郎　半藤一利　筧久美子　興膳宏

〈題字〉
榊 莫 山

1　陶淵明を読む

2　陶淵明を語る　（第 1 回配本／ 2008 年 5 月）

3　陸游と語る

4　人間河上肇

5　漢詩人河上肇　（第 3 回配本）

6　文人河上肇

7　漢詩の世界 I ——漢詩入門／漢詩雑纂
（第 2 回配本／ 2008 年 7 月）

8　漢詩の世界 II ——六朝以前～中唐

9　漢詩の世界 III ——中唐～現代・日本・ベトナム

10　漢字の話　（第 4 回配本）

11　漢語散策

別巻　一海知義と語る
〔附〕詳細年譜・全著作目録・総索引